百廿奋逐武大梦

全球频献俊彦才

李晓红

武汉大学 李晓红校长 中国工程院院士

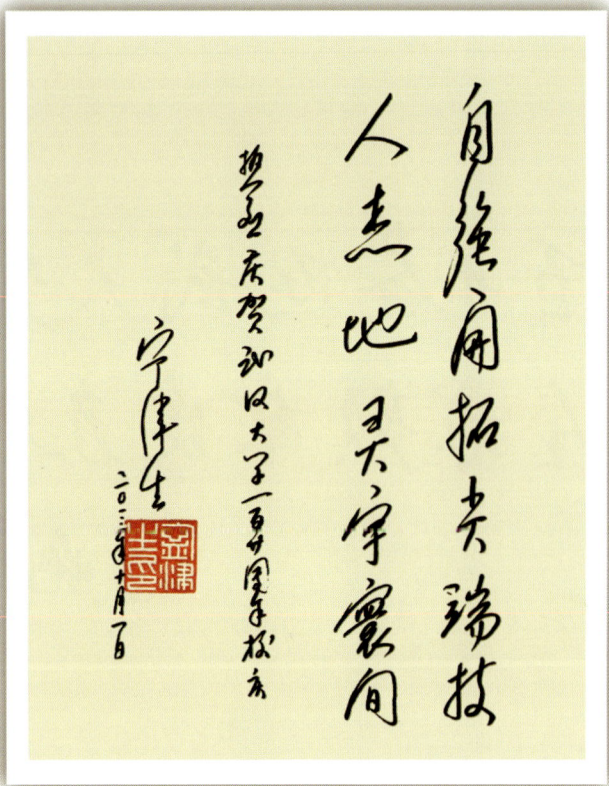

自绝开拓走端枝
人杰地灵宇寰间

谨此庆贺武汉大学一百廿周年校庆

宁津生
二〇一四年十月八日

武汉大学 宁津生 中国工程院院士

立足珞珈 培育英才
报效國家 頂天立地

李德仁
二〇一三年十一月

武汉大学 李德仁 中国科学院院士、中国工程院院士

忆往昔沧桑砥砺，
　　毓秀珞珈 乾学灵风四海扬名；
看今朝励精图治，
　　百廿黉宫顶天立地世界一流．

李建成 2013.10.8

武汉大学 李建成 中国工程院院士

维屈子之魂
承楚风之盛
唱珞珈之兴
吟中国之梦

校庆120周年与珞珈
诗社共勉

刘经南 2013.10.12

武汉大学 刘经南 中国工程院院士

祝贺武汉大学120周年校庆

弘扬武大精神
深化科教改革
培育创新人才
建设富强祖国

卓仁禧
2013年11月

武汉大学 卓仁禧 中国科学院院士

武汉大学120周年校庆寄语

诚实守信做人
脚踏实地做事

张俐娜

武汉大学 张俐娜 中国科学院院士

贺 武汉大学一百二十周年校庆

百年育才耀学府

二甲成抹谱春秋

水利水电学院

茆智

二〇一三年十月

武汉大学 茆智 中国工程院院士

百年追名校
代々出英才

查全性

2013 金秋于珞珈山

武汉大学 查全性 中国科学院院士

弘毅自强精神

拓新路兴文化

龚健雅

二〇一三年九月三十日

武汉大学 龚健雅 中国科学院院士

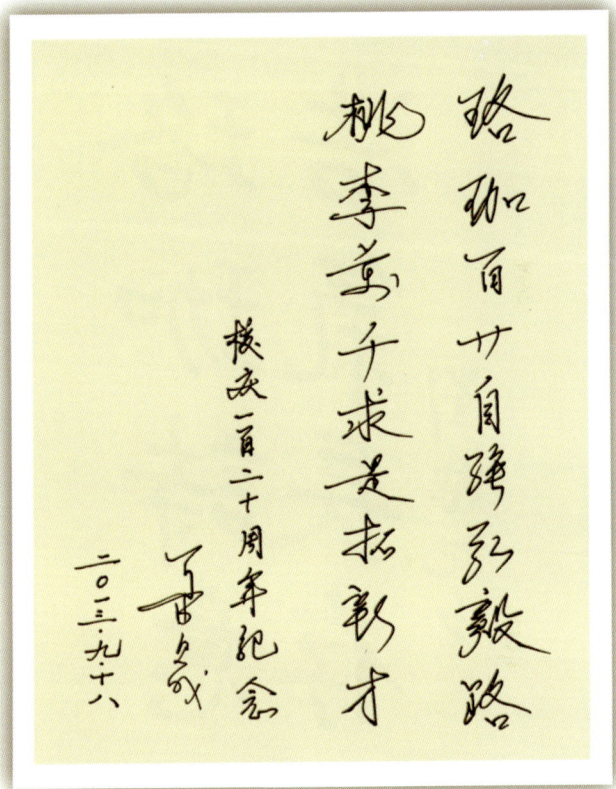

武汉大学 马费成 资深教授

珞珈詩意
浩氣長存

刘纲纪 书

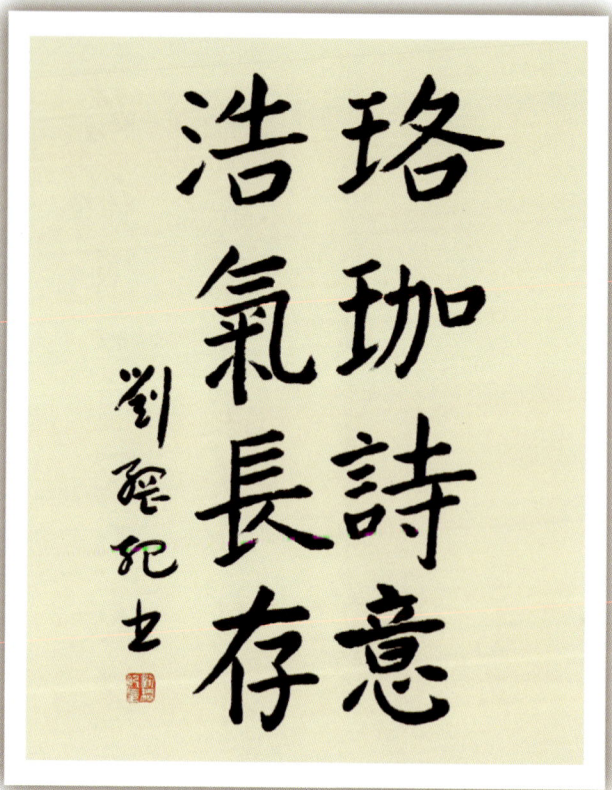

武汉大学 刘纲纪 资深教授

武汉大学 冯天瑜 资深教授

武漢大学百廿周年庆

自强不息珞珈魂
弘毅修武成武夫人
求是兴邦担道义
拓新立国报佳音
　　胡德坤贺

武汉大学 胡德坤 资深教授

贺母校百世华诞

楚天一角启洪荒熠熠成均立武昌
育黉探珠鹏翼举拓新求是锦帆扬学林
有道尊弘毅国士无双费自强绵绵开来
舒健翮长空寥廓任翱翔

陶德麟敬题

武汉大学 陶德麟 资深教授

传承我大精神
弘扬珞珈学术
展示中国特色
争创世界一流

彭斐章 二〇一三年九月

武汉大学 彭斐章 资深教授

行政楼

水利大楼

武测教学楼

人民医院夜景

珞珈诗词集 （二）

张天望 陈志鸿 主编

武汉大学出版社
WUHAN UNIVERSITY PRESS

图书在版编目(CIP)数据

珞珈诗词集.2/张天望,陈志鸿主编.—武汉:武汉大学出版社,
2013.11
ISBN 978-7-307-11981-9

Ⅰ.珞… Ⅱ.①张… ②陈… Ⅲ.诗词—作品集—中国—当
代 Ⅳ.I227

中国版本图书馆 CIP 数据核字(2013)第 252152 号

责任编辑:杨 华 责任校对:黄添生 版式设计:马 佳

出版发行:**武汉大学出版社** (430072 武昌 珞珈山)
(电子邮件:cbs22@whu.edu.cn 网址:www.wdp.com.cn)
印刷:武汉中科兴业印务有限公司
开本:850×1168 1/32 印张:17.5 字数:500 千字 插页:11
版次:2013 年 11 月第 1 版 2013 年 11 月第 1 次印刷
ISBN 978-7-307-11981-9 定价:32.00 元

《珞珈诗词集（二）》编辑人员

顾问（以年龄为序）：
王泽红　张焕潮　胡岂凡　杨毅亭　吴国栋　陶德麟
张诗荣　王传中　彭若男

主编：
张天望　陈志鸿

副主编：
丁　忱　张元欣　祁汉云

编委（以姓氏笔画为序）：
丁　忱　田有民　刘大雄　祁汉云　肖显仁　吴品益
沈祥源　张天望　张元欣　张少平　张克勤　陈　吟
陈志鸿　易恒清　罗积勇　周光应　龚德祥

编辑部主任：
张元欣（兼）

资料人员（以姓氏笔画为序）：
万蜀柏　朱雪华　何世华　张克勤　张国平　陈昆滔
钟莉莉　费培根　唐道均

目　录

　　编者按：《自强学堂歌》这首产生于封建王朝的歌，有明显的、多方面的历史局限性，我们必须有清醒认识与分析，但是，它表现出的宇宙观、地理观、实业观，特别是教育观，大多是近代的，视野广阔，提炼精当，具有开创性、前瞻性，值得我们继承发展。追根溯源，此歌作者张之洞，真不愧为武汉大学创建人。值此双甲校庆之际，特摘要刊出此歌，以飨读者。

张之洞

自强学堂歌

天地泰，日月光，听我唱歌赞学堂。
圣天子，图自强，除去兴学无别方。
教体育，第一桩，卫生先使民强壮。
教德育，先蒙养，人人爱国民善良。
孝父母，尊君上，更须公德联四方。
教智育，开愚氓，普通知识破天荒。
物理透，技艺长，方知谋生并保邦。

最尊贵，是太阳，行星地球绕其旁。
地球圆，微带长，万国人物生四方。
热带暑，寒带凉，南北极下皆冰洋。
温带下，中华当，赤道二十三度强。
测经度，直线量，京都起算作中央。
三百六，全球详，武昌偏西两度强。
测纬度，横线长，赤道南北定准望。
四十度，北京方，三十度半是武昌。
五大洲，非渺茫，地球东半亚洲广。
欧西方，澳南方，美洲对我如反掌。
阿非洲，西南望，天气毒热地多荒。
中国圆，日本长，同在东亚地球上。

……

中国水，三大纲，黄河黑水扬子江。

淮通江，济入黄，四渎今只二渎长。
中国山，两干强，南干五岭北太行。
数名山，五岳望，四镇亦载周职方。
中国海，东南方，奉直东苏浙闽广。
开口岸，入内港，四十余处新通商。

辟中国，始三皇，皇帝尧舜垂衣裳。
洪水平，五伦讲，黎民于变愚变良。
稼穑教，礼乐匡，夏忠商质周文章。
指南车，定方向，天下地图司徒掌。
舌人官，译寄象，书名文字达四方。
讲化学，美土疆，天官地官冬官详。
寓兵制，农隙讲，士民射御人人强。
重路政，通旅商，道多莦草知陈亡。

……

说科学，须兼长，一日六钟并不忙。
读五经，诵勿忘，先讲大义后精详。
修身学，重伦常，孝悌爱众尊师长。
历史学，知已往，世界变迁弱变强。
地理学，先本乡，由近及远分方向。
中国外，有列强，勿学井蛙拘坳堂。
算数学，简为上，比例代数捷非常。
八线表，不用想，能通几何包九章。
博物学，穷天壤，卫生益智心开朗。
理化学，原质详，配合制造通阴阳。
辨碳酸，分硫养，火药全仗硝磺铔。
电矿气，力声光，理化门门有专长。

图画学，摹物状，先用毛笔后尺量。

政法学，治国方，后生浅学莫躁妄。

陆军学，分两堂，战术计划戒鲁莽。

沟垒速，地形相，火器测准马善养。

体操学，关衰旺，人人胜兵其国昌。

小学略，中学详，外国语文习一样。

高等学，通两邦，师范须明教育方。

实业学，农工商，谋生有术国力强。

方言学，少胜长，专备交涉使四方。

大学内，分八项，专门经济佐庙堂。

通儒院，精思想，新理著书胜列邦。

识字多，有理想，不入小学如聋盲。

小学成，知识亮，改业谋生并无妨。

学国文，文理畅，方解经史古文章。

学英文，用处广，英国商务遍华洋。

学日文，近我邦，转译西书供采访。

学法文，各国尚，条约公牍须磋商。

学德文，武备详，专门字义皆确当。

学俄文，交界长，教习虽难也须讲。

拉丁文，古义藏，随意学习不勉强。

说乡贤，知趋向，愿学孔道楚陈良。

不爱钱，叔敖相，贤子负薪无宦囊。

不爱官，子文尚，仕已无愠忠名扬。

读书多，左倚相，能道训典宗先王。

申包胥，忠勇将，乞师恢复楚家邦。

屈灵均，志行芳，忠言力谏楚怀王。

说名宦，知宗仰，湖北宦迹多忠良。

汉诸葛，扶汉皇，联孙破曹定荆襄。
晋陶侃，惜时光，登舟起义复建康。
宋岳飞，封鄂王，精忠刺字保宋皇。
至我朝，胡益阳，爱民礼士选良将。
东西境，贯长江，南北铁路通两洋。

……

湖北省，和约倡，长江人民享安康。
派赔款，搜索忙，各省分派民与商。
湖北省，免捐项，就将此款兴学堂。
早兴学，民盼望，各省开办无定章。
湖北省，二百堂，武汉学生五千强。
派出洋，学外邦，各省官费数不广。
湖北省，采众长，四百余人东西洋。
我同学，生此方，切莫辜负好时光。

众同学，齐奋往，造成楚材皆贤良。
文善谋，武知方，学中皆是国栋梁。
荀卿子，歌成相，此歌劝学略摹仿。
中国盛，圣教光，黄种尊贵日蕃昌。
上孝慈，下忠廉，万年有道戴吾皇。

注：自强学堂（武汉大学前身）是1893年张之洞为培养"精晓洋文"的外交人员，奏请清政府创办的中国近代教育史上第一所真正由中国人自行创办和管理的新式高等专门学堂。它揭开了近代中国高等教育的序幕。

（田有民供稿）

丁 忱

贺母校一百二十周年校庆

梅凝香雪笑，竹借严霜青；
人生新起点，来到东湖滨。
负笈进学府，黄卷伴青灯；
登堂又入室，小木终成荫。
条条科学路，年年出新星；
教学开放式，大师风范存。
花木有朝气，山石有诗情；
珞珈风水好，人杰又地灵。
一百二十载，母校更振兴；
盛世豪情在，"我是武大人！"

珞珈山写意

金桂流香醉意浓，樱花妙曼带羞红。
寒梅弄雪邀词客，古木参天傲碧空。
四季如诗美如画，两山似虎强似龙。
珞珈山上风光好，一代才人万世功。

怀　友

中秋桂子幽香夜，明月清辉应醉人。
遥忆珞珈窗剪烛，云深梦远频思君。

恋　珞　珈

曾经命笔争高下，学海探珠誉晚霞。

调到巫山神女韵，心声一曲恋珞珈。

丁天锡

临江仙·忆与珞珈诸友游东湖

忆昔东湖多雅园，微风波起粼粼。课余相约买舟行，桨声款乃，歌起鹜惊飞。　　一自珞珈骊唱歇，参商离隔心惊。而今知己半凋零！何时剪烛，知语话半生？

长相思·2010年春节贺万泽郁兄春禧

山有情，水有情，情深遥望老霄①云。山高水长吟。

欢呼声，唱歌声，爆竹声声迎早春。祝兄喜满门。

① "老霄"乃老霄顶。武汉大学在乐山时，校本部在老霄顶下文庙内。泽郁兄现居乐山市夹江县。

附：泽郁兄同调回赠一首

情也深，义也深，情义深深望宜宾，难了同窗情。

贺新春，祝遐龄，愿君长乐心太平。阖府喜盈盈。

西江月·忆嘉州同窗学友

文庙窗前共砚，凌云山上同游。夜深灯下话心头，天下兴亡任重。　　一自参商离隔，几多喜乐悲忧！而今国运日昌优，构建和谐与共。

重九登高望珞珈

重九登高上翠屏，祖孙四代喜同行。

年轮八六无虚度，万里长江一片心。
山前菊放灿流霞，起我情思望珞珈。
喜报传入攀月桂，天河浪阔泛乘槎。
平畴漠漠日西斜，恋恋归来意未赊。
相约电传呼好友，明年返校看樱花。

《校友通讯》（2010 年）

于　浩

车 过 陕 西

长怀昨夜尽别欢，已是灯火山外山。
梦绕千年故国土，醒来万里秦塞烟。
人生苦短当先勇，世事浮沉知后难。
多少异人曾相聚，几经风雨又阑珊。

和白居易《浔阳春》诗

秋来天阔何处游？万里孤飞志未休。
山水清灵堪自赏，书生意气岂无由。
曾经陌上人如月，久在风中尘满头。
应道我心犹潇洒，莫传沦落在袁州。

静　思

　　丁亥年 4 月 30 日至南昌，回到南昌大学北区。当时正值清晨，校园里安安静静，阒然无人。雨后万物空灵，草木也愈加青翠。我坐在老文学院的门前，看许多鸟时落时起。

　　堪笑疏芜落拓身，半为君故半为心。
　　行人河畔生春草，别绪山头皆浮云。

岂有终南成捷径，何曾神女入梦魂。
异乡云树已难辨，故国风烟恐不禁。

毕业谢师宴限韵即席作诗

毕业酒会，意兴遄飞，万献初师点鱼韵，即兴而作。

笙歌一曲渐清疏，两载韶光梦不如。
草岸摇深云入海，山楼望断水接庐。
风中人静识归鸟，尘外书繁忘双鱼。
从此各为谋稻米，何年相伴看芙蕖？

于浩，男，2010年考取武汉大学文学院中国古典文献学专业硕士研究生，2012年毕业。2013年复考取该院博士研究生。

于世永等

贺武汉大学校庆

庆祝张培刚教授八十华诞暨科研教学六十周年贺词

笔耕授业六十载，一代宗师届八旬。
发展新学世公认，众口皆碑奠基人。
宏论基础系农业，人才第一启明星。
掘起腾飞赖发动，科学管理再创新。
基础设施多充实，人口增长要抑平。
资本流动驱寰宇，张师理论多阐明。
巨著一举育一代，战后多年受陶熏。
异国富贵非所愿，归去来兮返家园。
粉笔生涯在母校，弘扬学说执教鞭。
东湖之滨风光好，拂浪旗升珞珈山。

传道解惑勤为径，道德文章海无边。
滔滔不绝悬河论，谈笑风生议"大千"。
斗卧青山二十载，壁藏书剑史无前。
白发银丝悄然起，阴晴圆缺喻家山。
经济学说"不发展"，张师求真挽危澜。
上下求索新知识，新领域里谱新篇。
推陈出新全方位，博大精深特色显。
发展经济大旗举，中华科学雄风展。
三生有幸曾受业，侪辈欢欣新学传。
谁说八十都告老，珞喻学派正鲜妍。
吾师双喜大庆日，国家兴旺总超前。
愿张师松柏长青，芬芳桃李代代传。
经国济民永流芳，名标青史壮河山！

　　武汉大学经济系 1945 年毕业之于世永、王孔旭、王时杰、王家才、田林、皮公亮、向顺立、任峻山、李九河、李祚俊、宋子如、吴先搜、沈行苇、孟达宏、周寿祚、周俊芳、周熙文、胡荣珍、敖忠祥、袁梅、唐仲昌、涂葆林、孙宗和、陈先正、黄振中、曾树猷、彭明朗、彭崇熙、邹先源、赵良、赵华运、邓国光、刘超、刘丙义、谢光清、薛禹润、应鼎如（按姓氏笔画多寡排序）等三十八位校友。

《珞珈》第 115 期，1993 年 4 月

万文彬

解　佩　令

　　读清词人朱彝尊［解佩令］词："十年磨剑，五陵结客，把平生涕泪都飘尽。老去填词，一半是空中传恨……"颇有感触。故按此词大致格局，试创新声（即不完全拘于其字句平仄韵），填词述志。

八年抗日，十载刀枪①，血泪洒遍中华沃壤。老至填词，半为泄胸中热望。忆当年，浴血沙场。

卸去戎装，修文习史，怀远志，谋国富强。而今已老，独呐喊，宣播华光②。人将逝，此志无疆。

①指我在军中工作十载。
②指我在 Houlton 独自创办美南中华文化图书馆。

《校友通讯》（1997 年）

游黄鹤楼感怀

滔滔江汉黄鹤楼，巍巍壮丽傲江流。
重临山河皆如旧，物阜民丰少患忧。
仰望白云怀千古，俯看龟蛇似画图。
风流人物增颜色，江汉渔歌唱晚秋。

同日游黄鹤楼戏作

杨子矶头黄鹤楼，蛇山为体作龙头。
惊梦双江龙嬉浪，醉看龟山戏作球。
倚楼笑谈今古事，退思报国酬教育。
登楼瞭望思来日，飞云奔浪下扬州。

2006 年 9 月于美 Houston 寓所

注：万文彬老人，1918 年出生于湖北黄冈（现属新洲区）仓埠附近杨斐庙区吴家村，现旅居美国。老人一生生活俭朴，虽可自给，并非富有，然乐于助人，近年来，对武汉有关学校均有捐赠。1999 年 11 月 4 日晨武汉大学设立万文彬奖学金，后又有增补。

《校友通讯》（2009 年）

万泽郁

满江红·武大迁乐山七十周年纪念

抗战军兴，避寇扰，武大西迁。八年整，艰苦奋斗，胜利复员。梅花香自苦寒出，精英辈出磨砺先。忆往昔，师生同舟楫，苦犹甜！

七十年，一瞬间；乐与武，紧相连。江山隔千里，一线情牵。乐山长留武大念，武大常忆是乐山。武大人，天涯共勖勉：谱新篇！

王星拱校长塑像落成有感

目睹塑像鞠躬先，缅怀校长忆当年。
尊贤礼士纳众议，兼容并包谱新篇。
护师爱生拒非理，务实求真督教严。
坦荡无私严律己，典范长存启后贤。

共创辉煌（古词风）

武汉四强，名闻遐迩。齐携手，共创辉煌。院系齐全，设备精良。爱东湖碧，珞珈美，黉舍广。　名师高足，铮铮锵锵，创一流，不负众望，攻关夺隘，敢拼敢闯。喜人出众，气昂扬，斗志刚。

致恩师韩德培

师生别离久，未了绛帐情。
二载承教诲，一生铭叮咛。
是非知鹿马，泾渭见浊清。

路遥马力健，松柏自长青。

《校友通讯》（2000 年）

万献初

珞珈冬韵

金风一度露华浓，月照琴台戴雪松。
柳暗蒙蒙曾十载，花明烁烁又千重。
休疑路远伊作伴，自信山高我为峰。
莫道无心来看雨，秋如五月夏如冬。

空山晚秋

秋深湖远水空濛，寒露沾衣便到冬。
八骏图边三尺菊，九龙墙上五棵松。
林梢风动惊山雨，寺外云游散晚钟。
寅夜倚窗听石濑，一声鹤哨到帘栊。

向学问

春山欲倒醉难扶，意在乌蒙我不孤。
半亩花田因雪老，满枝兰若向阳铺。
经书自养宜多寿，朴学他传是好儒。
莫道文章修月手，老聃西去即浮屠。

投缘分

半是梓桑半是檀，熏风盂夏起微烟。
留心满树新添绿，犹显枝头旧岁妍。
执著尽头难执著，挂牵终了无挂牵。

月圆人定为十五，十五何嗟月始圆。

万献初，1956年生，湖北咸宁人，武汉大学文学院教授，博士生导师。《辞源》第三版分主编。《中华大典·音韵分典》副主编。已出版专著《〈经典释文〉音切类目研究》、《音韵学要略》等多种。

马 良

遥贺汪红老师生日快乐

本命年好运，生日喜来临。
珞珈红梅树，武大成功人。
患难夫妻情，教养父母恩。
有女万事足，况复懂英文。
往来京广道，数度扣君门。
感君款待厚，愧我晦气深。
长江流日夜，白云万古存。
何时返母校，共赏东湖春。

咏 四 园

桂 园

桂园八月景色异，繁花似锦压枝低。
月下漫步林荫道，流光徘徊香沾衣。

樱 园

樱园大道赏奇葩，老干无叶先生花。
俯瞰一片香雪海，三镇游客俱忘家。

梅　园

梅园最好是严冬，红梅花开清香浓。
莘莘学子留倩影，林间雪地笑融融。

枫　园

枫园万木染秋霜，红叶如丹映朝阳。
远眺东湖千顷碧，回眸珞珈山色苍。

《校友通讯》（2000 年）

马良，毕业于武汉大学，美籍华人。

马延才

同学，你好
——为 2009 年北京同学会作

同学，你好！／是北京集结号，／让我们又相聚了。／哦，老啰！／听乡音未改，／依然是那熟悉的微笑。／别来无恙吧——／还有你一家老小。／哦，老啰！／看身子骨挺好，／依稀可见你校园时的风貌。／脸上无华乃岁月塑造。／来，我们塑造岁月让晚年如花繁叶茂。／哦，老啰！／可往事历历记忆牢。／龙门阵一摆有说有笑。／也甭自信过高啊，／新北京——你我要蒙成新世纪的刘姥姥。／地球人都知道：一代一代生命的勃起，／伴随一代一代的衰老。／我们言老无悔——／悔自找烦恼。／时不我待，要珍爱今朝。／我们甚至有点自豪，／几十年奔程，／人生小车吱吱不倒。／我们情系中华，／乐于给年轻后生让出快车道。／我爱晚霞映红天幕，／也爱深秋那蜡黄装点地表。／隆冬，我品着热茶凭窗远眺，／赞叹寒风携手白雪为世人

15

环保。／啊，七彩人生美轮美奂，／哪怕到老。／同学，你好！／
感谢你——北京集结号，／我们一个愿望实现了。

《校友通讯》（2010 年）

马延才，1960 年毕业于武汉测绘学院航测专业。

马宝鸿

诗 二 首

　　回忆往事，我想起 20 世纪 60 年代初期，我奉调武汉大
学，在东湖边珞珈山度过的青春岁月。那是我一生中最值得回
味的日子。1976 年初举家移居香港后，迄今已整整 30 年了。
近期随意写下诗二首，特此献上。

无 题

翘首北云忆旧游，珞珈岁月逝悠悠。
雁声远过潇湘去，永怀师友度春秋。

偶 拾

分飞劳燕各东西，潇湘楚水情依依。
岛居卅年君莫笑，留取鬓丝与布衣。

《校友通讯》（2006 年）

马承五

重聚九八

　　1988 年 10 月，我们年级的同学首聚珞珈山，共庆毕业 20
周年。今岁金秋时节，我们再次相聚母校，65 位同学除 3 人

作古外，有 50 人回到母校，重聚珞珈。面对一个个鬓发斑白、
"不似少年时"的学友，感慨颇多，促成此诗，聊表心迹。

> 梦绕樱园三十载。今朝重聚珞珈山。
> 青春负笈风华茂，老迈凝眸珠泪弹。
> 浩水流回千棹影，艰辛换取二毛颜。
> 龙台落帽君休笑，手把金樽再醉难。

寄随州学友

1995 年国庆，绪明学兄盛邀汉、襄同窗赴随州，共赏荆楚文
化，同览古都风物。感思萦怀，诗情逐浪，赋七绝一首以寄之。

> 古邑千秋峙鄂中，悠悠情思感神农。[①]
> 凭君了却谢公意，大小洪山一脉通。

①随州建有炎帝庙和神农氏诞生地等遗址。

《校友通讯》（1998 年）

马哲琳

望江南·三十年重聚抒怀

难忘怀，母校珞珈山。樱花如云隐学子，楼阁如画育英
贤。梦绕东湖畔！喜重聚，相见难相辨。莫道风雨催人老，更
有飞鹏跃云天。奋跨新纪元！

《校友通讯》（1999 年）

马哲琳，现名金哲。武汉大学历史系 69 届毕业生。现在河南省体
委工作。

马嘉奎

武大校庆有感

武大林园秀珞珈，百年名望振中华。
常栖革命先行者，辈出强国科学家。
曾见坊门镌众艺，今开院系感无涯。
庆辰若问何为乐，四海遍开桃李花。

校庆敬师尊

校庆欣逢双甲子，湖山秋色满天霞。
千红万紫园丁力，劳苦功高教育家。

吊闻一多

武汉大学老文学院东草坪有闻一多坐忖思远大理石雕像

奇哉闻教授，思索几时歇。
寓教拯民族，醒黎救中国。
舍身争民主，壮烈流碧血。
灵魂应不泯，楷模后辈学。

别武汉大学留言刘云霞女士

心钦千载峥嵘地，喜入知名大学堂。
树影葱茏荫玉殿，湖光荡漾映琼廊。
白云生处白云聚，黄鹤楼头黄鹤翔。
莫问寒窗同几度，音容笑貌敢相忘！

马嘉奎，字懿之，笔名枫峰。武汉大学图书情报学院 90 届专业证书班毕业，从教、军、商各业余年。中华诗词学会会员，莲池《采风》诗刊副主编。

王 颖

听昆曲感赋

聆君风絮下，南朝扇犹朱。惊然拾卷轴，试将小字呼。

黯立西楼夜，怆抚尺素书。若临天上月，清迥绝尘芜。

若枕涧中石，玲珑漱玉珠。若弄梅边雪，香寒衣尽濡。

水磨歌遍彻，阶前风露徐。惘惘如失魄，回神更唏嘘。

嗟余痴数日，不辨肉和蔬。盈耳皆君曲，起坐挥不除。

昨夜梦君至，冉冉出画图。风神多俊朗，眉目旧清疏。

惜哉顷刻觉，中庭月色虚。恨我生江北，风物与君殊。

灯火繁华地，落落影还孤。我心安可住，未逐世沉浮。

折柳祈三愿，魂梦长游俱。二愿烟雨侧，相逢花盛初。

三愿付来世，生我于姑苏。渺渺春江畔，共君比邻居。

定风波·遥闻珞珈樱花开

聊放思心共纸鸢，江南春水惘如烟。最记看樱人鼎沸，风起。漫红零落碧空前。　　怕向酒阑人后住，回顾。小窗明月不周全。梦入江城聆玉笛，踪迹。那年花下久沉湮。

浣溪沙·病

微雨漫天落梦斜，翩跹归燕拟谁家。新来愁病旧添些。未得零星分寂寞，暂依杯酒记年华。思之今我独天涯。

临江仙·火车上作

寒透罗衣秋觉早，行行雨幕清疏。远山渐望渐模糊。君名轻划字，窗上水烟浮。　　昔日关情有月，于今和月都无。迷离风色满平芜。此生同落絮，不记那归途。

王颖，武汉大学文学院毕业，现在美国加州大学洛杉矶分校学习。

王 燊

公 祷

街道口，有一座武大老门；/珞珈山，有许多武大老人。/多少学子，进出于武大老门；/多少人材，受益于武大老人。/老门一直作武大前卫；/老人大都为武大功臣。/忆往昔，实难忘武大老门；/看今朝，更感激武大老人。/几经沧桑，武大老门依旧巍然耸立；/岁月更迭，武大老人不免渐次凋零。/重修老门，确期群策群力；/善事老人，切勿抛入霄云！/不难理解：门存未必人存。/无门有人，武大还是武大；/有门无人，枉负水秀山明。/似可门半斤而人八两；/但重门而轻人。/千祷万祷，愿老门永立清风常照明月；/万祷千祷，祝老人福寿康宁松柏长青。/阿弥陀佛！/善哉，阿门！

《珞珈》第 113 期，1992 年 10 月 1 日

王天立

友 谊 颂
为纪念毛主席与李达校长而作

一

寓所相识画舫分，比邻共识友谊纯。
携手创办《新时代》，酿讨纲略夜继晨。

二

武昌分手风雷骤，历尽危艰壮志酬。
月近西山言未尽，深情绝胜关张刘。

三（冬衣）

雪地珞珈水冻冰，同窗送暖若春风。
深情厚谊实难忘，风尚传承示后生。

四（秋游）

泛舸采菱味最鲜，岸边点火煮中餐。
萋萋野草如茵软，起舞欢歌月映天。

王天立，1958 年毕业于武汉大学化学系，曾任河南省科学院化学所研究员、所长。其对黄腐酸的研究，有两项获得国家级科技成果奖，荣享政府特殊津贴。

王天运

《伟大的旗帜》观后

缅怀邓公小平

嵚崎磊落邓明公，浩然正气贯长虹。
铁臂戮力挽狂澜，乾坤扭转导航程。
理论准则循马列，思想发展毛泽东。
先哲已去遗爱在，精神永活人心中。

《校友通讯》（1999 年）

王世昌

生物系64级部分学友团聚

64进校记忆深，劳动军训有方针。
"文革"处处腾熏烟，珞珈五载忆年轮。
斗转星移五十春，而今相聚有几人。
盛世举杯庆团聚，来年月桂听佳音。

赞朱英国学友

同窗百人各千秋，唯有英国献鸿猷。
亘古神农开五谷，今有朱氏杂稻菽。
咬定青山平生愿，南繁北育热汗流。
优质稻米养万民，一曲高歌学友酬。

《校友通讯》（2010年）

王文华

贺武汉大学120周年校庆

前清建校苦经营，百廿周年展大鹏。
先哲呕心拓广路，后贤掬翠育精英。
园花四季群芳艳，硕果千方伟业兴。
红日凌空光耀后，蛟龙骏马万里明。

幽雅林园绿映红，亭台虬柏伴新松。
珞珈桃李香天下，文苑梅樱负盛名。
湖水清波映古厦，山风爽气润书声。

长江巨浪胸中卷，科海惊涛笔下鸣。

王文华，笔名文川。宁夏区纪委常委、正厅级专员。中华诗词学会、中国楹联学会会员，宁夏老干部诗联学会会长。有《岚溪吟草》、《王文华联稿》行世。

王文彬

重上珞珈山（古词风）

首届税专校友毕业五十年后，重返故地，再上珞珈，心潮澎湃，欣然命笔。

三月飏花，白发相携，重上珞珈。看琼楼玉宇，琉璃依旧；燕舞莺歌，樱花树下。山峦叠翠，湖光潋滟，春风桃李斗奇葩。须纵歌，赞精英摇篮，誉满华夏！

遥想初迎朝霞，引吾辈报国投武大。习经济法则，孕育才华；陶冶情操，意气风发。星移斗转，寒来暑往，鞠躬尽瘁为国家。今老矣，叹夕阳有限，余晖无价！

王孔旭

贺培刚师九十华诞（古词风）

烈日熔金，晴空逞威，寿诗竞谱。污藕浮荷，爱莲曾说，凉意知几许？九秩华诞，祥和天气，沧桑暴风骤雨！共相约，期颐在望，绕膝耄耋桃李！　珞珈盛日，黉门硕儒，数典李王周祖。中西武渐，台柱四擎，海内争翘楚。旗鼓再振，经院商院，人道名牌可数。遥想身曹心汉事，不似关羽！

《校友通讯》（2003 年）

经济系毕业60年回咏

倭寇投降我高歌，举世欢腾鞭炮多[①]。

昂首阔步进学府，月珥塘畔乐如何。

四大名校雷贯耳，四大台柱创学说[②]。

部聘教授诲经典[③]，嘉州小城读书乐。

鲠生校长续伟业，新旧交替苦运作。

骅骝何止三剑客[④]，六个学院巍大学。

培刚承前超南陶[⑤]，发展宏论扬哈佛。

丛书编委刘南陔[⑥]，微服上将杨端六。

史学大师李剑农[⑦]，资深教授谭崇台。

凯恩权威刘涤源[⑧]，议案专家李崇淮。

商科教育树根深，英美德日呈流派[⑨]。

新老荟萃经济系，名师云集菔老牌[⑩]。

鞭炮声声别武大，新的中国已迎来。

四载熏陶如昨日，愧对恩师我不才。

六十春秋顷弹指，沧海桑田唱和谐。

但祈皓首又转青，武大招生我再来。

①1945年抗日战争胜利，全国城乡鞭炮齐鸣，我考入乐山武汉大学。1949年中华人民共和国诞生，我在鞭炮声中毕业于珞珈山。

②当时的杨端六、刘秉麟、戴铭巽、陶因被称为经济系的四大台柱。

③当时全国共有"部聘教授"45位，其中武汉大学有3位：周鲠生、杨端六、刘秉麟。

④周鲠生赴美国讲学期间在留学生中选拔人才，登门邀请来武汉大学者达50多人。其中的张培刚、韩德培、吴于廑被称为"珞珈三剑客"。

⑤张培刚之前的系主任陶因曾被《大公报》评为全国十大著名教授之一，有南陶北马（寅初）之誉。

⑥刘秉麟别号南陔，时任《辞源》编委和大学丛书委员会成员等。

⑦李剑农教我们的"中国经济史"。1991 年出版的《近代国际大史学家》，收录 1800 年以来各国史学家 644 人。李剑农名列中国 14 人中。

⑧刘涤源是研究凯恩斯理论的权威学者。

⑨第一任系主任皮宗石和任凯南、杨端六、刘秉麟、温嗣芳等是留英的；陶因是留德的；彭迪先、陈家芷是留日的；张培刚等是留美的。

⑩南开大学的经济学系久享盛名。1992 年，董辅礽和滕维藻聊天，滕时任南开大学校长，滕对董说："在张老师主持武大经济系的时候，武大经济系的水平是超过南开的。"

《校友通讯》（2009 年）

王允斌

期颐（古词风）

人世坎坷，何足挂齿说。尚有余生三分热，精神自有寄托。乌蒙已栽桃李，清江再留足迹[①]。七情置之度外，安然跨进期颐。

①乌江、清江，皆是我应政府协支边办邀请前往的教学之地。

90 初度有感

风雨历经九十年，遍尝人间苦和甜。
有心立志志未得，无意祈寿寿喜延。
始知功名难强就，终觉富贵应藐然。
勤练筋骨增悦貌，修身乐命步前贤。

85 岁抒怀

老当益壮一愚公，耄耋之年志不穷。
极左残酷相迫害，铁骨铮铮顶逆风。

人间委屈千古事，关岳英名万代荣。

狂飙肆尽惠风拂，寿享耄耋盛世中！

《校友通讯》（2001 年）

献碧血（古词风）

　　白首红心，怀壮志，力挽岁月。学雷锋，效白求恩，追赶时杰。豪情岂随华发减，东隅虽失桑榆接。乘东风，奋臂临长空，情切切！

　　清平世，天地白，恢弘志，衷肠热。幸晚霞再耀，浩歌长接。哀乐余生留赤胆，追风万里显高节！更暮年，奋笔写江山，献碧血！

《校友通讯》（2000 年）

王长顺

满庭芳·武汉大学百廿校庆

　　百十余年，著名学府，几多夫子耕耘。自强开课，朱笔墨香熏。又改方言励志，大武汉、国立增芳。移郊外，重新选址，秀水碧冈珍。　　山门、新起点，崎岖险路，恳恳勤勤。育桃李千千，谁不超群。处处雕栏画栋，松柏壮、岭又逢春。梅园靓，樱花玉洁，天上桂香喷。

珞珈山

　　落驾楚王褒奖功，观音路过送春风。

　　罗成会友曾留史，秀岭改名今走红。

满庭芳·武大赏樱花

　　碧瓦朱甍，雕梁画栋，处处金碧辉煌。劲松青柏，林木莽苍苍。昨夜东风爱抚，小伞撑、萼嫩钟芳。云缭绕，接连湖浪，怒放在诗乡。　　茫茫，人似海，车如聚蚁，学府寻香。看蓬勃生机，蝶绕蜂忙。如此冰清玉洁，谁不爱、馥郁罗裳。熏冰镜，嫦娥大喜，误作桂先黄。

摊破浣溪沙·珞珈山

平叛庄王满岭霞，观音经此落袈裟。传说增添宝山秀，属罗家。　　珞石质坚心志大，将山装点胜琼珈。多谢一多①山号改，响中华。

①一多，闻一多。

王长顺，笔名上川，1969 年冶炼电气专业毕业后分配到武汉钢铁厂程潮铁矿干供电工作 30 余年。现为中华诗词学会会员、中国国学协会会员。

王令高

誓言共勉

庆党七十四周年，饱受党恩重如山。今甜莫忘昔日苦，誓言余热献人间。

党恩雨露润心田，功贵名利视云烟，喜看祖国日日强，欢欢喜喜度晚年。

《武汉大学报》，1995 年 6 月 25 日

庆祝中国共产党成立 75 周年

党啊，英明又伟大，/特色理论安天下，/改革开放政策好，/富国裕民振中华。

余热生辉，／人老心壮志没残，／"九五"大业宏图展，／愿为祖国再担纲。

王令高，武汉大学离退休干部。

《武汉大学报》，1996 年 9 月 10 日

王兴科

长 跑 赞

星星闪耀，晨曦初露；／黎明多么美好，我们越野长跑。／笑迎风雪严寒，何惧肌肉酸痛；／锻炼革命意志，必须坚持斗争。／一步一个脚印，扎扎实实前进；／胸中装有英雄谱，万里征途攀高峰。

《武大战报》，1975 年 12 月 20 日

王远良

武大老人梦献给 120 周年校庆

八千樟树亮，十万教读忙。
操场奏交响，珞珈乳燕翔。
科涵天与地，文聚东西方。
雨汗长挥洒，桃李共芬芳。
六十靓靓女，七秩憨憨郎。
背起旧书包，走进新课堂。
云霞挥彩练，桑榆沐朝阳。
心宽怀禹域，手痒描故乡。
头昂山起舞，足踏渔歌徜。

巍巍老武大，节日著华章。
花甲乘双庆，筑梦再飞扬。

梅 园 感 春

万朵火云染，隆冬春色繁。
乾坤凭此暖，不再畏严寒。

樱 园 观 景

未名湖水浅，大道粉花扬。古木常为伴，新鹏时远翔。
登临斋舍顶，俯瞰美霓裳。丽景催人奋，九州尽玮煌。

诗 苑 求 乐

律绝巅峰高，初学吃不消。二四句必韵，凝思冶情操。
美感兼哲理，新作渐妖娆。喜创无究境，日日乐逍遥。

王远良，武汉大学图书馆退休干部。

王远琦

斋下一小径

樱花四月夹道绽，学生斋下小径明。
烂漫似锦白里红，笑闹喧声花下行。
匆匆上课轻步履，报国求知拳拳心。
时光流逝弹指间，回首一顾四十春。

忆 往 事

年少求知来东湖，珞珈山上斋舍读。

酷暑寒冬五年熬，自修正果各求高。
斋前晨读踏青坪，一担开水荡不停。
寒夜心专好读书，图书馆里座无虚。
往事历历俱鲜活，妙趣桩桩回忆多。
青青逝去未蹉跎，无悔人生笑呵呵。

《校友通讯》（2001 年）

王时杰

毕业六十周年吟

武大同窗有个班，张师①命名孝子班。
你请我约常聚会，情深谊长共乐欢。
而今毕业六十载，忆旧求新天地宽。
尊师爱友最可贵，珞珈书香好风光。
仍记昔日同窗读，转瞬白发浓于霜。
天南地北家何处，思念之心夜梦香。
生活本是一首诗，愿与松柏共生长。
轻车熟路不停步，与时俱进创新方。
龟蛇二山同云雨，明月依旧照我乡。
六十年后重相聚，国强民富好家邦。
岁月如歌花如海，舞文弄墨写文章。

①张师，指张培刚老师。

《校友通讯》（2009 年）

七律·咏《珞珈诗苑》

一夜寒风满目霜，东湖咸泪透心凉。
江河波浪惊春梦，墨客文人欲断肠。

出了栋梁山锦绣，飞扬气韵意深长。
匠心铁笔穿雷雨，精品纵横越大洋！

王青松

咏武大春英诗社

一片晨光飞武大，明杨暗柳发新芽。
金童学海翻银浪，玉女山峰炼赤沙。
何处匠心扬国粹，这方铁笔献奇葩。
今朝诗社星灿烂，来日长河放彩霞。

水调歌头·求知创业

渴望知识海，池问上山峰。逢时成了学子，有幸做条龙。雨雪风霜为伴，春夏秋冬苦旅，学海立苍穹。毕业添光彩，枝叶显葱茏。　踏实地，再奋斗，抖雄风。千难万苦炼羽，展翅亮长空。足下腾龙跃虎，胆壮精心创业，几度放彩虹。今日动诗念，明月照青松。

沁园春·和谐

万里晴天，一片晨曦，大放彩霞。照五湖四海，艳阳世界；千村万户，龙凤人家。融化冰霜，送来雨水，锦绣河山碧绿纱。城乡亮，赞世人气旺，遍地鲜花。　长河竞发千槎，吟不尽，英雄似白桦。看官场上下，围奸硕鼠；暗箱内外，痛剿乌鸦。有意苍天，无情法律，甘露春风育百葩。涛声动，喜神舟破浪，气壮中华。

王青松，1988 年毕业于武汉大学，政工师。中华诗词学会会员，省直鹰台诗社常务理事，《当代老年》杂志诗词编辑。有《青松诗文集》行世。

王贤林

忆 武 大

夜梦依稀珞珈来，拜望母校几徘徊。
语重心长犹凝耳，天悠地久不忘怀。
俄文原为五载修，寸草报春万难排。
讵料"文革"空回首，久困穷陬樗栎材。

《校友通讯》（2006 年）

王治民

七十五岁抒怀
——赋诗向各位老校友致意

报国屯边到海疆[①]，此身有幸献农场。
几番冤屈心犹壮，半世艰辛体尚康。
硬骨柔肠常淡泊，劲松修竹傲炎凉。
欣逢跨纪升平日，未晚桑榆耕作忙。
我逢生肖本为牛，只问耕耘不计酬。
廿载光阴常夹尾[②]，六旬岁月始抬头[③]。
辛勤哪管荣和辱，奉献方知乐与忧。
老且奋蹄迎夕照，砚田一片可丰收。

[①]1948 年 12 月，我离校回乡，在中共潭湘宁边委参加革命。1952 年 3 月为"发展橡胶，巩固国防"调广东雷州，从事农垦工作直至离休。

[②]1958 年后之 20 年，在历次政治运动中，某些单位领导人以"夹

着尾巴做人"一语告诫于我。

③1979年拨乱反正，撤销"处分"时，已进入人生第六旬岁月。

《校友通讯》（2001 年）

沁园春·赴雷州半岛种植橡胶

一

赫赫高雷，功著千秋，谪中十贤①。纵雄才伟略，终成泡影；穷乡瘠野，难改容颜。海盗凶狂，鼠瘟肆虐，哀我苍生受苦煎。风云变，要翻天覆地，换个人间。　　推翻三座大山，庆解放迎来明朗天。喜肃清匪特，安居乐业；铲除封建，土改分田。政治清廉，工农发展，百废俱兴齐向前。颁决定②，派大军进驻，培植胶园。

二

十万军民，大野安营，半岛扎根。为资源自给，破除封锁；国防永固，乐受艰辛。巨手扛枪，钢锄震地，保卫和平作铁人③。迎难上，盼早收银乳，争献青春。　　风寒旱害频频，造环境林间气象新④。有磨肩挑水，湿淋根壤；越冬包草，保护苗身。构筑梯田，栽培覆盖，珍爱情怀永不泯。思往事，要发扬传统，永葆青春。

三

南国明珠⑤，血汗浇成，史册颂称。忆荒原垦殖，知难而上；农田建设，以苦为荣。斩棘披荆，战天斗地，赢得工农事业兴。经改革，又更新体制，开拓前行。　　市场经济飞腾，靠勤俭迎来利润盈。看胶林茂密，蔗麻高产；畜禽兴旺，茶果丰登⑥。产品优良，名牌远播，一派宣扬赞誉声。须谨慎，正与时俱进，再创高新。

①历史上有十位贤臣谪守雷州，雷州西湖建有十贤祠。

②为粉碎经济封锁，争取橡胶自给，1951 年 8 月 31 日，中央人民政府政务院颁布《关于扩大培植橡胶树的决定》。

③1951 年党中央明确指出："橡胶事业是国际事业，是保卫世界和平的事业，必须马上动手。"

④营造防护林，种植覆盖作物，创造良好的小气候环境。

⑤1956 年周总理为广东西联农场题词："南国明珠"，并载入农垦史册，因以泛称。

⑥当前以橡胶、蔗糖为主要产品，结合剑麻、茶叶、水果、林木、畜禽等多种经营，农工商全面发展。

《校友通讯》（2006 年）

王星拱

题板桥清境府

清妙入神，听笛里梅花，白石平湖今夜月；

境高千古，看客中茅店，板桥人迹旧时霜。

王星拱，武汉大学原校长。

《珞珈》第 118 期，1994 年 1 月 1 日

王家才

瞻仰诸位先贤的塑像

毕业于武汉大学经济系的王家才、王时杰、王孔旭和皮公亮于 2005 年 12 月 9 日结伴回到珞珈山母校，瞻仰了诸位先贤的塑像，并赋诗志念。

（一）瞻仰母校先贤塑像

名校名师名学子，相容兼学兼百家。
爱国、爱民、爱科学，有德有才有奇葩。

（二）颂张之洞

名臣创名校，百年诲我曹。
数典若忘祖，显贵罪难逃。

（三）颂李四光

大学多大师，筚路蓝缕时。
地质常放光，桃李浴春风。

（四）颂王世杰

雪公自崇阳，巴黎反签降。
一生多冠冕，校长最辉煌。

（五）颂王星拱

辛亥老革命，一代赞完人。
耕耘十七载，学府更扬名。

（六）颂周鲠生

法学一泰斗，外交真理手。
武大六学院，全国几校有。

（七）颂李达

求实批顶峰，真理在胸中。
惨遭狗官妒，英名贯长虹。

（八）颂闻一多

首掌文学院，横眉起拍案。
荆楚大才子，珞珈耀宇寰。

《珞珈山》第 164 期，2006 年 7 月 1 日

班 友 团 聚①

一

分离经半纪，今日应邀回。
畅叙同窗事，欢歌共举杯。

二

师道仰山斗，校名扬五洲。
历程逾世纪，桃李遍环球。

三

十月早菊黄，群贤汇鹤乡。
师恩当永记，举盏祝安康。

四

老骥志千里，苍松耐岁寒。
他年再聚首，三月早春还②。

①团聚，指 1999 年 10 月，经济学系 45 级同学，为了纪念毕业 50 周年，从祖国各地（包括台湾）返回母校的一次大聚会。
②每年 3 月，母校樱花盛开，此时，是校友返校尊师团聚的大好时节。

《校友通讯》（1999 年）

贺培刚师九十华诞

一

九秩遐龄老有为，师生祝嘏颂齐眉。
安然自若春常驻，期颐盛世再举杯①。

二

十佳校友显荣光，一代宗师名早扬②。
桃李花开中外艳，创新经济永流芳③。

①见《财政监督》2002年第2期"张培刚先生近影"所感。
②张培刚老师曾荣获第二届武汉大学杰出校友称号。
③创新经济，这里是指《发展经济学》，其创始人即张培刚老师。

《校友通讯》（2003年）

王家贵

瞻仰武汉大学张之洞铜像

置君僻远君何辱，开创元勋谁可侔。
耻与桃樱朝北陛，甘同松竹立南丘。
精英继武升三级，瘰痦虚文下九流。
民众心中有尺度，访贤谒圣溯源头。

半 山 庐

半山庐在珞珈西，雅舍精堂林壑低。
蒋氏临时作官邸，周公此刻比邻栖。
共商国是输筹策，同伐中原事鼓鼙。

日寇投降新政建，当年情景已凄迷。

周恩来小道

恩来小道达山腰，屈曲盘旋石级高。
老舍动员陈武略，半庐会面展文韬。
齐心协力抗倭寇，共党国军同部曹。
历史烟云早散去，今临其境见樱桃。

郭沫若旧居

沫若旧居修缮毕，精神焕发笋山岗。
青砖红瓦容颜靓，铁骨钢筋体魄强。
林木参差珍鸟集，山花烂漫蜜蜂忙。
游人至此肃然立，一代文豪翰苑香。

《珞珈》第 112 期，1992 年 7 月 1 日

王家贵，武汉大学附中退休高级教师。

王家鸿

眉州怀东坡先生

乱离随处足清游，行向长江最上头。
我客西川公客楚，眉州未必胜黄州。

嘉 定 寓 舍

江汉滔滔入望忙，嘉州小圃足徜徉。
芭蕉过雨高于屋，翠竹笼烟绿过墙。
大块文章归自在，养心清静得和康。

近来苦作收京想，好梦无端向武昌。

哀嘉定①

徙薪曲突昧深谋，凿石为家计未周。

此日咸阳三月火，百年华夏戴天分。

空中甲马青云暗，望里旌旗白日愁。

故鬼烦冤新鬼哭，山城雨湿声啾啾。

①嘉城于 1939 年 8 月 19 日遭日寇飞机惨炸。

王益龄

难忘珞珈
——贺《岳阳珞珈》创刊

难忘珞珈，珞珈终年滴翠。难忘东湖，东湖柔波秀水。

琅琅书声常伴和燕语莺啼，林中漫读也曾被樱花陶醉。

难忘绮窗里莘莘学子焚膏继晷，难忘飞檐下含英咀华学者荟萃。

科研气息熏染得我们手不释卷，人文精神提升了我们人生品位。

难忘曾目睹书本坐牢理性下跪，难忘那年头斯文扫地珞珈蒙灭。

折腾得我们青春打断理想折翅，蹉跎锦绣年华都摊上我们这辈。

难忘云开雨霁珞珈倍显雍容俊美，难忘老友重逢霜鬓相向情激泪飞。

趁这瑰丽晚霞何不来个黄昏热恋，让鸿雁加班热线更热把光阴追回。

《珞珈》第 166 期，2007 年 7 月 1 日

王敦荣

忆教书生涯

育李培桃不计年，青灯一盏夜无眠。
忽传硕果金秋灿，喜泪盈盈望远天。

念　师

东西寰球远，银线喜传声。
一别卅余载，吾师情谊深。
问声师长好，不觉泪花盈。
犹忆青春日，长怀培育恩。

南吕四块玉二首

看皮影戏

围着火，乐呵呵。皮影戏中趣事多，鸿儒野老田头坐。一
人领唱众人和，闲快活！

访　亲　友

寒风起，黄叶落。天气晴朗暖呵呵，探亲访友家园乐。叙
家常，忆往夕，多快活！

王敦荣，工学部原附中高级教师，已退休。

王登林

纪念周总理百年诞辰

题重庆曾家岩五十号周公馆

主人已乘黄鹤去，此地空余一小楼。
以沫相濡豪士聚，燃萁煮豆缇骑游。
八年伴虎轻生死，十载降妖费运筹。
天宝物华英杰出，神州万里竞风流。

一九五八年三月五日晋见周总理

一别长湖四十冬，难忘最是见周公。[①]
六旬华诞未祝嘏，百载诞辰情更浓。
妙语连珠惊四座，春风化雨铭五中。
十年面壁终破壁，天下何人不仰崇。

①1958年3月5日，我和廖伯康、向洛新、罗广斌，在狮子滩水库
（今长寿湖）向周总理汇报在此建农场，综合利用水库的情况，当时总
理谈笑风生，妙语连珠，我等深受教诲，而不知当日正是周总理六旬华
诞矣。

《校友通讯》（1998年）

王嗣军

离休忆母校

一

曾记当年搏浪沙，力摧腐恶正风华。[①]

珞珈有恨飞狂雨，鄂水无情葬落花。
唤起同窗反内战，护产保校卫邦家。
春来喜看坚冰化，朗朗乾坤笑语哗。

二

黾勉操觚四十年，芳菲桃李满春园。②
磨穿铁砚心有托，苦伴青灯夜无眠。
人树百年关国运，才储八斗为蝉联。
识途老马献余热，不负霞飞夕照天。

①1948年春，在武汉大学读书，参加了当时的学生运动，在地下党组织的领导下坚持斗争。
②第二首为教学抒怀之作。

《校友通讯》（1995年）

柳梢青·母校之春

芳草茸茸，奇葩艳丽，杞梓葱茏。绛帐传经，芸窗砥砺，体艺争雄。　文明美景新风，旭日照，层楼映红。学海扬帆，书山览胜，春满黉宫。

浪淘沙·中秋望月

玉兔走中天，岁序绵延。嫦娥不老步生莲。碧海青天如有约，爱献人间。星际任流连，科技争先，巡天访月托飞船。除尽婆娑秋桂影，亮丽年年。

《校友通讯》（1999年）

缅怀孟宪鸿、陈震雷同志

孟、陈二同志是我在武汉大学读书时的同系同班同学。武汉解放前他们都是中共地下党员，我当时也参加了地下团组织，在共同的战斗中结下了难忘的友谊。抚今思昔，有感而赋。

惊闻二君骑鲸去，啼鸟落花亦怆情。
地下斗争祛鬼蜮，胸中兵甲捍江城。
运筹帷幄多机智，与子同袍胜友生。
月落屋梁萦别绪，珞珈松柏郁青青。

一剪梅·校园小草颂

小草茸茸自盎然。绿满春天，香满春天。黉门处处惹人怜，欢乐无边，幸运无边。　　风疾不斜韧性坚。雨露频沾，丽日高悬。生生不息意绵绵，装点人间，分外鲜妍。

《校友通讯》（2005年）

王新才

小坐临风

红枫叶映蔚蓝天，小坐临风人自仙。
我欲买山栽万树，秋收五彩饰吟鞭。

壬辰六月初三登岳阳楼

长驱不畏暑，来上岳阳楼。
莫辨清沧水，唯思先后忧。
小乔空有墓，大国早无俦。
欲倩巴陵酒，醉开天下秋。

浪淘沙·壬辰五月二十游太鲁阁峡谷

水急涌浑黄，咆哮如狂。相思腾似马无缰。直把高岩深切去，铺作河床。　故景最难忘，雾隐云藏。再回首处总苍茫。情共曲溪流不尽，终泛汪洋。

菩萨蛮·雨后

雨声歇后鹃声起，鹃声和在风声里。屋溜打更残，似怜春已阑。　停云依旧酽，愁涌晨窗暗。忽忆那年今，一时情不禁。

喝　火　令

鬓角双飘白，林梢一抹红。淡云疏处月如弓。雀噪归栖时候，人立小楼东。　恨付江流急，经年涌海宏。更蒸腾上散苍穹。卷荡晚来风。卷荡人间好梦，无奈尽成空。

王新才，湖北汉川人。1985 年毕业于武汉大学图书情报学院，1994 年获博士学位，执教武汉大学信息管理学院 20 年，2003 年被评聘为教授，博士生导师。现为武汉大学图书馆馆长。

王新国

魂牵梦萦系珞珈

我是武汉大学物理系 1968 届的学生，毕业至今，已是"三十八年过去，弹指一挥间"。

几十年来，我曾多次梦回武汉大学；或读研深造、或带职进修、或进入其他院系学习、或与老同学相逢……有一年父亲忌日到来之前，我思念均已作古的父母，夜里竟梦见二老一起到武汉大学来看我。我正在教室听课，便让他们先到宿舍休息。父母站在老斋舍前的马路上，抬头仰望雄伟的建筑、高大的台阶，赞叹不已……梦境十分清晰。

我想，和我一样对母校魂牵梦萦的同学一定有很多，因为母校已经成为我们生命的一部分。

我写了一首诗，愿以此表达对母校的一片深情。

满怀憧憬进武大，著名学府成我家。
物理大楼老斋舍，见证青春好年华。
校庆登台展歌喉①，赞罢东湖颂珞珈。
朱总郭老诗词美②，激励师生齐奋发。
图书馆里攀高峰，六一亭前热泪洒。
运动场上身矫健，撰稿播音忙无暇③。
"文革"敢于反极左，保护校舍琉璃瓦④。
白驹过隙仅五年，终生受益影响大。
一九六八别母校，弹指一挥三十八。
秋桂飘香犹可闻，历历在目樱树花。
恩师年高体可健？学生心中常牵挂。
同窗好友情谊深，别来无恙都好吧？
山亲水亲人更亲，期盼再次聚武大。
魂牵梦萦念母校，祝愿武大甲天下！

①我 1963 年入校，适逢 50 周年校庆（按后来的考证，当年应为 70 周年校庆），我在校合唱团，参加了《珞珈山大合唱》的演出。"图书馆里攀高峰"，是其中的一句歌词，指攀登科学高峰。

②当年校庆时，郭沫若先生来函祝贺，并写长诗一首。朱德同志赞美东湖的诗句，武汉大学师生都耳熟能详。

③我当时是学校广播台的播音员，又是物理系的通讯报道员。

④1996年夏，"文革"伊始，北京学生南下"串联"来到武汉大学，看到飞檐碧瓦的古典式建筑，认为是封建主义的东西，物别是琉璃瓦屋脊上的兽状饰物，更是被他们视为必须"破除"的"四旧"。一天，北京学生爬上老斋舍平台上的屋顶意欲破坏，被数百名武汉大学同学团团围住，激烈辩论对峙后，他们终于溜下房顶。

《校友通讯》（2006年）

王焕芬

满庭芳·乱世奇缘

离合悲欢，重圆破镜，抚首回首从前。初开情窦，安庆结良缘。密约生生世世，到深夜，暗赠钗钿。风波起，夫羁美国，苦煞梦魂牵。

悽然。琴瑟散，星桥两度，桑海三迁。叹焦桐失调，各有伤痕。庆幸珠还璧合，偕白首，圣迭戈焉。同心结，当年旧侣，佳话谱新篇。

《珞珈》第115期，1993年4月1日

王熙纯

沐党恩

辉煌七五载，改革建奇勋。
崎岖变坦途，荆棘化浮云。
山河披锦绣，九州沐党恩。
老骥壮志在，愿作春蚕人。

《武汉大学报》，1996年9月10日

庆祝武大创建百廿年

一

苍松翠柏珞珈山，楼阁错落老校园。
秾李夭桃满天下，科研硕果五洲传。

二

学府成立百廿年，科研教学谱新篇。
创新开拓与时进，世界名校继登攀！

王熙纯，离休干部，曾任武汉大学统战部部长。

王德宇

武 大 情

记武汉大学北京研究生院余志雄院长、杜建伟副院长、办公室于敏主任于 2005 年 11 月 14 日到中关村敝舍来访谈。

武大北研三领导，光临敝舍带鲜花。
多谋发展办高校，校友深情话珞珈。

赠 李 锐

武大高材投笔去，舍身革命滚旋涡。
谏言三峡尊科学，囚首秦城谱壮歌。
蹈火赴汤留性命，著书立说固山河。
无缘极"左"心无愧，长寿街星总笑呵。

赠老学长王允斌

武大高材社稷梁，五车学富贯西洋。
西南重任总邮誉，风雨摧残指骨伤。
宪法人身无足重，民穷国窘有何妨。
当年往事云烟去，幸得花溪福寿长。

江城子·忆武汉风味小吃

繁华武汉伴长江。豆皮黄，面窝香。绿豆丝丝，同煮肉牛汤。绝美江南风韵味，京城缺，够愁肠。　　团圆江米肉丸尝。不寻常，总思量。特产家乡，游子岂能忘。烧卖皮光如纸薄，三鲜馅，飨儿郎。

《校友通讯》（2006 年）

王德孚

缅怀伯父王世杰

湖北崇阳回头岭，地灵人杰王雪艇。
武昌南路小学生，金陵春秋史彪炳。
北洋弃学立功勋，驰援武昌起义军。
留学英法攻博士，政拥鸿儒蔡孑民[①]。
巴黎和会阻签约，国际太平消战云。
力反封建反军阀，《现代评论》从此发。
救援中共李大钊，高擎民主科学钺。
北大教授入名流，广东中山大学筹。
《比较宪法》教程著，依法治国立新猷。
武大首任校长殊，建校珞珈伴东湖。
《资治通鉴》授老蒋，从此有缘入仕途。

教育部长合在校，西南联大育鸿儒。

从没说过"共匪"字，向毛泽东先生呼。

政治外交国事稿，国府智囊团首脑。

国共和谈中首提，政治协商会议好。

抗日战争结同盟，外交功利国家保。

外蒙独立事违心，代替签字徒自愧②。

特请陈诚为崇阳，全县公粮减不少。

《中国之命运》代学③，写"君子不念旧恶"。

台湾经济起飞快，得力于《中美商约》④。

国桢事件老蒋怨，回任"中央研究院"⑤。

台湾科学领航人，五个研究中心建。

爱护博物护中华，古玩迷成鉴定家。

著作等身法学外，还编名画辑奇葩。

爱吃家乡特色菜，千张皮炒嫩南瓜⑥。

平生好友推胡适，言行一致不虚饰。

实事求是尊人文，闲时自娱吟苏轼。

"中秋谁与共云光"⑦，凄然北望海峡寒。

力反娶妾尊人权，为官廉正不迷色。

运筹帷幄兴邦盼，育贤让位不恋栈。

墓名"校长"此遗言，两崖簧门中国捍。

①蔡孑民，即蔡元培。

②外蒙独立时代替当时的外交部长宋子文签字。

③王世杰让部下代学《中国之命运》，自己写"君子不念旧恶"一语作为总结。

④《中美商约》是王世杰签字。

⑤王世杰曾批准吴国桢把钱存入美国银行，是蒋介石同意的，后来蒋介石在会上反而批评王世杰，因此王世杰被免去"总统府"秘书长，六年后出任"中央研究院"院长。

⑥王世杰爱吃家乡菜是家父王怀瑾（世维）生前说的。

⑦ "中秋谁与共云光" 出自苏轼《西江月》词。

《校友通讯》（2009 年）

临江仙·武汉大学颂

武大风光甲高校，宛如绝色罗敷。消魂了举国名儒。珞珈山吐翠。万顷碧东湖。　千字文斋科学殿，疑仙与帝王居。中西楼馆古今殊。园丁勤建树，桃李艳征途。

《校友通讯》（2000 年）

王德孚，1950 年曾肄业于武汉大学医学院，后入清华大学地质系学习，1963 年中科院地质所研究生毕业。

韦其麟

珞珈山情分

日　子

1953 年 10 月 18 日晚，迎接新生的校车在图书馆下老斋舍的大门停下。下车仰望，那巍峨的建筑，灯光的辉煌，是我这个从桂南偏远山村来的青年从未见过的。"哦，真是大学啊!"心中深深感叹，这终生难忘的一天，是我人生至为美好的日子。

许多日子都很短暂，/匆匆逝于转瞬之间，/当你回顾漫漫的岁月，/似乎不曾有过那一天。

有的日子多么悠长，/早成昔往已很遥远，/却又陪伴你离开人世，/毕生都走不出这天。

梦 幻 曲

记得当年黄昏时分，校园总广播音乐，常有我喜欢的《梦幻曲》。

晚风轻拂微微的清凉，/草木飘溢隐隐的芬芳。/幽静的小路穿过林间，/诗情伴随琴声的悠扬。

彩霞一般的青春憧憬，/前程似锦的年轻想象……/昔日的学子今已老去，/梦幻曲是否仍在荡漾？

离 别

1957年9月下旬，我在"反右"中被批判，开除团籍后第三天离校。不敢向人辞别，亦无人送别。上车时，一位二年级的学弟前来道别，握手祝福，令我终生铭感。车离珞珈山，渐行渐远，回望山林校舍，有点怆然。

林间的来风寒意已重，/秋山秋水亦一片空濛。/只愿记得此刻的别离，/不敢希望他日的重逢。/东湖会否冰封于严冬，/前路或许会布满荆丛。/林间的来风寒意已重，/秋山秋水亦一片空濛。/一双芒鞋如何跋涉，/跨越风雨关山万千重。/只愿记得此刻的别离，/不敢希望他日的重逢。

邂 逅
——记梦与当年同学相见

重回珞珈，清晰又朦胧，/故地邂逅，意外重逢。/不是热热切切的盼望，/却又仿佛，总在殷殷期待中。/惊异沧桑，岁月太匆匆，/春风何处，秋霜浓重。/已非印象深深的英俊，/湖山依旧，相对无语人龙钟。

注：以上几首习作都是离开武汉大学之后，在不同时候，回忆和怀念珞珈山岁月的记录，稍作整理于 2007 年 9 月——告别珞珈山五十周年之际。

《校友通讯》（2007 年）

毛声芝

武大赏樱花感怀

1983 年春余在武汉大学进修第一次赏粉樱如胭霞。30 年后又进武汉大学老年大学赏白樱似梅雪，寻踪旧舍，仰望新厦，依恋沉思许久，感怀万千而赋诗一首纪之。

三十年前武大修，樱花林道客如流。
胭霞昔映春风面，梅雪今妆银鹤头。
旧舍曾圆金塔梦，新楼尚建诺方舟。
双甲华诞三生幸，爱晚亭歌黉学讴。

缘 ①

巧逢车上缘，清露润心田。
实恨相知晚，为师画幅率。

①缘：指余有幸与武汉大学老年书画研究会秘书长周孝安教授车上巧结师生缘。

树吟旗———师颂

万卷古诗研，枫林教苑传。
篇篇穷剖析，字字索精专。

贤哲忧民泪，圣人救国鞭。
青山情脉脉，绿水意绵绵。
吟诵笙箫和，板书星月悬。
咏坛薪火旺，椽笔韵旗鲜。

雪　梅

严冬楚天瑞雪飘然欲仙，腊梅昂然若神，余仰慕其高标、灵德之圣洁，感赋七绝一首：

飘然寰宇觅清净，唯慕知音冰蕊情。
玉骨檀心英照日，无尘不夜地天明。

毛信成

亲　哺

抗日胜利，余过旧庭负笈珞珈。时局骤变，庄严学府遭"六一"屠戮。班上王志德等学长被枪杀，校无宁日。1949 年解放，离母校，之后北上抗美援朝。悠悠 60 年，每思珞珈亲哺之情，怦然不忘。

六十年前觅珞珈，兼程风雨迎彩霞。
恩师范德知荣辱，天涯浪迹不忘家①。
初衷不改民昌本，几多磨难逐"乌鸦"。
人生苦短天依美，但求热血沃中华。

①周鲠生校长、袁昌英、俞君、张瑞瑾、路见可先生教恩永志，终生不忘。

绝　唱

天地有正气，人间铸大情。
时穷节乃见，中华道德心。
千秋真挚爱①，师范垂丹青。
但愿永不死，净化万千人。

①谭千秋老师的"最后一课"，羽翼护学生，壮烈献身，绝唱也。

《校友通讯》（2009 年）

毛震华

第一份申请书

在这段文字里/我再一次/平息我感情的潮汐/写上了我的名字/我凝视这面血的印记/和在血泊中闪光的镰刀、锤子/我又一次聆听到/"我的自白"、"我的自由"/我更记得/一个元帅忧愤的泪水/一个女共产党员的呐喊/它凝聚着经验与教训/渗进十亿人信赖的呼吸/我已是一粒种子/应播种到那冰化雪消的/苏醒的大地/我已是一个战士/应列入那写着正义和真理的/热气腾腾的集体/春风里飘荡的这面旗帜/引导着我/为了土地和太阳而来/在整齐庄严的行列面前/我把手高高举过头顶/敬礼/一个共产主义战士的敬礼

《武汉大学报》，1982 年 7 月 2 日

晨曦迎来太阳升起

掌声长久地/像黎明的引力提起潮汐/希望和力量/流溢出山川和河流/漫延到整个土地/新的一天来到了/晨曦/青春的气息和成熟的呼吸/多出三倍的财富和中国的崛起/再一次诱惑着

我/向镰刀和锤子的经纬致意/我想/我一定会成为这辉煌旗帜的一缕/晨曦/已迎来太阳从东方升起

《武汉大学报》，1982 年 9 月 22 日

方国春

忆学友　贺校庆

东湖水底打猪草，珞珈山下苕当粮。
天地元黄老斋舍，同窗五年情意长。
改革开放鲲鹏展，中流砥柱创业煌①。
专家教授真不少，母校华诞齐颂扬。

①武汉大学化学系 1959 级同学中杰出代表如：粟道云曾任武汉市计委、教委、科委主任，后任武汉市政协委员会副主席；刘书稳原任武汉大学副校长；熊家林曾任湖北省化工研究设计院党委书记兼院长，等等。

发 扬 校 训

自强建办新学堂，弘毅发展创辉煌。
求是探索真科学，拓新宇宙美名扬。

春 之 吟
——欢吟武汉大学建校 120 周年

春晓春日江南春，春夜喜雨玉楼春。
春望春宵春游湖，春舞春唱阳春曲。

方国春，武汉大学 1959 级学生，今为化学学院退休教师。

尹 进 关伊菲

聂卫平夺魁之歌

　　欣闻民盟中央常委聂卫平同志在第二届中日围棋擂台赛中，连拔五城，卒获全胜，兴奋之余，夜不能寐，联合秉笔，歌以为贺。

自古手谈出中华，棋魂泛海惊东瀛。
屹屹昆仑钟灵气，继往开来聂旋风。
世纪之战震宇宙，为挽狂澜挫武宫。
最后一搏迎大竹，运筹若定意从容。
纵使狂涛骇浪起，气度非凡自峥嵘。
奋力拼作欣得鹿，坚忍不拔立奇功。

《武汉大学报》，1987 年 5 月 30 日

重阳翌日经济学院老人同游黄州赤壁鄂州西山志盛

一

东坡赤壁耀黄州，灿烂遗风几度秋。
骏马行空抒浩气，一江竟去韵长流。

二

西山兀起大江边，逸兴湍飞竞上攀。
古刹钟声香缕绕，亭台鹦鹉祝平安。

三

畅游竟日倍增欢，笑饮年长菩萨泉。

喜获驰名东坡饼，归来再享入心甜。

经济学院老教工参观武汉长江二桥和天河机场有感

一

武汉长江第二桥，巍峨高耸入碧霄。
根根铁索连江底，密密钢缆向宇高。
疑是天孙织彩锦，仿佛仙客弄琴瑶。
车如流水动如花，经济腾飞立功劳。

二

二十世纪竞航天，来往空中喜联翩。
宽广机坪蜻蜓立，辉煌大厦亮镜悬。
崭新设备臻先进，华丽装潢跻尖端。
环宇飞行一转瞬，七洲四洋紧相连。

尹良荣

喜朝天·贺武汉大学一百二十周年校庆

珞珈山，历风雨沧桑，旧貌新颜。百载名校，正风华茂，
科海扬帆。多少难关勇闯，创高新科技战犹酣。名学府、滋兰
树蕙，薪火相传。　东湖昼夜陪伴，绿水青山恋，心系魂牵。
母校隆庆，学子荟萃，笑语声喧。华夏腾飞正旺，育英才、须
赖教师鞭。鸿猷展、团结弘毅，阔步攀巅。

春满珞珈　情满珞珈
——母校一百二十周年校庆感赋

湖山一色好风光，桂竹梅樱分外香。

莺燕林间和曲唱，宾朋会上颂歌扬。
呕心沥血育桃李，海北天南输栋梁。
水拍珞珈处处暖，满园春色尽情尝。

缅怀导师李达校长

几回东渡，为救中华举。研马列，苏俄路。学成归故土，
望志南湖聚。同建党，光荣选任中央局①。　　霸道难容处，
播火神州著。传真谛，光寰宇。双清同榻卧②，置腹推心叙。
兴华夏，坚持真理千秋誉。

①"选任中央局"："一大"选举陈独秀为中央局书记，张国焘为组
织主任，李达为宣传主任。
②"双清同榻卧"：中华人民共和国成立前夕，1949年5月18日，
李达应毛主席邀请，到北平香山双清别墅相会，二人推心置腹谈至深
夜，主席请李达睡在自己床上。

贺陶德麟先生八十华诞

立雪程门师哲仙，一生谦逊慎行言。
文才八斗风骚领，德艺双馨兰蕙妍。
学界高名昭日月，杏坛美誉耀坤乾。
华年八秩心香庆，祝福遐龄再着鞭。

尹良荣，研究员，1962年哲学系毕业，留校，担任过李达校长的科
研助手。1970年起供职于湖北省委办公厅、省委政策研究室至退休。

尹航宇

青丝慢（自由词）

珞珈为凭花作伴，花作伴，同窗数载羞言憾。　　蓦然离

伴青丝慢，青丝慢，三千烦恼寸长半。

　　尹航宇，武汉大学化学系无机化学专业 7851 班毕业生，现供职于襄阳市湖北文理学院。

尹蜀光

西江月·常忆乐山

　　大渡河边茶聚，凌云山上迎新①。五湖四海集城，相期抗战必胜。　　岷江桥上留影，珞珈山道赏樱。旧朋新友总关情，鸿雁声声入听。

　　①武汉大学在乐山（嘉城）期间，工学院同学课余常在河边一茶舍品茶。每年新同学到校，则在凌云山上会餐相迎。

邓　峻

一　　样

　　听说有位牺牲在前线的战士才十六岁，和我一样……

　　一样的年龄/一样的呼吸、心率、步履/一样有着青春的向往/一样有着童年的回忆/一样有情有爱有隐秘/一样有恨有怒有忧虑

　　沐浴一样的阳光/拥有一样的名字/一样地喜欢捧本杂志写写诗句/一样地喜欢抱把吉他唱唱小曲/一样地渴望去旅游/走进大学校园/一样地盼望过年，到周末

　　然而，不一样的是——你倒下了/南方墓地上/有你遗留的团徽和日记/你走进一个停留的世纪/远逝的足音却在叩响我的

心壁

　　一样的年龄/一样的是有血有肉有魂的龙子/一样的是华夏炎黄汉唐的后裔/我将走向一个新的世界/带着你的信念/是你生命的分蘖和延续/我们依然一样/一样地走过每一个灿烂的时辰/一样地走进每一个辉煌的晨曦

《武汉大学报》，1986 年 1 月 22 日

邓生才

述　怀
送给李格非教授

送行百里至交情，患难同舟见赤诚，
侥幸脱胎骨尚健，交触云散庆河清。

题　古　树

阅历千年一古榕，繁枝百丈覆西东，
风推电击根基固，劫后逢春又郁葱。

《珞珈》第 130 期，1997 年 1 月 1 日

梦学友重逢有作

分别时难会更难，重逢喜胜过新年。
江城未到梦先到，脉脉东湖照故山①。

①故山，指武汉大学珞珈山。山与湖水映照，风景极其优美。

又梦重逢感呈同级学友

饱历风霜入暮年，同窗齐会不平凡。

烦人恼事全抛却，且借湖山乐几天。

华龄倜傥度翩翩，三五常携山水间。
记得东湖嬉戏否？推波逐浪不思还。

人生不似四时天，春去冬来是老年。
回忆从前宜现实，鬓斑发白要宽颜。

莫为韶光逝感伤，自然现象变难防。
躯颓只要心开朗，面壁十年日月长。

生年耳顺要超然，忘掉功名戒比攀。
富贵如何当粪土，红尘看破便神仙。

忆颂五老八中[1]

五老八中比翰林，精深博大学超群。
培桃育李功如岱，望重德高四海钦。

[1]五老八中，是当时武汉大学中文系对刘永济等五位老年教授和刘绥松等八位中年教授总的尊称。事迹曾于 1963 年为《光明日报》、中央新闻纪录制片厂专题介绍，名闻宇内。

《校友通讯》（1997 年）

邓先抡

春风宝岛乡梦还——七六小述

春风宝岛乡梦浓，镜里白发添几重。
惊闻旧识多离去，难见新交少过从。

汉朝俊彦苦名利，万里山河望和同。

春来且听窗处雨，换得来朝晨曦红。

《珞珈》第 128 期，1996 年 7 月 1 日

邓促禹

经济系四五级毕业五十周年聚会喜赋

1986 年 3 月，我班师友在珞珈山久别重聚时，当年系主任张培刚教授有"2000 年再会"之议。2009 年适逢我们毕业 50 周年，2000 年也即将来临，10 月下旬，"再会"愿望实现；且见到了上次未到会的韩钦元（来自台湾）、田林（来自大连），以及赴美探亲、专程赶回并为大家义务摄影留念的谢光清诸学长。这次盛会极为成功，喜赋志感。

一别十四载，"再会"如愿偿。

欣见众师友，白发仍康强。

携春双双至，相见喜洋洋。

怀旧切切意，路远又何妨。

心系珞珈山，葵藿向太阳。

母校重接待，盛情热中肠。

嘉会诚可贵，席间频举觞。

核心善筹划，一"皮"与"三王"①。

更有主持人，孔旭不寻常。

妙语随机出，欢笑到终场。

同窗虽再散，难忘共一堂。

同窗真情在，山高水又长。

① 一"皮"，指皮公亮；三"王"，指王家才、王孔旭、王时杰。

《校友通讯》（1999 年）

重聚感赋

武汉大学经济系四五级的老师、同学于 1986 年 3 月 30 日
久别重聚于珞珈山，尽欢而散。当年系主任张培刚教授在即席
讲话中，有"2000 年再会"之语，满座振奋，感而遂赋。

弱冠扬镳去，皓首重聚欢。
嘉山乐水地，茶座东湖边①。
执卷相切磋，忘返时流连。
三十八年事，离绪话千般。
樱花开依旧，学府换新颜。
今日聚复散，盛会有几番？
七十不为稀，养怡得永年②。
铭记为霞句③，常怀壮心篇。
二千年在望，再会谁谓难！

①1938 年日本侵略军侵占武汉前，武汉大学西迁四川乐山（古名嘉
定）。当地茶馆甚多，幽雅宜人。课余假日，大学生喜到茶馆读书聚会，别
有风味。随着抗日战争胜利结束，武汉大学于 1946 年迁回武昌珞珈山。学
校附近之杨家湾、东湖畔，茶馆相继出现，乐山之余风犹可见焉。

②曹操诗《步出夏门行·龟虽寿》"养怡之福，可得永年"句。

③唐诗人刘禹锡在《酬乐天咏老见示》中有"莫道桑榆晚，为霞尚
满天"句，老年每引以自慰自励。

《校友通讯》（2000 年）

邓黔生

珞珈风骨教坛碑
——庆母校武汉大学 120 周年华诞

黉舍巍巍人雄美，珞珈风骨教坛碑。

先驱千百传薪火，燕巢幕上亦尽瘁①。
曾经迁校避烽烟，培俊抗日壮国威。
复兴中华青山艳，嘉友四海联袂归。
白云碧楼花树拥，红旗舞处师生随。
博士豪情破万卷，东湖冲浪向霞飞。
弘歌不绝积德才②，藏龙卧虎新一辈。
壮志凌云建小康，天之骄子报春晖③。

① "燕巢幕上"，典出《左传·襄公二十九年》，比喻处境甚危。
② "弦歌不绝"，弦歌即弦诵，意指学校的教学活动。
③ "报春晖"，孟郊《游子吟》有此语，以"春晖"喻母爱。本诗扩喻为母校之恩。

黄鹤楼上遥致同窗

　　武汉大学中文系 1955 届校友原 70 余人，历经人祸天灾，1996 年大聚会时仅幸存 40 余人。回忆往昔，曾与数同窗共游黄鹤楼。老年再登此处，有感成句。

万里长江第一楼，前贤有诗凝亿眸。
黄鹤白云连天地，玉笛梅花传春秋。
忆昔同窗珞珈山，坐馆苦读铸风流。
劫后泪滴樱花路，琴台断弦抑歌喉。
汉街虹亮山河丽，东湖波动日月浮。
极目楚城大繁荣，崔郎不再续乡愁。

七十八岁度中秋感事

耄耋身健思尚清，玉兔缺圆天地痕。
年华被耗阶级斗，同窗对语话半真。
宫廷不扩文字狱，江湖敢呈忠义情。

骏瘦奔道知忍力，松江历冰见贞心。
故园四季花照眼，我爱诗书伴晨昏。
白头欣赏重阳菊，御风抗霜自扬芬。

邓黔生，1955 年武汉大学中文系毕业。曾任华中师范大学文学院教授、湖北省杂文学会副会长、武汉作家协会理事、世界华文文学家协会名誉委员等。出版有《杂文创作概论》、《标新立异谈》、《写作学高级教程》等 16 部著作。

艾运钧

赞水电战线上老同学毕业五十周年聚会

切磋砥砺众同窗，意气轩昂搏四方。
餐风宿露勘测苦，绞脑搜肠设计忙。
截断云雨立石壁，喝令山河换新装。
白首金秋相聚会，桂花为我吐清香。

唾日本右翼分子篡改历史教科书

小撮苍蝇闹嗡嗡，篡改史书欺学童。
刀枪杀戮竟有理，掠劫入侵反称功。
颠倒是非超鬼魅，混淆黑白赛巫精。
激起全球民义愤，灯蛾扑火烧自身。

《校友通讯》（2005 年）

左 岂

悼祁友生兄

晴空霹雳讣声闻[1]，"科青"雁阵失仲昆[2]。

"天下一家"志未竟，家事拖延终成恨。

一心为公顾大众，奔走经年气道成③。

尤为生者感敬效，身后捐躯献医情④。

同悼者朱馨远、严国柱、苏树秋、陈维桢、周克定、杨学明、杨静远、胡连璋、董亲亲、黄家秀等。

①祁兄于 1999 年 12 月 12 日凌晨 2 点 30 分因突发心脏病逝世。

②"科青"即 20 世纪 40 年代以武汉大学部分工学院同学为主组成的学术团体"科学青年会"之简称。

③祁兄近年忙于跑住宅区装天然气管道事。

④遵祁兄遗嘱，将遗体捐献给河南医科大学作教研之用，感人至深。

《校友通讯》（2000 年）

石 渤

高唱美之歌

珞珈山美，东湖水美，武汉大学美，武大光辉的 120 岁美，武大还将无限长寿美。

武大已培养并将继续培养万千人才美，他们已为和将为人民服务、为国家建功立业美！

石渤，武汉大学信息管理学员离休老干部，97 岁时写此。

石观海

过 池 州

一棹西辞黄鹤楼，荒园衰柳访池州。

空闻小杜遗鸿爪，何处高亭望碧流。
莫向秋风长叹息，且随云路暂悠游。
明朝健步凌华岳，九子山光一目收。

登 九 华 山

曲径如肠上翠微，九华绝顶最崔巍。
云拥地藏灵犹在，雾绕天台势欲飞。
鹰附断崖难举翼，烛燃累劫不成灰。
尘心虽未通禅境，亦得清风满袖归。

乡 思 二 首

二度东游，时值非常之秋。碧海相隔，音讯不通。家人不知我之下落，余亦不知国内情态。独处关东西陲，唯觉离愁别绪，不绝如缕。

昔日重来是戏言，今朝竟渡海漫漫。
风云多变三秋后，霜雪无情两鬓间。
荆楚莺花难入梦，蓬瀛山水枉如烟。
一腔心事托黄鹤，快向琴台问暖寒。

车走如雷梦不成，敲窗冷雨更伤情。
东瀛海阔沉鱼影，西楚天空绝雁声。
没齿岂忘江滚滚，离魂犹识路萦萦。
楼头西望茫茫夜，几点街灯灭复明。

念奴娇·读《武昌首义》兼呈中华兄
剑杰教授惠赠新作，读之慨然

百年辛亥，笔锋下，壮阔波澜重现。扬子江边，似又听，首义枪声一片。黔首揭竿，旌旗蔽野，搅得尧封乱。清廷赫赫，顿时天堕地陷。　遥想盛世康乾，万千气象，可比肩贞观。谁道仓皇辞庙日，泣血号啕谁管！世道兴衰，河山分合，天意高难算。幸凭椽笔，会知陵谷迁变。

　　石观海，本名孙东临，1945 年 11 月生，祖籍金城，学于春城，教于江城，聘于岛城。主要著作有《诗词格律新说》、《雪影风痕》、《珞珈山的过客》等。有译著多种。

卢圣虎

亲　情

一

　　妹妹把日月织进毛衣/寄给我/我却只能读懂她的夜/昏烛，羊角小辫/哦/黄土地上/一束光明

二

　　哥哥踏响了青石板/在小车的空隙间来回走动/富人们用脸孔或腰包/玩笑着社会/哥哥用笑或脊梁/换来我的一切

三

　　父亲一夜咳嗽/第二天便送给我血汗和金钱/父亲总在田里/犁耕，翻整或者收割/夕阳是他阴郁的脸/蒿草总把他淹没/父亲总穿着一身泥土/却把我打扮成太阳/父亲送我到远方/嘱咐我多写信但不要回家/怕我花无用钱/家总是平安

四

　　母亲的心/被亲人涂画在家里/因此她久不远行/因此她总

唠叨／外面的世界只有父亲和日月／母亲煮熟了日月／把日留给孩子们／把月夹给父亲

《武汉大学报》，1992 年 12 月 10 日

叶 海

苏幕遮·忆武汉大学

珞珈山，林迤翠。玉馆琼楼，阳扮东湖水。花赐天香飘四季。夜眺三方，灯灿连星际。　友亲和，多睿智。放眼全球，共探同行慧。志伴青春生锐气。情系书山，攀苦心尤醉。

教师谦，言善辩。凤舞龙飞，笔引中西典。牛顿高斯时隐现[1]。个个神思，进数学宫殿。　上书楼，独析辨。小课精微；争论抒高见。也爱长江波上恋。共下金桥，欢渡如飞燕。

①牛顿和高斯都是著名的数学家。这里是泛指。

打开记忆的闸门

记得水环山翠绕，绿瓦琼楼似瑶宫。／记得樱花怒放日，三镇空巷摆长龙。／记得桂花盛开月，暗香书香入梦浓。／记得腊梅迎雪放，绿装素裹更娇容。／记得图书馆高眺，楚天辽阔灯无穷。／最美校园育国栋，珞珈山上多柏松。

记得路教授上课，逻辑思维摄人心。／记得张教授激奋，声如洪钟信意行。／记得齐教授冷警[1]，字字珠玑句句神。／记得图书馆专注，能听锈针落地音。／记得数学难题众，如醉如痴秒如金。／记得沔阳搞社教，鸡舍铺床蚤满身。／记得"文革"大串连，北京学生扇风频。／记得掀起破"四旧"，翘檐

瓷兽惜被抡。/记得步行大连串，井冈山高遵义风。/记得六六年北上，天安门前喊又奔。/记得武斗谣攻校，进山躲避舍全空。/记得畅游长江日，水急浪高欢销魂。/记得毕业离母校，三步回望热泪零。/松柏春风高百尺，江湖砥柱各呈雄。

穿越时空五十年，青春似火美校园。/同学一家如兄弟，洪荒两斋闹空前②。/互帮互学互励志，学海同舟溯数源。/进校如花娇又嫩，离校似松挺而坚。/时光容易除往事，峥嵘岁月唯记全。

①路教授：路见可，授"数学分析"。
张教授：张远达，授"高等代数"。
齐教授：齐民友，授"微分方程"。
②我们年级住武汉大学"洪字斋"和"荒字斋"。

水调歌头·皓首庆丰收
—— 赠武汉大学同届老同学

涉世一场梦，抬眼已白头，欣欣回望征路，倩影耀书楼。伏虎擒龙胆气，思接古今中外，立志写春秋。探索苦中苦，乐在苦中求。　　文学楼，图书馆，共彪年。如胶似漆，青春朝气冲斗牛。无奈浩劫年月，打乱经纶遐想，险世自深谋。各奔前程远，皓首庆丰收。

叶海，原名叶菊香，1967 年毕业于武汉大学数学系，高级工程师。曾任湖北省安陆市圆珠笔厂厂长、安陆市常务副市长、广东省佛山市聚酯切片厂厂长。

叶　慧

三 十 自 题

千里似飘萍，蹉跎漫生涯。

殷殷叮咛在，珞珈暮烟霞。
勿忘戒定慧，芒鞋情缘法。
倏而南与北，一叶孤舟下。
坐拥半城绿，闲憩诗酒茶。
纨素手纤纤，秋至风飒飒。
应知故人意，神清气自华。
默默不语间，归来细听蛙。

叶慧，2011 年毕业于武汉大学法律专业，硕士。现供职于广西交通投资集团有限公司法律事务部。

叶圣陶

贺　诗

当年西徙寓嘉州，我亦相从二载留。
次日七旬逢校庆，珞珈南望祝千秋。

《珞珈》第 97 期，1988 年 10 月 1 日

叶圣陶（1894—1988 年），原名叶绍钧，字秉臣，江苏苏州人，著名作家、教育家、编辑家、文学出版家和社会活动家。曾担任出版总署副署长、人民教育出版社社长、教育部副部长、第六届全国政协副主席、第五届全国人大常委委员、民进中央主席。曾任教武汉大学。

叶永刚

相逢在东湖之港

—— 为 1983 级国际金融专业同学归来而作①

我站在/东湖之岸/眺望/二十年/漫长漫长/我终于看见了/

你的桅杆/和早晨的太阳一起/升起在水天一色的远方

你的船儿/正划进了/宁静的东湖之港/你的船舱里/满载着奋斗者的喘息/以及九月/一片金色的阳光

你告诉我/你的小船/从这儿启航/驶过了/风风雨雨/无数的惊涛骇浪/你说起了/那一个夜晚/一排滔天的巨浪/打翻了你的船儿/海面上/黑夜茫茫/你说/在黑暗中/你看见了/天上的星星/你发现在无数的星星中/有一颗最亮最亮/你说你此时/想起了母校/那颗星星的位置/就是母校所在的方向/你说/你有一天/一定要驾着你的船儿/满载着胜利的果实/驶进美丽的东湖之港/你又从水中/一跃而起/重新驾起你的小船/冲进狂风骇浪

你归来了/我告诉你/你看我们的珞珈山/不也是风浪中的海船/你看眼前的大地/不就是一片/无边无际的海洋/你看这里的每一棵树木/不都是船上/迎风招展的旗帜/所有的人们/都站在船头/欢迎着你这/英勇无畏的儿郎

当东方的太阳/又一次从地平线上/升起的时候/你要出发了/你的船儿/也要启锚/我们要出发了/我们的海船/也要开航/我们在东湖之岸相约/回来的时候/我们满载而归/我们各自/备上礼炮/站在自己的船头/鸣炮/十响

①2007 年 9 月，武汉大学国际金融专业 1983 级学生毕业 20 周年聚会活动在武汉大学举行。

《校友通讯》（2007 年）

叶仲文

贺班友孙全淑八十大寿

同窗好友记犹新，智敏心聪性洁真。
节省余财扶弟妹，求知奋进孝双亲。
弦歌油化四旬载，荣获军功专著名。
纵使退休习诗画，喜逢华诞贺常春。

悼班友焦庚辛

抗日烽火中原苦，同学共事在嘉州。
常忆信步发诗兴，大渡河畔足迹留。
耕耘一生育英才，淡泊名利显风流。
相约千禧芜湖聚，惊闻噩耗痛心头。

《校友通讯》（2000 年）

叶国源

金秋聚会有感

一

珞珈攻读整五年，古稀聚首喜空前。
沧桑坎坷人生路，莘莘学子谱新篇。
谈笑风生话旧事，默默耕耘出醴泉。
武大群才敌左思①，鸿篇巨著吴文苑。

二

"五老八中"勤励哺②，恩师教诲系心田。

芬芳桃李誉乾坤，彪炳业绩执教鞭。
振兴中华凌云志，桑梓情愫胜先贤。
出师一表名天下，五六级里出神仙。

三

人生七十古来稀，易逝光阴露春曦。
宠辱皆忘体常健，活水长流若小溪。
不以物喜与己悲，但求日子甜如蜜。
祈愿诸君福寿康，来年他日再欢聚。

①左思：西晋文学家，经十年构思，写成让"洛阳为之纸贵"的《三都赋》。现"左思"成为"有才华"的代名词。

②"五老八中"：当年武汉大学中文系教师有"五老八中"。"五老"即刘永济、刘博平、陈登恪、席鲁思、黄焯。"八中"指程千帆、沈祖棻、刘绶松、胡国瑞、李健章、周大璞、李格非、缪琨。

《校友通讯》（2006年）

叶黛莹

抗日阵亡将士表烈祠
——记蛇山山麓之黄鹄山庄

战鼓动城外，哀传连夜侵。
刻名不可数，歌泣渐成喑。
已是趋死地，犹怀报国心。
于今凭吊处，苍柏自森森。

春 游

湖光潋滟画天然，漫点烟波渡小船。

水面凫鸥暂飞去，说春消息与人传。

踏青草色恁无端，满院游人各自欢。
树影深深摇曳处，与谁翻取旧栏杆。

记地震中的感人瞬间

士卒何草草，掘尸瓦砾堆。
十指竟流血，房屋皆摧颓。
一村四五百，生还始二三。
哀哭不成声，剧闻何以堪。
梁柱相倾轧，砖石百结穴。
忽掘至一女，冥冥气已绝。
体屈跪向前，匍匐如长拜。
全身力抗起，片息示曾懈。
从者怪其状，俯身探其下。
俄顷见一婴，众人俱惊诧。
毫发丝无损，闭目正酣睡。
微喘尚停匀，额前贴顺次。
肌肤如凝脂，面颊如粉坠。
黄花针线密，覆绕红绣被。
解被劳检视，赫赫一手机。
中有短消息，慰语竟何痴。
"我儿勿复啼，我儿勿复悲。
母今别汝去，哽咽双泪垂。
手抚娇儿面，无留作遗施。
万一得幸存，母意汝心知。"

鹧 鸪 天

六月寻常天气晴，梧桐不住听蝉鸣。阳台纱缦牵风雨，楼
碍湖山惹画屏。　　天水外，旧云亭。深心料已忘多情。偏谁
犹记多情句，浅绿轻红作和声。

叶黛莹，武汉大学春英诗社原社长，文学院博士毕业，今在福州大
学任教。

田　林

颂　母　校

我们的校园，百花芬芳，弦歌悠扬。/湖光山色，伴我成
长。/人杰地灵，创业永昌！

我们的校训：求是、拓新、弘毅、自强。/百年施教，源
远流长。/硕果累累，成就辉煌。

综合大学，岂止文法理工农医。/桃李芬芳，更多大师、
伟人、栋梁。

跨进新世纪，科教兴邦。/全面发展，学有专长；/创新进
取，斗志昂扬；/素质更卓越，能力更高强；/光我中华，造福
万方；/祝我母校，兴旺无疆。

经济系49届同学毕业50周年祝贺

《校友通讯》（2000年）

田　源

革命遗志定继承

噩耗掠过长空/惊动了三岳五岭/青山低头/江河呜咽/双手

抹不尽满眶泪／心情悲哀热血腾／

纵览中华民族史啊／毛主席是我们的大救星／漫长的岁月里啊／毛主席是中国的指路灯／革命的一生／光辉的一生／波澜壮阔／毕生精力献人民／有了毛主席的领导／中国才富强繁荣／春苗遍地／田园似锦／百花吐艳／五谷丰登／工厂林立／油浪滚滚／红星遨空／乐曲声声……／中国革命在飞奔／毛主席就是掌舵人／

写不完毛主席的伟绩／书不尽毛主席的恩情／我们永远怀念您啊／革命遗志定继承／泰山压顶不弯腰／永远跟党向前进！

《武大战报》，1976 年 9 月 29 日

田有民

不回头·校道　师魂
——为武汉大学 120 华诞而作

珞珈黉苑聚众眸，湖光山色映琼楼。
人文荟萃风流竞，缕缕青丝变白头。
青丝，白头！夙志未酬，岂能回头？

忆秦娥·贺武汉大学 120 华诞

烟花节，樱花绽放白如雪。白如雪，青枝绿叶，玉清高洁。知名学府传徽烈，脱胎换骨攀揭蕣。攀揭蕣，奇巍奥衍，世人称绝。

黄鹤楼抒怀

傲雪顶风梅自开，寒云破处待春来。
龟蛇鹜望东流去，凤鹤驰心赴圣台。

骆漠舟车桥隧过，矍踢"悟空"地天裁。
犹闻楼塔说今古，梦绕江城尽述怀。

兰客·莫逆交

心酸往事何相似，人生历程不尽同。
苦楚坎坷如梦幻，岁月峥嵘仍从容。
论今说古系国是，赋诗对弈笑谈中。
情契清标心相印，兰交茑萝喜相逢。

　　田有民，1943 年生，武汉大学附中退休高级教师，主编和参编出版专业书籍两本，撰写论文 10 余篇。曾任武汉测绘大学附中工会主席，现任中国民主促进会武汉大学委员会委员，珞珈诗社副社长。

史可夫

自度曲·感悟

　　岁月匆匆，转眼即成白头翁。望前程似烟，忆往事如梦。人生烦恼总相随，只为名利心重。追求永无止境，碌碌如蚁何时终。辜负了四时花卉，明月清风。

　　今日醒来，心中无尘万虑空。笑看你争我夺，闲若白云青松。林中漫步，临水观鱼，良辰美景诗意浓。音乐为伴，好书为友，不知老之将至，乐在其中。

南岳行（二首）

香　火

寺庙道观共一山，香火处处化青烟。
贪官只合人间有，莫非神仙也爱钱？

香　客

千里迢迢朝名山，求子求财求平安。
众生何苦拜偶像，佛陀原来在心间。

《校友通讯》（2005 年）

美丽的珞珈山（歌词）

美丽的珞珈山/樱花开满校园/多少青春梦想/都在这里点燃/兰桂齐芳/桃李争艳/学子堪比花灿烂/不管飞到天涯海角/心中长记珞珈山/美丽的珞珈山/长与东湖相伴/湖水是否还记得/你青春的容颜/碧波荡漾/往事如烟/谁能够找回昨天/多少浪漫的故事/遗留在那东湖边

《校友通讯》（2009 年）

史可夫，武汉大学中文系 68 级学生。

代小虎

生日快乐，母校

生日快乐，母校。/当年，我是你湖边普通的学子。/你以母亲温暖的怀抱迎接我、容纳我、哺育我。/多年以后我依然是你默默无闻的孩子。/你以母亲崭新的笑容注视我、激励我、期盼我。/有多少莘莘学子为你悬梁刺股、挑灯夜读，而我，是你最不出众的那个孩子。/有多少杰出校友为你增光添彩、添砖加瓦，/而我，是你最不出彩的那个孩子。/多少学长，著作等身，悬壶济世，/而我，年届不惑，依然在为生计奔忙。/多少同窗，功成名就，衣锦还乡，/而我，远走天涯，始终难忘故土的芬芳。/生日快乐，母校！/生日快乐！

代小虎，1991 年英国语言文学专业（走读部）毕业，曾获 1990 年武汉大学第五届樱花诗会毛笔书法三等奖，后加入武汉大学书画协会。现为北京源毅翻译有限公司总经理。

白雉山

贺　联

欣闻百岁老人著名国画大师端木梦锡老先生，向母校武汉大学捐赠百幅国画珍品，将由中国嘉德国际拍卖有限公司举行拍卖，所得款项全部捐于"武汉大学校友基金会"，以支持母校教育事业发展。盛世义举，令人敬佩！谨恭撰二联以贺，并祝拍卖活动圆满成功！

一

雪梅高洁应无价
松鹤遐龄最有情

二

百岁画师，百幅珍藏贻母校
千株桃李，千秋惠泽沐春风

《校友通讯》（1995 年）

宁本俊

山泉啊，请流给我一支歌

终于见到了你啊——山泉，/请看看我一双踏破的鞋；/终于蹦出了喉啊——夙愿：/请流给我一支青春的歌。

久别了你的爱抚，/眼下，多想在歌声中甜梦片刻，/——像儿时呼吸摇篮曲的祝福，/头枕着慈母怀抱的温热……

请不必担心我会睡去，/歌声里怎能只恋享乐？/纵然是一时入梦，/思维也是春的使者。

我曾在大漠里搜掘泉水，/朝着你的宫殿跋涉。/任岁月把沟壑刻上额头，/嘴唇仍旧时常枯裂。

如今，我要狂吮你的乳，/如今，我要饱赏你的歌。/明天，就要追赶晨钟的脚步，/我哟，多需要消除疲惫和干渴。

终于觅到你哟，/这条知识的河。/永远流给我哟，/一支青春的歌……

《武汉大学报》，1985 年 9 月 26 日

为了那片圣洁的处女地

告别多梦的时节/融化严冬的赠与/初春，我们播下/热汗浸润的种子/金秋，我们开镰/收割沉甸甸的希冀……

晨曦燃起的时刻/我曾踏着/生活的阶梯/高歌冬遁后的/青春进行曲/大地惺忪的深夜/我却遨着浓郁的心血/擦尽蜡烛淋漓的泪/向黎明的笑脸吻去……

时代的镜头/应该将这一幕/摄入崭新的胶带/思维的历史/应该将这一页/写进反思的记忆/这样——/人生才能得到论证/理想才能凌云展翅

今天/我将继续祷告/把严冬捆上十字架/让它永远安息/然后/校正我的/镀银的犁头/剪取春的军令/集合朝霞/列队春雨/为了，为了哟/渴求温滋的幼禾和那些企盼开垦的/——圣洁的处女地

宁林夫

忆李达校长讲马克思主义哲学

五十年代喜一春，全校科学大进军。
为育师资作梁栋，特开哲课壮胸心。[1]
"一唯辩证"析精辟，"二论解说"剖透深。
款款慈容今尚在，风高节亮永芳芬。

[1]李达是中共"一大"代表，党的创始人之一，曾著《实践论解说》和《矛盾论解说》，并主编《唯物辩证法大纲》，1956年为武汉大学全校青年教师讲哲学时主要据此。

赞武汉大学动物标本馆[1]

鸟兽龟鱼聚万千，形姿栩栩拟天然。
育培学子益观众，巧技唐家世代传。

[1]馆藏各类脊椎动物标本近1万件，均为唐瑞昌先生家族四代人所制作，每年前来参观者约2万人次。

江城子·油菜远杂交育良种[1]

菜花绽放忆当年。授遗传，恋科研。创新品种，杂配远亲联。多变裔孙优势显，求稳定，选良尖。　　育培十载缔情

缘，付辛艰，醉心田。蜂吟蝶舞，香溢满人间。株健果繁油籽
壮，千顷灿，万村欢。

①1960—1971 年，笔者在武汉大学、湖南师范大学任教时，结合遗
传学教学，进行油菜远缘杂交育种，获得高产的杂交新品种，在农村试
种，获群众好评。

翁 鹊 情

某日下午四时许，突然一只刚学飞翔的灰喜鹊跌落在我书
案外的窗台上，历四日才依依不舍地离去。

> 困落窗台一幼鹊，失群离母态焦灼。
> 嘴张嘎嘎朝吾语，颈引频频向槛啄。
> 似诉饥肠饿难忍，欲求菽麦命鲜活。
> 余将食物陈窗口，鹊裂喙舌吞面馍。
> 肚饱平添神与力，羽丰欣展舞偕歌。
> 鹊亲翁老手心掌，翁抚鹊儿肩背翮。
> 四日相居情不舍，三朝顾盼乐婆娑。
> 徘徊灰鹊蓝空去，喜看人间天地和。

宁林夫，武汉大学生物系 1955 年毕业，留校任教，后调中国科学院
武汉病毒所从事科研，1987 年退休。

冯又松

珞珈山之歌

1998 年金秋，武汉大学 1968 届俄语专业同学齐集珞珈
山。弹指相别三十年矣，一夜为歌数首，权作纪念。

宫样楼房黛样山，山间巢鸟百花鲜。
爱它湖水天宫月，胜过蓬莱好修仙。
樱花二月竞妍开，多谢东风着意裁。
玉洁冰清情万种，春天不使染尘埃。
珞珈山上看桃花，簇簇团团灿若霞。
蝶舞蜂飞生意满，书郎到此也忘家。
中秋八月桂花黄，满苑熏风满苑香。
最是心雄能醉客，月华影下诵华章。
泰斗珞珈学界多，鸿篇巨著灿山河。
千年学识殷殷志，甘作人梯万世歌。
卢祝刘仇济一堂，统率贤达育才梁。
无端遭受萧墙祸，枉费先生梦一场。
亦师亦姊赞朱红，法学院中启困蒙。
六格两音勤辨析，耳提面命论人生[1]。
气宇轩昂教授康，杏坛化雨沫洪荒。
年高何幸身心健，李白桃红分外香。
盈盈喜气俞英英，寓教于乐解洋文。
课后殷殷勤辅导，难忘师长一片心。
东湖水阔碧波稠，结伴呼朋斗浪游。
每到精疲连竭力，坚持一赛比从头。
读书莫要怨家贫，日课群书读外文。
饿体劳筋孟轲志，常怀一颗报国心[2]。
天高气爽正当秋，旧地珞珈喜再游。
为了三十年凤愿，相逢莫笑鹤点头。
风景不如心景美，弟兄何若同学亲。
涛涛扬子停欢唱，小照数张慰离魂。

①俄文单词有六格，元音分轻重两音。
②时缺钱购墨汁，常以餐票置换。

《校友通讯》（1998年）

冯从善

纪念李达校长诞辰

一

哲学权威理论家，宣传马列树奇葩。
组团上海丰功著①，建党南湖伟业嘉②。
心向光明长"守寡"③，事遵实际斥浮夸④。
献身真理从无惧，硕德丰碑灿碧霞。

二

顶峰谬论势嚣张⑤，逆者危亡顺者昌。
大圣岂能饶鬼蜮⑥，李公偏不畏强梁。
刑身强忍千般苦⑦，殉道甘留万古香⑧。
日月经天终不改，千秋遗臭有林康⑨。

①组团：1920 年，李达与陈独秀在上海建立中国第一个共产主义小组。

②建党、伟绩：1921 年李达代表上海共产义小组出席党的一大，被推选为中央宣传部主任。

③守寡：李达于 1923 年与陈独秀在国共合作方针上争论激烈而离党，此后在白区工作，长期坚守马克思主义信仰，矢志不移，他自称为"守寡"。

④斥浮夸：1958 年在"大跃进"和"人民公社"化运动中，李达坚决反对高指标、浮夸风。

⑤顶峰谬论：林彪通过报刊散布一系列反马克思主义的谬论，提出毛泽东思想是马克思主义的"顶峰"。李达对此进行了批判。

⑥大圣：指神话小说《西游记》中的孙悟空。

⑦刑身："文化大革命"一开始，李达被打成武汉大学"三家村"

的头子，"反党、反社会主义、反毛泽东思想的资产阶级代表人物"，"叛徒"，"地主分子"，受到残酷批斗，遭受无休止的精神和肉体折磨。

⑧殉道：李达在"文化大革命"的残酷批斗中，坚贞不屈，维护真理，坚守其马克思主义哲学理论，最后被迫害至死。

⑨林康：指林彪、康生。林彪因李达批判他的"顶峰论"而给李达扣上"反毛泽东思想"的帽子，点名和授意批斗李达。紧跟林彪的康生密切配合，诬陷李达"反毛主席"，"对毛主席是刻骨仇恨的"。

《校友通讯》（2002 年）

赞 武 大

武大校园景色优，黉宫天下谁与俦？
巍巍典雅图书馆，熠熠生辉行政楼。
树木葱茏亭榭美，樱花灿烂鸟声啾。
珞珈山上春如锦，更有东湖客竞游。

教学科研第一流，百年名校众争讴。
科峰伏虎雄心健，学海降龙壮志遒。
获奖夺魁频报喜，创新进取永无休。
名家巨擘遍天下，盛誉高声颂五洲。

《校友通讯》（2000 年）

毕业三十周年感怀

欣庆国庆五十年，港回澳返喜团圆。
当年相嘱三忠嘱，此日重逢百感牵。
岁月沧桑人易老，征程坎坷老弥坚。
同窗功业皆辉耀，每愧无为对众贤。
忆昔风华正茂时，珞珈山下得相知。
东湖游泳心怀畅，教舍求真友谊滋。
汉口机场征酷暑，卧龙峻岭踏晨曦。

旧情如酒言难尽，聊取些微赋小诗。

《校友通讯》（1999 年）

冯从善，武汉大学历史系 69 届毕业生，后任湖南双峰第五中学高级教师。

冯举权

武大精神

临湖依山兴武大，山明水秀空气清。
绿树繁花古建筑，璃瓦巍厦耀师魂。
历史悠久名师汇，爱岗敬业育精英。
树木树人百余载，桃李芬芳环宇钦。
坚持科学发展观，求真务实更拓新。
学术交流遍天下，同舟共济创双赢。
隆庆建校百廿诞，共创一流启新程。

武汉大学 120 周年校庆

东湖清泽和风荡，珞珈翠绿丹桂香。
青山碧水空气新，林茂花丽青春扬。
学府巍楼烛光璨，自强弘毅谱新章。
树木树人百廿载，桃李四海追梦想。
教学相长硕果累，镌刻熔铸育栋梁。
紧密结合产学研，追真求是硕果壮。
国际交流遍天下，同舟共济一流创。
隆重欢庆百廿寿，中外友人聚满堂。
历史悠久人才丰，鲲鹏展翅蓝天翔。

扬帆复兴大武汉，楚天长江武大光。

十六字令三首

一

山，珞麓临湖水碧蓝。峰云映，百廿启航欢。

二

山，高耸巍峰展巨篇，一流创，加瓦又添砖。

三

山，碧水青山绕珞巅。辛勤育，桃李献新天。

冯举权，武汉大学哲学学院原总支书记，已退休。

冯崇德

菩萨蛮·珞珈赏樱

一

春风映得珞珈美，春风吹绿东湖水。学府满园春，撩人最是樱。　红如志士血，皎若贞姬节。装点此湖山，今朝正好看。

二

东风卷走长空雾，东君漫染江南树。紫陌复银尘，人流喜探春。　神州如锦织，统一呼声急。完整此江山，琼花更好看。

《校友通讯》（1993 年）

冯湛锐

校友联谊志感

忆昔同窗康乐园，满怀壮志共攀巅。

雏鹏展翅遭浩劫，岁月蹉跎叹中年。

一声霹雳乾坤转，新旧两代谱新篇。

乙亥聚会千杯少，祝君前程喜频传。

《校友通讯》（1995 年）

邢宣兵

桃源忆故人·武大建筑引人慕

凌波门处东湖路，碧水岸边闲步。极目觅寻何处？武大飞檐柱。　中西古典风格筑，拱卷百年学府。重教弘毅严肃，引致天涯慕。

浣溪沙·多少佛塔烟云中

古寺隐林幽径通，依约续断是钟声，寻得佛塔渺茫中。

极目枫林红叶落，举头穹宇碧滢滢，此番景色最多情。

珞珈山之秋

珞珈携友去攀高，一夜秋风落片飘。

红叶枫林山尽染，绿枝松柏傲霜摇。

远边山野天穹碧，近岸东湖水映桡。

此处如诗风景美，校园武大更妖娆。

观世纪日全食

宇宙洪荒自有缘，喜逢盛世日食全。
阳光灿烂征霄外，昼夜颠翻一瞬间。
黄鹤龟蛇何处去？神农荆楚亦愕然。
江城美景昂天际，下次奇观五百年。

邢宣兵，武汉大学信息学部退休干部。

吕 永

恭贺恩师程千帆先生米寿

龙年逢米寿，贺客满程门。
愧非孙行者，难驾跟斗云。
又非东方朔，徒羡偷桃人。
踌躇复踌躇，何以献师尊。
忽忆孟东野，曾赋"游子吟"。
吾师坐杏坛，击节叹真淳。
恍然悟人世，真淳贵于金。
即此托鸿雁，献上孺慕心。

《珞珈》第 144 期，2000 年 7 月 1 日

春节寄赠名相学长

缥帙盈书架，偏爱读《珞珈》。
刊行通四海，心桥接天涯。
建桥老学长，功德无复加。
瓣香祝遐寿，余热焕绮霞。

《珞珈》第 149 期，2001 年 10 月 1 日

吕继端

喜 相 逢

贺天文大地系 62 级校友 40 周年团聚

故园卅五又相逢，道姓称名忆旧容。
别来多少沧桑事，尽在欢声笑语中。
赍志纬地镇河岳，芹藻经天揽日星。
夕阳偏照暮景美，寿享期颐①看云仍。

①期颐，百岁。云仍，后辈。仍，儿子之孙；云，孙子之孙。

《校友通讯》（2003 年）

朱 宏

珞 珈 情 结

同承师训共莹灯，四载笃谊总梦萦。
沪市殷殷倾肺腑，羊城细细诉心声。
珞珈翰墨融肌骨，学府精神铸性灵。
旷世金兰何可比，管鲍未必胜此情。

《珞珈》第 160 期，2004 年 7 月 1 日

朱士烈

抒 怀

在武大上海校友会欢迎午宴上即席赋

少年负笈客他乡，半世归来两鬓霜。

欣睹家园新气象，乐从策士步康庄。

朱士烈，武汉大学台北校友会理事长。

朱开诚

八十感怀

忽然已是杖朝身[①]，想后思前心内惊。
失误失策嗟往事，任劳任怨度平生。
蹉跎岁月悲白发，坎坷人生转老成。
尚有余生贾余勇，桑榆夕照晚霞明。

八十而今亦不奇，老夫还望度期颐。
一生淡泊无长物，万里他方有故知。
历经沧桑身犹健，但求闲静得神怡。
躬逢盛世人康乐，余热犹能熟一糜。

①杖朝身："五十杖于朝"，古代一种尊老礼制。

《珞珈》第 117 期，1993 年 10 月 1 日

朱尧初

与老友梁嵩岩重逢（古词风）

暮春三月百花香，昔日同窗，今朝喜相聚。回首当年珞珈山，景如昨日情如故。　风风雨雨五十年，苦辣酸甜，人间之几许。莫向乡关嗟日暮，寒冬不凋常青树。

《校友通讯》（2004 年）

朱奇斌

题武汉大学 120 周年校庆

名牌学府最风流，育得英才遍九州。
百廿诞辰同庆贺，大挥彩笔放歌喉。

红光喜气写双腮，四海嘉宾潮涌来。
最是珞珈山上桂，为迎校庆一齐开。

教诲茫茫万里舟，乘风破浪再加油。
师生续写辉煌史，面向全球争一流。

炎黄儿女有尊严，伟业复兴担在肩。
科技创新登绝顶，富民强国铸雄篇。

朱奇斌，新疆克拉玛依文理学院副教授。

朱剑锋

九一八感怀

切齿东瀛日我谋，一夜据我关东洲。万姓吞声遭蹂躏，将军空自拥貔貅。异哉竖子甘傀儡，三岛浪人玩沐猴。遗孽纷然效奔走，诗人（郑孝胥曾以诗名海内）亦自供俳优，黄冠草履空寂寞，未妨大节易封侯。献替岂为民族计，丧心妄想伊与周。何意偏将苏马李，振臂一呼鬼神愁。长白山前奋义勇，黑龙江上建勋猷。誓将碧血凝衰草，肯负头颅泣楚囚。利器终难血肉敌，饷糈宁期万一筹。雄心未副全民望，抚脾掩抑空生忧。蚕食鲸吞势未已，兼弱攻昧彼有由。绸缪弃土计早失，补

牢乏术真堪羞。河山破碎日月逝，如今失地谁能收。丈夫立志
赴国难，胡为终日空夷犹。呜呼！胡为终日空夷犹。

朱冠先

喜迎武汉大学校庆 120 周年

礼赞老校长李达

南湖红舫闪金光，马列弘扬岁月长。
林秀顶峰攻讦急，万千桃李诵华章。

赞法学泰斗马克昌教授

珞珈学府喜腾蛟，制法昌公效老包。
维护尊严张正义，争光耀校惠同胞。

朱冠先，84 岁，原武汉水利电力大学校工会主席，今已在武汉大学
工学部退休。

朱雪华

喜贺武汉大学建校 120 周年

山北山南四院邻，篱围篱撤一家亲。
资源济济天地阔，俊彦莘莘理念新。
诱披青衿无自我，躬行庠序有殷忱。
探珠瀚海三更早，折桂蟾宫百廿馨。

赏　樱

岁岁观樱岁岁同，赏樱今年更情浓。

心魂与共丹樱放，化作云泥天地通。

行香子·珞珈春色

绿柳含烟，粉杏藏妍。珞珈山、滴翠层岚。娇莺啭啭，紫燕翩翩。听书声悠，蛙声亮，春声喧。　　遥观碧宇，坐对青山。抚今昔、感慨万千。浮生聚散，尘世悲欢。有哪些真，哪些幻，哪些甜？

【正宫】塞鸿秋·珞珈秋色

清爽爽金风珞岭秋光灿，艳丽丽丛菊丹桂秋花绚，心悠悠飞船踏浪秋怀泛，情脉脉登高赏月秋思幻。红枫映白头，心静迷书案。更有清香默默长相伴。

朱雪华，1943 年生，武汉大学工学部退休会计。

朱馨远

新世纪日日新

一条大江水北引①，三个台阶增长零。
三峡工程世无双，西部开发面目新。
生产总值迅飙长，祖国统一梦成真。
实现"四化"甫中叶，更大辉煌后期成。

①预计 2010—2030 年分期建设三条分流河道，把长江水引到中国北部地区。

《校友通讯》（2001 年）

伍 文

悼念李国平老师

珞珈师表在，博学有千秋。

荣列畴人传，雅推诗国优。

思齐观世界，矢志起神州。

老作新天问，先行孰与俦？

《校友通讯》（1996 年）

任民宏

贺武大 120 周年校庆

赫赫学府届双甲，玉成俊彦遍天下。

抗战制敌赴滇缅，建国倾力兴华夏。

文化弘扬展睿智，科技创新有奇葩。

中外学子多仰慕，不为湖山与樱花。

马六甲怀古 [1]

浩荡舰队帆蔽天，七下西洋三十年。

中外交流惠沿国，感恩见证三保山。

倘若远洋雄师在，倭寇安敢屡犯边？

今日如何捍"钓岛"，强我武备是关键！

[1]郑和舰队七下西洋，五驻马六甲，为该地筑城、掘井以惠民生。为感恩，此城有三保山、三保庙纪念之。但后来明帝废止远洋舰队，海防虚弱，屡受侵扰，可叹！

党的十八大抒怀

黄花时节盛会开，九州无人不萦怀。

红色电波传喜讯，冬日春风心上来。

长江后浪继前浪，旗帜一代传一代。

两个"建成"振人心，五项"要求"增新彩。

国是党事方略定，宏伟蓝图誉中外。

三个"自信"壮志气，笑对恶浪与阴霾。

勤劳国人齐奋进，民富国强指日待。

我党领航国运昌，中华复兴必奏凯！

西江月·癸巳春"两会"

冬去冰霜消退，春来花草同荣。京师两会聚群英，共筑中国巨梦。　　行走康庄之道，创新发展深功。苟福天下重民生，海晏河清可庆。

任民宏，武汉大学老年大学诗词研修班学员、湖北省词语学会会员。高级经济师、高级物流师。曾出版发行《物资知识问答》、《学园春秋》等著作。退休后任武汉物流协会副会长。

任效思

得悉测绘 652 班同学聚会母校有感

同窗兴会珞珈南，百感交集胸次间。

回首当年遭动乱，江河突变涌黏涎。

恩恩怨怨一朝起，短短长长几载完？

航测难卜天冷暖，绘图怎料地温寒？

四面八方融社会，毕业高歌震宇寰。

雷鸣仲秋春风劲，改革市场谱新篇。
学仁敬业逞奇志，母校攻关展靓颜。
祈祝腾飞新武大，师生勉力壮科园。

《校友通讯》（2002 年）

任瑞国

重上珞珈山

在新世纪的第一个"双节"，重上珞珈山看到别后 40 年的武汉，沧桑巨变，令我心潮澎湃，感慨万千，特赋诗一首。

金秋十月庆相聚，情满长江叙心怀。
学子报国赞歌扬，夕阳之年志不衰。
更喜母校展宏图，科教兴国育英才。
"三个代表"照前程，复兴中华指日待。

《校友通讯》（2001 年）

全理华

缅怀邓小平诞辰 100 周年

伟大纛旗邓小平，浩然正气贯长虹。
铁臂戮力推狂浪，济世匡时撰史功。
理论准则循马列，雄文发展继毛公。
百年华诞遥天祭，亿万人民默念中。

欢庆中华人民共和国成立五十五周年

风雨五十又五年，沧桑巨变换新颜。

西部进军抒壮志，安邦定国俊杰篇。

向 东

祝贺尹世杰老师从事教学研究 50 周年①

桃李满天下，花开香满园。
老来当益壮，攀登未等闲。
学术辟新宇，消费立指南。
宏论国良策，小康民福安。

①尹世杰教授，著名经济学家，是我在武汉大学时的授课老师。

赠武大挚友

珞珈同窗友情厚，东湖竞舟共沉浮。
潜读马列图报国，熔炉锤炼共五秋。
相互关心问寒暖，彼此激励谈奋斗。
回首往事犹咫尺，蓦然相聚已白头。

《校友通讯》（2000 年）

向 定

庆贺新武大成立

2000 年 8 月 2 日晚 7 时，观中央电视台"新闻联播"节目，得悉通过强强联合，新的武汉大学已成立。不禁心潮起伏，欢喜若狂，西望珞珈，欣然命笔。

珞珈风物日日新，人杰地灵四海闻。
百年辉煌享中外，八方俊彦会江城。
奋起再鼓冲天劲，跃上昆仑最高层。
喜看今朝弦歌处，必有惊天动地人。①

　　①"惊天动地人"指在母校莘莘学子中，必将大量涌现出能突破世界最新高科技水平、为国家作出杰出贡献的人才，为人类造福，为母校增光。

《校友通讯》（2000 年）

向进青

珞珈山之梦

飞檐碧瓦铸星河，黉府百年呈坎坷。
落驾珞珈名咋易？春蚕蜡炬闻一多。

喝火令·美哉神农架

万载神农浩，千年冷树杉。览华中屋脊仙葩。更秀色红坪漫，国药遍山崖。　　玉瀑奔如绘，金猴友似家。蔚然生态涌丹霞。百里葱茏，百里景堆花。百里险峰流韵，壮哉我中华。

洪湖诗乡吟

蓝田生态雨风磨，百里江湖百里歌。
灿灿水乡花烂漫，一湖诗韵一湖荷。

清江画廊长阳行

大佛苍翠展缤纷，武落钟离跃紫云。
神洞灵泉峡谷漫，清江处处尽销魂。

向进青，高级工程师。曾任副厅级干部。现任湖北科普作协副理事长，湖北诗词学会副会长，省直分会会长，鹰台诗社社长。

向志学

返母校有怀

巍巍宫墙碧翠峰，桃李春光化雨中。
百载绵延长教泽，万方辐射大学风。
宗师仙逝埋精骨，弟子龙腾耀星空。
喜看东湖千帆竞，珞珈山色更葱葱。

《校友通讯》（1995 年）

庄　果

无　题

珞珈激风雷，喜有创业才。
豪情向"四化"，宏图细安排。
群英齐抖擞，新苗着意栽。
会见参天绿，万木尽成材。
浮云曾蔽日，蜚语播疑猜。
逆流砺壮志，勇进岂徘徊。
除夕困病榻，百感涌心怀。
爆竹报春到，伫候捷音来。

《武汉大学报》，1983 年 2 月 12 日

庄果，曾任武汉大学党委书记。

刘 伟

二十岁，我在想

二十岁，我在想/如何织出一条闪光的纽带/充满活力的青春如何放出迷人的色彩/二十岁，我在想/假如我高寿八十/不是只剩下了生命的四分之三/假如我短命四十/不是已度过了人生的一半/不错！三十而鸣，二十该立/但时至今日，我何曾给社会减轻了负担/给人民大家庭添置了一份薄产

二十岁，在人生的长河中确实太短，太短/但谁又敢否认/它能像流星划破长空，光耀璀璨/开拓、进取、改革、创造、观念更新/朋友，我二十岁的同伴/难道我们的脚步还能像过去那样一坏扣一环/社会体制、思维结构在日新月异/我们当在社会大趋势的潮头上跳跃追赶/二十岁，搏动着生命的强烈节奏感/肩负着生活不可推卸的重担

我的二十岁，应当不凡/生命的坐标理应校正/牛年当把开拓者的艰辛饱尝/在这创新的时代/扬起执著坚实的风帆

《武汉大学报》，1985 年 10 月 12 日

刘 荣

珞珈早期建筑礼赞（古词风）

如果你想知道武汉大学早期的建筑是什么样？请来珞珈山；如果你想知道中西结合的建筑是什么样？请来珞珈山；如果你想知道大学校园建筑文化之美，请你还来珞珈山。这里有武汉大学大学建校初期的建筑物，坐落在山腰、丛林之间，图

书馆、体育馆、理学楼、工学楼、老斋舍，各有妙姿：方锥形、圆形、弓形、宫殿形，每一座建筑物都是一件艺术品，徜徉其间，你会豁然明白很多：原来，校园的房子可以这样建，可以如此浪漫而庄严。你会肃然起敬，少了一些浮躁，多了一份凝重；少了一些虚妄，多了一份清醒；少了一些无为，多了一份思新。你会欣喜：事情原本是可以做到如此巍峨而精致的。

校园建筑本身是美与想像力的楷模，是精神、文化与物质的和谐。大学里的建筑物，应该是美的化身，因为在这里塑造的是美的灵魂。

美，使人产生灵感，给人智慧。让我们一起走近这些美丽的建筑物，遐想吧。

老图书馆

琉璃碧瓦，飞檐云中挂。楼上观景景最佳，直望武昌城下。
经史子集文献，珍藏自在高端。仰视需要勇气，一步一级登攀。

体育馆

穹顶如经，碧瓦似彩虹。馆内看台悬壁中，馆外绕满梧桐。
出腿脚下有声，挥手掌上生风。少年能文能武，不见文弱书生。

理学楼

台高石坚，楼方顶却圆。梯形教室似扇面，楼外雕透栏杆。
东临一湾湖水，南望一座青山，此地本有灵性，成才乃是必然。

工学楼

楼方顶尖，尖顶盖如伞。方楼中空四周旋，楼底半空半掩。
理学大楼卧北，工学大楼立南。方圆二楼遥看，越看越觉好看。

老斋舍

是山非山，大厦横山前。三座拱门仰头看，方亭碧瓦云天。
登上百级台阶，天宽地宽水宽。紫气迎面扑来，顿觉学海无边。

刘荣，武汉大学信息管理学院退休教授

刘　征

从教三十年感怀

初执教鞭洣水边①，耕耘至今三十年。
湘江之畔倾心血②，会稽山下谱新篇③。
桃李芬芳映鹤发，春华秋实话桑田。
国企分为老师昇，有憾无悔宵明天。④

①1980年，在井冈山西麓洣水畔的革命老区酃县（现炎陵县），参与筹备该县第一所水电技校，后在该校任教兼教导主任，开始教师生涯。

②1985年，调至湖南有色金属职工大学任教，该校位于湘江之滨。

③2007年，应聘至绍兴市会稽山下的浙江越秀外国语学院涉外经济管理学院任教。

④由于种种原因，国企教师退休后，不能与公办教师一样，享受"教师法"规定的待遇，工资相差一倍以上。希望这个历史遗留问题会得到公正解决。

《校友通讯》（2010年）

赠老班长郭耀远校友

郭耀远，武汉大学经济系1968届毕业生，1969年元月与笔者同时被派遣到洞庭湖军垦农场劳动锻炼，同一连队同一班。当时郭任班长，对我备加关爱，情同手足。2007年通过

《校友月报》寻校友栏目，得知他早已调回家乡工作。2009 年暑假期间，我专程去常德，看望老战友、老班长。时过境迁，感慨不已，吟诗一首，赠昔日战友。

> 相识洞庭四十秋，再聚德山已白头。
> 峥嵘岁月堪回首，苦乐沧桑付东流。
> 同叙珞珈书声朗，共忆东湖语不休。
> 桑榆之年逢盛世，淡泊宁静乐自悠。

《校友通讯》（2009 年）

刘　恺

菩萨蛮·忆抗战①

珞珈山下东湖水，山清水秀令人醉。壮志想当年，读书救国难。　　长江拦不住，东下游行去。竟夕独盘桓，衾单侵晓寒。

① "九一八"事变后，全国大学生掀起到南京请愿游行活动。我校同学正整装待发之际，武汉当局却突下轮渡停航令，后在同学们愤怒抗议下，终于乘轮东下。

缅怀王星拱校长

> 道德文章并轶伦，高科诗艺更超群。
> 勇当革命马前卒，争做英伦盟会人①。

> 学术自由争竞先，管他魔鬼舞蹁跹。
> 我行我素无惭怍，赢得精英直向前。

> 惨淡经营三大学②，神州板荡见忠贞。

呕心沥血竟忘我，化雨春风为育我。

掩藏革命领头人，不避艰危忘一身。
独有江津仙逝后，捐薪赙赠两千金。

住院沪滨噩耗闻③，万千弟子哭同声。
陈毅市长送祭悼，"一代完人"是定评。

①1910 年在伦敦加入同盟会。
②历任安徽大学、武汉大学、广州中山大学校长。
③公元 1949 年 10 月 8 日在上海永川医院逝世。

《校友通讯》（2003 年）

蝶恋花·怀念武汉大学

蛇岭东湖仍若旧，回忆当年，尚有几窗友？急速行军东厂口，健儿珞珈飞身走。　弹指一挥花甲后，鹤发银鬓，夜读挑灯久。忽报人间九旬叟，难为咸友扬卮酒。

《校友通讯》（2004 年）

刘 虔

圣天鹅之歌
——为美兰等五位女同学题照

这五只从天而降的圣天鹅哟/腾落在青青五月的青草地上起舞婆娑/恰似五朵常开不败的玫瑰/恰是五个鲜活的血液贲张的传说/我想起秋夜里奇幻如雪的明月/想起严寒时最有神性般温暖的泥地上的阳光/美，力量，与心灵的面容就应该是这样展示的呀/拒绝时光的衰老/笑对命运的戏弄/远离日子的颓萎/

坚守春天的节律/如火，如荼，吟山，咏水/云蒸而霞飞/连深夜独守的回望也震响着理性与情感的高贵/那不就是仿如昨日却已渐行渐远的往日的风雨吗/失落的红豆，已经凝为碧血/盈盈的泪水，早已入蚌成珠/绽放过的企望，已经绽放并且珍藏/播种的籽实，也有了桃李的芬芳/那走时带起的风不也曾摇拂过路人的臂膀吗/而友情与爱，将如长路绵延，伴随我们的终生/这是母校珞珈山上青涩而诚实的岁月给予的决恒/或许我们的生命真有一些凝滞/但超越自怨的苦难，就能救赎自我于深渊/今天，让我们再一次向生命致敬，为生命而歌/活着，且欣慰与快乐着/放开收拢的翅膀，就会有高飞的宇宙/让每一天都是一个节日/让每一个节日，都如一片洁白洁白的云朵/起自苍茫大野、过滤了污秽、留存着自由、七彩飘飘如诗如梦的云朵啊/那正是往返于天地、歌咏于人世的圣天鹅

《校友通讯》（2010 年）

刘　理

浪淘沙·祝贺武汉大学120周年校庆

武大校风淳，树大根深。百年又历廿冬春，梁栋成材多茁壮，德智兼存。　　四校合连襟，实力倍增。师生奋进赶超拼，为我神州前景灿，再立功勋。

刘理，武汉大学医学部离休干部。

刘　赜

国庆十周年庆祝大典感怀作颂

赜年七秩，阅人为世。强半据乱，忽焉已逝。开国十稘，

史无前例。日趋富强，蜚声国际。和平建设，抑何美丽。
忝列协商，建白则细。首都观光，五岁再诣。归而教学，
改革唯锐。黾勉从事，不敢废替。报国日长，爱党心系。
科研伊何，九千文缀。古音谐谱，语言大系。华生勤劬，
时不我逮。老当益壮，芹献自誓。大饷三日，饱德无斁。
乐我大庆，感兹嘉惠。亿兆吾民，同舟共济。或敢侮予，
国有捍卫。摛词揄扬，编诸末第。

《新武大》，1959 年 10 月 1 日

刘赜，字博平，武汉大学中文系一级教授，曾任该系系主任。

刘玉立

晨　练

你若是路上的一颗石子/定会精神振作/意志更加坚毅/你
要是天边的一线晨曦/定会神采焕发/显得更加美丽

因为你会听到/坚定的脚步声/比雨还密集/而生长万物的
大地/她只看见/一把把飞过来的梭子/一颗颗晶莹的汗滴/正织
出毅力的网/从思想的海洋/把知识满满捞起

刘开泰

哀悼辅初

同窗两度结知音，幸遇珞珈亮红灯。
黄鹤西去留邦策，红霞依旧放光辉。

《校友通讯》（2004 年）

刘元慎

忆嘉州旧游

最忆嘉阳荡小舟，梦中犹记弄轻柔。
风生绮浪千帆绿，月照幽岩万树秋。
世事万端从所往，白云一片自悠游。
何当化作云中鹤，行遍人间九十州。

元日观牡丹

1998 年（虎年）元日，长沙街头出现牡丹花，售价 200 元一盆（一株），喜其早至，祥瑞之兆也，赋诗以志之。

疑是天上来紫云，恍若地面映绿荫。
爆竹声声除旧岁，一枝红艳迎新春。

虎年新春感怀

惊涛骇浪渐如梦，风霜冰雪亦朦胧。
改革开放政策好，一国两制建奇功。
莫叹儒门一黔首，耄耋始庆沐馨风。
迎来酒香太平多，儿孙绕膝乐融融。

《校友通讯》（1998 年）

刘丙义

七　绝

几经风雨又埃尘，今日俱成白发人。所幸身心犹健朗，晚年共享太平春。

《珞珈》第 140 期，1999 年 7 月 1 日

母校经济学系成立七十周年经济学院成立十周年志庆
（刘丙义执笔）

满 江 红

　　谈笑生辉。长江浪，东流壮烈。凝目处，中原广阔。鬓霜悲切斗转星移故人会。天时地利有人杰。喜楼头，月影照风华。时无缺。　　珞珈派，今古哲。华夏赞，全球悦。聚神州灵气，蜚声如铁。后起英才皆俊秀，辉煌著述多超绝。看名流，荟萃满厅堂。精华结。

　　注：武汉大学经济学系 1945 级学生于世永、王孔旭、王时杰、王家才、邓国光、田林、皮公亮、刘玉、刘超、刘丙义、向顺立、任峻山、朱肇明、孙中和、李祚俊、宋子如、应鼎如、邹先源、吴先棪、沈行苇、陈先正、周寿祚、周熙文、周俊芳、罗世清、胡荣珍、赵良、赵华远、敖忠祥、袁梅、涂葆林、唐春旭、唐仲昌、黄振中、彭明朗、彭崇熙、程度、曾树猷、谢光清、韩钦元敬贺　1996 年 3 月 23 日（此名单是按姓氏笔画顺序排列）

刘友光

会　友

　　黄鹤珞珈山，同窗五载缘。
　　浮云一别后，沧海四十年。
　　欢笑情如旧，夕照白发颠。
　　今宵同杯醉，祝福伴君还。

《校友通讯》（2009 年）

刘以刚

晨练（民歌风）

　　每日晨曦，余经珞珈小径，总遇九位耄耋教授，结伴巡山散步锻炼，谈笑风生，乐此不疲，经年累月，寒暑不辍。感咏之。

珞珈山上九"神仙"[①]，虚无缥缈云雾间。

踏罡布斗林荫道，纳新吐故念真言。

天增岁月人增寿，人间天堂已相连。

九仙下山九教授，乐山乐水乐天年。

　　[①] 指九位晨练的耄耋教授：田世忠、曾志义、王明全、周国栋、郭著章、金雷、张庭壁、范志、冯国华。

珞　珈　春

珞珈山头春意浓，桃灼柳依映山红。

最是樱花烂漫日，满园游人满园风[①]。

　　[①]《诗经》中有十五国风，此处泛指诗。

　　　　　　　　　　　　　　　　　《校友通讯》（2010 年）

刘代高

忆同窗贤泽

遥忆当年聚珞珈，青春作伴好年华。

白云凌志图报国，日暮乡关理华发。

地北天南皆兄弟，人间天堂两牵挂。

常思贤泽梦挚友，同乘黄鹤游华夏。

后记：余 1964 年 9 月入武汉大学，就读于生物系微生物专业 6963 班，1969 年 7 月毕业。但我们都平安地走了过来，因为我们有着贤善亲和的纯朴和真诚，这就是护佑我们平安一生的一缕班风、班魂吧！

喜同学广州聚会并和周茂辉《同学广州聚会有感》

喜逢南粤暖如春，武昌广州英雄城。

东湖之滨立学业，珞珈山上铸吾魂。

莲花在心亦美景，宝墨润笔书奇珍。

笑语欢声胜似梦，百岁重聚夕阳红。

注：2012 年 3 月 18～19 日，有 28 位老同学在广州聚会，参观游览孙中山大元帅府、黄埔军校、佛教圣地莲花山和清代宝墨园，欢声笑语，畅叙友情。

附：同学广州聚会有感

周茂辉

红棉高挂树树春，学友八方聚羊城。

大帅府中瞻伟业，长洲岛上祭军魂。

莲花宝塔观胜景，宝墨园庭叹奇珍。

风雨人生惊一梦，欢歌笑语夕阳红！

刘代高，笔名珞秋，出生于 1946 年，武汉大学生物系微生物专业 1969 年 7 月毕业，原在宜昌市夷陵区科技局工作，现已退休。

刘玄一

珍 珠 港

伫看珍珠港，油然百感生。
何人为盗寇，此地毁干城。
奇袭成戎首，投降罢甲兵。
寄言胜利者，长记小东瀛。

《珞珈》第 95 期，1988 年 4 月 1 日

水调歌头·除夕感怀

白发暗中换，岁月向人催。丁年折腰南国，老大望乡迷。鹦鹉洲边烟月，黄鹤楼头帆影，风景总依依。回忆少年事，独步自徘徊。　　开书卷，执秃笔，说与谁？喜闻腊鼓，除夕海外有家醅。一咏一觞堪笑，半醒半眠犹恋，元旦且寻梅。何日峨嵋去？更看雪花飞。

《珞珈》第 103 期，1990 年 4 月 1 日

刘汉旭

菩萨蛮·返母校观光

珞珈山麓东湖畔，琉璃瓦角澄霄汉。思我旧时情，雪窗灯火明。　　当年弦诵地，泥上飞鸿迹。桃李满芳园，先生雨露恩。

汉宫春·畅游东湖磨山风景区

极目东湖，看澄波百顷，激滟浮天。长堤襟带，袅袅杨柳风前。磨山玉立，视茫茫，空阔无边。人散去，游船呼渡，嬉

嬉打桨婵娟。　　四十三年此日，喜青衫依旧，鹤发归旋。思量往昔，指点楼阁依然。酸甜荣辱，到而今、付与云烟。唯只有、亭台新建，永留景色人间。

《珞珈》第 107 期，1991 年 4 月 1 日

送王季明乡兄学长走玉门①

绿化新疆自左公，玉门春色柳翻风。

天山白色融泉冷，大漠青丛落照红。

苜蓿昔曾随汉使，葡萄今应入关中。

期君努力师明哲，像画凌烟第一功。

①1944 年，乡兄王季明校友，毕业于武汉大学矿冶系，赴玉门石油工作，作诗以送之。

《珞珈》第 124 期，1995 年 7 月 1 日

水 调 歌 头

独步中秋月，脉脉立遥天。漫漫云海东望，人共月常圆。为问他乡游子，四十余年阔别，何日泛归船。宝岛一篙水，咫尺隔人间。　　眉心上，无限事，记当年。途穷汉上，半毡从不乞人怜。楚楚方冠学士，平地蟾宫折桂，得志更扬鞭。老去儒冠误，无语对婵娟。

《珞珈》第 111 期，1992 年 4 月 1 日

满庭芳·自寿述怀

燕舞莺歌，风和云净，四合景色清新。年丰人寿，祥瑞到寒门。满座亲朋佳宾，举怀祝、淡酒盈樽。回头看，儿孙俱在，却少了昆昆。　　萦萦。思往事，念同窗旧侣，历尽千辛。任无情冰雪，于我何曾。自有梅香傲雪，心安稳，松柏常

青。由人愿，余生健好，放眼笑猢狲。

《校友通讯》（1995 年）

刘西尧

赠武汉大学附属中学八十校庆

东湖山水钟灵秀，一代新人哺育中。
八十春秋桃李茂，且看跨纪更飞鸿。

《校友通讯》（1996 年）

台湾罗警华校友返母校，赋诗以赠

阔别云天丁丑年[①]，
从戎未料往生还；
珞珈回首同仇日[②]，
两岸连根盼月圆。

①我于 1937 年 11 月离校。
②当时我们虽各有政治背景，但一起参加了抗日救亡活动。

《珞珈》第 144 期，2000 年 7 月 1 日

刘西尧，曾任中国共产党中央委员，中华人民共和国教育部部长。

刘师古

元旦步过武汉长江大桥口占

新年寻胜鲁山西，往返龟蛇路不迷。
稳步九皋黄鹤舞，俯瞰三镇白云低；
鲸涛壮阔思天堑，汽笛和鸣听采齐；

借问伯牙兴奋否？繁荣经济好吟题！

《新武大》，1963 年 1 月 11 日

刘先觉

漫咏香港回归

回忆当年国耻中，华人与犬付等同。
申江租界悬此语，弱国无能只恨穷。
百年国耻一朝雪，万众欢欣举国狂。
祛弊臻强团结紧，从教华夏国增光。
举国城乡设贺筵，火树银花不夜天。
回首虎门今雪耻，回归港澳喜开颜。

无 题 二 首

五光十色盛筵开，万紫千红耀眼来。
国耻难忘终洗净，神州奏凯动尘埃。
安邦多伐胜诸葛，长治久安仰江才。
耄耋余生逢盛世，人人欢庆上春台。

喜不成眼待晓钟，万家灯火满天红。
高音广播传佳讯，起舞闻鸡正国风。
改革图强求致富，"俱兴"丕振已平穷。
功高伟绩垂不朽，饮水思源拜邓公。

赠台北罗警华学姊

母校当年誉校花，神州今日看彩霞。
行空云鹤声鸣远，胜彼陶朱典范嘉。
创业辉煌思哺育，盛世捐资献珞珈。

巍巍学府多才俊，妙笔丹青锦上葩。

赠台北校友会蔡名相学长

更上层楼纂《珞珈》，洛阳纸贵放奇花。
潇洒文采惊侨辈，铺陈珠玉岂是夸。
无添蔡门创伟绩，自惭雁羽落平沙。
余生株守冯唐老，有梦常萦到海涯。

壮心不已情殷切，业余耕耘寒暑继。
古稀无视奔波苦，天南地北传信息。
老友重聚仗鼎力，父老乡亲感衷肠。
有口皆碑传两岸，懿德留芳江水长。

《校友通讯》（1998年）

刘仲桂

桃 李 情
——珞珈山学子情结

珞珈山下东湖滨，水院苦读共八春。
山清水秀樱花美，时空跨越四代人。

年轻求知入水院，五年艰辛终不悔。
青春年华未虚度，学业有成展风采。

十年耽搁复招生，全国招研第一届。
中年二度入水院，时不待我机难再。

三个儿女年幼小，千里家园难聚首。
三年攻研苦中乐，献身水利志不改。

读书科研好环境，东湖山水学子爱。
培育英才好圣地，建功立业海内外。

促进社会育人才，峥嵘岁月写春秋。
灌溉试验立基地，科教更上一层楼。

时代跨进新纪元，四校合并创名牌。
教育科研要接轨，教改发展上台阶。

肩负科技兴国任，几多欢乐几多愁。
桃李芬芳遍寰宇，各领风骚展风流。

关注母校大发展，人生七十未为稀。
且把花甲当花季，再为华夏添双翼。

月映西窗思往事，昔日书生今栋梁。
学子情结千千万，难忘恩师情意长。

刘仲桂，1959 年考入武汉水利电力学院，1964 年本科毕业，分配到湖南省工作。1978 年又考入母校攻读硕士研究生，1982 年获工学硕士学位。后到广西区水利厅总工办工作。并为母校在桂林灌溉试验站建立教学科研基地、促进学校人才培养与学术交流做出了贡献。

《校友通讯》（2002 年）

刘仲桂　郑灿新

七言排律·拼搏人生
——读《武大校友通讯·校友笔札》有感

弄潮儿女多风霜，一生奋斗展锋芒。
莫道老年甘寂寞，返聘岗位更刚强。
且把花甲当花季，修志撰史话沧桑。
儿孙自有儿孙福，半是欣慰半彷徨。
衣带渐紧终无悔，室有兰台为书忙。
与世无争人缘美，快乐安康日月长。

　　刘仲桂、郑灿新，1964 年毕业于武汉水利电力学院农水系与电力系，1966 年喜结良缘。刘于 1982 年又毕业于母校第一届硕士研究生班，1992 年被授予"广西有突出贡献科技人员"称号。

《校友通讯》（2012 年）

刘庆云

临　江　仙
中文系 57 级入学 40 周年聚会感赋

载几经风雨，金秋再度相逢。缁尘染素已成翁。凝眸相视久，难辨旧时容。

谈笑依前风貌，弦歌更转情浓。樱花道上话深衷。夕阳无限好，心事尚摩空。

登 逸 夫 楼

烟霞别后忒妍新，叠翠层楼矗水滨。

联袂高台频远眺，湖光山色倍亲人。

《校友通讯》（1998 年）

望九峰山缅怀恩师弘度先生①

室名微睇隐修桐，鬓发青青未似翁②。
心解梦窗穷玉粹③，眉批札记点朱红④。
闲来笑说拼记诵⑤，兴起高吟任西东⑥。
往事卅年犹历历，遥看陵柏满秋风⑦。

忆席鲁思老师⑧

湘音未改说《昭明》，解析《文心》善撷英。
忽地声情摇曳处，吟成一绝众人惊⑨。

怀念周大璞老师⑩

浑璞如名远俗尘，即之温厚似临春。
后生受惠知多少，半纪犹思雨露恩。

①刘永济先生，字弘度，20 世纪中期武汉大学中文系"五老"之一。
②先生接纳我等为研究生时，已 75 岁高龄，仍是满头青丝。
③先生为我等讲授梦窗词，"文革"后出版之《微睇室说词》即当时讲义。
④先生批改学生读书札记，全用红色蝇头小楷。
⑤先生与陈寅恪为至交。陈读书过目不忘，先生亦不甘示弱。一日各拿一页古文，看一遍即行背诵，陈果然一字不错，而先生错一字，表示服输。
⑥先生《卜算子》词："我有一云巢，只在云深处。缥缈任东西，久暂随云住。"其诗集名为《云巢诗存》。
⑦先生陵墓在武昌九峰山。

⑧席鲁思先生，20世纪中期武汉大学中文系"五老"之一。

⑨席老上课，有时会即兴吟出一首七绝来，并板书之，令我辈惊异赞佩不已。

⑩周大璞教授，20世纪50~60年代为武汉大学中文系系主任，"八中"之一。

《校友通讯》（2008年）

刘庆云　邓国栋

悼胡国瑞恩师（自度曲）

荆楚才人，神州耆宿，道德文章彪炳。数十载矻矻耕耘，赢得声名高迥。《魏晋》鸿编，昭明风骨，发论何精警！每对光风霁月，把逸兴幽怀，并付微吟朗咏。一卷《湘珍》，骚雅更兼清劲。　　长记省，田头地角，曾共锄禾；汉水篷舟，还问照影①。绛帐春温，笑谈指点，总入澄明境。几度金秋攀石径。喜先生依归，神旺气清，放言精挺。何期遽尔登仙，人天远隔，弟子三千齐咽哽。问几时，跨鹤归来，重赏人间烟景？

①1959年，先生与吾等后生同赴天门小庙劳动。

《校友通讯》1999年

刘声祥

武汉大学即兴

风景这边真个好，珞珈秀丽胜诗篇。
树人树木树人气，水绿山青百卉妍。

莘莘学子耀江城，济济人才敢创新。

文史理工争第一，原来学问可医贫。

千载文明魂魄在，双逢六秩又逢春。
求真务实经纶手，立地顶天中国人。

刘声祥，笔名方生、白石，号白石乡人。曾任湖北省监狱管理局办公室副主任，副研究员，现已离休，系中华诗词学会会员，鹰台诗社顾问。著有《白石乡人诗选》三集。

刘求长

别珞珈山四十年①

魂牵梦萦是珞珈，嘉山秀水度韶华。
别来四十情犹昨，心刻倩影在天涯。

寄已逝学兄曾庆元②

六载同窗别四十，几度相逢话旧谊。
君性热肠吾性拙，君先逝兮吾叹悲！

①本人为 1967 届中文系毕业生，1968 年 9 月分配到新疆工作，至今 40 年矣。
②曾庆元曾是我们中文系 6772 班班长，生前为武汉大学文学院教授，2007 年冬天病逝。

《校友通讯》（2008 年）

刘应宏

时值进校 40 周年，老同学聚合，思绪万千，记其事缅怀已逝年华。

抒　怀

悠悠四十弹指间，历历往事流眼前。

绿水青山齐作证，鲲鹏展翅敢为先，

访　旧　居

学舍原姓张，而后迁姓昃。

当年读书郎，如今成栋梁。

《校友通讯》（2001 年）

刘志超

珞　珈　山　水

峰高凭水翠，水碧仗山深。

珞岭嘉苗壮，东湖清浪吟。

湖山涵智士，俊彦富勤民。

百廿培梁栋，环球献丽春。

2013 年 9 月

刘志超，武汉大学法学院 2011 级学生。

刘怀俊

李国平院士百年颂

南岭之阳，东江之旁；梅州丰顺，砂闸花黄。

一九一零，孟冬临降；山青水秀，大师发祥。

幼名海清，业勤志强；李氏传承，因平铭榜。

五岁发蒙，书柳颜唐；中大附中，自学痴狂。

预科志远，学优匪常；博览中外，学海徜徉。

少年兼教，弱冠研创；中大才子，论文刊上。

赵师进义，数理专长；旅法博士，函数称匠。

爱生敬师，教学相长；半纯理论，跃试欲翔。

癸酉卒业，讲师聘当；翌年辞教，留日渡洋。

东京帝大，研究生上；导师竹内，指点激扬。

无限半纯，前沿论纲；统一理论，震座惊堂。

日数学会，破格冕奖；神州才俊，名动西洋。

廿六岁归，教授故乡；庆来爱才，忘年交往。

举荐留法，研究所庞①；系列成果，学界葆扬。

准解析论，波莱方向；大师青睐，荐文宫朗②。

卓越论述，挈领提纲；法数学会，接纳入堂。

一九三九，川大课讲；翌年应聘，武大上岗。

教学科研，矢志不闷；授业讲演，卢宏课堂。

国难时期，研教犹常：前沿论述，同仁鉴赏。

得育英才，虽苦亦畅；师生情挚，谆授倾囊。

抗战胜利，复校武昌；理科季刊，论文连档。

全国解放，心怡神旷；灵感频发，成果引航。

国家办班，申李吴讲③；微分方程，黄埔榜样。

中国科院，院士首榜，鹤鸣国平，二李名扬④。

进军科学，光荣入党；甲等劳模，省市葆奖。

一级教授，国家评当；武大六人，先生在岗。

教学高质，成果辉煌；学报承载，上佳篇章。

德国《数典》，编委撰章；柏林大学，特邀演讲。

武大科院，担肩双岗；数计数理，两度所长。

一主两翼，学科跨创；三套丛书，学术传扬。

论文百篇，智慧闪光；专著十余，与身同长。

国平博学，理文双强；学贯中西，通今博往。

数系主任，武大副长；湖北武汉，数理事长。
诗书词艺，第二业乡；诗词丽计，墨宝万章。
传道授业，桃馨李芳；专家院士，五湖四方。
大师业绩，山高水长；百年缅怀，敬祈宏光！

①研究所庞，指庞伽莱研究所。
②宫朗（Comptes Rendus deL'Academie des Sciences，简称 C.R），指法国《巴黎科学院报告》。当时函数论顶级大师波莱尔、蒙特尔亲自推荐李国平关于波莱尔方向、准解析函数的论文在 C.R 上发表。
③1954 年受教育部委托，在北京举办微分方程讲习班，李国平与申又枨（北京大学教授）主讲常微分方程理论部分，吴新谋（中科院数学所研究员）负责偏微分方程理论部分。讲习班对我国微分方程理论队伍建设举足轻重，素有"黄埔一期"之誉。
④指李达（字鹤鸣）、李国平二人。

寿路见可①

少年聪慧称才子，高考数学获满分；
学雅连年折桂冠，教优遐迩赞佳音。
著文百卷同身等，桃李千株曼宇芬；
道范业勤受人敬，澹泊世事素冰心。

①路见可，1922 年生，江苏宜兴人，在苏州中学获"有数学天才"评语。1939 年以数学 100 分考取武汉大学。现为武汉大学数学系教授、首批博导。

鹧鸪天·祝福

2013 年 1 月 15 日武汉大学校长为耄耋期颐长者寿。

暖意融融聚一堂，耆贤奕奕话沧桑。八旬九秩期颐寿，百卉什花久沁香。　　三尺案，道传扬。千秋伟业绣华章。今值学府百廿庆，争创上游名世强。

如梦令·自强武大

开创自强新校，光绪御批知道。经百廿沧桑，发展尚称良好。良好？良好！国际一流决保。

刘怀俊，武汉大学数学与统计学院教授，已退休。

刘永济

临江仙

闻道锦江成渭水，花光红似长安。铜驼空自泣秋烟，绮罗兴废外，歌酒死生间。　　野哭千家肠已断，虫沙犹望生还。金汤何计觅泥丸，西南容有地，东北更无天。

《珞珈》第85期，1985年10月1日

一九六三年元旦献词
调寄减字木兰花

春回大地，锦绣河山腾紫气。大地春回，万卉千葩次第开。　　红旗胜利，公社家家齐报喜。胜利红旗，插向东风面面奇。

《新武大》，1963年1月11日

浣溪沙

老翁馋口，辄思乡味，湘弟既以湘中饼饵见饷，复寄我小词，有杀猪入馔尺鲤烹鲜之问，戏答一阕。

千里分甘梦与牵，远胜说饼咽空涎。含饴翁媪俱欣然。
安得闻韶忘美肉，不劳弹铗叹鱼鲜。直须鼓腹乐丰年。

1960 年

减字木兰花

　　赠别吴雨僧教授。雨僧由渝来汉，小住四日即赴穗，再入都然后西去。只身万里，遍访南北亲友，而兴致勃勃，无风尘倦色。可感亦可喜也。

　　庞眉书客，白以文章为润泽。执手言欢，狂态依稀十载前。　　山川寥廓，万里秋旻飞老鹤。何用伤离，同在长江水一涯。

1961 年

浣 溪 沙

　　舍弟斋厨宿储，一夕为夜客并釜甑将之。翌晨至乏食，有词见告，依调酬之。

　　平世如何有饿夫，宵深来瞰广文厨。青甗无恙漫惊遄。
　　甑有余粮即付汝，闾存佳藬未妨予。寒风凄月一长吁。

1961 年

刘永济，武汉大学一级教授，词学名家。

刘忠同

乐山话别五十年，都叹沧桑又几迁。
油灯钟鼓增学趣，漏雨门窗苦睡艰。
离校正逢国难重，复员切望家团圆。

127

两岸同学多俊杰，促成统一更香甜。

《珞珈》第 110 期，1992 年 1 月 1 日

致台湾同胞

骨肉同胞意千重，龙的传人都是龙。
一统河山需协力，双赢局面赖相崇。
半世应圆回归梦，全民喜敲太平钟。
万语千言基一念，海台两岸是同宗。

《校友通讯》（2002 年）

刘治平

双甲盛庆

珞珈狮子顶天廷，双甲练成千域英。
鲜血绘图芳百世，樱花绣景赛十城。
六一亭举精华壮，百廿春辉科技晶。
核弹神舟挥大汗，改革盛业势峥嵘。

临江仙·书生当年意气豪

结友东湖心底落，清凉透骨欢惊。武钢烟柱冒雄鹰。拜谒屈子殿，楚地暮霞莹。

队整大坪神气奋，终来车列飞腾。主席毛老立台尊。胸潮翻宇宙，华夏美姿雄。

刘孟陶

回母校欢聚

五十年前别校园，西窗夜雨梦魂牵。

山上樱花送桃李，水边景秀恋诗篇。
求知沐浴山和水，服务经历苦与甜。
更喜恩师身康泰，欢欣无限意绵绵！

七十岁自咏

刹那年华七十春，捣烂苦难与艰辛。
炮弹缝中避劫祸，铁蹄路上斗鬼兵。
科研贯注全神志，巡回跋涉僻壤村。
雅兴来时唱几句，晚霞晖映夕阳春！

《校友通讯》（2001 年）

刘孟穆

敬祝武汉大学 120 周年校庆

如今盛事寰宇传，校庆欣逢大治年。
珞珈名山山崔嵬，东湖秀水水连天。
培养学子数十万，奉献硕果寰宇妍。
千秋史册耀日月，名山名彦代代传。

春节联欢感怀

一年一度同欢庆，今岁春节意更浓。
改革整顿齐奏凯，国富民勤边陲宁。
身虽休退情犹在，拼搏精神未稍松。
天若有情人不老，喜看新秀正翔空。

刘孟穆，武汉大学工学部教授，已退休。

刘饮圣

圆明园怀古

英法联军事已遥，圆明遗址忆前朝。
当年歌舞皇家院，满目残垣与断桥。

遗址整修日日新，湖山旧貌渐成形。
有人感叹火烧耻，伙慨激昂论古今。

桃红又报圆明春，百鸟争鸣柳色新。
芳草帝妃游乐地，激发百姓做钢人。

香山秋眺

秋风萧瑟客愁牵，北雁南飞又一年。
伫立阆风亭极目，鲜红霜叶忆珈山。

《校友通讯》（2002 年）

刘炳炎

相聚抒怀

择优同窗正得意，业成相聚更胜昔。
灾难之年虽蒙辱，鸿鹄之志矢未移。

开拓进取不停步，风口浪关敢搏击。
大夏小亭均成柱，天南地北皆留迹。

《校友通讯》（2008 年）

刘炳炎，1967 年毕业于武汉大学中文系。

刘靖宏

珍惜相聚

大学毕业届满三十年，同窗相约归来。欢聚一堂，此情奚
似，口占一诗，以志感怀。

> 一别珞珈三十年，同窗俊彦已无全[①]。
> 校园散后难相会，海内归来亦有缘。
> 兰菊毋分香馥郁，云泥不隔乐陶然。
> 人生自古谁长聚，记取今宵月色圆。

[①] 大学毕业三十年，同窗作古者已有八君矣！

《校友通讯》（1995 年）

刘绪贻

曹绍濂教授千古

曹老教授绍濂系武汉大学早期毕业生，前校长周鲠生的得
意门生，长期在武汉大学任教授。1927 年大革命时期即参加
中国共产党组织的活动，1948—1949 年又参加中共武汉地下
市委的外围组织——武汉市新民主主义教育协会武汉大学分会
教授支部。我和他相识已半世纪有余。他逝世后，我友情难
已，特撰挽联一副，以表悼念之忱。

> 素性爱国爱民，难比其勤勉。
> 平生忘机忘忌，无怪乎坎坷。

《校友通讯》（1999 年）

浪 淘 沙

1996 年 5 月 18 日访蒲圻赤壁，江山怡然，游人陶然，一片太平景象。

春意尚徘徊，绿盛红衰。江山如画兴悠哉。往昔战云弥漫处，今日蓬莱。　　可笑魏王才，樯橹灰飞。周郎诸葛亦堪哀。我自多情评论曰：与世何偕！

《武汉大学报》，1996 年 6 月 30 日

刘绪贻，103 岁，1911 年生于湖北黄陂，武汉大学历史学院退休教授。

刘维金

欢 聚

楚地金秋喜相逢，同窗之情笑谈中。
夕阳之年无争事，安康快乐记心胸。

《校友通讯》（2009 年）

刘敬诚

忆中文系诸恩师

1952 年 9 月～1956 年 2 月，余就读于武汉大学中文系，受教于时有"五老"、"八中"之称的系内诸恩师。岁月如流，时移事易，毕业至今，倏尔间已整整五十年。遥忆当年情景，犹历历在目。如今诸恩师多已作古，然师学师风，犹恒久志。故赋此寄怀。

刘博平（赜）师

宗师一代是良模，学富五车犹切磋。
莫道冷门"文字学"[1]，求知可限识深多！

[1]刘师时所授"文字学"，喜爱者甚少，然余求知若渴，甚爱之。

刘永济（弘度）师

为人为学两如高，屈赋楚辞可自豪[1]。
评驳古今唯一是，寒梅清竹骨风标！

[1]刘师时授"楚辞评注"。

席鲁思师

文赋诗词自在胸，喷珠吐玉每从容。
韵文精选尝留萃[1]，学子终生永袖躬！

[1]席师时授"历代韵文选"。

程千帆（会昌）师

曾誉"双才"早有闻[1]，书山学海贵明真。
经危历难不移志，敢怒敢歌弥足珍！

[1]程师时授"中国文学史"。程师曾被赞"才华横溢"，夫人沈祖棻亦曾被誉为"江南才女"，故云。

刘绶松师[1]

学涵人品贯如同，风采文章亦楚雄。

兔走乌飞成史迹，白袍一世永怀衷！

①刘师时授"中国现代文学史"。

周大璞师①

品格文章璞玉真，青衿无类总谆谆。
一生治学唯严谨，语范言规法汉声！

①周师时授"语言学概论"。

《校友通讯》（2006 年）

刘善政

母校昔忆今韵

赏　梅

冬雪飘飘百花眠，梅花竞放独傲寒。
香熏醉人十里远，游人指看珞珈山。

观　樱　花

大地回春枝头翠，如烟樱花绽开美。
赏者如织树边路，花落归途足香回。

校　友　聚　会

早年同读珞珈山，弹指一挥五十年。
回首思念往日事，桩桩幕幕现眼前。
活泼热情俊小伙，一米七八体质坚。
课堂听讲并排坐，书馆阅读帮位占。
同桌就餐八人席，上床下铺一房间。

化学实验同小组，分班答疑前后站。
周末电影左右走，课外运动相召唤。
武大情感友谊厚，每每想起泪含眼。
四年欢度随日去，今朝会聚梦多年。
双手紧握不忍离，四目相对哽无言。
满肚话语尽倾吐，一夜未眠畅怀谈。
水酒不沾多年事，今宵君至破习惯。
默默耕耘牛负重，二人自省心诚坦。
人老宁静德自守，胸怀豁达天地宽。
天假七十你我幸，老眼昏花脑忆健。
互勉身安淡泊志，共贺两叟桑榆欢。

求学忆怀

少年求学辛与艰，辍学多次习耕田。
身单力薄禾下汗，父母落泪常窥见。
忙里借闲寻书念，怀揣书本待时看。
晨早暮晚随日读，悬梁萤雪古人鉴。
困窘怎废吾志趣，磨砺方能出利剑。
勤奋机遇常相伴，毅力送入母校门。
如鱼得水新天地，笼鸟出飞翅膀展。
槁苗逢雨沛然兴，冬去寒尽春日暖。
父母喜泪十里送，千嘱万叮笃学念。
十步回首望双亲，铭记养育恩教全。
殿堂宫楼林阴翠，美哉壮丽珞珈山。
名师授课诲人善，言传身教重垂范。
深理明达趣入胜，举灼精华缕析严。
孜孜好学长知识，苦苦求索智能获。
校园学风严诚朴，自强奋进活龙虎。
武大四年育羽骨，基础根基扎下土。

毕业回奔梓里路，一生做茧系科研。
春绿大地一株草，不辱师门自问心。

图书馆

武大标志图书馆，削山竖楼插云寰。
巍峨壮观宏气势，唯其独高万楼瞻。
绿瓦盖顶古典美，飞檐斗拱凌空悬。
坐巅伴湖存清风，山光水色明月倩。
倘若盛暑梅雨来，祥云缠腰雾披肩。
登馆能观三镇景，江城全貌一目览。
悠悠黄鹤伫立西，滚滚长江东尽欢。
浩淼东湖烟波雨，向阳花树校园盛。
人文自然巧融合，宾朋登后交口诵。
馆藏图书浩如海，阅览大厅宽雅明。
书香招得馆门满，珞珈灵气书情钟。
"箪食壶浆"学子迎，群儒良才羽毛丰。
武大一流书馆在，百尺竿头日天中。

钟灵毓秀

武大之秀美赞世，山湖相拥自然力。
诗画意境成色好，先楚圣土展体姿。
神工巨匠大手笔，天人合一张谐律。
曲径阡陌林阴路，校园楼舍画美体。
珞珈雄姿大地造，武大秀色人文铸。
育才有成名学府，渔渊池深鸿儒济。
晨钟暮鼓饥渴知，授业解惑诲人师。
术业专攻有建树，钟灵毓秀人才梯。
珞珈地灵人杰出，武大秀色才子育。
四海校友思母校，情愫互生爱心滋。

武大华诞百一十，桃李不言自成蹊。
荜路蓝缕建校艰，继来学仁当弘毅。

《校友通讯》（2004 年）

刘福卿

庆祝武汉大学建校 120 周年

一

学校建成百廿年，追求卓越喜空前。
勤耕学苑书香远，特色兴教俊杰妍。
科技兴邦创伟绩，春风化雨润心田。
今朝华诞宏图展，再铸辉煌锦绣篇。

二

百廿年来拼搏忙，设施完善引擎强。
门前路坦车流畅，宅后林深景绿黄。
桃李亿千献祖国，义忠万载耀长江。
功能齐备结丰果，地覆天翻改旧装。

三

建成学校树新风，重教尊师正气浓。
热汗染成千顷绿，丹心培育万点红。
三番磨炼方成器，四载耕耘自荐功。
愿将东风施雨露，满园新秀吐芳芬。

四

建成大学耀长空，全校师生画彩虹。
学海书山寻乐趣，吟坛翰墨振精神。

吟诗撰对心灵美，绘画描图景色新。
盛世和谐扬国粹，小康生活度升平。

刘福卿，曾任《湖南日报》通讯员，今为各级诗联学会会员。

刘德才

武汉大学 120 周年校庆

向往三秋丽，迎来百廿新。
风华存永志，诗意显青春。

珞珈山有忆

烟波湖畔感相逢，正是秋来落叶浓。
有道文章千古事，无声见识百年功。
霜凝日月惊之履，林绕风云荡在胸。
志在珞珈思更远，黄花深处显芳容。

珞珈怀秋

满树皆黄叶，其声尚可闻。
星空来浩气，诗浪逐薄云。
信笔素来孤，潜心总不群。
常怀同学志，却恨不成文。

珞珈山顶抒怀

时来多信步，拾级望天空。
砺志东湖水，荡怀荆楚风。
思骚求索异，行韵创新同。

独自立高处，欣闻环宇雄。

刘德才，笔名流源，1978 年毕业于武汉大学医学院医疗专业。一直坚持文学艺术创作，已出版 4 本诗集。

关根志

沁 园 春
贺电气学院四十五华诞

碧透东湖，气爽珞珈，又到金秋。庆学院华诞，相约聚首；同窗故旧，情意悠悠。母校新容，花团锦簇，叠翠层林拥琼楼。忆当日，历严冬酷暑，潜志探求。   长阳①一别许久，倾热血满腔写春秋。看韶华学子，竞显身手；情连电力，挥汗成流。设计施工，建厂架线，咬定青山不言愁。今回首，为中华振兴，何惜白头！

①指湖北长阳县。1970 年 7 月原电力系 65 级学生在此地毕业分配，即赴祖国各地参加工作。

观解老师花园有感

楼顶平台微博馆，"仙人掌属"大观园。
一盆一景一精灵，小中见大象万千。
如山似松无衰期，历经寒暑花亦妍。
"基因"之谜尚难解，勤作乐凭造洞天。

贺弟子获博士

弟子高炎辉在武汉大学获工学硕士学位即赴日本国立佐贺大学攻读博士学位，传来她提前获得博士学位的喜讯，喜不自禁，赋小诗二首以贺之。

（一）

阳春三月花满园，一枝小梅展红颜。
苦读东瀛逾二载，喜将捷报提前传。

（二）

百尺竿头不干休，高校从教事更稠。
炎黄子孙存大志，总把辉煌勤人酬。

关根志，河南襄城人，武汉大学教授，博士生导师，从事高电压技术专业的教学和科研工作。

江 风

德根八旬寿诞赋赠

少年朋友亲无间，朝夕过从记尚鲜。
抗日宣传曾共砚，楚天解放又同欢。
百年事业君为长，同岁生辰我占先。
度尽劫波兄弟在，友情尤贵晚霞天。

《校友通讯》（2000 年）

江亚平

三月的樱花

是什么在空中飘洒/像玉片、像雪花/是什么在枝头微笑/似绯云、似红霞/哦，是迎春的使者/三月的樱花/欲暖犹寒时节/大地依旧萧瑟/桃李还未含苞/柳枝刚刚露芽/而你呀，三月的樱花／已在春姑娘必经的路上／披一身盛装／铺一路红霞／有人说你娇嫩／经不起风吹雨打／有人说你无用／不曾把果实留下／这正是你的情操／不要名利、不图浮夸／迎来春天、催开百花／然后便悄悄落下／这正是你的品质／精诚团结、齐开齐谢／即使只有短暂的生命／也要尽全部心血／献毕生精华／三月的樱花，纯洁似玉／三月的樱花，绚丽如画／三月的樱花，冬天的绿芽／三月的樱花，春天的童话

《武汉大学报》，1985 年 4 月 15 日

汤 炜

贺千禧之约

朗朗乾坤，巍巍中华。
浩浩东湖，幽幽珞珈。
千禧龙腾，华夏同歌。
秋风送爽，相约武大。
遥忆当年，青春勃发。
孜孜不倦，潜心攻读。
惟楚有才，不负盛名。
四载磨砺，始铸一剑。
纵横四海，指点江山。
光阴荏苒，十有六载。
手足之情，历历在目。
无限思念，常涌心头。
今朝相聚，得以开怀。
但愿吾辈，常忆常聚。
携手同心，共赴辉煌。

《校友通讯》（2000 年）

汤耀垣

贺武大建校百廿周年

荆楚宝地育奇花，世界名校建珞珈。
校园景色神州美，百廿硕果耀中华。

梅桂樱桃遍珞珈，湖光山色映彩霞。
生态物种达三千，我国高校第一家。

主席总理来视察，欢声雷动震山河。
严遵指示施教改，教学科研结硕果。

法学专业美名扬，大师审判"四人帮"。
普法教育打前阵，毕业学子挑大梁。

三峡工程全参与，南水北调惠民生。
武大科组巧设计，大禹后代科技新。

探秘南极战严寒，国旗插在长城站。
科考勇士冒生死，大写武大映雪山！

汤耀垣，武汉大学工学部原宣传部部长、校报、学报主编，研究员。现已退休。

祁汉云

观赏武汉大学樱花遇雨

深知素洁赏人间，域外名花校内迁。

约定双休留靓影，偏逢周五雨连绵。

怀念领袖毛泽东

人民领袖最亲民，仰止情怀不是神。
愚叟移山天地阔，钟馗戏鬼煞罡昏。
文成四卷勋劳载，功耀千秋德肖分。
民主民生基业在，其言"三七"岂蒙尘？

同窗共庆六十大寿

一别文华未谢师，同窗花甲再逢时。
书荒歉满他乡醉，情激全亏自省迟。
苦辣酸甜贫有爱，锅瓢碗盏富无辞。
韶光渐远长相忆，尽是当年靓帅姿。

祁汉云，武汉大学校友，湖北省审计厅处级干部，珞珈诗社副社长。

许光华

春 归 燕

为欢迎武大首届税专同窗好友聚会母校而作

巍峨珞珈母校园，故人欢聚东湖边。
樱花时节迎师友，黄鹤长鸣春燕翩。
弹指挥间半世纪，扬鞭奋进古稀年。
叩拜吾师培育恩，举杯祝福乐尧天。

《校友通讯》（2001 年）

许俊千

教师节抒怀

年华七十半飘摇，今逢祖国正春朝。

喜看后浪推前浪，争捐余热献新桃。

《武汉大学报》，1985 年 9 月 16 日

咏 三 亚

戊辰盛夏应海南省三亚市邀约，宣讲外向经济管理，岛居十日，饱见饫闻，信拈七律一首，以志勿忘。

明珠三亚极南溟，宏门外向展新容。

千滩澄澈翻银浪，椰树蓊葱映碧林。

神鹿回头咨美意，天涯海角悟真情。

莫道南疆边地远，航来舶往万千人。

《武汉大学报》，1988 年 6 月 26 日

贺武昌区人民代表选举

武昌胜境富人文，改革兴隆突异军。

万户千家齐作主，不拘一格选贤能。

爱国酣歌时代曲，为民高拥吉祥云。

耄老自非闻过客，协力同心报党恩。

《武汉大学报》，1992 年 12 月 10 日

迁 居 有 感

在校任教 40 余年，搬家已多达十余次，此次由九区迁居

校内感触至深，依依惜别，信拈诗一首。

九区三栋宇容新，乐业安居十二春。
背靠珞珈山色美，前面东湖水澈清。
书斋明净添思索，花坛碧秀悦心神。
搬家本是寻常事，唯此流连不舍情。

《武汉大学报》，1995 年 12 月 30 日

毕奂午

同声欢呼

同声欢呼！／同声歌颂！

全世界进步的人类，／同声歌颂苏联宇宙火箭，／它带着荣耀的旗帜、国徽，／向月宫里飞。

掠过伸着桂枝的／月宫的门墙，／扶摇直上百万里，／窥探太阳，那／金光灿烂的殿堂。／在动身的途中，／它还轻蔑地审视，／美帝放出的／几个小铁球的残骸。／或粉身山谷，／或石沉大海……

今天，／争看红旗插遍宇宙，／美帝的下场则是——／绞索更勒紧咽喉。

《新武大》，1959 年 1 月 8 日

孙 琳

贺 校 庆

珞英缤纷逢春舞，百廿年华更旺兴。

碧波漾漾青葱岁，苍木葱葱漾众声。
图林书海游不尽，正气树人率先行。
峥嵘年华日日进，名校风采步步升。

孙琳，武大信管院图书馆学 2005 届毕业，今在武汉移动通讯有限公司人力资源部工作。

孙家富

口占八句赠中文系 62 级同学

1962 年秋，余毕业留校即任中文系写作课教师。记得讲完第一课"《荷塘月色》评析"后，同学们给初为人师的我诸多鼓励。而他们依据油画《血衣》改写的同名短篇小说，尤其使我难以忘怀。三年后，我又为该年级讲授当代文学评论。几年相处，师生之间情同手足。三十多年过去了，今天他们返回母校团聚。在千禧座谈会上，回首往事，难尽喜悦之情，谨口占八句以赠。

难忘一九六二年，互教互学结情缘。
荷塘田田开教席，《血衣》翩翩动心弦。
顶风船头评为苑，[1]樱花树下写校园。
今日重聚珞珈山，共忆往事喜空前。

①指短篇小说《开顶风船的角色》。

《校友通讯》（2000 年）

孙振忠

祝贺武汉大学一百二十周年华诞

珞珈桃李满园开，尽是园丁亲手栽。

百廿春秋育栋梁，万千学子成英才。
导师美德立丰碑，学士勇登领奖台。
发展繁荣举国策，状元捷报连天来。

咏　松

挺身屹立深山中，羞与杨柳争宠荣。
雨雪风霜摧不垮，雷鸣电闪仍从容。
年年月月皆春景，叶叶枝枝有豪情。
历尽艰辛终不悔，只求大地永常青。

咏　笔

静观世事记沧桑，褒贬无私写隋唐。
两袖清风挺且直，一身正气柔中刚。
情牵百姓疾和苦，心系国家兴与亡。
历数古今千百载，无君何处有文章。

咏　墨

面似包公心底明，文房有感动真容。
淡妆浓抹写山水，润笔直书扬浊清。
铁面无私判驸马，犯颜有胆为民生。
是非曲直印史册，诗话千卷不署名。

孙振忠，1949 年 10 月生，湖北省潜江市人。曾任湖北省国家税务局副局长、巡视员，湖北省人民政府参事。现任湖北省诗词学会副会长，湖北省诗词学会财税分会会长。

孙蒙祥

鹧鸪天·敬贺杨弘远院士从教五十周年

着力躬耕五十秋，艰辛历尽未许愁。桃李成荫今日事，回眸一笑雪满头。　　身外物，任去留，寸心岂为稻粱谋。功在珞珈千秋业，依旧书生足风流。

《校友通讯》（2001 年）

杜铁胜

咏 珞 珈

凤翥龙翔意味佳，珞珈朝夕步烟霞。
樱花风雨秋烛月，唯有青春入梦遐。

贺新郎·忆武汉大学求学岁月

云暗长江口。是樱花、倏开倏落，暖寒时候。学子初来临大道，不惯枇杷莲藕。聚塞北、江南魁首。碧水东湖风色异，更磨山深处莺呼偶。行与卧，扫花帚。　　故人为我相思否？记当年，花遮柳护，是丹青友。草草杯盘从此去，要显拿云身手。龙虎入、高冈渊薮。忽有玉音相继至，梦玉关踏雪人如旧。圆月朗，苇花秀。

满江红·武汉大学同学聚会

昨日樱花，依然在，风中偏偬。消磨尽，朝霞绚烂，阳春时候。不避刀头能浴血，牵怀梦里常回首。二十年，变幻看浮云，为苍狗。　　身体健，须奔走。颜色改，谁云丑？喜萧萧

满目，旧时杨柳。黄鹤楼头金玉韵，珞珈山上同心酒。听武
昌，江水打秋城，情依旧。

杜铁胜，1990 年国际金融专业毕业，中华诗词学会会员，秦皇岛诗
词学会副会长兼秘书长，秦皇岛诗词学会会刊《碣石诗词》现任常务副
主编，在《诗刊》、《中华诗词》、《当代诗词》等刊物发表多篇作品。

严仲新

毕业 40 周年同学聚会有感

2001 年 10 月 9~12 日，武汉大学化学学院 61 届同学毕业
40 周年聚会珞珈山。来者均年逾花甲，相见甚欢，同窗之情，
溢于言表，我离母校 41 年（因病退学），首次返校，更是感
慨万千。

一

夕阳余晖缘未了，金秋相聚珞珈山。
东湖湖水深千尺，不及同窗五载情。

二

四十春秋弹指间，母校旧貌换新颐。
四强合成新学府，争创一流勇攀登。

《校友通讯》（2001 年）

严宝兰

望

（就这样望着你。已经一百年了，你知道吗？）/从冰封雪
飘的黄河边/从孤帆远影的长江岸/仰望着那无尽的南国的天

空/倾听着那一种细微的呼唤/一百年的/烽烟四起　劫灰飞尽/
金瓯残破　兵戈凌灭

望　这一个世纪/口渴　唇干　眼涩　心痛/一种乡愁的牵
引/一声妻儿的呼唤/一个游子彷徨归不得的凄凉/长江长城黄
山黄河/渴望着踮高脚尖/是谁，不肯放弃的灵魂/用生命注入
那一片红旗/用鲜血浇灌那朵微笑的紫荆花/涉过千百年月光的
孤寂/你的名字在我低头时/在我心中重重叠叠地回响/——香
港，我的游子/魂兮归来哟！/

《校友通讯》（1997年）

苏　震

武汉大学 110 周年校庆
暨王星拱校长塑像揭幕典礼赞

母校百年又十春，陶铸良才千万人。沦落青少同受业，文
行忠信润此身。不因战火隳壮志，誓为来朝作直臣。出世宜当
为俊义，董道洁身见真淳。四院教授皆名流，六艺阐述艺理
新。倭寇侵凌金瓯损，武大西迁岷江滨。江岸古城嘉定府，大
佛乌尤为比邻。西望金顶秀峨眉，东临中岩美青神。嘉定今名
乐山县，文庙棂星学府门。蜀中子弟额相庆，不复远适再沾
巾。乐山讲学八年整，校园儿女成凤麟。人道大学新风好，洗
尽川老旧俗尘。复忆星拱王校长，正气凛然如北辰。高风亮节
化桃李，自由争鸣知要津。儒释马列与回道，各有真谛复相
因。向往古圣礼老聃，大智大勇见大仁。吾师治学严法礼，言
行庄肃一至尊。常诚求学无巧径，探索原理悟诠真。伟哉塑像
今揭幕，长使后生仰德钧。

《珞珈》第170期，2009年7月1日

苏雪林

戏赠本级诸同学歌

国学人才号渊薮，我来幸与群贤遘。
左手已拍洪虚肩，右手还把浮邱袖。
冯衍才气众所摄，显志赋成修名立。
蠹鱼三世食仙书，天府十年窥秘笈。
穷年著述专且勤，伏案往往忘晦明。
兰苕翡翠务新清，碧海长鲸有谁是。
诸君饱饫新学理，创造文化从今始。
化将腐朽为神奇，披露精光去渣滓。
新潮渤涌廿世纪，祝君奋斗莫中止。

十一夜大风吹窗户开，衾帐皆被掀落，戏作歌

狂风忽作不速客，夜半排闼恶作剧。
衾裯掀腾被攫去，帐亦飘飘若生翮。
可怜归梦正酣美，忽被惊破如断璧。
昨日骄阳如虎骄，气候和暖宜衣绤。
庋廪多严即高枕，哪料风雨翻怒涛。
人生祸变起不测，抱肩空作寒虫号。

赠 琼 瑶

绝代才华陈凤凰，当年见尔始扶床。
白诗搜访来胡贾，左赋传钞遍洛阳。
自古文章有真价，岂内群吠损光芒？
客窗快读三千牍，贮待新编再举觞。

苏雪林，女作家、古典文学研究专家。曾任教武汉大学，后定居台湾。

李 达

苏联火箭上月宫

苏联火箭上月宫，万众腾欢庆伟功。
伤哉艾杜愁眉锁，望断长空只拍胸。

宇宙交通新纪元，登天从此有飞船。
寄语嫦娥归故土，好凭信把批书传。

《新武大》，1959 年 1 月 8 日

李达，马列主义哲学家，中共一大代表。武汉大学原校长。

李 军

祝福祖国（歌词）

　　都说你的花朵真红火/都说你的果实真丰硕/都说你的土地真肥沃/都说你的道路真宽阔/祖国/我的祖国/祝福你/我的祖国/我把壮丽的青春献给你/愿你永远年轻永远快乐

　　都说你的信念不会变/都说你的旗帜不褪色/都说你的苦乐不曾忘/都说你的歌声永不落/祖国/我的祖国/祝福你/我的祖国/我把满腔的赤诚献给你/愿你永远坚强永远蓬勃

贵州恋歌（歌词）

　　我曾把你的容貌遐想/还是惊叹你这般漂亮/撩开你那神秘

的面纱/禁不住我心荡漾/青山秀水画中来/四季如春气候爽/大森林瀑布群/让人痴迷激扬/贵州/一个美丽的地方/藏在深闺的地方/贵州/一个美丽的地方/只要看上一眼/就会永远不忘

我曾把你的风情神往/还是钦佩你如此豪放/扑进你那淳朴的胸怀/禁不住我心发烫/奇风异俗动魂魄/笙歌鼓舞入梦乡/拦路酒送客礼/让人沉醉欢畅/贵州/一个多情的地方/一见钟情的地方/贵州/一个多情的地方/只要牵手一回/就会记在心上

好一片艳阳天（歌词）

好一片绿草地/好一片艳阳天/好一片欢腾锣鼓/响在天地间/你看那江南柳丝长/花开正鲜艳/你看那塞北大雁飞/春雨飘天边/啊　手捧美酒的小伙子/追着春光喊/心头发热的大姑娘/围着春光转

好一片桃花林/好一片艳阳天/好一片欢腾锣鼓/响在人心间/你看那黄河波涛涌/亲吻丰收年/你看那长江水滔滔/日夜流得欢/啊　万紫千红的新生活/一年好一年/意气风发的中国人/走在艳阳天

红红的日子（歌词）

红红的年糕/红红的枣/红红的灯笼/红红的福字儿倒/红红的鞭炮噼哩啪啦响/唢呐吹出红红的调

红红的对联/红红的轿/红红的盖头/红红的喜字儿跳/红红的腰鼓咚咙咚咙敲/锣声掀起红红的潮

红红的糖葫芦摇啊摇/红红的酒杯映红了欢乐的眉梢/红红

的太阳升起了／红红的日子哟越过越好

红红的烛花摇啊摇／红红的脸庞堆满了甜蜜的欢笑／红红的
太阳升起了／红红的日子哟越过越好

我爱老爸爸　我爱老妈妈（歌词）

您有一句叮嘱的话／我一直用心记着它／伴我走过坎坷的路
程／不畏艰苦闯天下／我爱您我的老爸爸／我爱您我的老妈妈／孩
儿现在已经长大／事业顺心身体好／您真的不必再牵挂／您老人
家放心吧

我有一句贴心的话／我反反复复念叨它／伴我熬过孤单的夜
晚／常常梦里回老家／我爱您我的老爸爸／我爱您我的老妈妈／您
操劳了一辈子／现在好好享福吧／您身体安康精神爽／孩儿也就
高兴啦

老师我想你（歌词）

春天的花开了／老师我想你／你的恩泽如绵绵细雨／滋润我
心底

夏天的蝉叫了／老师我想你／你的教诲似凉爽的风／轻拂我
耳际

穿越人生的悲欢离合／老师我想你／走过循环往复的四季／
老师我想你／你是我最美好的记忆

秋天的果熟了／老师我想你／我看到你那慈祥的脸上／荡漾
着笑意

冬天的雪飘了/老师我想你/一个青松般的身影/耸立在大地

穿越人生的悲欢离合/老师我想你/走过循环往复的四季/老师我想你/你是我最美好的记忆

春天的花开了/夏天的蝉叫了/秋天的果熟了/冬天的雪飘了/老师我想你想你/你是我最美好的记忆

李军，笔名"清风"，中共贵州省委副书记。1978—1982年武汉大学中文系本科，1982—1985年该系硕士研究生，后又到该校商学院取得经济学博士学位。

李 杉

点绛唇·斥二奶腐败怪状

轻起莺唇，秋波暗送香车去。细腰堪许，官场销金处。
公款倾囊，安敢无识处。君莫舞！九州嘉树，岂让蛆虫蛀！

生查子·叹郭美美

美美认干爹，傍上常青树。炫富秀香车，浪笑青云去。
教养固贫寒，情薄无朝暮。一夜堕泥尘，大难谁相故。

唐多令·合肥一村官被举报贪136套回迁房

还建为民安，村方偷换天。报假单、蒙骗查勘。百套回迁
空手攥，暴发户、乐颠翻。　　亡者借尸还，牛栏价万千。九
品官、如此狂贪。掘地扒皮三丈浅，机关算、壑难填。

长亭怨漫·议网吧八十台电脑聚九成学生

算无计、顽童迷路。网络贪欢，键声如鼓。快意聊天，纵情游戏，竟失度。聚人多矣，荒学业、光阴误！网恋忘情时，紧约会、安危何顾。　　可恶！叹揪心父母，昼夜觅儿无处。频频报警，又怕得、警方光顾。却只盼，早早归来，怨商贾、良心存否？愿社会成城，齐斩新愁千缕。

李杉，武汉大学新闻学院毕业。

李 林

我 和 你

挺有趣的/你崇拜普希金/我感兴趣的是黑格尔

你常常忽略我紧锁的眉宇/念你神采飞扬的抒情诗/也不怕路人观望

记得，我们翻阅同一本画报/你夸我像低头托腮的《思想者》/我开了个玩笑，说我在作诗

总喜欢一道逛书店商场/出来时/一个拿本诗集，一个拿盒香烟

于是我想——生活/不能没有诗，没有思索/就像我和你缺了任何一个

《武汉大学报》，1994 年 9 月 15 日

李 锐（代表北京校友会）

母校武汉大学百年大庆祝辞

荡荡湖水，巍巍珞珈。武昌圣地，肇我中华。黉宫既构，

灿若流霞。理工文法，举世同嗟。聚英髦兮弘毅，盈桃李兮妍妍。大哉母校，广育群花。

外侮骤起，日寇陈兵。风悲日暗，石裂金鸣。百千学子，义愤填膺。号角如沸，肝胆相倾。辞平静兮书桌，负弩矢兮前行。大哉母校，慷慨从征。

八年抗战，茹辛茹苦；蜀道艰难，略无回顾。斩棘披荆，闻鸡起舞。乐山大佛，亲眼目睹。纵敌机兮肆虐，我巍然兮砥柱。大哉母校，昂然阔步。

胜华照宇，天地沧桑。道路曲折，左害毋忘。争鸣齐放，学术永昌。值兹百岁，两岸举觞，推前浪兮后浪，期民富国强。大哉母校，多树栋梁。

《珞珈》第 119 期，1994 年 4 月 1 日

李 强

词 五 首

偶翻旧日习作，见有 1959 年写《忆江南·珞珈山》词数首。今稍加修改以献母校，略表深情。

一

珞①珈好，佳地忆前贤。书馆秀擢还旭日，山庐幽处似桃源，斋舍巧偎峦。

二

珞珈好，最爱是湖滨。夹道柳松堆碧玉，山头葱翠缀白云，倒映画图新。

三

珞珈好，雨后复斜阳。含泪樱花娇北路，忘情新月悦西

窗，诗兴任悠长。

四

珞珈好，学子甚贞诚。甘做子牛学鲁迅，敢争道义慕齐婴[2]，磨剑向鲲鹏。

五

珞珈好，桃李满园春。自强弘毅培众志，求是拓新炼精神，他日庆师门。

①此处"珞"字宜取平声，后同。
②齐国晏婴。

《校友通讯》（2000 年）

十月棹东湖

此诗写于当年就读武汉大学时。在频繁紧张的政治运动中，学友们偷闲畅棹东湖，玩赏湖光山色，回归自然，实属难得、难忘。今将原诗略加修改，借以抒发对母校的久恋之情。

珞珈屋脊日悠悠，澄澈东湖棹艋舟。
入水弦歌迷鲫鲤，乘风笑语散凫鸥。
绵年情思连波海，十月炮声唤九州。
领略忠贞朝屈子，阆光湖采赋清秋。

李强，1961 届数学系毕业生。

《校友通讯》（2010 年）

李 鹏

天仙子·天神卫星太空恋

为天宫一号与神舟八号在太空准确对接欢呼！

天宫一号与神八，太空接吻密无瑕。双双幽会梦难分，天仙佳，配奇侠。震撼世界都惊讶！　卫星接轨自动化，太空建站关键跨。艰苦拼搏再十年，嗨啦啦，出彩霞！太空站成强中华。

《校友通讯》（2012 年）

李元林

珞珈山情思

那华山的雄峻，泰山的美色，/都未曾使我迷恋，/唯有东湖边上的珞珈山，/是如此朴实刚健，/给我的感受是那样深沉独特。/她像一个善良的慈母，/抚育儿女孜孜不倦。/她是一个辛勤的启蒙良师，/引导我走向事业的巅峰。/儿女离家常念母，/珞珈山啊！/你永远铭记在千万武大儿女的心田。

《校友通讯》（2003 年）

李玉龙

聚会有感

南北汇学五二年，珞珈山前共磋研。
展翅高翔开新宇，移山治水写华篇。
北京戴工精策划，武汉师友费周旋。

今得夕阳重返校，青山满目尽欢颜。

《校友通讯》（2002 年）

李旦初

武汉大学中文系同学毕业五十周年聚会杂咏

世事沧桑五十年，年年翘首盼团圆。
圆了婵娟圆了梦，梦里无题诗百篇。

一帘幽梦撒东湖，醉卧花间问有无。
泪眼问花花不语，心中各自有仙姑。

龟蛇静卧大江流，黄鹤楼前忆旧游。
多少悲欢离合事，都随黄鹤去悠悠。

珞珈山麓碧湖边，昨日星辰粲粲然。
逝者碑前歌一曲，人生如梦梦如烟。

读《武大校友通讯录》载易竹贤兄
《话说中文系的五老十中》有感

展诵华章更漏残，几番梦绕珞珈山。
程门雪厚心犹暖，黉舍风多骨亦寒。
五老登台频唾玉，诸生入室胜参禅。
回眸莫叹桑榆晚，夕照东湖水更蓝。

李旦初，湖南安化人，1935 年生，1961 年毕业于武汉大学。教授、中国作家协会会员、中华诗词学会理事、中华诗词文化研究会研究员、山西诗词学会副会长。历任山西省吕梁师专校长、山西大学常务副校长。

李守廷

千秋岁引·毕业三十周年

巾帼树心，须眉立志，壮怀青春献热血。科学殿堂奋攀登，岂惧酷暑与冰雪。听召唤，奔四方，奉衷肠。

北国留下我足迹，南疆闪耀尔身影，驾驭知识游王国，心力交瘁终无悔！更喜今朝重聚首，情意浓，秋色红，硕果重。

减字木兰花·为毕业三十周年自叙

古城西安，欲向火工求发展。丹阳湖畔，却使稻菽波浪翻。国际冷战，为建三线进深山。日月回环，重抖精神度三关。

《校友通讯》（1995 年）

李守庸

悼 辅 礽

学长吾弟董辅礽①，经济学界有名声。
遥忆当年同讲席②，内容精辟口齿清。
偶请吾弟写社论，一字不改早超群③。
相聚时短长离别，君赴苏联当学生。
我留母校搞"脱产"，一脱就是十年春。
吾弟学成归国后，平衡经济试莺声④。
从此潜心搞学术，平生著作可等身。
八宝饭论见卓识，议废公社第一人。
客死异邦应有憾，偶留遗照遣悲情⑤。

①辅礽君 1950 年毕业于武汉大学经济系，余毕业于 1951 年，但余又长辅礽一岁有余，故有此称号。

②1951 年秋，余与辅礽共同担任经济系银税专业政治经济学课程讲授任务。

③1951 年秋，余与辅礽同任中共武汉大学总支委员会委员，余任宣传委员；某次，余请其为校刊《新武大》（即现《武汉大学报》前身）写一篇社论，彼一挥而就。余审读后一字未改即付排版。余平生评文审稿颇多，凡经余目之文字，未经改动而通过者，辅礽此次所撰社论乃独一无二。

④据余记忆，辅礽从苏联负笈归来后，所撰写的有关经济平衡的论著，在经济学界曾引起较大反响。

⑤数年前吾师张培刚教授九十大寿，余与辅礽及何炼成君同往祝贺。炼成与余同班，均为辅礽学弟，炼成着其陪行弟子为余等三人合影留念，此乃吾与辅礽弟唯一合影，不料竟成辅礽遗照，悲夫！

李守庸，武汉大学商学院教授，已退休。

李伟才

腊梅香·蒿江龙赞

步原韵奉和省老年人大学所聘武汉大学张天望教授 2007 年元月 16 日冬泳《散雪迎春》

驭水腾飞豪气扬。不慕高岗，不美阿房，排涛破浪显锋芒。既现霓裳，又罩泳裳。　昂首激流万缕光。照亮长江，映亮襄江。润泽河山莽苍苍。地也生芳，天也流香。

贺韩先朴《饮圃心迹》付梓

理士生涯文士诗，心怀湖海尽情驰。

经年饮圃老农乐，得意全凭两课痴。

注：先朴同志在武汉大学生物系毕业，鱼类研究专家，著有《观赏鱼病防治》等书。老年又习诗词，成效显著，今著此《饮圃心迹》，读后感人至深，题此赞贺。

李伟才，湖北省工商局原副局长，已离休。今为中华诗词学会会员。

李进才

风入松·贺武汉大学一百廿周年校庆

巍峨雄峙耸珞珈，湖浪灿朝霞。名师汇聚成鸿业，育英才、建设中华。攻克尖端攀顶，巡天揽月堪夸。　欢腾鼎沸乐开花，盛誉播天涯。复兴重任挑肩上，展宏图、再绽奇葩。浩气奔腾前进，加鞭快马飞车。

瞻仰张之洞先生铜像感赋

日出天高暖意盈，湖滨漫步好温馨。
忽惊塑像林间立，骤起钦仪心底生。
洋务掀潮创业绩，学堂兴建耸黉宫。
千秋功过谁能说，淘尽沉沙史作评。

定风波·赞著名法学家韩德培教授[1]

熠熠生辉意气宏，德高望重蔚平生。开拓奠基多创举，称许，大师泰斗播芳名。　曲折蒙冤终未悔，堪伟，心胸浩荡目光明。不计前嫌求奉献，心愿，终迎事业喜峥嵘。

①韩德培教授是享誉海内外之著名法学家，是我国国际私法大师、环境法创始人。

鹧鸪天·纪念沈祖棻先生百年诞辰

骨秀神清上讲坛，启开心智满堂欢。花枝秀丽吟佳句，桃李芬芳蔚大观。

追往昔，仰先贤，音容仁爱系心间。如今告慰多惊喜，硕果盈枝展笑颜。

临江仙·喜迎中文系57级同窗毕业50周年欢聚珞珈山

气爽秋高云淡，蓝天候鸟翱翔。珞珈团聚话衷肠。烟波湖浪舞，馥郁桂花香。

忆往无私奉献，如今两鬓苍霜。孙儿绕膝"话疗"忙。悠然心自远，长寿乐安康。

李进才，武汉大学原副校长，曾任江汉大学校长。今湖北诗词学会副会长，武汉诗词楹联学会会长。

李远林

沁园春·庆武汉大学建校一百二十周年

谁使神州，百年芳园，儒冠李桃。看珞珈景色，春来如画。东湖水漱，岸柳千条。化蝶樱花，迷山鸟唱，相映桃红人面娇。须时日，纵校区飞雪，梅笑枝梢。　　珈园处处多娇，唤无数师生勇向高。喜讲堂时探，英才争辩；科坛深究，明师树标。境界宏宽，成果晶亮，中外古今正赶超。新程启，看青春追梦，圆梦明朝！

李远林，生物学家，武汉大学创意经济研究所所长、教授。

李声权

献给武大万里长江横渡者

1966年，学校为纪念毛泽东同志视察武汉大学之日（1958年9月12日），于9月9日举行了全校千人横渡长江活动，以示庆贺。

> 秋高气爽天，武大喜空前。
> 万里长江渡，千人壮志坚。
> 空中彩弹闪，浪里白条翻。
> 战胜狂风浪，滨江凯乐喧[①]。

[①]滨江指汉口滨江公园，为此次渡江终点；起点是武昌汉阳门码头。

献给母校六十五周年校庆
步郭老《为武大校庆五十周年题诗》原韵

> 学府欣逢大治年，春风又绿东湖边。
> 振兴教育传捷撅，占领高峰奏管弦。
> 科教并肩齐跃进，知行两者永相联。
> 根深叶茂结硕果，桃李芬芳艳满天。

重逢（古词凤）

国庆前夜，诸学友重逢珞珈山。30年离别与思念，顿时化作一腔激情，满腹心声，娓娓道来，语罢晨钟。此景难得，此情难忘。感慨系之，填词一阕。

卅载离别，同窗聚首中秋月。金桂子，满山开放，郁香充溢。远外一瞥湖水绿，近前四顾山林翠。喜珞珈山水巧安排，天然美。　　沧桑事，何说起。不眠夜，长相忆。叹人生坎坷，历经多矣。劫难空前犹梦境，韶华已逝如流水。愿诸君欢度好时光，强身体。

《校友通讯》（1999 年）

李国平

出席科学大会有感

老来乐事在忘身，梅花雨后香犹淡。
欢喜京华会万人，麦草风前色愈新。
岂有文章惊海内，无限江山无限感。
全凭青眼作阳春，一枝端为指轻尘。

《武大战报》，1978 年 4 月 15 日

党的生日献诗

青史堂堂正我襟，长征、抗战、解放感人深。
岂取清谈唱高调，好凭实践弹长琴。

鱼水军民情谊长，冲天健翮气万丈。
我愿中华好儿女，高歌锦绣山河广。

树之风声四海闻，一柱擎天有我党。
纵横风雨南针准，正气浩然天地壮。

广传三宝静烟尘，招展红旗熊虎惊。

结合工农身内事，开国文章五卷迎。

世间混浊赖清流，反霸扶危当机断。
人民全胜岂难期，中央决策向前看。

拨乱反正须群力，为国干城贵一心。
垂老欲为天下用，强颜犹自比南金。

《武汉大学》，1981 年 7 月 1 日

惜黄花慢
——为书画研究会作

结客华堂。正笔飞墨舞，写出刚肠。有怀须尽，诗声渐起，吾知老，庆佳节，心绪潮涨。念国殇。屈原战国，曾系兴亡。　擎天玉柱皇皇。感九州赤子，同领殊光。物穷天变，意深胸臆，肝肠历历，咸护甘棠。素秋已近重阳日，采黄菊，且把清香。德泽长。越千代费思量。

马年感怀

腊尽春来敦夙好，兰滋九畹有幽芬。
警心世变宵难寐，大业还期几代人。

荆楚园林好景生，持恒应变郁深情。
学山万仞崎岖路，八十仍须促步行。

手携方竹此登楼，浩荡长江东向流。
晴雨同舟今继昔，昭明日月喜当头。

拙笔难描长笛韵，豪情尚羡济时珍。

持恒应变才如水，日月昭明海样春。

老去畴人堪作赋，翻从云路瞰高山。
丈夫未死谁能料，大道终当一宇寰。

《武汉大学报》，1990 年 2 月 28 日

李国平，中国科学院院士，武汉大学数学学院教授，武汉大学原副校长。

李国权

师生情　同学谊
——中文系 1984 级湖北省文化系统大专班联谊会寄语

阳春三月，盛开的樱花带来春的气息，/千禧龙年，珞珈山庄师生难得的团聚。/长久的分别，短暂的相聚，/"老"同学见面分外欣喜。/共叙友情，畅谈过去，/追忆逝去的岁月。/是一个讲不完的美好故事。/日月轮回，斗转星移，/转眼十五载匆匆过去。/虽说我们分散各地，/可我们心中没有距离。/似乎有点陌生，其实我们早已熟悉，/两年的学习生活，把我们紧紧连在一起。/对事业的追求，对理想的梦呓，/改革开放给了我们工作后再圆大学梦的好时机。/同在校园内，同在课堂里，/在众人向往的高等学府，/接受渴望已久的高等教育。/感谢老师们的谆谆教诲，/彼此间建立起不寻常的师生情谊。

尊敬的老师们，/您像蜡烛，照亮别人，燃烧自己；/您似春蚕，作茧吐丝，为人作衣。/悉心传授知识和本领，/把一颗赤诚的心奉献给教育。/让我们深情道一句：/培育了我们的母校和老师们……/向你们致以崇高的敬意！/分别十五载，今朝

又相聚，/难以抹去师生同学间的真情记忆。/值得纪念，值得珍惜，/这毕竟是我们人生道路上闪光的一笔。/岁月匆匆，时光流逝。/人生道路不会一帆风顺，/生活轨迹也不尽一致。/得意别忘形，垂头别丧气，/幸运的更加幸运，失意的不再失意。/各得其所，给自己赢得一块自由的天地。/用无悔的年华继续书写自己的历史。/年年岁岁花相似，岁岁年年人不同，/年轮的增加是不可抗拒的规律。/人生苦短，友情绵长，/告别昨天，面对现实，/以我们渺小的生命，/多留些平凡或闪光的足迹。/让我们在青春的晚年拥有晚年的青春，/凭自己的一双手脚顶天立地。/让我们珍惜昨天，珍惜友情，/在各自的岗位上奋斗不息！/为事业兴旺，为家庭和美，/继续编织春天的故事。/"自信人生二百年，会当水击三千里。"/今天共举杯，来年再相聚，/但愿情长久，相约会有期。

《校友通讯》（2000 年）

李迪明

纪念参军参干六十周年

1951 年 1 月 13 日，武汉大学 300 多名同学光荣参加了中国人民解放军。在这参军参干 60 周年即将到来之际，谨献拙作，以志纪念。

一

忆昔一九五零年，国际风云生突变。
朝鲜半岛燃战火，美帝恃强向北犯[①]。
我党中央发号召，志愿军跨鸭绿江[②]。
抗美援朝张正义，保家卫国挽狂澜。

二

风华正茂新一代，参军参干勇争先③。
三百名登光荣榜，走者愉快留者安。
全校送行樱花道，学子辞别珞珈山。
抖擞精神军营进，头戴军徽特振奋④。

三

从兹军旅数十载，努力尽职为国防。
报国胸怀未稍懈，历经风雨志尤坚。
政治思想常锤炼，专业技术勤钻研。
回首平生严自律，于国问心无愧憾。

四

弹指一挥六十年，神州处处展新颜。
欣看中华今屹立，试问有谁敢再犯。
当年就读工学院，半途参军学业停。
母校颁发毕业证⑤，亲切关怀诚感人。

五

年华渐去人言老，往事几多常忆念。
我辈今朝逢盛世，满怀欣慰乐余年。
伟大复兴凭接力，爱国精神冀承传。
祝愿同窗增福寿，更期母校永辉煌。

①1950年6月25日，朝鲜战争爆发，9月15日，美军在仁川登陆，大举北犯，战火烧近中朝边境，美机频繁侵犯我领空。
②党中央根据朝鲜政府的请求和全国人民的意愿，组成中国人民志愿军，于10月25日跨过鸭绿江，痛击美国侵略军。

③1950年12月1日，政务院（即国务院）与中央军委联合发布决定，号召青年学生参加军事干部学校，以加速国防建设。

④1951年1月13日，武汉大学参军同学整队离开母校到汉口，分别前往诸军兵种的接待站报到，其中大多数同学参加了空军。

⑤笔者当年在武汉大学工学院土木系就读，参军后，一直在空军航空学校（现飞行学院）工作。20世纪80年代初转业回故乡。1985年喜得武汉大学颁发的本科毕业证书，十分感谢母校的亲切关怀。

《校友通讯》（2010年）

李明秋

聚 会 抒 怀

一

遥忆当年在校时，同窗共读苦求知。
学终离别皆成器，唯我艰难起步迟。

二

年华流逝心亦足，世事洞明少犯愁。
多少醉心名利客，聪明白误悔封侯。

三

人生最重是真诚，物换星移道义存。
老友相逢情谊在，笑谈亲似一家人。

《校友通讯》（1998年）

贺卢明、陈静一伉俪七十寿辰

武汉平居数代久，时迁世异不平凡。
为达夙愿觅专业，负笈求学珞珈山。

学成离校初从教，却遇狂风恶浪掀。
身陷困境难自拔，仰天长啸任熬煎。
迷途有幸逢知己，两颗红心一线穿。
相互爱怜多慰勉，互增毅力做中坚。
雨后天晴时序转，万里春光耀眼前。
国泰民安从此始，家家户户乐陶然。
心宽体健登高寿，七十而今如少年。
松鹤遐龄同日月，祝君百岁赛群贤。

《校友通讯》（2001 年）

李学育

聚 会 感 怀

2005 年 5 月 3 日，物理系 1964 级同学聚会后于三峡游船联欢晚会上感怀。

金榜题名聚珞珈，共度六载嘉年华。
今又相会东湖滨，驱车泛舟游三峡。
四十一年弹指间，天南地北有佳话。
祝愿母校更昌盛，学子永远挂念她。

《校友通讯》（2005 年）

李学炳

忆 母 校

离别半世未能忘，山色湖光映心上。
巍巍黄宫常入梦，犹记铃响跑课堂。
恩师教诲音容在，同窗切磋论短长。

课余漫步林间道，桃花樱花满飘香。

《校友通讯》（2002 年）

李质彬

浣溪沙·武大校园之晨

驮日腾鸥水欲红，逐波泳客戏龙宫。朗晨妙女韵湖东。
年富步声淹跑道，白头太极漫幽松。回眸半世梦徊中。

玉楼春·放化实验

无声鸦雀明静室，各自专心如考试。进门防护守行规，放
化示踪离子铯。　　操作安排仪器计，处据"方差"衡取弃。
清除污染不能忘，实验完成留永忆。[①]

[①]当时用同位素 Cs137（强伽马射线源）作示踪实验；"方差"，数
学名词，用以度量标本随机变量与其均值的偏差程度。

如梦令·珞珈山美忆

留恋珞珈追忆，步下东湖浪击。长水逐飞花，学海茫茫舟
逆。奋力！奋力！牵动心头潮汐。

李质彬，退休高工。1965 年在广东省冶金研究所工作时负担冶金部
科研课题时到武汉大学分析化学教研室进修。

李贵和

武 汉 大 学

东湖碧水蕴灵根，珞珈绿韵秀诗魂。

一部青书情百卷，武大心痕透本真。

百年辉煌

朝霭春辉典雅堂，百年风雨沐沧桑。
青春靓丽传喜报，龙血宏图著华章。
逐浪凌波慷慨势，遐思绮梦洒玄黄。
黉门廷脉轩辕隽，引领风骚桃李香。

浣溪沙·校庆

情系中华一脉生，黄墙碧瓦与谁同？兰心蕙质玉芙蓉。
肝胆披陈星耿耿，芳留大地月朦胧。琳琅美玉慰春风。

临江仙·校花

郁郁樱花春光美，珞珈恰是新晴。悠悠疏影漾多情。满湖都是酒，不够醉春风。　　流月无声花有意，百年多少豪英。风流恰似满江红。春红如笑靥，希望露华清。

李贵和，1948 年生于黑龙江省佳木斯市，1965 年到大庆油田参加工作，经济师，2008 年退休。系大庆诗词学会会员，中华诗词文化研究所研究员，世界汉诗协会会员。

李家玉

怀念谭声乙教授①

先生禀赋自天成，笔走龙蛇若有神。
索隐探微穷纳米②，焚膏继晷惜光阴。
时艰不坠青云志，垂老仍存报国心。

自古大材难尽用，百年遗恨泪沾襟。

百年大计育菁英，弟子三千各有成。
举世若狂甘寂寞，众人皆醉伊独醒。
忠言岂意罹丁酉③，决策何曾惩甲申。④
河尽槎回廿余载⑤，饱经忧患痛斯民。

①谭师为著名力学家，曾长期任武汉大学机械系教授，2000年为谭师百年冥诞。

②纳米为一毫微米的千分之一，指谭师在核能发电方面的研究。

③1957年岁次丁酉，"反右运动"被称为丁酉之难。

④郭沫若作《甲申三百年祭》纪念李自成。

⑤据《荆楚岁时记》，汉张骞欲穷黄河源，乘槎而上，至一处见有人牵牛而饮，后知此处即黄河源。

《珞珈》第146期，2011年1月1日

李桂芳

我最爱唱的歌

我生长在汉中盆地，/汉江水把我滋润。/秦岭的阵阵山风，/造就我一副大嗓门。/我爱唱陕北信天游，/它高昂、情真。/我爱唱陕南"彩船调"，/它委婉，动听。/我更爱唱毛主席诗词歌，/它雄壮、有力，催人奋进。

唱起《西江月·井冈山》，/耳旁响起鼓角声。/井冈山上战旗猎猎，/黄洋界上炮声隆。/这是工农红军的胜利赞歌，/这是红色苏区的壮丽诗魂。

我爱唱气势磅礴的《七律·长征》，/字字句句闪耀革命大无畏精神。/"红军不怕远征难，/万水千山只等闲。"/二万五千里铁流滚滚，/这诗篇至今像战斗号令。/我怀着满腔激情，/唱《人民解放军占领南京》。/"钟山风雨起苍黄，/百万雄师过大江。"/中国人民从此站起来了，/昂首屹立于世界民族之林。

再唱《七律·到韶山》，/"为有牺牲多壮志，/敢叫日月换新天。"/先烈铺就的大道通向今天。/我们宣誓，接过他们的旗帜，/奔向光辉灿烂的明天。

我唱起《七律·冬云》，/更坚定反"和平演变"的决心，/"独有英雄驱虎豹，/更无豪杰怕熊罴。"/不论世界风云变幻绊脚石起，/困难和挫折吓不倒共产党人。

"忆往昔，峥嵘岁月稠"，/看未来，"无限风光在险峰"。/跟着党，承前辈伟业扬华夏异彩，/跟着党，继民族精华振神州雄风，/这就是我最最爱唱的歌，/这就是我心窝里飞出的歌。

《武汉大学报》，1991 年 7 月 1 日

李格非

珞珈山春歌

一枝梅绽春意暖，春风风人珞珈山。
碧瓦朱栏映霜翠，绿树交加袅轻烟。
晴风荡漾东湖好，过尽青春好少年。
少年不负春光好，踏歌结伴任逍遥。
最是松间林下道，读书歌咏互相邀。

或藉芳草坐花茵，读书心会自凝神。
士女游园任嬉笑，一编青简旁无人。
晚来万籁一无声，明星荧荧耀山城。
非关秦娥开妆镜，青春黄卷一灯明。
校长难求补心丹，为补同学攻读难。
煎和五味呐嗟办，荤素精约进三餐。
衣食住行安排好，尽在不奢不俭间。
养以荣身教之严，园丁身教与言传。
知心救失乐而安，学以致用济时艰。
绿水青山总多情，润物无声育新人。
他年遗地增繁采，整顿山河在斯人。
珞珈春色来天地，拔地惊雷四海春。

致日本友人

呈政吉川幸次郎教授

文章风义自相新，淹贯古今乐善都。
桃李三千传雅信，骄红分艳两家春。

呈政京都大学清水茂教授

感君遗我碧云篇，未报双鱼十五年。
唯恨胸无阳春曲，亦缘风动雁飞难。

二观欢喜罗汉笑容有感戏作

哀鸿昔日遍天涯，菩萨心中万缕麻。
端在政通人和后，忽然罗汉笑哈哈。

自　励

老去光阴寸寸金，唯将书卷育清明。

夕阳不赋黄昏咏，抖擞精神趁晚晴。

李格非（1916—2003），武汉大学文学院教授，《汉语大字典》常务
副主编。著名教育家、语言文字学家、社会活动家。

李烈荣

珞珈花红更娇妍
——祝贺母校武汉大学建校 120 周年

母校恩同父母亲，培育学子数万千。

兄弟姐妹承师训，天南海北倍觉亲。

自强建校百廿载，英才辈出耀群星。

五洲校友齐祝愿，珞珈花红更娇妍。

为文龙校友维和壮行

　　由文龙校友担任维和警队队长，带领由广西 13 名维和警
察组成的中国第二支赴南苏丹维和警队于 2012 年 10 月 21 日
从南宁出发，前往南苏丹参加执行联合国维和任务。特此撰写
诗句为文龙校友壮行。

万里赴戎机，匆匆何太急？

维和南苏丹，须臾不能迟。

又吹集结号，高擎警队旗。

四次辞妻儿，依依话别离。

两闯东帝汶，复赴利比里。①

屡屡建奇功，试问谁能比？

广西第一人，珞珈好学子。

壮哉再出征，凯旋酒杯举！

①文龙校友 1988 年毕业于武汉大学物理系，现在广西公安厅工作，是中国首批参加联合国维和部队警察，曾被派往东帝汶（两次）、利比里亚和南苏丹执行维和任务。"利比里"为利比里亚。

李烈荣，1982 年毕业于武汉大学历史系，现在广西人力资源和社会保障厅工作。

李倩文

纪念中国共产党诞辰七十四周年

寿献南山七四秋，普天同庆笑声稠。

曾驱寒夜燃光焰，又展宏图舞潮头。

任重道远劳策划，履薄临深费筹谋。

心香一炷频暗祝，与天同老地同休。

《武汉大学报》，1995 年 6 月 25 日

李健章

七绝（六首）

纪念毛主席诞辰八十五周年

千年旧史血斑斑，棘地荆天虎豹关。

熬尽寒冬风雨夜，朝阳初度照韶山。

一枝梅绽报春回，动地初闻破柱雷。

料峭余寒风似剪，艰屯为启济时才。

领袖英明辅弼良，工农百万悉鹰扬。
砸开铁锁囚山倒，禹域重辉日月光。

天国宏图远大钧，河山再造物华新。
南针贻厥雄文在，旗帜千秋一伟人。

移将舵柄托英豪，稳渡横流百尺涛。
后继有人承大业，放心息影彩云高。

瞻仰遗容记去年，白头孺慕玉棺前。
葵心百瓣难倾吐，涌入双眸化泪泉。

浣溪沙（二首）
国庆三十周年献词

百战功开万代基，鼎新革故显神奇。东西南北遍红旗。
送走瘟疫天下足，迎来胜利日中移。颂词谱就一沉思。

三十春秋日日新，狂飙横扫积年尘。试金石验伪和真。
鼓舞人心归"四化"，协调弓手挽千钧。休教故步误良辰！

李健章，武汉大学中文系教授，曾任系主任。

李高梅

两岸一家亲

父饮长江水，母为宝岛民。

良缘天作合，两岸一家亲。

回乡有感

宿愿得初尝，离台访故乡。
亲人不相认，问客是何方？

无忘视籍地，双溪石境乡。
陇西漂泊女，满载有诗囊。

《珞珈》第 166 期，2007 年 7 月 1 日

李骏珉

重上珞珈山（古词风）

武汉大学生物系 57 届同学，43 年后返校聚会感赋。

谈笑风生，喜悦高兴，一群退休老人。来自美国，深圳安庆，南京北京昆明，广州和南宁。金秋回母校，是探母亲。回想当年，离开珞珈好冷清。四十三年离情。相见实恨晚，大家谈心。离开母校，各有所成，没有辜负师恩，为国献青春。黑发变白发，成家成名。载誉归来，珞珈山上起歌声。

注：江苏省淡水水产研究所所长姚宏禄同学，于 2000 年 12 月 18 日寄赠《望海潮》词一首。我按他的句数和字数仿制一首白话诗。白话诗只讲押韵，不讲平仄，没有格律诗的框框限制，写起来比较自由，因此又称自由诗。

这次聚会，来自国外、省外的同学名单如下：美国：吴俏仪、黄咏琴、梁英；深圳：胡志衡；安庆：冯廷贞；南京：肖正春、姚宏禄；北京：欧阳俊闻；昆明：李承尧；广州：林士师、蒙致民、朱进；南宁：沈文生。

来自本省的同学名单如下：武汉：陈德教、戴朝杖、高玉秀、何振

荣、胡鸿钧、李骏珉、鲁明英、普绮慰、温志贞、夏淑芬、湛德纯、张锦霞；罗田：刘书林。

《校友通讯》（2001 年）

李崇淮

参观葛洲坝水利枢纽工程有感
——为庆祝建党六十周年而作

峡出平湖气势雄，通航发电又防洪。
往年咆哮越津口，今日从容过鄂中。

不靠巫神施道法，堆凭人力夺天工。
只缘有了英明党，祖国山河分外红。

1981 年 6 月 26 日

扫 路 人

唰，唰，唰……/唰，唰，唰……/这是什么声音？/节奏如此均匀，/划破了长夜的宁静。/我睁开惺忪的双目，/翘首望着窗外；/浅灰色的天空，/露出一片鱼白。/树梢和屋檐的轮廓，/刚刚可以分清。/我披衣而起，走到窗前。/看见马路的中心，/有位老人拿着长柄的扫帚，/迈着稳健的步伐，/有节奏地左右摆动。/我走到马路上：/"啊！老任，你退休了，/为什么还这样不辞辛劳？"/"哦，没有什么，/我想做点力所能及的事情。"/望马路这一边：冰棒包纸、果皮、烟头，/瞧马路那一段，/清清爽爽，干干净净，/像劳动过后的人们，/用清水洗去了满脸的灰尘。/多少人带着轻松愉快，/走在这清洁的马路上。/可是有谁想一想，/今晨的马路与昨晚有什么不一样？/昨天丢下的烟头、纸屑，/还有那枯枝败叶，/跑到哪里去躲藏？/于是我陷入遐想：/老任啊，你仅仅是个扫路工人么？

参加六届人大归来又逢"七一"有感

拨乱反正方五年，春回大地赋新篇。
夕阳未老光犹照，要把彩霞绘满天。

《武汉大学校刊》，1983.7.8

李崇淮，武汉大学经管学院退休教授，曾任湖北省政协副主席。

李维武

珞珈曲

在1938年抗日烽火岁月里，周恩来同志曾在这里住过。

小楼

周恩来同志住过的小楼，/坐落在珞珈山的东山头上。/庭前的石径早已青苔苍苍，/门旁的幼松而今枝叶荸荸，/四十一年，星汉移转，大地沧桑，/谁能撼动这小小的楼房？

几回回，雷电撕裂屋上的红瓦，/几番番，狂风吹折灰砖的基墙，/小楼呵，有同主人一样的性格，/不屈不挠，敢争敢抗，乐观坚强。

而今它仍是普通的教工宿舍，/没有载入史册，也没写进诗章，/当你来到这儿寻觅历史的足迹，/人们会说：这是总理住过的地方！

烛 光

应当写诗歌礼赞珞珈的夜色，/灯光把校园妆点成人间天上，/更要赞美那小楼窗前的烛火，/它曾给校园带来光明和希望。

烛光下，一个身影在挥笔疾书，/字迹雄健，散发着浓墨的馨香。/他刚审阅了《新华日报》的清样，/又在忙着准备明天的演讲……

他的一生就像燃烧的红烛，/耗尽了自己，留给了万家灯光，/而我们的每一间教室和宿舍，/也才能灯火通明，书声朗朗……

照 片

周恩来、邓颖超同志在珞珈山会见了美国进步记者埃德加·斯诺，并在小楼前留影。

感谢你，不知名的摄影师，/为我们留下这张珍贵的照片：/在延安窑洞里相识的战友，/又聚会在珞珈山上。

此刻，宾主之间，谈笑风生，/知心的话语像山泉流淌——/当红星照亮了整个中国，/我们再把这湖光山色细细拜访！

今天我们正实现创业者的愿望，/不同的语言汇成了欢乐的海洋，/因此我更珍爱这历史的镜头——/是他们，在这里把友谊金桥的基石奠放。

清　晨

我迎着朝霞登上珞珈山头，/盼望那刚毅的身影再走上山岗，/四十一年前的每个清晨，/他都沿着这条小径登临远望。/他在眺望遥远的陕北，/更把苦难的大地仔细端详。/当然，他也运筹着祖国的未来，/那时古老的学府青春焕发，桃李芬芳……/尽管他再不能带领大军长征，/却给我们留下继往开来的力量——/呵，未竟的事业，无限的期望，/还有这登攀的山径和足迹行行……

迎春的山花

红梅，白雪，汇成了迎春的山花，/欢歌，笑语，融作了进军的步伐，/祖国，您站在八十年代的大门前，/九亿儿女整装待令，英姿焕发！

红旗猎猎，辉映着您慈祥的容颜，/路路英雄，催开了您喜悦的心花，/您抚摸昆仑群峰，亲吻长江的波涛，/更把我们哲学战线的新一代牵挂。

我们来了——同学少年，意气风发，/带着成绩，带着青春，带着朝霞，/济济一堂向伟大的母亲汇报、问候，/而您，兴奋中滚落出晶莹的泪花……

过去的岁月您经历了严峻的考验，/狂风骤雨扼杀了真理，毁灭了鲜花，/您献出优秀的儿女上下求索，/他们一个个在您身旁壮烈地倒下！

烈士的鲜血换来了哲学的春天，/实践的沃土萌发出真理的新芽，/红旗下，我们年轻的队伍继往开来，/古国里，思想解放的洪流荡涤残渣……

谁说您的这一代儿女已被历史葬送？／多少青年在献身真理，立志"四化"！／我们的头脑思考着中华民族的明天，／我们的双手将建造马列哲学的大厦。

过去的十年，我们留下了经验和伤疤，／未来的十年，我们将贡献青春和才华，／雪山草地，禁区险滩，有何可怕？／我们飞奔的脚步将踏得冰消雪化……

毕 业 寄 语
——给老师

你是红烛，燃尽自己而化作火光，／你是春蚕，吐出青丝而耗尽能量，／你引导我们走进了哲学大厦，／你照亮了这座神奇瑰丽的殿堂——

穿越历史，我们认识了康德和黑格尔，／上下求索，我们将多少哲人拜访。／呵，快来聆听导师们的交谈吧，／"人"应当在《形态》第一章庄严写上……

先哲们把智慧的火种送给了我们，／而没有你，我们又怎能同他们交往？／也许你未能同他们齐名史册，／但我们永远把你和他们一起铭刻心上！

《武汉大学报》，1982 年 1 月 10 日

李维武，武汉大学哲学系 1977 级学生，毕业后留校任教。今为教授。

李鸿明

思 念 永 远
——献给母校

远去了，湖山间的歌声；/朦胧了，樱花下的倩影。/但思念永远，/那里留下我的青春。

知识的甘泉供我畅饮，/人生的梦想为我奠定。/思念永远，/你的恩情有如母亲。

花开花落韶华早逝，/千里万里风云层层。/思念永远，/你的容颜更近、更近……

李鸿明，武汉大学中文系 1955 届校友，曾在文化部工作，现已退休。

杨 军

清平乐·校友团聚

在欢庆祖国 46 周年国庆之际，我们历史系 60 级毕业生 30 余人从祖国四面八方返回母校团聚，看望师长、学友，共叙 30 年别情，祝愿母校来日更辉煌。思绪万千，特填《清平乐》词一首，表达真切心愿。

风驰千里，返校催人早。砚友重聚人未老，深情厚意尽表。　珞珈日日兴旺，桃李万千竞强。尊师德高望重，彦才寰宇名扬！

《校友通讯》（1995 年）

杨　澜

七律·武大 120 年校庆

钟灵毓秀珞珈山，际会风云地覆天。
吐哺周公鬼神泣，折腰董老胆肝悬。
一多拍案千秋赋，泽雨东风万古篇。
虎跃龙腾今胜昔，百年武大舞蹁跹。

一剪梅·武大咏

学子争先弄笔毫，网上标摇，考场人骄。摩肩漫步画廊桥，书卷飘飘，细语悄悄。

摘句寻章不辞劳，路本遥遥，不觉迢迢。殷殷教诲最操劳，红了樱桃，绿了芭蕉。

临江仙·武大樱花节

三月樱花人影俏，琳宫矗入云霄，珞珈学者盛相邀。清茶润肺，梅苑酒香飘。

摄影缤纷留倩女，多情俊男吹箫，凌波杨柳自逍遥。童颜夫子，船上弄风骚。

水调歌头·武大 120 年校庆

造化弄神秀，独秀珞珈山。风流华夏儿女，荟萃桂梅轩。指点江山历历，挥斥书生意气，慷慨赋诗篇。弘毅自强律，求是拓新天。

业鼎盛，师精干，耻疏闲。殷勤学子，踏浪经险敢扬帆。加快交叉渗透，国际前沿信步，特色领尖端。值此双甲寿，豪唱更催鞭。

杨澜，武汉大学计算机学院 2010 级学生。

杨弘远

执教五十周年感怀

侹傯行程五十秋，白头犹忆昔年游。
汩汩奔泉穿岩过，淼淼长河入海流。
天寒雨急泊野渡，日丽风和泛轻舟。
借问天池何处有？云山觅径自通幽。

《校友通讯》（2004 年）

杨弘远，武汉大学生物学院教授、院士。

杨发辙

重庆武大老校友聚会感赋

清秋好时节，约上浮图关[①]。
校友人三十，久别一欢颜。
嘉州佳丽地，珞珈诗画园。
无不惜往日，风华忆当年。
良师诲不倦，学子致志专。
文法理工院，济济多士贤。
报国怀高远，后乐苦在先。
敬业多奉献，讵料溺儒冠。
践踏斯文甚，"四害"胜蒙元。
盛年罹浩劫，鬓发各已斑。

晦雾盲云扫，喜见艳阳天。

一思"文革"岁，至今犹胆寒。

往者勿回顾，昂头眼向前。

开放解锁闭，改革创新篇。

知识受尊重，人才呈眼前。

老马还识途，莫作桑榆叹。

夕阳晚景美，神州特色妍。

同心献余热，构厦多添砖。

①重庆武汉大学老校友于 1997 年 10 月 15 日聚会重庆浮图关公园。

酬万泽郁学兄 "龙年贺片" 见赠

在龙年将到之际，万泽郁学兄由四川夹江县甘江中学寄我"龙年贺片"，并题贺词云："梅绽枝头笑，飞雪迎春到。龙年纳万福，新春更美好。"为感泽郁学兄的高情盛意，爰书小诗二首以作酬答。

（一）

人乐梅花笑，喜迎千年到。

岁历翻新页，神州更美好。

（二）

哪知生也幸，千年禧难逢。

祝君多福寿，彩笔老犹龙。

《校友通讯》（2000 年）

敬祝韩德培教授九五华诞二首

绛帐半世违，久别念师深；

学识渊博士，归国来江城；

爱国心肠热，文章思想新；
传道与授业，善诱诲谆谆；
风云诚难测，斯文大难临；
廿年冤苦日，不易葵藿心；
晚晴夕阳好，学术老更成；
宗师一代仰，敬业立程门；
春风时雨化，李艳桃芳芬；
今兹逢大寿，珞珈庆诞辰；
我忝列门墙，何以报陶甄？
渝州遇祝嘏，椿寿颂哲人！

奉答古定[①]学长

嘉州长别岂无情，读罢来书思绪纷。
最忆灯窗同剪烛，何堪劳燕各飞分。
百川未有回流水，一老终无却少人。
甚幸桑榆晚景美，相期欢度百年春。

①古定学长于1943年秋肄业于武汉大学法律系。

《校友通讯》（2005 年）

杨光芷

忆武大而自勉

不忘最是珞珈情，胜似故乡人人亲。
春夏秋冬无隙罅，酸甜苦辣泡生平。
园丁心潮漫汀渚，苗圃嫩芽绿丘林。
子规啼血情可鉴，七旬羊倌牧晚情[①]。

①"羊倌"是我的笔名。

与武大小师弟小师妹共勉

一

君看海边一沙滩，给点阳光就灿烂。
浪涛涌来滩无影，太阳无语更烂漫。

二

老马虽识途，不得千里行。
愧言老姜辣，嫩枝叶更青。

三

教学本相长，相师不为羞。
白发再学习，师者乃吾徒。

《校友通讯》（2009 年）

自　　勉

我住云山居，每日三次走。
一万五千步，懈怠从未有。
人生头绪多，健康是枢纽。
生命在运动，新植三月柳。
问我何所求，畅饮百岁酒。

《校友通讯》（2012 年）

杨式廓

满江红·怀忆母校武汉大学

近日阅报及网上文章，得知武汉大学荣获 2005 年全国大学十佳之一称号，我也感到"亦与有荣焉"。因修作《满江红》一首寄校友会以为贺。

学府风长，超百载，久违音息。寻梦里，楼亭山色，概如畴昔。画阁飞檐花似锦，樱椮桂影林阴密。忆当年，课隙出斋亭，奔何急！　勤教诲，争朝夕。严治学，彰名迹。拥万千儿女，十方拼击。事业文章宏图运，神州共建挥全力。喜年年，化雨沐春风，东湖碧！

踏莎行·回忆母校武汉大学
——和某美籍华裔教授

大约在五年前阅读《世界日报》，一位美籍华裔学者曾为武汉大学客座教授。他回美后在《世界日报》写文章作词，回忆那段美好时光，盛赞武汉大学校园之美。他的感觉是"此地只应天上有，人间如何留此胜境"。由于喜爱，此君设法续约一期。在刻意饱餐湖光山色之后才赋归来词，写得很好，可惜不记得了，因受其感染，曾和作《踏莎行》一词以记之。

乍雨还晴，樱花纷绽，湖心雾散亭初现。红妆素裹踏青忙，春风送暖吹人面。　几换明斋，四迎新燕，九州异国风丽转。驻游旧地最难忘，珞珈山上楼和院！

菩　萨　蛮

春来樱花怒放，飞英椮径，秋日红叶满园，丹桂飘香。引来游人如织，堂堂学府静地，竟然从不拒阻外人入游，不知今日此风依旧否？

20世纪70年代末，一次出差广东，路过武昌，抽空上武大校园转了一圈。又因赶路，匆匆离去，写词一首以志怀。

珞珈山上花如雪，林深隐道游人歇。雨后出江城，春雷天际鸣。　此行何处去？不尽江南路！路路近乡关，还乡总是难！

珞珈山萦怀

我们这代人年轻时时间大多放在了工作上，很少回乡，如今是年迈力衰，连"少小离家老大回"的勇气也没有了！心有余而力不足了！寄语年轻朋友好好规划人生，免得将来后悔哩！

此词曾过目于友人，友人说何不轻松谐趣一点？乃为改作如下。感到改得有趣，今一并献于读者。

珞珈山上花如雪，雪飞林茂游人歇。歇后出江城，城郊雷正鸣。　鸣雷惊几处？处处江南路！路路近乡关，乡关踏上难！

杨式廓，1952 年毕业于武汉大学电机系。后在西安邮电部第四研究所工作。退休后为照顾孙辈移居美国。本词原载《密西根新闻》报。

《校友通讯》（2010 年）

杨远新

忆 枫 园
——致一位升任国家某部门部级领导要职的同学

当年枫园瓶作杯，万顷东湖一口吹；
珞珈豪气纵四海，楚旗指处壮歌飞。

花都看望同学马良

忍泪挥手别珞珈，携桂拥菊藏樱花。
满腹经书一身胆，放飞四海植奇葩。

三十五支大笔挥①，一十七载写天下②。
路遥方显真本色，老马识途再奋发。

①作家班同学共 35 人。
②一晃离校已 17 年矣。

广州与作家班几位同学小聚

二十年前聚珞珈，洗去尘埃正风华。
挥洒长江书古今，无穷华章飞上下。
雨打樱花花更俏，霜摧枫叶叶无瑕。
人生成败等闲看，唯有真言最无价。

杨远新，武汉大学第三届作家班党支部书记，现为国家一级作家、一级警督。

杨叔子

七律·致母校武汉大学（三首）

其 一

珞珈大庆喜颜开，神往身临学子来。
求是拓新铭厚望，自强弘毅育英才①。
济时科学旗高举，传统人文根固培。
击水三千同有梦，寒枝总孕雪中梅②。

①武汉大学现今校训为：自强，弘毅，求是，拓新。
②武汉大学校庆定在每年 11 月，入冬了。

其 二

辉煌史卷细斟裁，绿拥名山脱俗埃。

昨日今朝频大捷，域中海外遍贤才。
千声百啭随歌唱，低掠高飞任往来。
烈火涅槃新凤出，扶摇直指九层台①。

①九层台，即天上的仙台。

其 三

林荫张斋每念牵，名园六十一年前①。
登巅遥望江湖水，入室欣闻博雅篇。
诲我谆谆思启发，关怀切切体强坚②。
心泉得赖源泉浚，敬赋新诗入颂弦。

①我 1952 年 10 月入武汉大学机械系，住当时的"张字斋"。
②我入学不久，体检，讲我患有肺结核，住院治疗，多照顾；旋复查，无问题，遂复课。

杨叔子，1933 年生，中国科学院院士，华中科技大学教授、原校长。1952 年 10 月入武汉大学机械系，1953 年 10 月院系调整至华中工学院（现为华中科技大学）。1980 年任教授。

杨学仁

母校明年 110 岁

一

武大长荣气象新，明年百岁又十春。
自强弘毅铸辉煌，拓新求是万年兴。

二

四校联合奋图强，英才辈出尽栋梁。

明史励志谱新章，鲲鹏凌云万里翔。

①四校（原武大、武测、武水、湖医）合并后的武汉大学，2003 年将以崭新的面貌迎来 110 周年校庆，因此而作。

《校友通讯》（2002 年）

杨季瑶

重回母校武汉大学

一

母校重回卅余载，不禁往事涌心怀。
医疑结核几休学，浪打扁舟险溺埋。
洪泛长江全暑抗，战鏖毕业满优排。
从文未遂亦欣慰①，手捧李桃参拜来。

①我从武汉大学毕业后，分配到中共中央马恩列斯著作编译局作译文修辞工作。后在整风鸣放中因所谓"丧失立场"，受团内处分，"下放基层"，一直在鲁、蜀两地的师范院校从教，直到退休。

二

急急下车趋步前，果回梦寐珞珈山。
嗷嗷何忘哺饥德，兀兀总怀攻读年。
参谒师尊怊竟缺，拜望学长喜重圆①。
帐恩窗谊春风雨，永润心头奶水甜。

①怊（chāo），悲伤、失意。师尊如刘绶松教授，屈死于"文革"；程千帆教授，远去南京大学。学长指苏者聪和毛治中同窗等。

三

识途老马驾轻熟，兴致冲冲返田居。

林大荫浓身欲隐，厦墙掩映貌尤姝。

图书故馆耸嵩岱，科教新楼闪瑾瑜。

登顶珞珈邻里望，东湖出落媲西湖。

喜读晓雪学兄华章寄意①

华章喜读逝涛翻，弹指窗情半百年。

《生活牧歌》藏石室，《马恩回忆》寄金兰②。

煌煌滇洱琼琚灿，蔼蔼岱峨桃李妍。

何日珞珈重聚首，悲欢同咏晚晴天？

①晓雪，本名杨义翰，云南大理人，白族著名诗人，是我武汉大学同班同学。华章，指他于 2002—2003 年在《中华诗词》上发表的谈新诗和诗词的三篇文章。

②晓雪学兄曾将其由作家出版社出版的毕业论文《生活的牧歌》赠我。他 1957 年春来京时，我亦将我当时工作单位新编译出版的《回忆马克思和恩格斯》回赠他。

杨季瑶，1931 年生，高级讲师。1956 年武汉大学中文系毕业。退休后始写诗词，中华诗词学会和中国毛泽东诗研究会会员。著有《枥下吟稿》。

杨祖武

偶　感

宝岛栖迟三十年，海东日日盼西旋。

无端更越天头海，飞坠蛮邦总可怜。

也说他乡似故乡，莺飞草长海风长。
乱世偷安穷里福，老年哀乐蚀人肠。
游人心绪不宜秋，万里乡思压白头。
数到梅花魂欲断，仰天长啸岂无由。
昨日已逝不可留，老友相逢尽白头。
放眼纵谈身外事，饶他歌舞忆神州。
人生矛盾了无穷，忧喜相兼处处同。
安乐他乡终是客，羡他海上有归鸿。
静坐潜滋感慨深，人生为啥走西东。
百年一瞬行将届，犹恋区区梦里春。
一生碌碌了无成，过客情怀逐水平。
今天老夫真老矣，剩将衰朽隐红尘。

《珞珈》第 88 期，1986 年 7 月 1 日

杨烈宇

致世长兄①

初展才华君显身，有功抗援我知情，
梦寐痛恨旧世界，醒来真爱赤乾坤。
一时黑暗似迷蒙，永恒红日照潭清，
谊高伯乐念子期，诗胜李白赠汪伦。

①世长兄系先生同学、挚友徐世长教授。

《校友通讯》（1999 年）

杨隆中

悼王殿槐校友①

珞珈同窗连四载，郑局共事五十春。

惊闻噩耗斯翁去，沉痛哀思泪满襟。

一生勤劳为铁路，电机技艺尤超群。

追怀往事心潮涌，忠诚待友感人深。

①王殿槐校友 1949 年毕业于武汉大学电机系，是郑州铁路局高级工程师，河南省第五届、第六届政协委员，中国电机工程协会高级会员，河南省电机工程学会副理事长，1990 年离休，2000 年 5 月 1 日逝世，终年 72 岁。

长 征 颂

井冈星火耀长空，万里长征意志雄。

骇浪惊涛何所惧，燎原烈火遍山红。

忆"毛泽东号"机车在郑州

1946 年 10 月，哈尔滨机务段工人义务劳动，把一台敌伪时期破坏严重的蒸汽机车修复，经上级单位命名为"毛泽东号"机车。1949 年 11 月，"毛泽东号"机车组奉命到郑州铁路局推广机车负责制，时年余在郑州机务段实习，有幸目睹该机车风采，受益良多。

死机复活一如新，领袖英名喜命名。

解放战争功卓著，国家建设勇驰奔。

先锋美誉播遐迩，骏马奔腾意志坚。

身教言传高格调，恢宏气概更无前。

打 桥 牌

余离休之后，与友人每周一、三、五下午打桥牌三次，已坚持十年矣，其乐融融。

五十二张扑克牌，无穷变化任安排。
交流信息通心计，攻守双方巧运裁。
帷幄筹谋于指掌，厮拼不刃笑声开。
健身益智增情谊，利禄功名早释怀。

《校友通讯》（2003 年）

杨德政

迎春二首

一

雄鸡合鸣东方惊，两江儿女战征程。
中部崛起新武汉，荆楚大地满园春。

二

静思长智慧，锻炼强身心。
时时见微笑，天天好心情。

《校友通讯》（2005 年）

肖显仁

庆武大百廿周年华诞

依山傍水胜田园，景媲黄庐傲大千。
毓秀钟灵呈瑞气，山仙水秀奏歌弦。
文承国粹奠基石，学贯中西出状元。
历尽沧桑根叶茂，盈盈硕果映霞天，

浪淘沙·古柏颂

——献给武汉大学百廿周年校庆

傲雪耸苍穹。百廿秋冬。风霜历尽愈葱茏。叶茂根深藏沃土，胜似青松。　　古木拂东风，机遇难逢。揽月追云上巅峰，崛起中华成伟业，青史垂功。

鹧鸪天·秋晨漫步珞珈山

浩渺东湖碧浪扬，南飞雁阵向衡阳。漫山红叶山庄掩，丹桂满园扑鼻香。　　红榭内，碧湖旁，书声阵阵绕回廊。珞珈秋日风光美，学府芳名传四方。

珞珈晨练

凉风天末起，素雾薄秋云。
窗外时鸣鸟，途中细语人。
妪翁晨练早，学子读书勤。
山顶笛声发，高空一雁群。

肖显仁，武汉大学工学部退休教授，珞珈诗社副社长。

肖厥祥

七律·毕业三十周年聚会有感

岁月悠悠三十春，同学重聚母校门。
珞珈山上寻旧踪，东湖水边谈新闻。
人间青春时光短，世上同学友情真。
今日共饮欢聚酒，余生再度添精神。

《校友通讯》（1998 年）

肖登达

心中的母校

珞珈山水冠群雄，天时地利收囊中。
梧桐枝高栖丹凤，东湖水深藏蛟龙。
四时名花开千树，一山青松排万重。
黉宫琉璃映朝日，飞檐蓄势傲苍穹。
骄阳当头生酷暑，浓荫树下流清风。
难忘濛濛春雨时，湖光山色有无中。
钟灵毓秀洪福地，开拓创新见硬功。
科教兴国展鸿图，和平崛起铸股肱。

《校友通讯》（2007 年）

肖瑞方

敬贺谭崇台老师从教五十周年

哈佛高足精博才，为国育才五十载。
殷红心血播珞珈，芬芳桃李布四海。
锦衣玉食何足美，灭愚启智最慰怀。
著作等身皆精品，蚕烛精神足楷模。

忆武大校园生活

校舍巍峨气势雄，令人误觉入皇宫。
晨夜勤课读经典，课余击水东湖中。
生活清贫宜励志，周末电影舞兴浓。
同窗谊深如手足，良师教诲暖三冬。

武大感怀

一

巍峨秀丽天下美，湖光山色疑仙苑。
三月樱花游人醉，十里东湖接楚天。
有志学子勤课读，不倦良师醍醐言。
至今思念常入梦，美哉今世一桃源。

二

雄立杏坛一百载，培育桃李数万千。
门生遍布海内外，英才星繁灿九天。
六旬以来多怀念，三番欲访欠机缘。
我愿母校重抖擞，再领风流一百年。

三

百年母校铸辉煌，九州同享桃李芳。
武松兄长人笑丑，我却爱当"武大郎"。

《校友通讯》（1998年）

吴 辛

盼珞珈聚首

澄波百顷忆东湖，弦诵当年迹有无。
一卷"珞珈"连广宇，恍如师友复同居。
最是嘉州月洱塘，孔丘面前论文章。
少年意气多潇洒，互看而今发已苍。
海天遥隔问同窗，张翰归帆几时张。

若得珞珈重聚首，是悲是喜两佯狂。

《珞珈》第109期，1991年10月1日

吴 宓

复 校 颂

复校同开创，分曹百事营。
范金声引引，伐木响丁丁。
已长十年树，仍坚众志城。
工应继神禹，海甸共昇平。

吴宓（？—1944），著名学者、诗人、教育家。曾任教武汉大学。

《珞珈》第141期，1999年10月1日

吴 瑛

我们是女孩

我们是女孩/我们高兴我们是女孩/男孩茫然地说我们是一群谜/男孩崇拜地说我们是女神/是的是的我们是谜是神但还是人/同你们一样/我们的笑声同你们一样亮/我们的脚步同你们一样响/长长的生命线连接男孩与女孩的期望

我们是女孩/我们高兴我们是女孩/我们好得意闪一下黑眼睛会让男孩仓皇/仓皇仓皇哈哈哈我们笑男孩真窝囊/男孩还想把我们变成风筝/用细线拽住我们翻飞的翅膀只在原地打旋轻唱/不不不我们会挣脱会云游蓝天会浪迹四方/我们是半个世界/半个世界与半个世界同样深广刚强

我们是女孩／我们高兴我们是女孩／女孩女孩诗意的女孩／女孩世界飞溅诗情青春延续／我们高兴我们是女孩／老祖母说我们比男孩更男孩／是的是的我们也比女孩更女孩／我们温柔潇洒豪放／我们是谜我们是神我们同样是灵杰

《武汉大学报》，1985 年 12 月 30 日

吴 遐

珞珈山的雨

你就这般悠然落下，／一阵儿飘零，／一阵儿倾洒，／日里夜里，／满世界的声响，／都是你的滴滴答答。

我的珞珈山的雨，／你就这么，／对房屋，／对树叶，／刈路人，／公然地说着天与地的情话。

一年有四季，／你季季有情敌。／冬有俏雪婀娜的舞姿，／夏有冰雹敦实的击打，／春有雷电断然的倾吐，／秋有西风没完没了的携拉。

不知是珞珈情痴，／还是你真那么牵挂，／一年四个季，／每一季你都这般悠然落下，／在那静谧的黄昏和绵长的夜，／最美的事儿莫过听你滴滴答答。

《校友通讯》（2012 年）

吴遐，吴于廑先生的女儿，武汉大学附小、附中毕业。

吴于廑

百 字 令

九州春晓，喜东方，处处朝霞蔚起，历史奔流如急羽，又是长征万里。巨腕抓纲。宏图治国，"四化"从今始。两千年代，一峰天下雄峙。　　屈指六十年华，何曾老去，再展青春志。更上层楼观七海，祖国风光绮丽，塞北油田，江南稻浪，大地抒诗意。挥毫泼墨，新词书向天际。

《珞珈》第 157 期，2003 年 10 月 1 日

鹧鸪天·庆建党六十周年

国际高歌响彻天，星星之火足燎原。翻新岁月三千纪，激荡风雷六十年。　　山可拔，海能填。大同世界小康先，人间将见春长驻，党是人间春水源。

水 龙 吟

——参加庐山武汉社联学术评议会后，归值教师节抒怀

匡庐十日衡文，归来恰值秋前后。尊师令节，珞珈拥翠，东湖碧透。立教兴邦，唯才为宝，不辞衰朽。喜新人辈出，天荒破了，临大计，显身手。　　尝谓瀛寰历史，似江河，挟泥沙走。文野同趋，圣愚齐化，蔚成万有。望切高明，胸怀七海，卓裁宏构。惜无由，起文马迁此意，古今然否？

《武汉大学报》，1985 年 9 月 12 日

吴于廑，武汉大学历史系著名教授。

吴世干

武 大 樱 花

一

珞珈山上赏春樱，总觉花开带血腥。
我岂无端煞风景，心铭倭寇昔屠城。

二

鬼子当年思远家，珞珈山种慰安花。
芬芳难掩心司马，钓岛新伤叠旧疤。

吴世干，参军十八年，任过科长，后转业到湖北省糖酒公司工作。今为《武汉诗词》编辑部责任编辑。中华诗词学会会员。

吴世才

沁园春·舟山感怀

　　肆意台风，荡过舟山，雁报晚秋。望海疆浩淼，波涛浑浊；岸线蜿蜒，木叶残留。浪卷沙滩，唯余石卵，水已难寻鱼蟹游。思来日，探茫茫沧海，吾取头筹。　　昔偕武大朋侪，誓开拓新荒效老牛。喜谦谦学子，无私奉献；孜孜教授，矢志追求。雷达新型，电波远播，处处成功测海流。难忘矣，忆如歌岁月，潮涌心头！

沁园春·回首北海试验

　　二十年前，探测洋流，北海弄潮。忆南澥冷库，电荒水

断；狂风黑夜，鬼哭狼嗥。露宿房檐，仰观星月，苦等成功暮
又朝。群情急，盼海洋信号，格外心焦。　　多亏同伴支招，
令故障排除现目标。见回波曲线，十分奇妙，徐行跳跃，恰似
波涛。数据分析，时频变换，费尽心机细琢雕。终圆梦，破海
流密码，雷达功高！

　　吴世才，湖北黄陂人，1941 年 7 月生。2007 年退休前为武汉大学
电子信息学院教授，博士生导师，于 2001 年享受国务院政府特殊津贴。
现从事便携式高频地波雷达的产业化与应用工作。

吴代芳

七十书怀

遭逢坎坷度华年，雨打风吹只等闲。
困境攻关重崛起，寒梅吐艳更鲜妍。
艺谈绝句忧观尽[①]，幽探《新书》喜梦圆[②]。
已届古稀终不悔，潜心典籍夕阳天。

①先师程千帆教授盛誉《唐人绝句艺术谈》"殊有意味，读之患易
尽也"。
②《世说》又称《新书》，此指《世说新探》的出版。

哭 导 师

　　余师从国学大师程千帆教授，收益良多。后以非罪获谴，
风雨同舟。忽传讣音，悲不能已！赋诗一首，亦长歌当哭之意
耳！

敬业坚贞度一生，风华永驻石头城。

程门立雪空回首，马帐闻歌痛失声。
梦见音容云万里，思聆教诲月三更。
《古诗考索》开新境，手泽重温泪纵横。①

①千帆师惠赠近二十部著作，《古诗考索》和《被开拓的诗世界》
是其代表作。

吴代芳，1958年武汉大学首批研究生毕业，湘南学院中文系教授，
享受国务院政府特殊津贴。著有《唐人绝句艺术谈》、《世说新探》、
《古典文学论辩集》等。

吴纯法

贺母校武大 120 周年校庆

一

碧瓦琉璃腾紫气，抟云奋翼壮图开。
崇黉添寿九州贺，学子知恩四海来。
聚首书斋寻旧梦，怡神桂苑赏新栽。
一门桃李同欢庆，祝颂声声情满怀。

二

悠悠历史铸辉煌，百廿年华鲁殿光。
创制恢宏争位首，革新广庇敢图强。
大师群集英才育，嘉木遍栽环宇芳。
合抱松椿思远焘，志凌霄汉再腾骧。

三

珞珈负笈六春秋，半是欢欣半是忧。

始望学成功社稷，岂知运蹇遇横流。
斗资停课玩魔法，造反误人悲沐猴。
珍贵年华空浪掷，他生缘会再重修。

缅怀首任校长刘树杞先生

刘树杞先生（字楚青）系我蒲圻乡贤。1928 年出任湖北省教育厅厅长期间，兼任武汉大学筹建委员会主任、代校长，时间半年。他为选址珞珈，筹措经费、聘任名师，贡献巨大。我作为同乡晚辈，对其特别敬仰，故赋诗以赞颂其功德。

楚青耆硕我乡贤，建校珞珈才智捐。
选址测勘承苦累，融资筹措克时艰。
担纲主任思全局，聘任名师巧斡旋。
半载光阴劳绩著，首功至伟世间传。

吴纯法，1969 年毕业于中文系。曾任赤壁市教育局局长等职。现任赤壁市诗词楹联学会常务副会长、《赤壁诗词》主编、湖北省诗词学会理事。著有《三乐斋诗稿》。

吴启轩

心　　愿

为医疗系七二级同学入校 30 年而作

光阴似箭三十年，校友情谊寝难眠。
今日欢聚同学会，与时俱进共勋勉。

弹指挥间三十年，母校教诲难尽言。

今朝聚首又别离，明朝岁月情更绵。

《校友通讯》（2002 年）

吴国栋

百年学府再铸辉煌
武大一百二十周年史诗

珞珈苍苍，东湖泱泱，地灵人杰，相得益彰。
谈及地灵，高校无双。湖水环抱，三边玉镶。
浓荫蔽日，四季花香。银杏参天，法梧遮阳。
樱花扬名，成林是樟。岁寒三友，装点珞冈。
丹桂不逊，好胜傲霜。一九三〇，校区几荒①。
而今校庆，绿色海洋。地灵简表，人杰稍详。
粲若星辰，荦出难量。源于清末，自强学堂。
一八九三，张之洞创。一九二八，武大名扬。
校址选定，决策四光②。更名珞珈③，雅致别样。
王公世杰，首任校长。名师荟萃，一流高庠。
一九四六，门立牌坊。六大学院，学科益昌。
廿纪之末，合校四强，趁机发展，绩效超常。
矢志明训，办学之方。爬罗剔抉，刮垢磨光。
学融中西，道展炎黄。求是拓新，弘毅自强。
春风化雨，桃李芬芳。平湖作证，神舟表彰④。
当前任务，再铸辉煌。

①1928—1935 年的老照片显示武大建校之初，校园几乎是荒地一片。
②指李四光。
③指闻一多将罗家山更名为珞珈山。
④三峡工程多位设计施工负责人和神舟七号设计师均系武汉大学校友。

武汉大学水利学院建院六十周年志贺

珞珈美景校无俦，山色湖光别样幽。
四季开花春意闹，三边镶玉诗情稠。
爬罗剔块强庠合，刮垢磨光硕果收。
六十华年同庆贺，齐心更上一层楼。

附：武汉水利电力大学建校四十周年诗一首。

校 庆 祝 词

珞珈苍苍，东湖泱泱。
校址仙境，山水接壤。
恭喜我校，正位中央。

忆昔建校，云集八方。
塞北关外，豫冀鄂湘。
南京天津，还有南昌。

群龙之首，三张一梁。
竹篱茅舍，伊始初创。
同舟共济，蒸蒸日上。

弹指四十，正道沧桑。
高楼栉比，四季花香。
工理文管，主辅相彰。

院改大学，声誉益扬。
人才辈出，硕果辉煌。

命脉先行，神州闪光。

恭逢不惑，祝嘏举觞。
近期目标，跻身百强。
奋斗不懈，麻省东方。

怀念亡妻立理①校友

做伴珞珈六十年，铭心往事岂如烟。
志同缘有红旗引，连理全由一线牵。
落户京山遭浩劫，漫游欧美享清闲。
高龄低调癌魔入，笑对人生淡泊仙。

①王立理，1951年毕业于武汉大学历史系。

《校友通讯》（2009年）

吴国栋，原武汉水利电力大学（今武汉大学工学部）教授，原葛洲坝水电工程学院（今三峡大学）院长，现已离休。

吴治华

欢庆中华人民共和国50周年

出生遇匪日熬煎，蒋氏王朝手遮天。
日寇横行八载余，美贼扰乱万千篇。
人民苦难知多少，志士鲜血洒再三。
独有红旗才解放，庆欢五十换人间！

澳门回归

澳门离去四百年，如此荒唐史无前。

明代犹取贷租款，有清放弃宗主权。
王朝中正兵曾驻，列强英法力阻拦。
今日国强惊四海，和谈收复胜先贤！

阅报有作

　　读 1999 年某日《羊城晚报》，报道武汉大学招生时，有文科考生 502 分者，离重点录取线只差一分，该生父母愿出 50 万~100 万元捐款以图入校，但被婉拒。读后对母校严把录取关深表赞同。这符合孔夫子"不愤、不启、不悱、不发"的施教方针。当今世界名牌大学，绝大多数是把好入校头一关。为记喜悦之情，赋诗七绝一首：

喜读羊城有新闻，母校招生特认真。
一分虽缺宁不滥，严格选择读书人。

《校友通讯》2000 年

贺 新 武 大

　　先见报载，武汉有四所大学将合并组建成新的武汉大学。后读 2000 年《校友通讯》第 2 辑，知 1999 年 8 月 2 日已在武汉大学隆重举行合并大会，母校师生人数大增，办学实力大增，为此，特赋诗词，以表喜悦之情。

忆昔读书珞珈时，武大学生几百余。
规模逐年虽扩展，学科对比仍悬殊。
崔跃四校同合并，更喜师生数万逾！
西部开发需人才，百年名校任先驱。

《校友通讯》（2000 年）

吴建国

咏 聚 会

2008 年 10 月 10—14 日，武汉大学外语系英国语言文学专业 6781 班同学聚会去长沙，共温同窗情谊。

四十春秋再聚首，惊叹青丝变白头，
互诉衷情谈奋斗，英才何处不风流！

丁亥荆州登古楼，戊子长沙仰毛刘，
断缘重续尤为贵，明年武大过中秋。

《校友通讯》（2009 年）

吴剑杰

沁园春·庆香港回归

一纸合约①，百年沦丧，怎堪回首。恨清政窳败，锁国闭关，盲目排外，虚骄固守。强英徂东，坚船利炮，狡焉思逞怀诡谋。烽燧起，陷虎门吴淞，兵临石头②。

屈辱唤醒民族，倡师夷长技图自救③。叹雨过忘雷④，恬嬉酣歌；中体西用⑤，不脱窠白。维新变法，三民主义，空洒热血抛头颅。新时代，凭一国两制，收回港九。

① "一纸合约"，指割让香港的《南京条约》，清政府称其为"万年合约"。
② "兵临石头"，指 1842 年 8 月英军侵略军兵临南京，南京古称"石头城"。

③ "师夷长技"，林则徐、魏源曾提出"师夷长技以制夷"的救国主张。

④ "雨过忘雷"，左宗棠《重刻〈海国图志〉序》云："自林文忠公（则徐）被革后二十余载，都门仍复恬嬉，大有雨过忘雷之意。"意指清廷仍不思振作。

⑤ "中体西用"，是洋务运动的指导思想，因不脱封建传统思想的窠臼，故而失败。

《武汉大学报》，1997 年 5 月 14 日

望庐山主峰

遥看远山抵苍穹，云摧雾障显峥嵘；
莫谓庐山面难识，只缘未上汉阳峰。

注：汉阳峰海拔 473 米，为庐山最高峰，相传晴日能远眺，历历汉阳树，故名。迄未开发，人迹罕至。

吴恒春

七律·我们这代人
——返母校有感

生当抗日硝烟浓，幼逢解放战旗红。
小学毕业反右派，跃进年头读高中。
大学茫茫历浩劫，离校拳拳学工农。
卅年坎坷归来兮，珞珈山中看劲松。

《校友通讯》（1998 年）

吴萱阶

感　怀

今天是国庆佳节，有幸参加化学系 66 届同学重返学校，

欢聚一堂，使我感到特别高兴！

> 秋高丹桂香满园，师生重聚情意绵。
> 忆昔同窗甘苦共，喜今归友锦衣添。
> 五十时光居教席，三千弟子尽圣贤。
> 今逢盛世精神爽，何须惆怅夕阳天。

《校友通讯》（1995 年）

吴熙载

庆祝中华人民共和国成立十周年（两首）

一、烛影摇红

烛影摇红，神州佳话传千古。东风漫卷压西风，人共东风舞。是处百花竞发，看枝头，繁英无数。江山如画，豪杰如林，人间乐土。

屈指十春，云从龙起风从虎。铁枷钢锁碎成渣，工农自为主。覆地翻天事业，尽殊勋，空前未睹。西方世界，反动集团，落霞孤鹜。

二、双红豆

豆儿红，事儿红。红遍九州喜气同。人在春风中。学工农，作工农。倒海移山竞英雄。十年乘彩虹。

《新武大》，1959 年 10 月 1 日

党的领导第一条

> 文教战线红旗飘，英雄人物数今朝。
> 英雄事迹千千万，党的领导第一条。

长江大河浪滔滔，跃进心潮逐浪高。
教育革命千秋业，党的领导第一条。

群英会上聚英豪，不同岗位同辛劳。
四座传开七字诀，党的领导第一条。

红游招来学赶超，六亿神州尽舜尧。
新事新人歌不尽，党的领导第一条。

1960年5月13日于省文教群英会上

《新武大》，1960年5月1日

欢晤毛主席

五月十五夜，平生最难忘。未悬新灯彩，辉耀异寻常。
未陈奇花草，窗几尽芬芳。群英争接耳，眉宇费猜量。
都传有远客，问姓竟不详。我虽悟性薄，寝假悉毫芒。
明星追皎月，万物乐春光。一片欢腾里，远客笑登堂。
远客伊为谁？东方红太阳。高呼相起伏，四座喜欲狂。
"毛主席万岁，祖国万年长！"主席一招手，群情如沸汤。
主席一鼓掌，众志更坚强。热情激壮志，文治日辉煌。
东风齐着力，国运久隆昌。我歌毛主席，心献主席旁。
驯服为工具，无怠亦无荒。会见是鞭策，跃马意昂扬，
力争重会见，红日过高墙。

春

暗香疏影伴东风，江北江南处处同。
化尽悬崖冰百丈，春光又到万花丛。

"四化"从今是重关，神州八亿要攻坚。

219

同心同德求安定，揽月九天只等闲。

喜逢春节且书怀，我鬓虽残志未衰。
愿把余年重抖擞，殷勤培取好花开。

书画研究会成立（代祝词）

中国书法，源远流长。
真草隶篆，异彩奇芳。
笔走龙蛇，力有柔刚。
资以养性，鱼潜鸟翔。
岂曰雕虫，艺苑之光。

《武汉大学报》，1984 年 10 月 12 日

吴熙载，武汉大学生物系教授。

何 璇

清平乐·对镜

转帘一霎，枯坐听风罢。不意胭脂零落也，秋在眉弯眼下。　梦于醒处无声，任他峰聚波横。忘却韶光一掷，镜中猜我来生。

浪淘沙·雨夜独坐寝室

偏是每年同，殊雨梧桐。微寒如水渗帘栊。斯夜千山秋色里，谁在湖东。　都付楚云中，一枕空蒙。睡乡深处话从容。檐雨今犹将故事，说与西风。

樱园路落叶（效长吉体）

十月楚风如并刀，剪断秋云一千里。
残云片片落埃尘，中天之日淡如水。
舞衣凌乱一何似，蝴蝶纷纷阶前死。

雨 中 采 薇

碧薇还若碧罗新，碧草莹莹幽涧阴。
豆蔻吟成方睡去，春风敲梦雨敲心。

何世华

武汉大学 120 周年校庆

珞珈山水美如画，桃李芬芳遍天涯。
庆祝华诞百廿载，教学科研硕果佳。
亚洲百强列前茅，名振天下举世夸。
心齐力聚更攀登，奋争一流开鲜花。

中 国 梦　人 民 梦

绚丽美彩霞，春光满天涯。
脚踏实地干，辛劳开鲜花。
心齐力量聚，奋战成果佳。
国强民富裕，举世中华夸。

同 根 源　盼 统 一

同根同源陆与台，两岸交往笑颜开。
一国两制政策好，期盼统一早日来。

赞老夫老妻

少年夫妻老同行，恩恩爱爱几多情。
相濡以沫互帮扶，快快乐乐过一生。

何世华，武汉大学机关退休干部，老年大学诗词研修班学员。

何松华

乐 升 平

1996 年新春，老同学在我家聚会，赋七律二首，以记其盛。

一

珞珈山上同窗谊，屈指光阴五十年。
岁月沧桑多变化，友朋情感愈弥坚。
今朝聚会心舒畅，明日春风景更妍。
改革浪潮兴祖国，中华大地换新天。

二

交朋结友逾千百，还是当年同学亲。
思想单纯情义笃，切偲共读日知深。
分离远隔天南北，见面仍呼旧姓名。
但愿时清人共健，归休安度乐升平。

《校友通讯》（1996 年）

何定华

1958 年除夕喜赋一首

1958 年除夕应邀参与中文系赛诗会，不揣浅陋，献五言十二句，祝贺老师和同学 1959 年跃进再跃进。

> 跃进过新年，往事堪回首。
> 劳动成习惯，生产是能手。
> 崇实又务虚，薄古而今厚。
> 有成戒骄躁，学问不知足。
> 师生团结好，相长且相助。
> 创作千万篇，丰收庆大有。

《新武大》，1959 年 1 月 8 日

何定华，曾任武汉大学副校长。

何定杰

一封短简寄嫦娥

月球火箭，月球火箭，/万众挥手送你上了天。/今日，你大约到达了月球，/瞻仰了那光辉灿烂的广寒宫殿。/你如果见着了嫦娥仙子，/千万替我递上这一封短简：/"自从那一次，/嫦娥仙子，/你偷吃了灵药，一个人上了天，/留在地上的我们，/经历着千灾万劫，/困苦颠连。/改朝换代，/多少混世魔王，/吃人肉，/喝人血，/翻江搅海，/老百姓受苦受难几千年。/说不完这一段伤心话，/诉不尽我胸中肺腑言。/现在才好了：/共产党领导我们，/扫荡群魔，/重建祖国，/拨云见了天。/从此年年出奇迹，/事事传新鲜：/长江建铁桥，/我们再不怕波涛的凶险；/三门建高闸，/黄河听人唤，/再不像过去那样横流与漫延；/更幸福的是：/亩产千斤粮，/再不见有人饥饿倒毙在大路边。/我们要把沙漠变绿野，/我们已驱河水上山巅。/痛快呀！/牛鬼蛇神齐惊倒；/快乐呀！/红男绿女共

开颜。/毛主席领导我们，/一定把天堂建筑在人间。/我看你还是回到人间吧，/嫦娥仙子！/广寒宫里，/一个人翠袖单衾，/冷清清的怪可怜。

最后我还告诉你一个好消息：/我们即将跨火箭，/进月宫，/和你会面；/那时候，/也听你弹一曲阔别祖国，/孤凄凄的心弦。"

何定杰，武汉大学生物系教授，曾任武汉大学教务长。

何联华

贺武汉大学双甲子华诞

秀木葱茏百廿年，琉璃古舍映长天。
湖光灵气珞珈媚，璀璨名园育俊贤。
几度人间风雨后，江城尽议珞樱妍。
人文浩荡师魂在，代代精英播宇寰。

纪念《延座讲话》发表70周年

延安宝塔聚祥云，却道当年谈艺文。
讲话精神如火炬，秧歌舞动万人心。
洗涤知界小资梦，重铸文坛鲁艺魂。
昔日喜儿今可有？愿闻华夏唱福音。

汉宫春·中国共产党九十华诞礼赞

一唱雄鸡，辟地开天事。仰望晨曦。锤镰指引航向，百姓皈依。金戈战马，驱虎豹、亦扫熊罴。晴日照，神州焕彩，江山万里红旗。　　革故鼎新不易，伟业征程壮，不畏崎岖。鲲鹏展翅雄起，只恨天低。智开新路，济民生、国策根基。齐赞颂，中流砥柱，喜迎国富民怡。

南歌子·咏油菜花

喜鹊村头唱，桃花展艳装。大田最美菜花黄。蝶舞蜂飞轻曼品芬芳。　花谱无名分，农家视若粮。春花夏籽两风光，亿万芳魂化作油菜香。

参观辽沈战役纪念馆

硝烟已过六三秋，锦战辉煌史册留。
蒋氏王朝兴内战，林罗奉命动金钩。
枪声远逝思寥廓，海燕高飞唤美鸥。
华夏重辉仰壮烈，英雄后代立潮头。

何联华，中南民族大学教授。武汉大学校友。现为中国毛泽东诗词研究会常务理事、湖北省毛泽东诗词研究会副会长、湖北省诗词学会顾问、武汉诗词学会常务理事、中南民族大学诗联学会名誉会长。专著有《民族文学的腾飞》、《毛泽东诗词新探》等，诗词集有《汗青斋吟稿》。

何瑞麟

访武汉大学诗三首

鄂州名校新府

鄂府重来五十年，湖光山色两依然。
珞珈郁郁千丛树，江汉悠悠万古渊。
霜剑昔悲篱菊尽，楚园今喜四强联①。
正闻兴革登名榜，叨沐春风访俊贤。

①"四强"指武汉大学、武汉水利电力大学、武汉测绘科技大学及湖北医科大学。

"九一二"广场纪念碑[①]

十八金秋对暮坛，碑垣冷落字形残。

风云莫把前朝记，今日行人亦应看。

①广场位于原工学院（今办公大楼）前面，看台右壁嵌有石碑一块，碑文曰："一九五八年九月十二日下午，毛泽东同志视察武汉大学，七点二十分在此接见武汉大学、武汉水利电力学院、武汉测绘学院、中南民族学院的师生员工。一九八三年十一月武汉大学立。"毛主席接见师生员工时，武汉大学校长李达陪同。

留别两校诸子[①]

访罢武大，叨蒙设宴相送。浓情盛意，感激由衷。八位教授驾临，三生有幸，唯赋小诗一首，以表谢忱。

名重七贤亦我师，竹林八俊美英姿。

离筵列酌君吟健，宠席南薰客去迟。

①两校，指武汉大学与华中科技大学。诸子，即武大人文学院中文系李中华教授、刘良明教授、乔惟德教授、孙东临教授、王兆鹏教授、尚永亮教授、校友总会刘以刚教授及华中科技大学郑在瀛教授。以上排名，不分先后。

《校友通讯》（2002 年）

余大观

和女儿游武大校园赏樱花[①]

暖风轻吻醒寒梢，武大樱花秀色娇。

丽质尽凭游子赏，玉肌更显勤蜂劳。
含烟青翠艳阳照，拂面紫云香气飘。
父女静观留彩影，诗情画意荡春潮。

登武大珞珈山远眺东湖

登上珞珈望磨山，碧珠一点落银盘。
朝霞榭水闪金锦，快艇犁波划玉环。
别墅行宫临水渚，科研院校遍山峦。
莘莘学子汇武大，济济人才满宇寰。

游东湖赏武大校园夜景

校外东湖晚棹轻，踏歌揖水荡舟行。
湖中夜桌难分夜，船上吟庙喜坛吟。
月影每随舟影动，涛声常伴笑声迎。
湖边院校华灯闪，天上人间一色明。

西江月·漫步武汉大学校园

武大清新校园，绿荫环抱书斋。窗明绿影映竹槐，隐隐琴声楼外。　　学府高新科研，数化文理博赅。尊师重教育人才，名耀五洲四海。

①我女儿余琴原在武汉大学水利电力大学建工系就读，在建校 120 周年之际，作此稿以表谢意。

余大观，字海宴，笔名翔云。湖北诗词学会、荆州诗词学会及江陵诗词学会会员、楚风诗社常务理事。著有《观谱心声》诗词等。

余明久　李庆英

诗 二 首
——为武汉大学江苏校友会成立而作

（一）

珞珈东湖四校联，武大新姿展世间。
苏地桃李喜相聚，哪管两山一湖边[①]。
校友新会金陵建，白发青丝伯仲间。
喜怒哀乐天不夜，共祝母校愈争先。

（二）

峥嵘岁月忆当年，斋中林间击水面。
芬芳举业看今朝，江苏学子舞翩跹。

校友新会铸心链，苏锡江淮盐徐连[②]。
勿忘武大教诲恩，只图中华越人前。

①两山即珞山和珈山。
②此句指江苏省各地。

《校友通讯》（2002 年）

余柚子

三十颗心永不离
——毕业三十年全班同学重聚叹别有感

莫言别，莫言别，卅载重聚

情正切！

莫说走，莫说走，唯愿今朝

年年有！

莫道离，莫道离，6991 班三十颗心

永不离！

《校友通讯》（1999 年）

余柚子，武汉大学历史系 69 届毕业生，现在广东商学院任教。

余品绚

纪念董必武余祖言宜昌从事革命活动一百周年

2013 年 3 月，四兄由北京南下，余将从太平洋东岸回国，相聚于五兄之珞珈黄月斋，与在汉诸位辛亥革命志士后裔世姊世兄联袂，西赴宜昌，纪念董必武余祖言[①]两公在宜昌市第一中学从事革命活动一百周年，兼与宜昌市第一中学同学共勉。

昆友夷陵喜相逢，天涯南北复西东。

缅怀两公颂新景，再看三江桃花红。

当年北洋毁约法，专制独裁心叵测。

中山激流竖帅旗，挽救民国在一刻。

天下义士勇向前，民主共和担铁肩。

青萍用威为济民，宝刀不老战硝烟。

明知不可为而为，要留真理在人间。

江山换颜证巴峡，先辈伟业炳勋匦。

学子心有先贤祠，为国争光折桂枝。

[①]祖言公有嫡孙六：余品纲、余品纪、余品维、余品级、余品绥、

余品绚。其中余品级和余品绶分别毕业于武汉大学化学系和物理系，余品绚毕业于武汉同济医科大学。

余品绶

深切悼念宋教仁先生逝世一百周年

宋教仁，一个多么响亮的名字，一位多么了不起的人！一生奔走革命，一身正气，一世英名！

先生毕生奋斗，理想的精蕴，那——"目标不是改朝换代，而是建立民国"，"国家政治的主体，是国民"。为了这前所未有的大任，先生沥血呕心，"饵以官，不受；啖以金，不受"。唯民是尊！

然而，天下如粥锅，混沌翻滚，"保障民权"何处寻？

"宪政民主"的梦想，终如天上的浮云……

一声罪恶的枪响，竟又夺去了先生的性命。

先生啊，先生！弥留之际，您牵挂的还是——"国基未固，民福不增，遽尔撒手，死有余恨！"

先生啊，先生！您"热血满腔，睹怀民国目难瞑"；当年四百兆人，"遗言在耳，长使英雄泪不禁！"

先生啊，先生！您年轻的生命，是百年前黑暗的中国上空，一颗耀眼的彗星！

亿万英雄，百年奋争，换得神州新景长虹亘。国基已固，民福在增，先生您，在天之灵，不会再有恨。

小子有幸，生此盛世，既缅怀先生的革命精神，更珍惜今日的大好时运，

"古稀"不稀，与时俱进！

余品绶，武汉大学化学学院退休教授。

余俊杰

党的生辰有感

炎黄十亿萃群英，装点神州日日新。
且喜千城改旧貌，更惊万乡换新颜。
谋国政通靠路线，兴邦人和怙老成。
而今共享承平乐，饮水不忘掘井恩。

《武汉大学报》，1995 年 6 月 25 日

余祖言

余祖言次韵和黄季刚不渡江之作

有人邀黄季刚渡江谒吴孚威。季刚却之，并有诗二首。急次，其韵不计工拙，聊以明楚人之好尚耳。

江上多蹊径，芳菲桃李时。
行吟独憔悴，嘉会有分离。
我亦怀孤愤，人谁识五噫。
依歌琴再鼓，吾道为君亏。

富庶归江汉，将为鹤与沙。
临流君不渡，掩卷我长嗟。
音似来空谷，情无恋夕华。
木兰朝有露，饮罢好修姱。

余祖言（1873—1938），辛亥革命志士、诗人、哲学家、教育家。字任直，湖北麻城人。历任湖北国学馆、湖北省立文科大学、武昌中华大学教授。曾应邀在武汉大学讲学。

余能斌

武汉大学百廿华诞致庆

武大华诞百廿年，历经风雨几变迁。
唯有自强精神在，师生世代总相传。
峥嵘岁月百廿年，今日旧貌换新颜。
枯塘荒冢成旧忆，琼楼玉宇接云天。
驴行小径变通途，奔驰好车绕山间。
物外桃源探访便，可怜故人去难还。

忆江南·赞珞珈

江城美，最美在珞珈。千艇竞逐东湖上，万花争艳似云霞。四月看樱花。

春来矣，意气更风发。漫岭呈青如锦绣，烛光红炬照繁花。芬芳传天涯。

读魏再龙先生《权利论》有感①

耄耋未敢忘法是，老骥伏枥学道空。
淡泊犹作《权利论》，精辟发源识马翁。

①魏再龙先生系法学院退休老师，现已经是百岁高龄。退休后仍坚持法学理论研究，著有《权利论》一书，用马克思主义原理对"权利"词题进行了深入研究，受到同行专家高度评价。

余能斌，武汉大学法学院退休教授，博士生导师。中国民法研究会顾问，湖北省民法研究会名誉会长，湖北省老教授协会财经政法专业委员会副主任委员。

邹义伦

珞 珈 情 结

又在东湖之滨，当母校武汉大学百年华诞之际，我们中文系 1959 级的同学重聚在一起的时候，我想起毕业时写的朗诵诗中的一些句子：

亲爱的母校啊，/我们依恋，我们向往！/我们依恋呀，依恋你：/珞珈的棵棵青松，/东湖的层层碧浪。/让我们再看一眼吧：/夹道的梧桐、翠柏，/雍和的绿瓦、粉墙！/亲爱的弟妹，/尊敬的师长！

我们向往呀，向往那：/滚滚沸腾着的，/我们新生活的海洋！/我们的双手，/不拒绝任何细小的工作；/我们的两脚，/稳立在自己的岗位上；/我们的眼睛，/细辨着缤纷的生活；/我们的胸中，/翻滚着世纪的风浪！

现再续一绝：/人生交契贵终始，/地北天南未使分。/常忆促膝神侃日，/心田永葆万方春。

《校友通讯》（2009 年）

邹幼新

聚 珞 珈

册载前秋聚珞珈，风华正茂意气发。
名师指点开茅塞，赤子切磋结异范。
结伴东湖同戏水，成双桂岭共观花。

233

窗寒六度星分久，何日重逢你我他。

离 珞 珈

四十年前离珞珈，豪情满志赴天涯。
农耕也可强筋骨，工作犹能益智花。
多彩人生长卷绘，成功事业锦章华。
同窗体健期颐日，再聚樱园颂珞珈。

思 珞 珈

一

思珞珈，忆珞珈，几度梦里如到家。笑容似彩霞。
忆珞珈，回珞珈，霜鬓同窗把手拉。欢声伴月华。

二

相见欢，道不完，别叙离情到夜阑。情深胜旧年。
相见难，别更难，永葆童心鱼雁传。相期聚桂园。

《校友通讯》（2008 年）

邹金宁

武大东湖边冬泳

珞珈山下水连天，在此冬泳五十年。
似游武大文博海，超越万苦迎春先！

泳遍江河湖泊　救起溺者超千
——我的游泳兼救人生涯

蓝色地表，有水七成。江河湖海，养育众人。

学会游泳，强生振神。与水结缘，常保安宁。
我生汉阳，自幼泳江。上学苦练，本领高强。
各种测试，成绩优良。比赛夺冠，省市名扬。
家贫难熬，十八从教。田径举重，全会教导。
主教游泳，勤培龙蛟。所教学生，常获锦标。
还喜挑战，各种极限。洞庭龙口，腾冲不让。
赤壁漩涡，飞越高元。原貌三峡，蝶泳酣畅。
更爱救生，慈善公益。面对骇浪，冲向"狂溺"。
速度似箭，潜水拼力。五十年来，救溺千起。
近年办所，诚继"敦本"。专讲救生，示范"触唇"。
学员勤练，鱼跃龙腾。国人夸我，"救生明星"。

邹金宁，1942 年生，国家级救生员，武汉敦本救生科学研究所所长。

邹积慧

武 汉 大 学

六岫①氤氲一水幽，四园联袂展风流。
百年春色催桃李，已把辉煌写五洲。

①指校内六座山。

珞 珈 研 修

万树葱茏翠黛横，珞珈十里付流莺。
研修正是春光好，得坐学堂沐惠风。

樱顶即景

银墙碧瓦掩层林，耳畔啁啾绿鸟音。

难得清风甜肺腑，樱花红透半天云。

雨后东湖

雨霁湖平一镜新，梧桐滴翠柳氤氲。

谁人借得银河水，浇出蓬勃万里春。

邹积慧，东北农业大学农业经济管理博士，哈尔滨工业大学管理科学与工程博士后。黑龙江省管理科学与工程学会副会长，中华诗词学会会员。曾参加武汉大学宏观质量管理高级研修班。

邹振翅

诗 二 首

离别母校四十六载，珞珈风光时刻萦怀。拜读《校友通讯》，备感亲切。近半个世纪来，母校的飞跃发展和日新月异的变化，鼓舞着每一位校友，也勾起对珞珈的眷恋之情。值此中华人民共和国50周年之际，作七律二首，略表对祖国祝贺之忱和对母校的怀念之情。

庆祖国五十华诞

七秩春秋东逝去，双鬓斑白自悠游。

喜迎祖国五十庆，甘作愚公万千谋。

老骥伏枥志千里，立马挥鞭战九州①。

宏图大展新世纪，蜡炬春蚕情不休。

①余自 1990 年退休后，应单位之聘，至今仍奋战在祖国的大江南北、万里海疆。

恋 珞 珈

四十六载一挥间，情系珞珈梦萦还。

代代学子茁壮长，山山桃李齐争妍。

喜临校庆百六载，欣赞科研多领先。

历数珞珈风光好，今朝明媚更胜前。

《校友通讯》（1999 年）

沁 园 春

河港工程系 1953 届同学毕业 50 周年聚会赋此

江城风貌，武大美景，中外驰名。看三桥飞架①，神女当惊。四校合并，"求实拓新"。岁月流逝，五十周年，多种情怀深记心。忆往昔，恰风华正茂，勇奔征程②。　建设美好祖国，赞各路学子勇攀登③。看诸多新港，纷纷建成。巨轮进出，昼夜不停。港口航运，科学管理，赢得国际美誉名。喜今朝，华发逢盛世，何计浮沉。

①武汉地区的长江江面上现已有三桥飞架。

②1953 年我毕业时，正值我国第一个五年建设计划的开始。我们 5 个班共 165 位同学，服从分配，奔赴征程。

③165 位同学分配到中央和省、市、地区不同的岗位上工作，均作出了辉煌的业绩。

《校友通讯》（2005 年）

五十周年校友聚会抒怀

一

五十春秋东逝去，同窗友谊记心间。

珞珈美景名遐迩，武大学风胜往前。
犹记昔时风华茂，更觉今日景色妍。
情怀应是老来好，欢聚清歌对华筵。

二

岁月匆匆五十秋，双鬓斑白自悠游。
同窗武大情难忘，共品珞珈趣未休。
半世别离首次聚，几多畅叙复交流。
恭祝校友多康泰，再聚珞珈待筹谋。

应德坤

人间重晚情
——献给医学院 1955 级同学 50 周年母校聚会

同窗情深

同窗情谊深且浓，风雨历程又重逢。
五十年后话往事，报效祖国各西东。
淡泊心态自从容，笑对岁月欢乐中。
各有所成古稀年，出类拔萃有龙、涂[①]。

乐享天年

多次相聚实有缘，畅叙离情慰平生。
逆境顺境强心志，韶华易逝几多春。
时光飞逝五十秋，当年小树已参天。
年轻学子青胜蓝，讴歌盛世乐晚年。

游 南 京

火车一宵到石城，晨游孔庙闹市行。

秦淮风月千古事，盛世来游情韵深。
六朝古都是金陵，不由牵出怀古情。
连宋先后谒中山，炎黄子孙一脉承。

西 湖 游

一湖秀水浮游艇，沿湖岸边多美景。
花港观鱼三潭月，苏堤垂柳断桥行。

钗头凤·惜离

风雨路，半世纪，人生七十古来稀。能聚首，可稀奇，笑谈往事，分外珍惜。惜，惜，惜！　重洋隔，跨省距，此番欢聚真不易。今分手，相见难，各自珍重，友情长记。记，记，记！

①龙指我届龙道畴同学，武汉大学人民医院整形外科主任，为享誉国内外整形外科的专家，曾获国家发明二等奖，享受国家津贴。涂指我届涂仲凡同学，武汉大学人民医院心外科主任，硕士研究生导师，于2005年11月逝世。

《校友通讯》（2006年）

宋 俊

蝶恋花·武大早春

风暖柳高犹叶小，啼鸟初鸣，嘤嘤林中绕。珞珈山上杂树少，樱花亭边生春草。　静铺斜阳幽幽道，一树白花，正戏春风笑。郁郁此香散不掉，沁心养神消愁恼。

东 湖 看 鱼

金风老碧枝，久雨满秋池。

倚栏看鱼儿，未觉衣裳湿。

江城子·东湖夜赏景

东湖之畔倚雕栏，月似盘，柳如帘。清风乍过，抚帘现碧天。浅浅一湾明珠乱，能有几，坠人间。　秋雨初霁水尚寒，映婵娟，又作弦。鱼弄柔波，铺地水银残。好天良夜看山峦，谁共我，享此闲。

宋俊，中南民族大学 2012 级学生，爱诗词，恋武大。

宋文翰

珞 珈 山

古松犹苍劲，新林亦葱茏。
山泉涓滴滴，勤以润须根。

《校友通讯》（1995 年）

沈顺勋

同 窗 情

年少聚鲁鄂，同窗星湖滨。
纯洁白无瑕，亲如手足情。
风云突变起，同室刀剑拼。
人鬼比例分，世上似无情。
邓公识民心，废止窝里拼。
强国富民计，报国须有情。
年老又相会，逍遥东湖滨。

前嫌化烟消，重温同窗情。

《校友通讯》（2009 年）

沈祖棻

寄 千 帆

一杯新茗嫩凉初，独对西风病未苏。
人静渐闻蛩语响，月高微觉夜吟孤。
待将思旧悲秋赋，寄与耕田识字夫。
且尽目光牛背上，执鞭应自胜操觚。

踏莎行（二首）

丙申国庆，南京观灯。

星月交辉。霓虹呈彩。明珠错落灯如海。倾城士女涌春潮，轻雷转处飞车盖。　　盛世难逢，青春可再。廿年回首愁何在？良宵欢意溢秋空，不辞白发花重戴。

泪铸珠灯，血凝朱邸。金陵旧事犹能记。长街冻骨自纵横，豪门酒暖笙箫沸。　　海宇腾欢，人间换世。渔樵处处歌声起。烛花红映脸边霞，蚕娘笑试新罗绮。

浪淘沙·题长江大桥

横渡大江中，愁水愁风。忽惊破浪夺神工。一道长虹飞两岸，桥影临空。　　形胜古今同，三镇当冲。莫凭往事吊遗踪。平却向来天堑险，多少英雄。

沈祖棻（1901.1—1977.6），字子苾，女，浙江海盐人，1934 年毕业于南京中央大学中文系。曾在南京师范学院、武汉大学中文系执教，擅长词创作，20世纪40年代即享有"江南女词人"的美称。主要著作有《涉江词》、《涉江诗》等。

沈祥源

人民中国庆周甲

六旬岁月一挥间，巨变神州超百年。
躬逢盛世庆周甲，心共热潮奏乐篇。
一望山河披锦绣，回思蜀道度艰难。
纵赋万言意未尽，欢腾今夜我无眠。

思佳客·某女述怀

飒飒秋风透碧窗，天凉人静夜茫茫。当年江畔送君去，红袖啼痕留几行。　　离恨苦，幽思长．十年一梦滞他乡。今生难以重相聚，新月如钩照我床。

珞珈樱花（自度曲）

闻珞珈樱花又放，身在外乡，未能观赏。遥念昔日同游花下之故旧，感慨莫名。吟得小曲一阕，呈诸友一哂。

又是珞珈樱花放，花谢花飞，山下山上。缤纷十里，绯云红霞透清香。游客寻芳来胜处，忘却归路，曲径徜徉，醉看春风得意，蜂翻蝶舞，莺飞草长。　　忆昔日，花期佳会，情深谊长。翩翩青衫，飘飘绿裙，盈盈笑语伴红妆。　　叹岁月悠悠都逝去，风雨几度，青丝白发，向谁诉平生衷肠。君不见，花下同游人，如今各一方。

雨霖铃·悼李格非老师

天低云暗，潇潇风雨，连日无断。惊悉噩耗传至，恩师远去，泪珠如霰。四十七年教诲，尽历历重现。怎可忘，苦口婆心，胜似亲人总嘉勉。　　师情自古多留恋，更哪堪，苦乐心相伴。青灯黄卷批审，全不顾，老垂衰变。望重德高，原为中华古典璀璨。岂料到，黄鹤无踪，我向长空奠。

《校友通讯》（2004年）

沈祥源，武汉大学退休教授，珞珈诗社副社长，《珞珈诗苑》副主编。

汪守先

武昌求学

二十年前作俊游，曾从汉上发轻舟。
豪情誓击千江水，壮气欲吞万里流。
问道行途参圣哲，探珠学海度春秋。
山巅逐日观琼宇，海畔追云望斗牛。
四载风华若梦里，校园湖色两悠悠。

学府追忆

珞珈山头木叶红，当年聚首乐雍容。
同游学海寻春梦，共踏邱山逐远鸿。
小路林荫湖畔月，轻歌曼舞校园风。
几经沥胆攀三界，一啸凌云傲九重。
曾记奥堂花烂漫，弄潮处处是豪雄。

武大樱园

武昌最忆是樱园，四月花开万树妍。
曲路凝成千叠韵，杜鹃啼碎几箩烟？
春歌袅袅随云动，情侣嘤嘤作鸟旋。
但有鸿儒传雅调，更看才俊起骚坛。
当时求学流连地，梦里追风唱晚岚。

东湖雨霁

一天新霁洗清愁，泽畔行吟共水悠。
山色正同飞鸟戏，水光更与锦鳞游。
缥缥晓雾浮琼阁，漠漠彤云挂彩舟。
但作烟波垂钓客，长留湖上把诗钩。

闻大学同学国庆校园聚会二首

一、南乡子

暮雨打深秋，四野堆云叶落愁。回首故园多少梦？悠悠，
几载东湖情意绸。　　醉起忽惊鸥，汉上何时一弄舟？遥望长
天归雁去，无由，逝水悲花作泪流。

二、诉衷情

四千里外听嘤鸣，远客也多情。频频黉舍通话，一片玉壶
冰。　　寻感觉，聚温馨，举离觥。挽东湖水，揽峡江奇，月
下舟轻。

　　汪守先，1987年武汉水利电力大学本科毕业。系中国诗歌学会、中
华诗词学会会员，贵州省作家协会、书法家协会会员，遵义市文艺理论

家协会理事，遵义县诗书画院副院长、诗词楹联协会副主席。

汪向明

忆王志德黄鸣岗陈如丰三烈士
——为纪念"六·一"惨案 40 周年作

一

君家太湖畔，君生大江东，
伊君自宝岛，陈子名如丰。
昔本不相识，冥间成弟兄，
辞世四十载，忌日忆英灵。

二

风华逢乱世，暴君正残民，
诸生激义愤，众望举旌人。
江风起狂澜，学运撼三镇，
何期飞横祸，血染阶前门。

三

珞珈本宜人，湖山早迎春，
血花溅素心，哀歌动地魂。
君等三兄弟，万千凭吊人，
从此风雷激，前仆后继承。

四

长夜有时旦，江城见光明，
碧血沃大地，茅草正菁菁。
山高流风美，楚地多才人，

辛勿忘过去，捐躯岂三君？

五

三君若有生，今已携长孙，
指点伤心处，愧为同辈人。
民心系国运，代代有牺牲，
吾愿后来者，毋忘英烈名！

喜迎 110 周年校庆

百年校庆十岁添，银发赤心桃李缘。
嘉州风雨三千里，珞珈春秋七十年。
四月赏樱流连久，"六一"喋血忆阶前。
创新育才红专路，服务人民德为先。
文理医工经法管，跬步攀登意志坚。
现代科技享盛誉，荆楚文化世领先。
代有才人海内外，更喜争光南极圈。
求真务实流风美，师生合力换新颜。
银发赤心桃李缘，羊年母校又庆典。
"武昌中山"改"武大"，同龄共庆珞珈园。

悼念李格非教授

汉学教授忆当年，格非黑发风度翩。
列宁山上曾把晤，李君铿锵汉语传①。

君嗜京剧早闻名，嘉州票友业余人。
地下党员曾掩护，慎予先生号罗明②。

诗社未及多晤君，老来更知"左"害深。

新教协人存硕果③，区区后进望八旬。

六十余载珞珈春，"八中"李君南国魂④。
草得数语送学长，樱花节后别故人。

①李格非先生在 1957 年至 1961 年被莫斯科大学聘为汉学教授。
②抗战期间，李格非先生在乐山武大时，曾掩护过地下党负责人罗明。
③中华人民共和国成立前，李格非先生曾参加地下党的外围组织"新教协"，后本人入党。
④中文系"五老八中"，李格非先生是"八中"中最后离世一人。

汪向明，武汉大学生物系教授。

汪志民

卜算子·武大校庆 120 周年

秀丽珞珈山，四海英贤集。育李培桃正是时，快马挥鞭急。　四校喜联珠，求实寻真谛，弘毅自强勇拓新，共展鲲鹏翼。

校　庆

校庆百廿年，培才过万千。
春风桃李艳，化雨蕙兰妍。
累索科研果，洋洋哲理篇。
樱花千万树，岁岁有新颜。

题墨竹图

虬根劲节叶青青，雾锁云封峡谷中。

破土千层终脱颖，到凌云处更虚心。

题白菊图

几度风霜健此身，清盈淡雅质忠贞。
枝头死去香无改，岂肯花飞陷淖中。

汪志民，原武汉测绘科技大学（今武汉大学信息学部）纪委副书记，已退休。

汪晶晶

临江仙·忆珞珈

值此母校武汉大学110周年校庆之际，闻原武汉大学图书馆学系七七级至八一级五届同窗将于近期返校聚会，余客居欧洲，感慨万千，欣然命笔，调寄《临江仙》。

点点珞珈山上雨，曾染学子衣襟。南楼一去无音信。斋舍窗前月，犹是梦中景！　二十一载从容过，盛世躬逢堪惊！难得五届同堂庆。别后多少事，把盏到天明！

《校友通讯》（2003年）

汪福汉

颂武汉大学

我喜题诗庆校园，百年武大乐空前。
雄才荆楚荣今古，怎不飞歌唱晓天。

珞珈诗词赞

诗集冠名号珞珈，枝繁叶茂绽奇葩。
遍呈盛世豪情激，句句新词咏万家。

汪福汉，蕲春县株林镇华河卫生站医生。湖北省书画研究会会员。

张　申

感　怀

一

四十年前一学生，读书避地乐山城。
依依长意三江水，慰我殷殷忧国情。
一花一木自相亲，觅觅寻寻嘉定城。
相逢父老喜通问，八载生生惠我情。
巍峨巨佛世无双，寂寞千年镇险江。
如今闭锁大开放，前国衣冠仰宝幢。

二

珞珈山上好风光，短暂岁月永难忘。
民族危亡举国愤，悲壮高歌上前方。
雁门敌后烽火旺，豫东坚持战鼓强。
民族解放大胜利，蒋朝残余一扫光。
革命建设多忙碌，学业未完憾愧长。
四十六年游子心，母校锦程寿无疆。

《珞珈》第 97 期，1988 年 10 月 1 日

张申，现任河南郑州武汉大学校友会会长。

张 彪

贺母校武汉大学 120 周年校庆

华诞欣逢双甲子，梦回多少珞珈人。
精深学养濡筋骨，博大胸怀赋后生。
报国曾经酬壮志，齐家几度洒柔情。
绵绵思念三千缕，萦绕尊师向寿星。

咏刘道玉校长

刘校长在我班开学典礼上的讲话 30 周年，恍如昨日。

矍铄精神智者身，谦和儒雅服膺人。
一篇讲话融年月，今日犹温学子心。

咏樊民教授

目光深邃察风云，娓娓谈来重若轻。
世贸平台如战场，焉无管理论刀兵。

咏甘碧群教授

讲台三尺竞风流，学海调音巧弄舟。
市场纵然成乱象，教鞭指处有奇谋。

张彪，1984 年毕业于武汉大学经济管理系干部专修班，有诗词发表并获奖。

张之洞

黄鹤楼太白堂

江上危矶九丈楼，雄奇只称谪仙游。
看花送客逢三月，放笔题诗临九州。
青嶂犹横汉阳渡，浮云难扫日边愁。
多君词客饶英气，目笑苍蝇狎白鸥。

腊月廿三日作，明日立春
效放翁体

为客经时节旧忘，渐看廛市导寻常。
猫头冬笋尖尖绿，磐口缃梅处处香。
饯别饧馓司命醉，迎春萧鼓县官忙。
栏猪釜粥谁料理，一夜愁心满故乡。

半山亭记

鹭立清波对夕阳，三亭倒影侵池塘。
奇云莽莽凉风起，吹送荷花十里香。

游 东 湖

凤翔唐右铺，水土颇丰润。
歧乱宋亦远，寺阁聚灰烬。
城隅一湖存，隈隩浅数寸。
近日佳太守，亭榭缅高韵。①
竹树偃积雪，琼枝伤寒困。
持纶不得下，坐被层冰闷。

仆驭促早发，寒具聊强进。
八观纵奇伟，在亡不及讯。
白鹄冻不来，朝鸦欢成阵。

①湖上亭馆，为太守李慎勤伯修葺。

住喜雨亭

来时雨洗竹，归时学压松。①
来无宾客伴，归有妻孥从。
岂作三宿恋，乐追前游踪。
荒池幸未涸，染树且蒙茸。
签判本赘疣，仙人得从容。
庭阴读诗碣，忆弟城南峰。
秋雁独耐冷，不觉菊酒浓。②
我有同游弟，陶然尽一盅。③

①余以癸酉秋充四川考官，过凤翔宿此，时值霖雨。丙子冬由蜀还京。

②东坡诗刻：花开酒美何不醉，爱上南山冷翠微。忆弟泪如云不散，望乡心与雁南飞。云云。石在亭下。

③六弟闰涛从行。

张天望

武汉大学百廿校庆

环宇劲吹超越风，珞珈才彦五洲雄。
巍峨书馆明师脑，绚丽神州学子胸。
科殿竞呈新创果，讲堂齐放智催英。

百廿趁时深蓄势，一流拓建正翔鹏。

满江红·珞珈山

势倚长江，青峰耸、风光明灿。书馆立、气压群岭，黉宫呈现。百代积成神智库，千秋造就文渊殿。珞珈山、巍矗又舒宽，犹书卷。　　峰凝智，明师眼；峦聚慧，英才面。向一流挺进，时时鏖战。赤帜长新宏擘举，樱梅永丽高才献。宇船瞰、中部睿仁源，华光绚！

乐世·诗泳人生

梅溪清碧，有苍松依峭，青竹临岸。溪水声喧欢犟恿，戏耍花绸云缎。畅泳开端，劲冲勇继，直把长江探。一天七渡，坚心强体身献。　　恰似波里蛟龙，云端海燕，化作诗词绚。育俊编书超半纪，咏赞人间美善。天铸红心，地凝绿意，生命繁花艳。真诗长泳，梅溪珠撒华甸。

水龙吟·卅渡自庆八十寿

我曾参加1956年首届渡江节，至今已56年。曾于2004年72岁时1日连续7渡长江，自号蒿江龙。2012年8月长江汉水汛期，第40次渡江以庆寿。自武昌黄花矶游至汉口滨江苑。游程8400米，用时1小时45分。登岸时精神抖擞，挥拳示胜，遐想连翩，岂不快哉！

长江万里云中泻，冲破龟蛇叠嶂。恰逢秋汛，汇同汉水，波汹涛荡。鹦厦神惊，鹤楼意骇，两江正涨。大堤犹铁壁，稳夹双水，促流速，添凶浪。　　面对洪波激赏。奋腾冲、猛插谁挡？俯身弄玉，侧身抚璧，跃身直闯。纵系飞鱼，也难如我，这般欢畅。誓成龙远鹜，迎来星汉，增靓人间！

张天望，1932年生，湖南永州人。1958年武汉大学中文系研究生毕业，教授。现为武大珞珈诗社社长、《珞珈诗苑》主编，中华诗词学会会员、湖北诗词学会、武汉诗联学会常务理事。创作《赣江龙诗词曲联》等，主编《中华诗词普及教程》、《珞珈诗词集》等。

张元欣

满江红·珞珈学府（二首）

名木古树

皂荚珙桐，南酸枣、国槐柞木；三角枫，秤锤乌桕，盛名种属①。欲晓诸星容貌几？且询户藉地标录。星点点、引领俏山前，樟松绿。　　一级护，白鸽酷；秤锤果，开心物。冠荫陪学子，听声声读。百寿众星枝叶茂，三朝学府风光独。乘闲暇、休忘步珞珈，林中沐。

历史文化建筑

学府恢弘，落驾处、殿堂建筑。依地势、崇楼城隅、檐飞瓦绿。文法理工农院峙，馆庐厅墅牌坊入②。布轴线、更合璧中西，融山谷。　　四光定，凯氏术。寻价值，堪文物。有人才辈出，百年风骨。标志老图典籍奉，老斋学子朝阳宿。今有幸、欲学养登临，潜心读。

①武汉大学文理学部校区内于1994年和2004年，由武汉市园林局颁布的古树主要有柞树、南酸枣、国槐、苦楝、三角枫、皂荚、乌桕等，树龄均在120—150年。另有秤锤树（二棵，为国家二级保护植物，果实似秤锤）、珙桐（为中国特产、国家一级保护植物，其两片乳白色

大花苞酷似白鸽）等名木。

②武汉大学早期建筑群建成于 20 世纪 30 年代，包括文、法、理、工、农学院及学生宿舍（老斋舍）、学生饭厅、图书馆（老图书馆）、体育馆、俱乐部、华中水工试验室、半山庐（单身教工宿舍）、教授别墅（十八栋）、街道口牌坊等十五处建筑，2001 年被公布为国家重点文物保护单位。该建筑群的地址及轴线于 1928 年由地质学家李四光等勘定，建筑物由聘请的美国麻省理工学院凯尔斯建筑工程师负责设计。

张元欣，武汉大学工学部教授，已退休。

张少平

百廿校庆放歌

漫山红叶起霞烟，秋染珞珈风韵添。
把盏畅怀忆往事，扬歌起舞奏新篇。
筑巢引凤群贤聚，谱曲高吟庆梦圆。
世纪求索宏愿展，学宫百廿丽空前。

琴台妙韵

月湖桥畔起阳春，舞榭歌台天籁音。
梁祝一阕梦仙境，江城三镇尽消魂。
如泣如诉环梁绕，亦醉亦痴和泪吟。
我欲悄声唤伯牙，当年何苦痛摔琴。

端　午

栀子花开五月馨，五彩新丝小粽亲。
众桨翻飞金鼓擂，追寻屈子忠烈魂。

菩萨蛮·学诗乐

黄昏细雨燕双戏，一城飞絮杨枝碧。春致百花馨，诗香花君嗅。　　徜徉诗海里，吟唱填词曲。莫道近残晖，媪翁怡放歌。

张少平，1977年毕业于武汉大学物理系。珞珈诗社副秘书长。

张少林

浪淘沙·樱花雨

看浪漫樱花，岁岁云霞。姿柔胜水撒绫纱。恰遇飘飘如雨下，仰日无暇。　　凋落锦升华，众叹犹夸。芳菲壮展引邻家。更有菊秋荷伴夏，雪傲梅芽。

雨中看樱花感日本大地震

雨滴樱花似泪流，千年一怒裂邻瓯。
生灵易劫同根本，怎叫天愁接地愁。

鹧鸪天·携友游涨渡湖湿地有寄

鸟语繁枝欲美鱼，清波仅识栈桥姑。临风偶遇斜阳探，扑面原来玉镜趋。　　移情影，入长车，画成叠韵酒还沽。青衫暂让红装好，有约江城织锦书。

张少林，湖北省诗词学会副秘书长。

张文潮

老同学聚会珞珈

一

武大同窗心相印，而今忽及古稀龄。
良师益友喜聚会，水电增容祖国兴。

二

青年立志治江河，驰骋南北立功勋。
毕生精力献给党，幸福晚年乐康宁。

《校友通讯》（2002年）

张玉权

满江红·望珞珈

江汉奔来，惊南鄂，琼宫夺目。朝旭媚，紫烟缭绕，殿叠花树。醉柳书声春水润，梦云樱顶红霞镀。名学府，铸就珞珈魂，神州肃。　　万千士，学养富；百廿载，功勋著。看生优师贤，俊杰无数。最是沸腾聆教日，尤仪锦绣高瞻路。热血涌，壮志起宏图，青春赋。

张玉权，湖北省老年人大学鹰台诗社副社长。

张庆宽

恩　同　学

君住大江南，我住大江北。
头顶一个天，共饮天降水。

降水润万物，我受师恩诲。
求知五年余，知识长积累。

同学朝夕处，诚实无虚伪。
有难大家帮，亲如兄和妹。

学成别母校，一干几十载。
能为民干事，换得心快慰。

今居家赋闲，夜深难入寐。
更思老同学，企盼来相会。

最后敬祝你，健脑心腑肺。
万事皆如意，长命逾百岁！

《校友通讯》（2006 年）

鹧鸪天·恩师赐宝

　　樱桂枫梅园中园，珞珈花香树茂繁。云腾致雨向下落，雨润万物是丰年。　　河水淡，海水咸。污泥不染是荷莲。恩师珞珈赐宝信，学生遍地立人间。

思佳客·永盼此刻

入学离校非同天，求知均于珞珈山。受业一师诵同经，别后上岗重任担。　时不居，去不还，奋战数载易容颜。已近七秩约相聚，耐等此刻一百年。

觅 趣 相 聚

杨高叶绿柳丝长，同学觅趣聚一堂。
东道主人盛情迎，同窗挚友诉衷肠。
难得良机欢相聚，心情舒畅体健康。
花甲已过近七秩，有暇愉悦度时光。

鹧鸪天·祝学友长寿

君住武汉我居唐，久思长想欲断肠。遥祝学友事如意，祛烦常笑益健康。　久未晤，话心藏，默默祈祷寿无疆。阖家欢乐多福运，民富国强任肩扛。

《校友通讯》（2007 年）

张守谦

算盘的风格
——献给李崇淮、谭崇台老师

你上下求索，左右奔忙；/下至家庭收支，上至国家预算；/都要你管。

给一分一厘，你不嫌弃；/对成千上万，方寸不乱。/差之毫厘，要算个水落石出；/漫无头绪，要理得顺顺当当。

宏伟的统计，/精细的核算，/一个个数据的演示，/都在你一方小小的天地，/有机地运转。

你扎根祖国的穷乡僻壤，/不怕有人笑你土；/你走遍世界的东方、西方，/从不趾高气扬。

你俯首听命孩子们拨弄，/教他们学习算术；/你敢于面对现代化的计算机，/比他个谁弱谁强。

不曾有人给你鲜花，/不曾有人授你勋章。/人们夸奖你朴质无华、办事认真的风格；/人们学习你默默奉献、不计名利的榜样，/人们对你的回报：/手的爱抚，/心的陪伴。

《校友通讯》（2001 年）

张安珍

咏母校武汉大学

古木参天耸碧空，楼台亭榭翠微中。
藏龙卧虎神奇地，育得英才盖世雄。

老图书馆顶观夜景

紫绿红黄一望中，明星彩带水晶宫。
机鸣车吼人欢笑，千万黎民尽向东。

瞻 "六一" 纪念亭

铁骨男儿志气昂，羊毫当剑斩豺狼。
横眉怒对疯魔弹，血沃珞珈红帜扬。

李达校长石像前留影感怀

南湖船上火星燃，"两著"精言震世寰①。

敢诉"顶峰"林谬论，粉身碎骨亦安然。

①"两著"指李校长名著：《〈矛盾论〉解说》、《〈实践论〉解说》。

张安珍，湖南省张家界市人。1961年毕业于武汉大学。现任湘潭大学教授。湘潭大学老年大学校长、中华当代文学学会会员。已出版诗集、著作多部，获奖多项。

张丽妧

为57级同学40年相聚而作（古词风）

珞珈十月，丹桂飘香，松柏葱茏，一湖水含秋。花径树下，人影瞳瞳，欢声笑语，寻迹觅踪。八方学子，重作当年同学游。叙离别，叹年华易逝，青春难重。　　遥想四十年前，那少年情怀多丰厚。抱满腔热血，一幅宏图。傲视难苦，胸怀宇宙。读书花前，谈心小路。清苦不挫功业求。曾记否，那《月圆曲》①声，晚霞中奏？

①《月圆曲》是当年武汉大学广播电台的终了曲，每日黄昏时由树梢中传来，十分优美动听，令人怀念不已。

《校友通讯》（1998年）

张孝纯

祝 寿 歌

两轮甲子记辉煌，春染湖山正迓阳。
炉火珞珈勤铸翅，英才寰宇共芬芳。
文明传续弦歌地，邦域振兴时运长。
五载深惭樱树下，白头叩首祝无疆。

母校珞珈游

暮秋菊放染风香，湖水涵山流韵长。
蔼蔼迷蒙罩澄碧，层层翠黛杂苍黄。
浓荫小径方黍褐，丽自融光且瘦装。
殿宇林向寻旧梦，软枝柔意暗牵裳。

清平乐·新居望珞珈山

雪头老叟，起伏情依旧。山色湖光频指手，神往珞珈堆绣。　　新居喜倚高楼，翠峦碧瓦遥收。结缘魂牵梦绕，龟蛇难锁江流。

汉宫春·珞珈赋

淡抹浓妆，看杂红凝绿，翠黛峥嵘。学宫殿宇，霭烟朦胧蒸腾。樱滴韵，更荷香、桂馥梅馨。何况有、山环水绕，人间胜却蓬瀛。　　百载弦歌相守，便鹏翔凤鼍，寰宇飞声。名流硕儒熠耀，耕种文明。莘莘壮怀学子，牛角囊萤。青于蓝出，振中华，攀越征程。应待看、人文科技，珞珈辉映繁星。

张孝纯，1938 年生，1964 年武汉大学中文系毕业，后在湖北大学任教授，现已退休。

张孝烈

三返珞珈校园

一

青年笈负珞珈山，皓首重回母校园。
沧海桑田人事变，万千思绪忆当年。

二

一返珞珈访马列[①]，时值内乱闹"文革"。
良师何事罹厄运，停办法学何政策[②]？

三

二返珞珈贺校庆[③]，嘉宾校友喜迎门。
久别重晤老师长，话旧谈心情谊深。

四

三返珞珈数载后，讨研环境法学程。
环游故地觅踪影，山水如初武大新。

[①]在"文革"中的 1974 年寒假，我率重庆电校政治教师外出调研，回珞珈山访问武汉大学马列主义教研室，索赠教学资料。
[②]在 1957 年"反右"后，武汉大学法律系被停办。
[③]1983 年 11 月应邀回珞珈山参加母校 90 周年校庆和环境法学学术研讨会。

《校友通讯》（2010 年）

张芙琴

发《诗集》
赞石油战线上的武大精英

天之骄子攻石化，德技双馨出武大。
卅年砺炼已白发，想念学校樱绽花。
炼油装置勇实战，科学炼油业绩佳。
殷勤数载重担压，睿知攻关圆卷答。

张克勤

更上层楼

期年二甲一老校，风风雨雨受煎熬。
丽日甘露滋润浇，参天大树硕果俏。
期年二甲校寿高，风雨沧桑历多朝。
参天大树硕果累，更上层楼名校超。

珞 珈 山

武汉大学建珞珈，优美环境九州夸。
名人创建名贤办，莫忘铺路众专家。

观武大樱花

大道樱花似彩霞，彩霞年年映珞珈。
仰首上观花护宇，更比蓬莱仙境佳。

张克勤，武汉大学后勤部老干部，已退休。

264

张迪祥

水 调 歌 头

经济学院 1984 级同学聚会

矫似腾云鸟，迅吞化龙鱼，今年四海来聚，又见楚天舒。满座纶巾羽扇，曾是少年同学，英气至今余。剪烛清风夜，月转斗牛乎？　　家之齐，国之治，宇之图[①]，交融世界经济，接轨五洲途。诸子真儒本色，壮岁旌旗盈万，博弈动关湖[②]。千古风流去，人物珞珈殊！

①宇之图：指对国际形势的分析及应对策略与谋划。
②关湖：指山、河、湖、海。关：关塞、山地；湖：湖泊，此处泛指水域。

《校友通讯》（2004 年）

张诗荣

武大梦就在前方

庆祝武汉大学建校 120 周年

合校十周年庆典的喜悦，/仍在师生员工的脸上绽放。/建校 120 周年的大喜日子，/又将每一位武大人心中的激情点燃。

回眸 120 年的历史长卷，/印证办学之路的艰辛与辉煌。/无数热血青年汇聚灵秀珞珈，/学习知识，立志成才，追逐梦想。

自强、弘毅、求是、拓新，/武大精神一代又一代接续传扬。/千万精英栋梁走出百年学府，/努力践行、振兴中华、放飞梦想。

放眼未来征途宽广鲜亮，／"顶天立地"战略宏图大展，／建设中国特色、世界一流名校，／武大梦就在拼搏奋进的前方。

张诗荣，湖北荆门人，曾任原武汉大学党委组织部副部长，武汉大学离退休工作处处长。现任武汉大学老年协会常务副会长、武汉大学老年大学常务副校长。

张振山

思 珞 珈

每逢佳节思珞珈，珞珈山上绽樱花。
百年学府东湖水，桃李芬芳香天下。

白 头 吟

一

心向北斗夜苍茫，半壁江山痛沦丧。
天涯浪迹八千里，爱国有罪系铁窗。
大渡水急东湖浪，珞珈山头号角响。
独夫刀下烈士血，学子愤起求解放。

二

投身革命志如铁，征程万里未稍歇。
绕过暗礁破坚冰，指引航向唯马列。
万物有规不可越，身体力行勿相悖。
人民忧乐我忧乐，白发赤心志犹烈。

《校友通讯》（2006年）

张沪生

珞珈山的春天

樱花满树雪，处处泛苞芽。
新绿穿松上，青波托彩霞。

张沪生，武汉大学物理学院教授，已退休。

张国平

校 庆 抒 怀

国泰青年健，民丰科技先。
创新光璀璨，学术湛精尖。
鸣辩波学馆，才思涌珞坛①。
沉积深百廿，庆典布新篇。

①珞坛，武汉大学"珞珈讲坛"。

有感武汉地铁

千年荆楚无前例，霹雳白龙地下奔。
南北东西一瞬过，笑杀遁祖土行孙①。

①土行孙，《封神演义》中有土遁术神仙。

赞珞珈环山路

珈山环路曲幽径，两侧丛林富氧宫。

花草芬芳空气净，阳光筛洒鸟歌鸣。

大儒山路留足印，巨擘文章成步行。

风叶沙沙先辈训，书声朗朗后学承。

如梦令·春到珞珈

感珞珈春风劲，看校园繁花景。花簇笑春风，学子梦中仙境。仙境，仙境，环宇大学登顶。

张国平，武汉大学化学学院 64 届校友，老年大学诗词研修班学员。

张金发

欢 度 校 庆

校庆一百二十年，全校喜庆心里欢。

武大为国育英才，历史悠久美名传。

莫忘曾经有忧患，个别领导成贪官，

反腐倡廉抓更紧，乌云过后是蓝天。

新任领导口碑好，上下一心干劲添。

攻坚克难力量大，扬鞭催马勇争先。

"七一" 抒怀

六十春秋一瞬间，几经风雨越关山。

童年握缨村头站，青少戎马走北南。

壮岁汗洒桃李园，鬓斑离休胸坦然。

跟党一生两袖清，夕阳余晖色更丹。

《武汉大学报》1995 年 6 月 25 日

张金发，武汉大学离休干部。

张金煌

珞珈春色逐人来
——为母校 120 周年校庆作

一

世事悠悠百廿春，湖山依旧不胜情。
难忘一夜风云起，竟是十年龙虎争。
黯黯劫尘成史迹，莘莘学子启新程。
老夫樱下曾为客，喜听山中雏凤声。

二

万里东风拂九垓，珞珈春色逐人来。
湖光山色何明秀，兰紫樱红正盛开。
国步蒸蒸入佳境，子衿跃跃舞春台。
须知十亿兴邦梦，应仗黉宫出睿才。

张金煌，武汉大学中文系毕业生，湖北大学退休教师，曾主编《中华掌故类编》。

张宗发

赞 武 大

江城缔秀珞珈山，磨砺百年广育贤。
绿水青山多挚友，碧塔乾坤亿婵娟。
赤心相聚天花坠，宏愿征途重谊篇。
战马骎骎驰圣道，鲲鹏展翅悦人寰。

站在老图书馆窗内

窗阔飞檐览碧空，熏风陶醉九重龙。
才听树下开怀笑，又眺满山万翠琼。
古朴典雅叠凝重，宕跌新彩汇神功。
巨星照耀东湖伴，唯后痴今相识中。

赏 樱 花

三月樱花一树树，腰缠万贯斗香清。
蜂蝶痴转不知饱，龙凤端庄翠影行。
灵秀蕴藏千古恨，光明照耀举精英。
包容簇就和平日，共赏樱花为后生。

张宗发，本科学历，小学高级教师。山东省莱芜市作家协会会员，莱芜市诗词学会会员。由中国文联出版社出版了个人诗词专集《古槐》。

张居华

我心目中最美丽的大学，走进"世外桃源"

我走进"世外桃源"，/已经有五十五年。/半个多世纪与珞珈山水朝夕相伴，/我的文学事业就在这里以偿如愿。

珞珈山美丽而亲切的容颜，/常常萦绕在我的梦魂之间。/古建筑群犹如仙女下凡，/碧波荡漾的湖水就是她们的裙衫。

我曾在飞机上惊艳鸟瞰，/发现东湖环抱的珞珈山，/那古建筑群既像天宫又似龙宫，/远看去就如同海市蜃楼一般。

　　武大校园中心的星月潭，／一条条林荫道由这里向四面伸延。／她是珞珈山景区的心脏，／连接飞檐群起天马行空的体育馆。

　　珞珈山半腰的环山路，／穿越十八栋知名教授别墅。／这里是武大一区号称"小庐山"，／冬暖夏凉，鸟语花香，山清水秀。

　　难忘一九五八年九月十二日傍晚，／毛泽东视察武汉大学全国罕见。／他称赞行政大楼比他的办公室漂亮，／在大操场师生受到他亲切接见。

　　蜚声中外的武大优美的自然景观，／优化了最高学府的育人环境。／自强、弘毅、开拓和创新的武大灵气，／就是在这古朴、幽雅和宁静中萌生。

　　气势恢弘的武大古建筑群，／与布局精巧的园林结合成景。／他们历史悠久的宝贵生命，／如诗似画，又像凝固的音乐映入心灵。

　　不知道有多少次在笑梦中惊醒，／潇洒漫游在珞珈山的万花丛中，／她们是雪梅、早樱和丹桂……／我庆幸在花园大学里度过一生。

　　全国最大最美的近代高校古建筑群，／以珍贵的历史、科学和艺术价值，／被国务院公布为全国重点文物，／旨在保护民族文化、中西合璧的珍奇。

我几乎走遍全国的重点院校，/也走出国门到过欧、美、澳，/对其校园景观多次激动过、赞美过，/然而更感到在武大学习和工作的自豪！

我走进"世外桃源"的美丽学府，/"世外桃源"融进我记忆的心目。/这是我一生中无比的欣慰和骄傲，/永世不忘祖国给予我的莫大幸福！

张居华，武汉大学文学院退休教授。

张思齐

长相思·忆胡国瑞先生

武大治词，蔚成传统，由来尚矣。刘公永济，授课之余，撰著《词论》。[①]胡公国瑞，继踵前贤，"论宋三家"。[②]近闻胡公，溘然长逝，心中怅然。思齐继业，英语讲授，比较诗学，已满三轮。校方嘉奖，肯定业绩，月贴三百。欣填"长相思"一章，抒写继志怀抱。

汉水流，江水流，流至江城聚白鸥，珞珈山色幽。划龙舟，赛飞舟，竞发千帆学海游，二公笑转眸。

①刘永济"词论"原系讲义，1981年上海古籍出版社正式出版。
②胡国瑞，"论宋三家词"系1936年本科毕业论文，刘永济指导，合刊于胡国瑞《湘珍室诗词稿》，武汉大学出版社1992年出版。

《珞珈》第141期，1999年10月1日

张泉林

欢庆武汉大学建校 120 周年

黉舍欢歌百廿春，峥嵘岁月逐时新。

明公几辈展方略，后学万千传火薪。

红日照临何灿灿，新科发掘更殷殷。

"八言"嘉海超金玉①，跨越雄关力万钧。

① "八言"嘉海，指武汉大学校训"自强、弘毅、求是、拓新"。

迎香港回归

香江激浪拥朝晖，招展红旗映翠微。

洗刷殖民奇耻辱，弘扬华夏故声威。

繁荣气势今犹昨，踊跃情怀信不违。

两制并存依法治，蒸蒸日上播芳菲。

呼台湾归来

百年身世问如何，游子飘零苦涩多。

屈辱久经沦异国，沧桑再历负阿婆。

春晖恩重思儿女，大义情深化劫波。

呼唤归来声切切，乘风戴月莫蹉跎！

《武汉大学报》，1997 年 5 月 30 日

张泉林，1923 年 5 月出生，武汉大学法学院教授，已退休。

张炳煊

红霞花絮漫高天
——校庆吟

甲子轮回又是年，煌煌学府林中坚。
珞珈山宇灵兼圣，红霞花絮漫高天。

庆中文系六四级同学金秋珞珈欢聚

三十七年过眼烟，云浮黄鹤庆团圆。
珞珈寒窗知有日，樱花五度忆华年。
东湖应无春秋叹，一身征尘过大川。
多谢青山生日月，夜到鸡鸣又扬鞭。

《校友通讯》（2000 年）

张炳煊，武汉大学中文系毕业，曾任《武汉大学学报》编审，已退休。

张家安

捣练子·庆母校建立 120 周年

珞珈求学

枫渐赤，桂初华，负笈迢迢到珞珈。梅骨樱姿频入梦，黉楼如画不须嗟。

毕业回皖

逢酷暑，赴乡帮，矢志男儿报梓桑。细羽经风成健翅，光阴忽忽鬓微霜。

回校漫步

山滴翠，水无涯，古老黉楼气自华。樱舍遥看还旧貌，梅枝近赏欲新芽。

师友相聚

2013 年元旦回母校，彭宇文老师已任校友总会副会长兼秘书长，王毅雄同学已任湖北省江西商会副会长，20 年后相聚，相言甚欢，颇多感慨。

情切切，意殷殷，师友重逢泪不禁。
料峭春寒窗外冷，相呼樽酒却温馨。

张家安，武汉大学管理学院企业管理专业毕业，合肥燃气集团有限公司副总经理，中华诗词学会会员、中国楹联学会会员、安徽省楹联学会副秘书长、合肥市庐州诗词学会副会长。

张焕潮

春 雪 颂

猴年春天伴寒来，千树万树银花开。
改革大旗迎风展，千难万险脚下踩。
四个坚持立国本，改革开放富国门。
十亿人民一条心，敢叫金花开满盆。

《武汉大学报》，1996 年 9 月 10 日

夹金山遭难记

终年积雪夹金山，岭巍峰奇令人惊。

提起当年翻越事，至今思潮总难平。
我过山时掉雪坑，九死一生亲身经。
急中生智挽回命，才把任务来完成。

当今后辈常问此，让我从头说分明。
那是一九三六春，我十八岁电话兵。
带兵将军王树声，部队番号三一军。
我的职责是联络，一有任务就速行。

前头部队已走远，后面部队在待命。
一天黄昏接任务，我组三人夜行军。
其他两位前面走，我背电话机紧跟。
无月无光爬陡坡，前面呼喊后面应。

山路东拐又西弯，突然断了叫我声。
停下等我会冻坏，他们只得往前行。
参军以来常遇险，此刻我心并不惊。
山高坡陡继续上，任务在肩脚不停。

夜色茫茫天地暗，万物皆僵心有灯。
党的光辉照我心，为求解放全力拼。
进入雪境寒刺骨，心有明灯不怕冷。
终于拼得夜色退，越过山顶往下行。

上山容易下山难，何况路面冰如镜。
身背话机心需细，确保安全得慢行。
即使慢走也摔跤，连摔几跤全身疼。
身有伤痛又何妨，只求任务能完成。

险境逼人反复想，面对脚前办法生。
路边积雪还较厚，为抢速度踩边行。
这样一来速度快，不觉心中喜盈盈。
岂料一脚踩了空，滑进一个大雪坑。

雪坑将近一丈深，积雪埋我大半身。
求生本能让我喊，天不应来地不惊。
喊叫父母没有用，喊叫同志无回声。
此时此刻凭勇气，促我决心自求生。

我身所穿是单衣，双脚仅用破布捆。
入坑不到几秒钟，就感寒气往上升。
极寒之气来得凶，像要冻我成冰棍。
我便手脚一齐用，将雪压到脚底心。

压雪是为垫高脚，以便爬出这雪坑。
一尺虚雪压三寸，五尺积雪十几寸。
踩着雪墩往上攀，生的希望渐渐增。
谁知手刚到坑沿，突然一滑到底层。

再垫再爬许多次，越爬越滑未出坑。
想起领导常教导，愈是危难愈冷静。
心稍冷静志气增，雪坑四壁探个明。
继续扒雪脚下踩，扒出军锅和一人。

细看军帽是红军，一口军锅背在身。
双手扒在坑边沿，挣扎未出身成冰。
不知他的名和姓，见了不觉泪涟涟。
战友你我同命运，你已献身我崇敬。

我今生死在眼前，壮志未酬心难宁。
急中求生拼命挣，试试军锅稳不稳。
锅与人身加厚冰，紧紧凝结不可分。
军锅大帮我的忙，踩上军锅出雪坑。

身出绝境生有望，咬紧牙关往前奔。
回头再看那战友，感激之情油然生。
战友双手坑边扒，知他生前曾苦挣。
若无战友立身助，我在此坑亦献身。

双脚疼痛往前赶，天黑找到我军营。
同事远看难认我，走近一看大吃惊。
双脚冻得全是泡，整个脸面已铁青。
我即倒在同志怀，交上话机当场晕。

苦撑苦搏没白费，任务终于被完成。
领导战友关怀我，立即送我去就诊。
稍事治疗又上路，勇往直前闯新程。
今日重提遭难事，更振豪气新纪奔。

1936 年 2 月

（原载张焕潮《我的格言与诗词》）

张清明

我 的 颂 歌

当中华民族挣扎在血与火的战场/黄土大地绽露出人类渴
求的曙光/二十世纪苦难的时刻/钢锤与铁镰相交/晨曦中站起

了中国共产党/七十年征程/一路开天辟地的震撼/一路前仆后继的悲壮/一路透迤颠扑的崎岖/一路高亢激越的昂扬

我们亲爱的党/是不羁的黄河/是奔腾的长江/挟带九天雷霆/涵负民族希望/从涓流到大波浩荡/从微滴到宏阔汪洋/淘尽华夏风流/挈领万水千岗/汇融人间正气/荡涤千垒万障/缔造出一个崭新的中国/挺直了黄帝子孙的脊梁/托起了一轮上升的红日/洒向世界一片耀眼的光芒

我们亲爱的党/是不羁不息的黄河/是万古奔腾的长江/她涌进的轨迹/纵然间有曲折/也呈迴往/她向前的征途/尽管满布关隘/风急雨狂/可绵亘的历史还会作证/她深邃宏阔/雄浑坦荡/她无比坚强/无以阻挡/她仍将顺应天宇道义/弘扬中华气象/朝着未来/向着太阳/迈向无限的灿烂辉煌

张清明，武汉大学中文系教授，曾任武汉大学副校长。

张善才

同学·友谊
——为 2003 年金秋海口聚会而作

又是一年春草绿，/又是一度枫叶红，/在这金秋十月丹桂飘香的日子，/在天涯海角碧绿的大海岛上，/海风拂面、椰林信步/我们再一次相聚。

携带着陈年香醇的同学友谊，/携带着少年时期朦胧的情愫，/携带着青年时期胆怯不敢吐露的心声，/携带着岁月镌刻在脸上的故事，/洗去往昔仆仆风尘和忙碌的汗水，/忘却上下班时的那份责任，/不再絮谈过去的荆棘和痛苦，/不再自我欣赏曾经拥有的爱情和早晨。/心系母校、心系同学，/跨过黄河长江，飞越太平洋，／只为在一起回忆往昔、畅叙旧情。

母校／给我们心灵与智慧，／给我们人生征途扯起强劲的风帆。／在母校——同窗五载／是我们今天心中的歌；／同窗五载／令我们有无穷的回味；同窗五载／让我们永远不会忘却。

时光似箭，倏忽间半个世纪，／韶华易逝，真情难泯，／欢笑、拥抱、雀跃，／忍不住喜极而泣的热泪，／叙不尽数十年别情离绪。／同学的友谊／足以涤净我们心灵的积垢；／同学的友谊／我们的生活因她而更美丽；／同学的友谊／我们的心智因她而更崇高；／同学的友谊／从中可找到生命常青的真谛。／让我们把同学的友谊／带进今后健康、长寿、快乐的日子里。

《校友通讯》（2003 年）

同学友谊赞歌

数十年来，我们／用纯真培植友谊，／用交流延续友谊，／用热情灌溉友谊。／从多梦的少年、朝气的青年、／成熟的中年到稳健的老年，／都有同学真挚的友谊，／来品味、来陪伴、来欣赏。

同学不一定形影不离，／同学不一定常常联系，／但一定是放在心上的、／真诚而不虚伪的友谊。

我们的世界因同学友谊而绚烂，／我们的人生因同学友谊而快乐，／我们的世界因同学友谊而山花烂漫，／我们的人生因同学友谊而金碧辉煌。

珍惜友谊的人，／是真正用心在生活的人。／珍惜友谊的人，／是看重亲情格调高雅的人。／珍惜友谊的人，／是乐观善良不易衰老的人。/我们珍惜友谊，/我们是健康长寿的人。

《校友通讯》（2009 年）

张善才，系医学院 1955 级校友。

张澄信

游神农架香溪源

接笑拔地夏山青，香溪飞瀑似雷鸣。
晴空突变倾盆雨，幸避廊桥盼雨停。

梅 园 艳 荷

梅园夏日人迹空，满塘荷艳自争荣。
万蝉合奏藏高树，似颂莲花别样红。

小柿熟时百鸟忙

珞珈山树小柿红，高枝满挂舞寒风。
无人采收缘果小，百鸟争食乐无穷。

石 蒜 花

武大狮子山，植被尤繁盛。
秋初别无花，漫山龙爪红。
适逢开学时，正为迎新生。
数日拔地出，团团红彤彤。
恰如除夕夜，烟花绽天空。
待到叶破土，花谢去无踪。
此花无人颂，我自情独钟。

但愿人赏识，爱之如爱樱。

张澄信，工学部教授，已退休。

张燕冰

樱 花 赞
外文系

当春的脚步来临，/你终于揭开了粉红的面纱。/艳阳，/映着你清秀的面庞；/春色中，/你更显得俏丽、深情。/我惊叹，/你有荷花的纯洁、桃花的秀丽；/我诧异，/你有牡丹的华贵、菊花的高雅。/你没有醉人的芳香，/却能触动千万颗心。/啊！樱花，/你是爱与美的化身，/你是灵和志的结晶。

《武汉大学报》，1985 年 4 月 15 日

陆耀东

祖 国 颂 歌

把形容辞的丛林全部采伐，/也建筑不出/和祖国同样美丽的形象。/用世界上所有的绚丽色彩，/也难以画出祖国十年的光辉。/即使乘上火箭，/也达不到/祖国十年成就的峰顶！

三千六百个早晨/是我们最亲切的友人，/多少崭新的烟囱如同手臂，/向它表示欢迎。/三千六百个傍晚/多少座新炉倾注的钢水呵，/与晚霞争相辉映。

连月亮也欢喜地告诉星星：/"你看！中国人民给我/送来了千万面明镜。"/因为在水库里，/她可以清晰地照见/自

己的面影。

　　一九四九年，/到处是荒原、创伤……/而今，/只见金光闪闪的铁水和稻浪，/也许有人会问我：/"为什么1958年/发射着特别的光芒？"

　　那么，/请你去问问天上的太阳，/他也许比我更清楚。/因为在世界的东方，/他有了两万个新的兄弟：/两万个人民公社/——初升的太阳。

　　祖国十年/走过了别人几百年的里程，/但这并不是速度的峰顶；/伟大的党，/领导着勇往直前的英雄人民，/正以更大的跃进速度，/奔向人类理想的王国/——共产主义社会的大门！

《新武大》，1959年10月1日

　　陆耀东，武汉大学中文系教授，博士生导师。

陈　正

感　怀

　　四十七年前，磨剑东湖傍。
　　心怀大禹志，誓做缚龙郎。

　　四十七年后，白首聚师堂。
　　重温珞珈梦，漫语话沧桑。

《校友通讯》（2002年）

陈 源

母 亲

母亲的两只手/一只属于风箱/一只属于锄镰/母亲/日出而作/日落而息/在锅灶与田野之间/将生活调和得有滋有味

母亲不知道汨罗江的诗魂/也不知道有个断臂的女神/母亲却懂得/要养活台儿庄的儿女/就像种植庄稼仔细而平凡

那个冬天大雪/渐渐爬上母亲的头顶/并用消瘦下去的养分滋养我/不断生长的枝柯/这个冬天我格外思念母亲/想起母亲收获庄稼/一定同分娩一样沉重

一世的情缘/不能愧对父老乡亲/不能愧对母亲手搭凉棚的期盼

陈源，现代文学家，笔名西滢，1896年5月生，无锡人。1929年任国立武汉大学文学院教授、院长。

陈乃全

祝贺武汉大学建校 120 周年

科研育才两丰收，敬业修身又上楼。
桃李争妍春永在，江河逐浪水悠悠。

春 日

退休东湖畔，安居在珞珈。
春来艳阳暖，漫步赏樱花。

晚　霞

赋诗写字度夕阳，吟罢挥毫纸万张。
淡饭粗茶得自乐，居家养老寿年长。

陈乃全，武汉大学附中高级教师。

陈广西

春　归

春返珞珈，故地重游，同窗相聚，百感交集，赋诗一首，
以抒情怀。

三十五载弹指间，珞珈游子伴春回。
喜看故土天地变，感叹人生多滋味。
峥嵘已随岁月去，沧桑又偕正道归。
人间自有真情在，心花永伴樱花飞。

《校友通讯》（2001年）

陈卫高

贺武汉大学120周年校庆

珞珈藏玉漫生辉，鼓铸陶熔尽宝瑰。
桃李满天欢喜聚，良师益友话金杯。

拜师如投胎

拜师犹似再投胎，百炼千锤愚变乖。

285

万里飞腾光四海，精神一到栋梁材。

在武大进修

珞珈门里去加油，社会科经战略谋。
学贯中西深致远，高山仰止益师讴。

听老教授讲课

银发浪潮翻滚来，黉宫蓄水韵池开。
推贤选善两吟长，薪旺火传终不衰。

陈卫高，1933 年 12 月生。1951 年参加工作，曾任团湖北省委书记，省政府发展研究中心副主任，高级经济师。中华诗词学会会员，现任鹰台诗社顾问，湖北省诗词学会常务理事。

陈木生

贺新武汉大学

正值深秋红叶天，迎来母校大庆典。
校友学子齐欢腾，处处飘香花正妍。

车水马龙人欢笑，校园彩旗迎风飘。
内外嘉宾座上客，庆典热浪冲云霄。

四校一统新武大，争创一流展风华。
杨家湾区又奠基，科技园里绽奇葩。

《校友通讯》（2003 年）

陈天生

迎春曲（外一首）

咯吱、咯吱，/音多细，调多美；/叮当、叮当，/声多响，音多脆；/轰隆、轰隆，/又像闪电吐惊雷。/汇成一支迎春曲呵，/春天的翅膀，/正朝这边飞。

老书记带领扁担群，/小队长猛抢八磅锤，/铁姑娘爆破班，/短辫上牵春雷。/歌凭北风扬，/旗映雪生辉。/热汗飘洒处，/百丈冰崖滴春水。/张张笑脸迎雪花，/恰似报春的蓓蕾。

嗬，干得正热火，/又跃上人马一队队。/山沟大学放了假，/举旗高歌来参战，/哈！一霎时，/人流滚，/春潮沸，/叮叮当当响一片，/山颤浮云飞。/朵朵石花空中开，/羞红岭上万株梅。

贫农王大伯，/抹抹汗，掂掂锤。/笑开脸，喜弯眉：/"往年迎春放鞭炮，/今日咧，/山作鼓，石当锣，/工地迎春归。"/宣传员扬起纸喇叭，/音波逐着云雾打来回："/咱们的学员就是好，/假日支农劲百倍。/工地齐奏迎春曲，/一曲更比一曲美。/千歌万曲颂党恩，/《五七指示》放光辉！"

拉 砖 瓦

披晨光金霞，/踩遍地霜花。/虎步迈开绳儿紧，/拉起车车红砖瓦。

红日为工地添颜着色，/晨风为咱擦汗梳发。/我们把欢乐的歌声，/撒在碧空山洼。

工人师傅走上来，/为咱指路扶车把。/遇坎坷，车轮飞转过，/上高坡，齐心合力拉。

汗珠洒在霜地上，/一滴一朵八瓣花。/那长长的车辙啊，/通到金水桥下。

拉了一车又一车，/越拉劲越大。/笑声牵着车轮转，/绘出幅幅新图画。

《武大战报》，1974 年 12 月 31 日

陈文蔚

为多次造访母校武汉大学而作

一

膏火薪传皆俊彦，黉宫巍峨好湖山。
累累硕果逾三万，桃李春风七十年。

二

巍峨武大，学者之家。地临江汉，山锁龟蛇。
人蔚华夏，学萃珞珈。蜚声百载，桃李春华。

三

武汉雄三镇，龟蛇锁大江。
长桥卧波阔，高楼想鹤翔。
巍巍珞珈景，滟滟东湖光。
人文久荟萃，建设今辉煌。

四

东湖西岸珞珈山，湖光山色两鲜妍。
沿湖胜景六千亩，尽是武大新校园。
今值校龄百有十，煌煌名校展新颜。
百尺竿头更进步，武大声誉日中天。

五

嘉州四载咄书空，万里今来寻旧踪。
四十年来沧桑变，大佛依然坐江风。

六

2005年应老校友马同勋教授惠函邀予樱花盛开之春日由美来访并于樱园赏花。虽不能来华，但梦与马、谭诸友游园，因成一诗，曰："意游赏樱"。

武大樱花盛，春景天下闻。
我梦来母校，花树正芳芬。
浅绛映粉白，摇曳灿繁英。
偕友赏斯景，不美五彩云。

七

又于某年偕妻国梅乘船过三峡到武汉访母校，船过巫峡时，仰望神女峰在浮云中隐约可见，吟成"巫峡神女峰"一首。

巫山十二峰，神女独我钟。
阳台深嵩莱，阴壑晦葱茏。
行云逐峰动，积雨蒸雾浓。

长江东逝去，巫峡白濛濛。

八

东坡昔年谪黄州，赤壁江边汗漫游。
明月清风传笛韵，白露水光绕扁舟。
二赋一词垂永古，俯仰乾坤岂蜉蝣？
笠屐风雅留清范，云光帆影自千秋。

《校友通讯》（2006 年）

2003 年赠崇台于母校

丁年出国战火殷，皓首杏坛慰平生。
六十年间沧海事，劳燕不减弟昆情。

《校友通讯》（2004 年）

陈文演

哲学系 59 级同学聚会有感

重聚珞珈四十年，多时相思终得见。
三年困难同砥砺，五载学业共互勉。
喜闻众兄多建树，慨叹几人已成仙。
青春总会年年老，但愿真情永不变。

《校友通讯》（1999 年）

陈甘泉

咏"1948—1949"届学生自治会

从容自若

黎明前夕战云浓，首席轮任剑藏锋。

无辍弦歌无畏险，风声鹤唳自从容。

严阵以待

动地秧歌震"白公"①，洪山重炮对黉宫。
图书馆里垒工事，防敌穷途桀犬疯。

营救七君子②

七君缧绁震黉庭，迸发师生怒吼声。
似铁如钢团结力，凶顽喝退校回春。

印发传单

小小传单号角声，民心鼓舞敌心惊。
掩门秉烛防奸细，夜印千张迎日升。

转播战况

淮海烽烟现曙光，神州大地起苍黄。
书生欲晓翻天事，红色电波扬广场③。

刻印红书

新潮涌动觅红书，封锁严查隐若无。
刻印传抄解近渴，指胝掌茧不踟蹰。

发行银元小券④

伪币飘空物价狂，朝沽珠米晚沽糠。
小张银券显灵巧，拆散"袁头"保值偿⑤。

庆祝解放大游行

雄鸡一唱报黎明，庆改流年国运新。
人结长龙旗放彩，阔步欢歌到月明。

拒用银元运动[6]

银元贩子逞猖狂，作乱兴风扰市场。
巷尾街头宣国策，金融战线筑铜墙。

协助接管校产

校产丰盈满珞珈，时新物焕显光华。
玑珠慎计防遗缺，学子争当红管家。

①"白公"指白崇禧。

②1948年冬，周克土等七名学生被捕，学生自治会立即出面在校内外开展营救活动。不久，七同学出狱，斗争取得胜利。

③把广播引向广场，向同学转达新华社消息。

④当时伪法币严重贬值，物价狂涨，同学们用银元买东西，如用不完，便被找回伪法币。这些法币，一夜之间即可成为废纸。为此，学生自治会便制银元小券，每张一角。用银元在合作社买东西，余额可找给银元小券，而后小券按市场银元比值兑换为法币，因而保值，减少损失。

⑤"袁头"指银元，老百姓把铸有袁世凯头像的银元叫"袁大头"。

⑥解放初期，武汉仍有银元贩子摆摊设点买卖银元，扰乱市场，军管会禁用银元，我们便上街开展拒用银元宣传活动。

《校友通讯》（2003年）

陈世铙

随 分 乐 天

日守书斋送夕阳，粗茶知味饭知香。
行无怨悔眠能稳，身历艰虞气尚扬。
闲诵唐诗心旷远，偶临晋帖意疏狂。
随分乐天思寡过，不与旁人角短长。

寄 从 兄

从兄居海外五十余年，近闻有归乡之意而踌躇未决，诗以
寄之。

> 海隅久旅寄萍踪，千里家山望眼空。
> 尘世风云青史里，亲朋休戚梦魄中。
> 心萦桑梓情还怯，味忆莼鲈意转浓。
> 叶落因风犹绕树，人生百岁亦匆匆。

满 庭 芳

贺中文系72级同学毕业20周年聚会

桂子飘香，东湖凝碧，珞珈秋色鲜妍。分飞劳燕，雅集约
联翩。细认盈盈笑靥，重携手，情意拳拳。应珍重，高山流
水，清韵共调弦。　　前缘，还相忆，芸窗共读，湖畔随肩。
更细抒心曲，逸兴无前。同铸中华伟业，展宏猷，正值华年。
喜今日，征途跃马，个个著先鞭。

金缕曲·悼李格非师

格老西归矣！恍晴空，一声霹雳，泪流如洗。云水襟怀人
共仰，专擅语言文字，育多少，门墙桃李。设席邻邦俄与日，
析精微，赫赫名盈耳。吾也幸，从杖履。　　字书八卷留青
史。看如今，室空人去，何堪凝睇。京腔一曲萦画栋，栩栩音
容犹是。蓦回首，人天两地。曾沐春风霭教泽，有仪型，历历
心头记。三奠酒，情难已。

蝶 恋 花

同学相聚，浪饮而醉。酒醒梦觉，斜月在床，凑及此阕。

斜月半床人不寐，逝水流年，历历思前事。况到旧游携手地，同窗相待深深意。　　嘉会一逢非容易，绮筵忘形，浪饮成大醉。脉脉心潮难自已，词笺聊把真情寄。

陈世铙，武汉大学文学院退休教授。

陈民喜

重游珞珈赋怀①

樱闹春色胜彩妆，桂开八月惹蜂狂；
红枫醉饮秋露后，寒梅犹自斗雪霜。

①15年后重回武汉大学，与同窗好友漫步桂园、樱园、梅园、枫园，重温旧时景致，顿感母校之巨变，再次为母校优美的学习环境发出赞叹。有感而发，与全体校友共勉。

《校友通讯》（2002年）

陈安怀

追忆王故校长星拱师

北辰星朗清，抗日战争时。
迁校罹艰险，育才尽瘁思。
川中桃李茂，陇上驿梅葶。
攻玉他山石，开明一代师。

《珞珈》，第110期，1992年1月1日

陈志鸿

武大百廿周年颂

古木参天吐翠微，琼楼矗地放芳菲。
东湖水映千秋碧，珞岭枝繁四海辉。
文史哲经传汉脉，工医理信夺金魁。
拓新百廿育才俊，穿越三朝壮岳威。

武大莲池①

三层泉喷向苍穹，数宛睡莲浮雾中。
一带含珠环绕池，满园滴翠送清风。

①梅园有一池，种有睡莲，故称莲池。

樱花时节

樱花次第缀青枝，欣赏怡情正应时。
花簇层层沿道绽，游人阵阵沐阳织。
春风暖暖催新意，珞岭勃勃放丽词。
休道绽期短暂过，时机把握莫来迟。

珞珈桂

万树珈山茂，该乔颇反常。
春天挂紫果，秋日送奇芳。
粉蕊香精制，丹皮美酒藏。
全身皆是宝，自古不张扬。

陈志鸿，武汉大学退休教授，中华诗词学会会员，珞珈诗社常务副社长，《珞珈诗苑》常务副主编。

陈伯强

回 母 校

东湖方破晓，善水映霞光。
晨鸟催人醒，珞珈又绿裳。
闻鸡当起舞，朗朗已寒窗。
开卷明仁义，乾乾砺自强。
中西合瓦璧，比比拟宫阙。
隐隐山林暗，埋伏读书堂。
李达人品在，名士各铿锵。
师道崇严冶，高徒争远翔。
春樱花艳丽，夏日树阴凉。
秋爽飘香桂，冬梅傲雪霜。
少年多壮志，闯荡背家乡。
发轫求学问，耕耘四季忙。
文凭难掂量，尽欢醉一觞。
席散人离去，天涯走四方。
涓流奔大海，云雨驾飞黄。
处事仰诚信，为人昂且藏。
桑榆亲聚首，谈笑两苍苍。
奋斗何遗憾，追求慨亦慷。
人生多坎坷，任尔否与臧。
一把千秋尺，德高论著皇。

陈伯强，福建师范大学教授。

《校友通讯》（2003 年）

陈金翔

诗 三 首

乙酉见武大校友会来函，屈指算来，余毕业离校已三十八年矣。

一

珞珈分袂返清江，砺月耕耘一梦长。
两手空拳斯立业，满头秀发早凝霜。
日磨史志虔桑梓，缘结土家观锦章。
游目高天北飞雁，春明却忍泪双行。

二

龟山碧树草茵茵，汉水熏风访故人。
忧喜同干一盅酒，枯荣共度百年身。
书生意气思当日，斑发飘萧还出尘。
归望巴山月方朔，且将青鸟探同寅。

三

迢遥江汉望鹤楼，昨夜星辰忆旧游。
黉舍樱风拂荆楚，东湖秀水浪神州。
循良学子殷勤厚，幽怨春风叠嶂愁。
思友情怀关不住，无边清梦珞山头。

《校友通讯》（2005 年）

陈昇平

鹧鸪天·母校百二十华诞书怀

一

米寿欣添卅二春①，珞珈重上探慈亲。绿枝碧草犹青发，红叶黄花若嫩人。　　兴改革，校生新。学科增设几多门。一流名彦前招手，万马千军迅猛奔。

二

学府堂堂百廿年，珞珈山上谱宏篇。八方佳士忘疲习，四面高师不倦传。　　肤发别，语言繁。互相研讨有何难？辛成梁栋为诸厦，广庇贫民不再寒。

三

高级园丁树李桃，珞珈山上育新苗，扬锄挥镐先营地，东觅西寻再种挑。　　冬覆圃，夏持瓢。防寒抗旱又肥浇。枝强干壮根须茂，移向环球花果饶。

陈昇平，1964 年武汉大学中文系毕业。工余写诗千多首，出版《陈昇平诗词选》。

陈昆滔

武汉大学百廿校庆感赋

百廿周年举校庆，校运随同国运兴。
新校新增五院士①，更宜造就众精英。

百廿春秋荣耀史，桃李璀璨显风姿。
园丁汗洒根下土，心血浇注花更知。

①新武汉大学，强强联合，优势互补，凭着天时、地利、人和，走出了我国高等教育改革的成功之路。2011 年学校新增五位院士，首次进入世界大学 400 强。

临江仙·老同学欢聚偶感

几载同窗如过渡，年华似水奔流。与时俱进莫停留。论今谈古事，解惑必研求。　人间万方多变数，唯求身正德修。多为善事写春秋。晚节更亮丽，康寿赛王侯。

寄语台湾同胞

同根同祖同文化，台陆两岸本一家。
背离炎黄伤骨肉，复兴中华培根芽。
解除兵祸少铸剑，构建和谐多栽花。
和平发展归一统，共谋福祉乐无涯。

陈昆滔，毕业于原武汉测绘科技大学。

陈学仁

读《珞珈》后有感

羁留海外念余年，南北美洲几度迁①。
昔日豪情湘鄂去②，而今壮志梦魂圆。
旧知时有凋零讯，故国犹无一统天。

读罢《珞珈》思未已，寻诗觅句夜灯悬。

①我于 1968 年离台往巴西工作，退休后赴美，定居迄今。
②1937 年冬下珞珈山投笔从戎，结业后入炮十一团，参战鄂东湘北，后于 1939 年春返校复学。

陈建凯

星城聚会吟

2008 年 10 月 14 日，武汉大学外语系英国语言文学专业6781 班同学聚会长沙，共温同窗情谊。

鸟散珞珈乱云中，未及握别早西东。
壮志已随黄鹤去，唯有旧梦伴樱红。
同窗六载音讯断，于今尚有寻无踪。
更悲早逝不幸者，茫茫长空化鬼雄。
幸得去岁荆州聚，老友互拥梦魂通。
扬子为吾奏新曲，从此相约情更浓。
丹桂飘香湘水边，长沙聚会续前缘。
韶山故居留靓影，花明楼园话桑田。
天心阁前说心近，清茶十杯道流年。
火宫殿处豆腐臭，连升馆里酒兴添。
一杯告慰天上客，一杯留香与人间。
白头倍觉真情贵，孤单更喜笑语喧。
四十年前风华茂，花甲过后亦半仙。
吾辈健康是要事，来年再登珞珈巅。

陈春明

武大百廿周年校庆

百廿春秋开新篇，育才济世庆华年。
历尽沧桑风雨路，珞珈迎来艳阳天。
前贤经典有人继，往圣绝学焕新颜。
万千桃李遍天下，和谐美妙舞翩跹。
展望前路征程远，尽职敬业志更坚。
我辈誓圆中国梦，复兴中华勇向前。

菩 萨 蛮

珞珈山上春来早，绿阴深处闻啼鸟。山下水犹寒，微风拂画船。　　花丛幽寂处，草浅人常驻。学子笑声朗，花香书更香。

陈春明，1944年2月生，湖北黄石人，武汉大学测绘学院教授，博士生导师，九三学社社员。曾任武汉大学南极测绘研究中心办公室主任、九三学社武汉大学委员会主委、湖北省第四届文教医卫委员会主任，已退休。

陈茂芹

鹧鸪天·述怀

少壮立志兴家邦，跋涉山川构图忙。田畴得济禾苗绿，明珠璀璨百业旺。　　蹉跎多，鬓已霜，水未尽利意彷徨。不让江流徒东去，资源开发臻富强。

醉太平·忆旧

抗日烽烟，院校西迁。负笈岷江岸边，遥对乌尤山。
学海深宽，致用为先。深研苦读书篇，唯求建家园。

醉太平·忆旧游之一

岷江河湾，几点渔船。波光灯火斑斓，仰望月婵娟。
五通桥前，碧水微涟。春风杨柳翩跹，轻舟过前川。

醉太平·旧游之二

峨眉山间，叠翠重峦。脚下云海涛翻，疑是世上仙。
金顶晨观，旭日如盘。万道霞光满天，锦绣好河山。

《校友通讯》（1998 年）

陈贤楷

石 板 路

石板路，/曲曲弯弯进深山；/雪漫小径留脚印，/春梅红
路边。

大学毕业回山寨，/冰冻悬崖觉春暖，/汗珠摔八瓣，/路
面冰块穿！

石板路呵好伙伴，/引我耕耘情满山。/歌声磨石板，/月
下光闪闪。

石板深刻文盲恨，/曾砸地主秀才匾；/块块青石铺山

外，/送我出征夺文权！

　　几度开门办学回，/常与石板细攀谈；/勤走青石路，/革命意志坚。

　　石板路，/级级领我登群山；/百里山乡红梅笑，/彩霞染路面……

《武大战报》，1975 年 12 月 20 日

陈思淦

贺新武大成立

百年老校新武大，文法理工医一家。
璀璨明珠耀东湖，精英大师汇珞珈。
青春常在风华茂，强强联合实力大。
承传百年创辉煌，赶超一流兴中华。

《校友通讯》（2000 年）

珞珈有感

重上珞珈思沸然，时光虽逝山未变。
同窗学友今相会，英姿飒爽胜当年。
母校惊变观不尽．教学科研仍领先。
诗成珠玉挥巨毫，信息友情赞校园。

《校友通讯》（1995 年）

一 剪 梅
——赞珞珈山

千里冰封银空罩，群鸟归巢，舍外人少。年关已过春正

到，雪花飘飘，北风啸啸。　　风雪岂能把志抛。跃进笙调，红专并茂。祖国春光甚美妙，人面桃花，山河欢笑。

菩 萨 蛮
——珞珈山

　　珞珈山青东湖澈，银空飞舞丰年雪。遍山皆成白，满湖凌冰结。健儿雄心热，珞珈添新色。　　岂畏风雪獗，奋发除穷白。

一 斛 珠
——栽石楠树

　　珞珈一角，路旁杂草遍山坡，静静小道哪许可。一曲高歌，山摇石头破。　　热血青年挥汗多，运来石楠无数棵，定要小道着新色。且舞且歌，欢唱送客过。

《校友通讯》（1995 年）

陈建福

浓郁的文化氛围誉满全球

　　在湖北武汉风景秀丽的东湖之旁/百年的武汉大学中外驰名/杰出的人才、科研的成果名列前茅/博大的校园山明水秀、风光旖旎、林木葱茏/桃红樱白、花香鸟语、步移景异/造型别致的亭台楼阁韵味无穷/古典式的建筑巍峨壮观/堪称中西合璧的典范/现代化的高楼拔地而起/气势雄伟/建筑群交相辉映、各放异彩/与自然和谐/"花园式"的学府集自然之秀、汇人文之灵/具有氤氲深厚的人文底蕴

对您有写不完的赞美诗

早就阅览了您的春色/对您无比地眷恋/高考时他名落孙山/理想被无情地抛弃/您的风骚让颓败的他奋斗不懈/浪子重读高三/学习日以继夜/终于投入了您的博大的怀抱/现已从事写作的他对您有写不完的赞美/让所有的学子真情都赤裸在阳光里/亲爱的武汉大学/莘莘学子恒久地爱您。

为了亲爱的您

美好的青春都在您的怀抱中度过/我和成群的博士在"武大"照相留念/远在大洋彼岸的我无时无刻地思念/对您付出真挚的爱和满腔的希望/我孜孜不倦奋斗的每项科研成果/都是为了报答您对我呕心沥血的培育/让科研的春天更热烈地来到

为母校争光的辉煌

一百二十年的您春华秋实/呕心沥血，辛勤耕耘/播种了五彩缤纷的宏大理想/硕果累累的一百二十年啊/桃李满世界，人才济济/收获了数不清的科研成果/隆重的校庆时八方学子将欢聚一堂/各自述说着为母校争光的辉煌/您汇聚群贤，厚德博学/无愧是成功和精英的胜利摇篮

陈建福，今在大学工作，湖北省作协会员、省诗词学会会员。

陈植荣

忆 乐 山

大佛室中奉，我如在乐山。

晨兴茶园读，看书看佛颜。
午间承师训，黄昏琴弦弹。
读书至深夜，龙神似静庵①。
平时吃自办，有钱共鱼餐。
日食街边肆，夜游斑竹湾。
闲登凌云寺，更上乌尤山。
悠悠唯岷水，大渡波助澜。
文豪宋苏轼，曾主嘉定关②。
诗书山上读，积墨倾河滩。
鱼身积墨点，只产岷山湾。
墨鱼此河有，他河钓亦难。
此说如属实，苏公亦非凡。
乐山文风盛，街头广告栏。
离嘉五十载，印象亦斑斓。

①龙神祠为学生宿舍。
②乐山古名嘉定，亦称嘉州，凌云山上有苏公读书处。

陈龄彬

"相约半世纪"同窗聚会即事

珞珈一别久睽离，重聚心花怒绽眉。
乍见笑拥考名姓，尽倾长念润心脾。
踏游故地惹肠热，坦吐深情催泪垂。
切切叮咛多保重，相邀五载复来期。

忆沈祖棻先生

哀哉沈师，半生不幸。一代词宗，舛运频仍。

风华正茂，暴冠侵凌。新婚燕尔，劳燕两分。
流离失所，饥寒交侵。欃枪甫灭，劫星又临。
独夫当道，魑魅横行。家徒四壁，困顿久病。
庸医丧德，险送性命。欲哭无泪，如磐夜沉。
红日初升，满怀欣欣。孰料风起，复蔽浮云。
莫名枉屈，摧残身心。备受熬煎，抱憾命殒。
壮哉吾师，抗节景行。忍辱负重，卓尔不群。
羸弱身躯，正气充盈。国难方始，悲愤填膺。
"斜阳"嚆矢，警示国民。《涉江》俊词，金铿石鸣。
学海探骊，奉珠士林。杏坛精耕，沥血呕心。
培梁育栋，精英如云。蜗居破屋，诗辟新径。
仁心懿德，垂范后人。人品诗业，与世并存。
天清日朗，重耀巨星。缅怀吾师，拙笔呈文。
奉于墓前，聊表寸忱。告慰吾师，在天之灵。

［双调·天香引］雷锋潮

奉雷震、鼓荡春风，春美灵根，造化雷锋。善事桩桩，仁心片片，大爱盈盈、小镙钉灵台耀星①，新风流旗队前旌。（效楷模）浪涌潮腾，（奉赤心）霞蔚云蒸，（大中华）人圣邦兴！

①耀星：天体里，红主星序中短时增加一两个乃至约十个亮等的恒星。

［中吕·醉高歌带摊破喜春来］瑞龙吟

（环球望）七吐戾气泽洞①，四海寒云密笼；五洋大鳄泥潭阔，九域飞黄劲踊。（喜）呈祥兔跃（步步）圆新梦，（期）献瑞龙腾（程程）鼓大风。聚（十亿）尧舜破重围，挽（八方）朋友除霜冻，励（万千）旗手闯尖峰。和洽融，华夏益葱葱。

①浲洞：弥漫无际。

陈龄彬，1961 年毕业于武汉大学中文系，曾任江汉大学中文系古代文学教研室主任，现为武汉诗词楹联学会副会长。

陈裕鸿

重聚珞珈抒怀

中文系 1957 级同学"相约半世纪"重聚珞珈山。感慨良多，成诗数首。

别　梦

别梦依依上珞珈，琼楼碧水粉樱花。
相逢不识朱颜改，笑对新人赋绮霞。

重　聚

一别多年再见难，金秋喜聚珞珈山。
朱颜尽改深情在，执手欢呼老泪弹。

不分贵贱尊卑身，道姓呼名一样人。
锦瑟年华今又见，同窗友谊最纯真。

当　年

一

不辞千里过潇湘，初上珞珈绮梦香。

熏染湖山修品性，涵沉卷帙学文章。
劳筋饿体身心苦，伐友诛师意念狂。
黛玉难为刘姥姥，可怜辜负好时光。

二

晚霞辉映笑声哗，结伴登寻博老①家。
喜沐春风萌蕊绪，纵然萧艾也着花。

三

师生板凳小操场，喜地欢天人海洋。
暇日例行放电影，披风沐雨看连场。

①刘博平，中文系一级教授。

今　日

弹指一挥数十霜，寻温旧梦证沧桑。
楼台栉比湖山秀，院系星繁菊桂芳。
放意攻修猷远大，潜心授教梦酣香。
当年学子多磨难，白发欣逢国运昌。

又　别

一唱骊歌举手迟，萧萧斑马怅依依。
桑榆晚景勤珍重，地北天南共寿怡。

匆匆又下珞珈山，盛世豪情浪涌翻。
一片衷心颂母校，长风万里好扬帆。

《校友通讯》（2009年）

陈裕鸿，武汉大学中文系 1957 级校友。

陈德根

八十自吟

斗转星移八十年，酸甜苦辣品尝全。
虽然努力无功建，不敢偷闲爱钻研。
蔬食布衣成习惯，修身养性却尘烦。
晚霞回报还心愿[①]，充实人生乐胜仙。

[①] 离休后，先后参与组建武汉大学武汉校友会及武汉校友会自修大学，武汉气功培训学校和市教委关心下一代工委及培能职高，均取得明显社会效益和经济效益。

《校友通讯》（2000 年）

武 珞

一剪梅·贺俄专 65 届同学毕业 30 周年聚会

去日悠悠逐逝川，往事如烟，好梦如烟。同窗攻读五年间，课上同欢，课下同欢。　　老友重逢忆旧颜，男也华颠，女也华颠。天南地北心相连，路也绵绵，情也绵绵。

《校友通讯》（1995 年）

范 江

思念和祝福

天上的星星千颗万颗，/有几颗曾组成一个星座？/地上的花儿千朵万朵，/有几朵曾在同一个花坛开过？/大海中的鱼儿千条万条，/有几条曾在同一个海湾畅游？/林中的鸟儿千只万只，/有几只曾在同一棵树上唱歌？/啊！我们就是那幸运的鸟儿鱼儿，/我们就是那幸运的星星花朵。/那曾经养育过我们的蓝天、大地、森林、大海，/就是我们的母校，/我们永远的母亲，永远的赞歌！

可还记得入校时的应山军训，/那正是金秋送爽的时刻；/可还记得罗田下乡实践，/满山的映山红开得正火；/可还记得桂园读书、小径漫步，/个个年轻，英姿勃勃；/可还记得毕业时的聚会，/多少热泪盈眶，珍重话语多多……

一晃二十年了，/往事如梦，时光如梭。/我们已两鬓染霜，/身后已站起一群姑娘、小伙。/啊！/不惑之年容易感叹，/天命之年感慨更多。/沉淀起纷繁的人生经历，/最纯最真的还是那一时刻。/啊！/岁月已去，不会再来，/可陈年老酒却越发好喝。/真羡慕江城的同学，/能常在一起欢聚。/真想变成一只大雁，/一下把千山万水飞过。/啊！请接受我的祝福吧，/在这分别二十年的时刻。/让我们异地同端酒杯吧，/祝家家如意，顺心快乐。/每年这一天，/都让我们互唱一首平安之歌！

注：1998年9月26日，在湖北省人大工作的赵华斌同学打来长途电话，告诉我武汉的同学于10月3日聚会，纪念毕业20周年，问我能否参加，我因工作在身不能前往，可思念同学之情却如潮奔涌，按捺不住。10月2日中午，一气写成此诗，并于当夜用电话转告赵华斌同学。10月3日，经赵华斌同学在会上朗诵，引起强烈共鸣，深获好评。现投给《校友通讯》刊登，以作永久纪念！

双子星

天下的文字多如繁星，/有两个字显得格外晶莹。/它们像天上的双子星座，/时刻闪烁在一群人的心中。/那是在二十三年前的初秋时节，/珞珈山又一次笑语欢声。/一群年轻人从四面八方走来，/从此，这两个字就欣然诞生。/啊！这两个字并不复杂，/却包含了八十三颗心灵/携手拼搏的内容。/这两个字并不难写，/却融入了一千多个日夜/同欢共乐的感情。/啊！从此，/这两个字就成了联系他们的纽带，/不论天南地北，/不论春夏秋冬。/白驹过隙，岁月匆匆，转眼——/他们都已不再年轻。/他们有的当了官员、首长，/有的仍是平头百姓；/他们有的成了富豪、大款，/有的还是两袖清风。/可是，一提起这两个字，/他们就一样的痴想，/一样的激动。/天地玄黄，水复山重，转眼——/他们都已拥有复杂的人生历程。/繁冗琐事打磨了过去多少记忆，/可这两个字却越磨越闪烁晶莹。/岁月的风雨冲刷去心头多少情感，/可这两个字却越发深刻凝重。/每当鸿雁飞来，/他们都如见姐妹，/如梦兄弟。/也许，有人想尽快了解/这两个神奇的字是什么？/我们会异口同声地告诉他：/这两个字就是/"同——学"。/啊！同学，同学，/我们今生今世的幸福回忆；/啊！同学，同学，/我们心中永恒的情感之星、光彩之星。

注：1998 年 11 月 11~15 日因公来武汉，众同学热情相邀，其情其景实在令人感动。深感父母亲人外，天下唯有同学亲，即写下此诗以表感谢和纪念！

《校友通讯》（2000 年）

范云飞

校 庆 放 歌

波叠云堆认彩旗，大干陶铸碧琉璃。
一山凝翠春多秀，百载传经事亦奇。
建业唯期真虎豹，驱驰犹待老熊罴。
即今为计当千载，弘毅精神力不移。

摇兀斯文百载多，道移江汉继弦歌。
天开庠序时贤济，气贯乾坤日月挪。
树合杏坛看孔孟，堂飞花雨胜维摩。
传经事业于兹盛，无限英名寄逝波。

张公开济大江边，道统于兹百廿年。
常记珞珈兴巨业，犹悲川蜀忆播迁。
大诚可继先贤烈，一气弘开著伟篇。
黄鹄一飞能举翮，与邦千里共盘旋。

鹓停凤止珞珈阿，江汉声传动地歌。
一脉斯文摇五岳，百年奇业撼星河。
扶帮国运文章巨，延聚名儒翰墨多。
更倩九州同仰烈，上庠风景认婆娑。

范云飞，武汉大学 2010 级国学班学生。

范湘军

贺 校 庆

葱茏珞珈东湖边，屋宇连城隐山间。
张督拟奏创新学，李部踏勘择校园①。
名师授业穷真知，学子报国志高远。
百廿成就堪自豪，更展宏图攀峰巅。

①张督：湖广总督张之洞；李部：地质学家李四光，首任新中国地质部长。

贺加速器实验室建立四十周年

郁郁珞珈映湖光，昔日雏巢出凤凰。
艰苦奋斗四十载，同心同德铸辉煌。
求索真知敢为先，游学五洲放眼量。
试看今日加速器，长江后浪推前浪。

毕业五十周年聚会

十月珞珈秋烂漫，古稀学友会武汉。
回首当年同窗谊，共话今生报国愿。
辛亥百年瞻英烈，携游三镇览新篇。
六聚六别情何了？君看夕阳山外山！

七 十 感 怀

人生七十古来稀，回首今生无悔憾。
艰苦奋斗创新业，锲而不舍攻尖端。

功能薄膜离子束，志在全国勇争先。

我辈年衰将歇时，喜看后浪掀云天！

范湘军，武汉大学物理系 61 届毕业生，物理学院退休教授。

林子扬

喜 相 逢
——母校诞辰 110 周年喜逢校友

同学友谊刻铭心，望眼欲穿喜相逢。

相聚是首赞美歌，携手抒写千秋情。

回首四十春秋去，匹夫有责尽忠诚。

但愿校友全家福，身心健康夕阳红。

《校友通讯》（2003 年）

林明理

暮 春

星落桐花路，仙源幻亦真。

鹃啼归去也，拾梦有诗人。

默 唤

钟声荡漾送幽香，玉笛横吹引兴长。

九点齐烟迷皓月，如何浪子不还乡。

湖 山 高 秋

芦花翻白遍丘峦，独钓杨堤月影残。

乍听哀哀零落雁，西风两鬓不胜寒。

秋　尽

渔帆波逐去，暮霭袭田翁。
漫道生涯苦，何曾识快风。

没有第二个拾荒乞讨妇

没有第二个拾荒乞讨妇/像她养十二个弃婴/过得如此辛苦，/当年因无生育力/被夫家赶出门只能睡在猪圈里/或者/漫山遍野的疯跑准备结束脆弱的灵魂之际/如果不是村民救起/如果不是纯真的幼儿给予生存的勇气

太阳啊，你是否也毫不在意/是什么样的爱使这苦命女平静下来/而她的双手/由于要饭哺育而变得如此苍白/而她把吃剩的地瓜丝和洋萝卜晒干收好/时时提醒自己以免生病不时之需/啊，她肯定是上帝不慎遗忘的孤女/她站在那儿，瘦弱而贫疾

世界啊，快来丈量她的躯体/难道这样的故事还不够/让我们一起去想想/等在社会边缘的那些身影/难道天使之窗吝于拉开帷幕/直到那冷漠之啄敲开/夜幕从我流转的眼神中逃离/她是否获得了她的救赎，她的惊喜

《人间福报副刊》（2012 年）

林明理，女，1961 年生，法学硕士，曾任台湾省立屏东师范大学讲师，现任中国文艺协会理事，著有《秋收的黄昏》、《涌动着一泓清泉——现代诗文评论》等。

林宗坚

铭记恩师训
——怀念导师王之卓院士

那是我大学生活的年代/有幸得恩师授课航测/那词语精练、信息丰富/如磁吸铁令我长向往/深难问题他一语道破/原来奥秘巧在妙思/那看似简单的过程方法/一番剖析原来值得探讨许多/哲理通则千道难题解/目光锐则平淡出奇思/问题生长在从已知到未知/不断开拓才学无止境/不少人说测绘艰苦/恩师说改变艰苦靠科学创新/不少人说测绘方法落后/恩师说今日落后说明来日方长/从此我方志测绘/从此我对自己说/如果有朝一日我也当老师/讲课一定要讲得像恩师一般精彩/那是浩劫十年中一段难忘的记忆/事业撤销，单位解散/不少人挥泪烧书，痛心从此离开测绘/相互赠言：告别了，各位保重/唯与恩师握手/恩师说：后会有期！/我背起全部书本笔记回乡/天天盼测绘事业再兴有期

那是改革开放后的第一个春天/恩师组织"全数字化测图"科研支队/看文献"影像相关"世界上已干20年/顽堡难攻、诸多学者做完博士论文/改攻其他/迷惑中恩师指点/外国人早走20年/如果没有困难/我们很难赶上/如今一条大河挡住去路/我们在艰难中起步，奋起直追/有望在友军尚未渡河前/赶到河边与之共商渡河大计/啊！原来困难是机遇/中国已跻身国际航测遥感数强之列/五洲朋友无不钦佩恩师高瞻远瞩/胆略非凡/那是一个平常的日子/恩师像往常一样把看过的好文章给我/说是充分利用资料/猛见是一篇日本工程师的评论/"中国工程师少有创新/在于他们不关心专业之外的知识"/啊！为学者应求博大精深/生活中处处是

课堂/用你学过的全部知识面对生活/用你的全部生活丰富知识/我以此自勉/也以此传授我的每届学生

那是一个快乐的日子/恩师生日/我带三十弟子登门拜寿/我们的礼物是一张普纸的大贺卡/上面是学生加学生的满页签名/满屋拥挤/恩师笑了，笑得非常开心

《校友通讯》（2003 年）

林家钟

怀珞珈山

一别珞珈六十年，如今景物换新天。
听松庐内人何在？只有遗篇任哽咽。①

怀珞珈诸友

同砚同窗共四春，泛舟湖上乐芳辰。
当年一别难重晤，雁杳鱼沉怨不申。

①抗战期间，国民党军委会曾设珞珈山。

《校友通讯》（2000 年）

缅怀苏雪林教授①

回首前尘六十年，老师授课舌生莲。
楚辞专业非凡响，才女当时有妙篇。
半纪寓台心念陆，百龄逝世笔如椽。
睽违道范心常念，怅望云天恸万千。

①1936 年我选修苏老师的《楚辞概论》，上课时，老师妙语连珠，

庄谐并出，引人入胜。

《校友通讯》（1999 年）

回忆旧日珞珈山诸友，多已物故，有感而作

心绪纷如野马驰，老来感旧总非宜。
从来寡虑方能寿，自作多情反近痴。
昔日莺花嗟幻梦，几番风雨剩空枝。
死生离合寻常事，枯木逢春或可期。

癸未冬夜梦珞珈旧友文君鋆

是耶非耶梦里逢，欲前往就已无踪。
客岁方知君化鹤，来生不愿我成龙。
音书不断成良侣，斗笠相亲况异墉。
九十高龄身旦暮，心期泉路化心胸。

《校友通讯》（2004 年）

尚永亮

珞珈赏樱评诗有感

一

骚人自古多花缘，陶菊陆梅别有天。
剩得新樱无客咏，但逢佳句即开山。

二

年年花季少年忙，旧韵新篇竞胜场。
南北喜迎诗国老，山庄此日费评章。

三

好诗岂必尽如禅，水上风行泥走丸。
奇思真情发露处，后生亦不畏前贤！

京都看晚樱戏作绝句五首

一

夜来山雨静无声，白雪催成半树浓①。
初至人间情尚怯，羞迎风露舞芙蓉。

二

信是花时已久违，暮春时节见君归②。
楼头纵目芳林远，冉冉红霞带雨飞。

三

十里长街十里樱，春情荡漾雨朦胧。
驱车直入画图内，渡月桥边坐晚风③。

四

樱潮千里动扶桑，花见年年举国狂④。
抛却尘俗搏一醉，浮生半日在仙乡。

五

花开花落感炎凉，好景从来不久长，
风韵虽存神已去，人间莫怪叹徐娘。

游欧西五国志感

万里西行日，人间七月天。

观风五国异，怡性一程闲。

古堡绕花树，川原净紫烟。

风云迷望处，错认是家园。

①余所居修学院国际交流会馆窗外有大樱，雨后突发，花艳而密，迎风婆娑，煞是喜人。

②因气候变异，日本列岛樱期较往年约推迟一周，盖珞珈之樱已败谢，此地之花始渐开也。

③是日骑车自左京区至右京区，横穿京都城（即古平安京），至岚山下之桂川上游。醉登临江阁，斜倚渡月桥，看青山绿水，繁樱霞蔚，而不知日之夕矣。

④花见，日本观赏樱花之专用词汇。每年樱花开时，岛国之人或亲朋相携，或全家出动，红男绿女，黄发垂髫，坐卧于繁樱之下，吃喝游乐，如醉如痴，诚华土少睹之一大风俗。

尚永亮，1956 年生，现为武汉大学二级教授，兼任中国唐代文学学会副会长、柳宗元研究学会会长、中华诗教学会副会长、湖北省屈原学会副会长。已出版《贬谪文化与贬谪文学》等个人专著、合著、译著 20 余部，有 10 余项成果获省部级学术奖。

易中天

丰碑早在人心立
——读《天安门诗抄》

东风未绿清明树，一夜花如霜满天。

泪洒灵台忧汉鼎，诗成刀底祭东山。

丰碑早在人心立，春意原从雪里看。

六十年前风与火，而今又见势燎原。

思亲时节倍思公，鬼蜮摧残病榻中。

岂是德高招众谤，还因威重压群凶。

是如可忍孰难忍，天即能容我不容。

志士扬眉剑出鞘，丹心染得雪花红。

奸佞有权我有歌，毛锥三寸即吴戈。

无私方谓真豪杰，有鬼才张大网罗。

血性文章和血泪，风云事业任风波。

斗争赢得天澄澈，诗史长留作斧柯。

《武汉大学报》，1979 年 1 月 18 日

满庭芳·母校百年校庆贺词

飒爽金秋，珞珈鹭岛，木棉丹桂齐芳。海峡遥颂，华诞百年觞。指点风云世纪，回首处，话尽沧桑。终难忘，切磋砥砺，度午暑晨霜。

泱泱。融贯了，欧美科技，魏晋文章。更咸集莘莘，国栋邦梁。四海琼林广树，拓黉树，拓黉宇，再造辉煌。千秋业，弦歌共舞，大道正康庄。

厦门校友会敬贺（易中天执笔）
《珞珈》第 128 期，1995 年 1 月 1 日

易忠文

东湖说旧望新

四十二年后①，重游大武昌。

珞珈山下事，经久未能忘。

六六掀风暴②，三城乱一方。

东湖秋月夜，尤是最仓皇。

信步观花径，沉吟过柳廊。

琴风吹乍醒，声韵去愁肠。

绿水湮湖岸，波涛涌大江。

南边新武大，今日誉遐方。

①四十二年：指 20 世纪 1967 年。
②六六，指 1966 年。

易忠文，1947 年 12 月生，湖南长沙县人。大学文化，土建高级工程师，一级建造师，中华诗词学会会员。著有《湖潭秋语》诗词、散文集等。

易恒清

渔家傲·庆武汉大学一百二十华诞

春满珞珈天广昊，风和旖旎阳光耀。桃李玉兰齐显貌。樱花俏，手携情侣搭肩照。　学府百年风雨道，智尊劳苦求深奥。硕果拓新传捷报，欢欣跳，地灵人杰新苗茂。

珞珈山广场

夕照云霞紫白红，蓝天悬挂月弯弓。
茵茵绿草凉风爽，老舞幼喧均笑容。

秦　淮　河

秦淮两岸烁灯彩，游子八方名慕来。
窈窕香君何匿处，娇娆小姐靓吧台。
昔时骚客诗词会，今日大亨拳酒猜。
商女应歌思乱曲，国亡之鉴勒铭怀。

鹧鸪天·党寿九十年征途

皮带烹熬蕨汤，饥寒填肚胜高粱。难行沼泽深渊陷，牵手官兵斗志昂。　　灯塔耀，不迷航。旌旗猎猎向东方。历经九秩艰难道，再领黎元奔大康。

易恒清，中华诗词学会会员，珞珈诗社副秘书长。

罗少卿

《珞珈行》三十八韵

十年前曾为《珞珈赋》，今再作此歌，以贺校庆一百二十周年。

> 功成洋务数文襄，借鉴西方办学堂。
> 校名校址几更变，扎定深根在武昌。
> 承前启后续文脉，民国江城建国庠。
> 人事纷纷有代谢，延师卜宅尽嘉良。
> 珞岭葱茏凝秀色，东湖潋滟闪晶光。
> 主殿耸立中轴线，杰阁崇楼列成行。
> 八节鸣禽音婉转，四时花草吐芬芳。
> 文法理工皆具备，另有农林兼岐黄。
> 道德文章作楷模，自由学术竞短长。
> 乐道安贫颜氏子，断机咏絮女红妆。
> 芝兰玉树栽园圃，四海九洲充栋梁。
> 飞传盛誉至欧美，飘扬旗帜映南邦。
> 铁蹄踏碎芦沟月，凄风苦雨打寒窗。
> 笔架书山筑堡垒，泮宫黉舍作营房。
> 西撤乐山少乐趣，同仇敌忾怒满腔。
> 绛帐且当篷帐用，狼毫化箭射天狼。
> 艰难苦恨八年后，漫卷诗书喜若狂。

孰料凯歌奏未已，中原厮杀动刀枪。
独夫民贼人人恨，反战浪潮涌四方。
民主自由用血换，"六一"碑铭断人肠。
所喜清风扫雾瘴，五星高照现辉煌。
校门即向工农敞，人民自主把家当。
狂风起自青苹末，掀倒课桌与堂廊。
院系废除成派系，"龙""虎"针尖斗麦芒。
分校干校相继办，荆榛本部尽荒凉。
科教从来可兴国，岂容造次便沦丧。
犁庭扫鼠靖妖氛，全凭巨手持纲常。
全校师生齐努力，拨乱反正有主张。
明德修身止至善，格物致知未可忘。
弘毅乃是自强本，求实始能谱新章。
持恒抱一愚为智，顽铁千锤可成钢。
学人代代传薪火，一代更比一代强。
四校联合成巨舰，乘风破浪正远航。
探天测地树标尺，越岭翻山达康庄。
图南鹏翅蓝天展，水击海运正高翔。
煮海为盐招贤士，广栽梧桐引凤凰。
除旧布新永不老，历雨经风傲雪霜。
值此椿龄双甲子，亦颂南山亦举觞。

沁园春三首

一、初登珞珈

五十年前，珞岭初登，一片豪情。赏东湖泮水，黄门杰阁，参天碧树，意趣天成。桂子香浓，黄花欲绽，恰好清秋月色明。关情处，乃夜开班会，报姓通名。　　书山学海交呈，正展翅高飞欲纵横。诧狂飙陡起，徒繁卷帙，空劳学力，枉费耘耕。桃李虫苗，良师粪土，位列居然下九层。休休也，叹身如木偶，随水漂行。

二、再登珞珈

脚履坚冰，手挽枯藤，翻越崚嶒。耻低头献媚，豪门拜竭；艰辛自许，终踏归程。夜寐晨兴，争车抢渡，眨眼江城两盏灯。忧愁日，冒风霜雨雪，不悔名轻。　　度商周钟鼎觥，请贾许罗王书案评。觅鸟兽诗中，鱼虫赋里，寻经问史，和料调羹。孰赏沉埋，谁怜甲骨？弱柱中堂难独撑。休教后，念辞坛寂寞，又结诗盟。

三、如今珞珈

历雨经风，翠柏苍松，气象峥嵘。仰名山千仞，香绕四季，楼高百尺，一座青城。旭日东迎，晚霞西照，满目辉煌无限明。书声朗，似鸣春百鸟，交响鸾铃。　　海洋深处藏鲸，树大蠹还须众手擎。有理工信息、人文物化；金牌教授，学科明星。测地探天，雄今厚古、中外传承一线赓。强强合，早前瞻彼岸，并舰长征。

罗少卿，武汉大学中文系教师。

罗令问

追挽刘弘度老师

早岁即闻刘制台，声名赫赫满湖湘。
后上武大师弘老，身材颀长富文章。
名贤之后人自贵，不与凡庸争短长。
叔度汪汪千顷波，涵濡沾润百花香。

高才遭忌今犹古，一代鸿儒多折伤！
经师人师难再得，百年树人何渺茫？

《校友通讯》（2002 年）

感　赋

承校友蔡名相学长惠寄 127 期《珞珈》，喜赋七古一首。

《珞珈》展卷皆师友，乐山风雨曾相亲。愧我投荒五十载，云泥相望难比邻。旧情热浪日翻涌，面目一一梦中真。

校长王公形巍然，艰苦办学俭持身。布衣茅屋心安泰，不与当世争浮云。赴渝筹资衣被拐，吴老蓝乐抱清芬；烧饼待客传佳话，愧杀慷公济私人。

授我诗选天闵师，高吟朗咏动梁尘。廿年教学遇胡君，后继有人堪传薪。今读大作迈等伦，令人汗出破卷少，望尘千里早绝伦。

天下何处无校友，五洲四洋响游踪。纽约合影有余君，氍毹获记出芙蓉。前排女生争挥扇，唯恐妆重暑毁容，转眼繁华成老耄。亦有蹀躞上天行，不堪缥缈白云封，欲寄长歌苦无从。

《校友通讯》（2000 年）

罗在文

庆祝武汉大学建校一百二十周年

东湖碧水映珞珈，山水互衬犹如画。
林丛百范围古建，天人融会锦添花！
重建重教邀名师，育才辈出誉天下。

前人为黉留基业，后者继发世人夸。

登 黄 鹤 楼

龟蛇相望各难进，黄晴金碧相辉映。
昔人遨游诗兴发，留下佳作醉古今。
龙王庙焚传千古，南岸有嘴竟埋名。
邀世大师精设计，此景将胜德莱茵。

隆中卧龙飞

刘牧外宽内忌才[1]，国破家亡两哀辛。
诸葛忧国报无门，隐读躬耕梁父吟。
蜀王礼贤下士顾，卧龙腾飞得雨云。
历赞斯人施才略，享誉中外传古今。

[1] 刘牧：三国时期荆州牧刘表。

罗在文，武大保卫科二分部主任科员，已退休。

罗光廷

日寇轰炸乐山之吟

抗日烽火焦土战，日本鬼子逞凶残。
热血青年报国志，卫国从军勇向前。
久存科技兴国愿，考入武大机专班。
三九之年"八一九"，在校午餐空警传。
随同大众奔郊外，为防空袭去乡间。
时至下午三点半，廿四飞机窜乐山。
排成一字投炸弹，轰隆一声震地穿。

霎时火光冲云散，遍地横尸不忍看。

惨痛罹难水缸间，缺腿断臂说不完。

匆匆奔赴家园看，残垣瓦砾望不穿。

房屋烧尽人不见，急忙跑到岷江边。

哭嚎呼叫哀声唤，勇渡对岸乡坝前。

心急如焚奔对岸，寻见老母睡路边。

浑身颤抖惴泣唤，血卷长发浸衣衫。

无家可归情悲惨，到校暂把老母安。

师生组成救护队，奋勇抢救众伤员。

任劳任怨理尸体，众口皆碑赞不完。

日寇侵略遭惨败，篡改历史污文坛。

日本当局不悔改，再蹈覆辙有何颜。

《校友通讯》（2006 年）

罗成明

珞 珈 忆

山清水秀武大园，地灵人杰忆当年。

锦绣校园美如画，宫楼迭起绿茵垫。

四月樱花游人织，炎夏常憩东湖边。

金秋桂香醉学子，冬日珞珈雪漫天。

入校恰逢反右时，揭批文章贴满院。

修堤筑路炼钢铁，球藻苦菜上餐盘。

同窗五载长相忆，峥嵘岁月竞红专。

兴学满座图书馆，健身操场人声喧。

天地元黄斋十六，理工文法学院全。

良师益友探新知，春风桃李誉满天。

《校友通讯》（2003 年）

罗积勇

醉花阴·沱江看击鼓

　　武汉大学文学院 2004 年春天组织全院教职工作湘西游，众同事乘船泛沱江，得观民间击鼓表演。但见大鼓一面稳架舟中，鼓架左右向上作凤凰雕饰，更有击鼓女，且舞且鼓，鼓借舞势，舞随乐飞，游客为之倾倒。因作词记之。

　　唢呐声招春意闹，画船红女俏，看甩踏起扬，侧转腾挪，槌落凤凰绕。　　泉出深山云出坳，鱼泳兼龙搅。应节舞蹁跹，蝶飞蜂动，陌上青青草。

办妥土地房产证有感

　　秋高气爽菊篱闲，云淡风轻近午天。
　　喜看石榴花结果，狂亲双证面留甜。
　　大邦容我立锥地，小子安其捉笔年。
　　莫道苦耕生计拙，扁舟浪卷也向前。

　　罗积勇，武汉大学文学院教授，湖北省楹联学会副会长，珞珈诗社副社长。

罗纯初

四十年情结

　　四十年，/在人类历史上，/只是短短的一瞬。/四十年，/对于人生的旅途，/却是一段漫长的时光。/四十年前，/我们在这里分手，/怀揣着报效祖国的雄心壮志，/奔向四面八方。/四十年后，/我们又在这里汇集，/对着已显衰老的容颜，/互诉衷肠。多少风风雨雨，/几度世事沧桑，/为了自己的生计，/为了子女的成长，/为了事业的发展，/为了国家的兴旺。/我们努力，/我们拼搏，/我们奋斗，/我们也曾迷惘。/付出了汗水和精力，/付出了心血和青春，/也曾有过痛苦的泪水和悲伤。/四十年啊！/我们头发白了，/眼睛花了，/耳朵不灵了，/体力下降了，/血压升高了，/总之，我们"老"了。/唯一没有变化的，/是我们同窗五年的友情。/随着时间的流逝，/它显得更浓厚、醇香，/于是便有今天的聚会。/今天，/我们又回到了珞珈山——这个曾经哺育我们成长的摇篮。/珞珈山也变了，/到处新楼耸立，/叫人有些陌生。/但它依然让人感到亲切，/因为这里有，/理学院的阶梯教室/——我们上大课的地方。/宫殿式的图书馆——我们晚自习的场所。/天、地、元、黄老斋舍/——我们曾在这里居住。/樱花盛开的林阴道/——我们课余在这里徜徉。/四十年里多少个深夜，/我的灵魂回到这"第二故乡"，/现在我终于又踏上了这片土地，/既兴奋无比，/也带着淡淡的忧伤。/感叹人生如梦，/世事无常。/还有一些未见面的老同学，/你们现在何方？/同学啊！朋友，/朋友啊！同学，/让逝去的光阴成为美好的记忆，/把握好今后的日子，/是我们共同的愿望。/虽然我们已经走到了/"夕阳红"的阶段，/仍可以说"来日方长"。/珍惜活着的分分秒秒，/让每时每刻都幸福健康。/但愿人长寿，/千里共婵娟。/互相祝福，/友谊地久天长。

《校友通讯》（2005 年）

温俊国

聚会有感
——毕业三十周年

别梦依稀珞珈山，忆别母校三十年。
书声朗朗阡陌路，晨操晚游东湖畔。
今日幸会两鬓斑，谈笑风生话当年。
举杯同贺多珍重，翘盼重逢待半年。

《校友通讯》（1997 年）

岳鹏森

新武汉大学

江山一夜过神风，费尽天公九转功。
四校如今皆名武，山头一柱即撑空。
宜人山水赛仙乡，荟萃一群高智商。
龙凤聚栖新武大，鲲鹏振翅到远方。
前途弘远去何方，薪火怎不长葆光？
粮食胚胎谁解密？不使苍生闹岁荒。
修仁降禧镜心微，光学玻璃能透辉。
薄若羽纱防雾剂，涂层无色观是非。
荆楚高才邓子新，一笾家宠最相亲。
醉心豢养微生物，钻到菌心方见真。
低温溶解耐风凉，母性柔情胜暖阳。
光泽女杰张俐娜，笑谈奇迹自寻常。
谁绘神州天地图，犹似仙家望东湖。
钻研高士凌天下，八面怀疑一扫除。

红朝学界立尖兵，飞鸽入林全苑惊。
永久盘桓承重诺，毅然留守付终生。
茅棚运智育苗忙，举国安宁在口粮。
节水农田可高产，昔时哂笑太荒唐。
英国心连华夏民，穿梭琼桂奔风尘。
红莲马协杂交稻，神手脱胎双米仁。
破晓红轮照亿年，森林地下睡煤岩。
如何一击当头破，要让煤层利人寰。
刑法高人马克昌，子孙后代唤兴邦。
只能人治埋尘下，不使官员卧鼠仓。
左图右史彭斐章，万卷一翻满院香。
情报如烟编目录，大千世界一囊装。
宪法核心游刃成，探求举国治从容。
和谐基础仁为贵，法治全民靠李龙。
如烟史海怎遨心，降世天瑜耀古今。
文化元典堪创举，欣从故旧觅知音。
共和纲纪叩人心，治国烹鲜须妙深。
教化随风潜入夜，方成至美绣花针。
训诂将能助福邦，蒙尘故籍匿陈箱。
先贤至道无人会，而今编纂见阳光。
德坤精析二战史，世界竟成械斗村。
人性循环逐私利，任由豕突共狼奔。
情报专家马费成，神游学海坐书城。
潮喷信息入人脑，迭出高招瞬辨明。
坚守寒窗待散烟，谁能轻易日中天。
能登讲坛飞唇沫，亦下基层观世间。
花池茉莉绽奇香，文苑佳人帔艳装。
闲解人生无奈事，只凭片语抹忧伤。
前车留辙后乘行，怎可一刀分断明。

兴落从来观万事，一方黄土贯深情。
百二十年一回头，但见长江万古流。
只愿蛟龙腾四海，迎风冲浪遍寰球。

岳鹏森，2000 年毕业于武汉测绘科技大学（今武汉大学信息学部）。

金 哲

春 光

1966 年春，从街道口步行回珞珈山，为路旁景色所动，故吟小诗一首，以谢春光。

雄鸡两三声，高唱深春意。
远山雾蒙蒙，近水多秀丽。
菜花黄如金，彩蝶不忍离。
和风拂翠柳，小鸟喳喳啼。
风筝天上飞，孩童田间戏。
好景兆丰年，观此能不喜？

《校友通讯》（1999 年）

我们都很年轻

流逝的岁月，染白了我们的头发。/臃肿的身躯，难寻合适的衣褂。/但谁也不是未老先衰的枯树，/更不是经不起风雨的河岸流沙。/我们都很年轻，/不弯的脊背依旧挺拔！/珍藏的回忆似颗颗宝石，/在生命的彩链中闪烁着光华。/同学之间铸成的纯洁情谊，/能经受住任何严酷风雨的冲刷！/难忘怀，/学术讨论争发言，/老斋舍前赏樱花，/小操场上看电影，/东湖游泳披晚霞。/难忘怀，/隆中大屋睡地铺，/整日辛劳汗水洒。/我为逃避"斗争会"去帮厨，/操起菜刀把鸡杀。/难忘怀，/忙中偷闲学医术，/手捧银针、火罐，/巡回医疗，/引得大家笑哈哈！/被扭曲的年代，同是梦断天涯！/不公平的命运，心灵同样蒙受尘沙！/但正直是我们永远不屈的骨架！/渴求生命的高节——/哪管命运坎坷、生活变化！/我们迈着诚实的步履攀援，/飓风也不能把我们吹散吹垮！/流逝的岁月，染白了我们的头发。/臃肿的身躯，难寻合适的衣裙。/但谁也不是未老先衰的枯树，/更不是经不起风雨的河岸流沙。/我们仍很年轻！/不弯的脊背依旧挺拔。/让我们迈着坚实的步伐求索前进！/祝愿每个人都挂上一朵/健康长寿的大红花！

《校友通讯》（1999 年）

隆中分校抒怀

1969 年曾赴武大襄阳隆中分校一年。每天早出晚归，翻山越岭，参与盖房建屋的艰苦劳动。由于年轻人的胸中燃烧着青春的火焰，激荡着乐观的潮水，睹物生情，写下诗词数首。

隆中之春（古词风）

鸟奏春曲声声叫，银溪幽石处处桥。风摇柳枝一条条，迎人笑，鹅黄新叶分外娇！　　花绣春图点点俏，绿野如绒动心潮。塘水清清蓝天照。陶醉了，步移云浮神魂飘。

晓雾（古词风）

初春晓雾飘，农女下田早。玉泉叮咚水潺潺，芳径铺金草。　　亭亭玉立树，仙音翠色鸟，茅屋如画两三座，依山撒尽娇。

《校友通讯》（2000 年）

金家荣

珞珈山，东湖水

一

海上传来琬琰篇，雄词传翰气凌烟。
诗宗李杜才情茂，字抚王欧笔力坚。
行草楷模多独创，陶朱事业更周全。
珞珈未及同窗读，一面缘悭怅远天。

二

母校弦歌四海夸，芬芳桃李遍天涯。
君当寇犯离庠序，我值倭降到珞珈。
江汉文风明似锦，故园文采灿如花。
欣逢改革腾飞日，更上层楼愿未赊。

三

华夏文明世所崇，书坛绝艺耀寰中。
过庭右任呈新貌，怀索张颠继古踪。
《大众草书》求两易，涪翁构想补真空。
祈年五岳添君寿，伟业圆成百代功。

四

业就功成晚节香，久留海外倍思乡。
关怀科技兴邦策，改善医疗济世昌。
广厦千间叨庇荫，黉宫多士感衷肠。
输财卜式垂青史，懿德流芳湘水长。

《校友通讯》（1995 年）

金景芳

武昌东湖长天楼即事
兼答雨新同志

嘉招啜茗在高楼，眼底东湖一望收，
此日登临良快意，当年烽火动深愁①，
墩寻九女瞻遗迹，馆认三闾得胜游，
更有诗人添韵事，裁笺染翰足风流。

①抗日战争时居武昌三月。

周 宁

校庆有感
——为武汉大学建校120周年而作

武昌首办大学堂，汉阳兴建兵工厂！
大破大立强国梦，学术创新名远扬。
自强奋发思进取，弘毅抱负志翱翔。
求是兴邦立国策，拓新给力铸辉煌。

信管院靓丽风景线
——为武汉大学建校120周年而作

九十年前建文华，图情档案传佳话。
电子商务速崛起，编辑出版数字化。
信息管理为一体，学科评审勇冠甲。
国际一流方阵进，武大百廿鲲鹏驾！

周宁，武汉大学信息管理学院退休教授。

周大璞

国庆十周年述怀

我年今五十，四十懵懂过。
往者遭艰虞，国危如船破。
风雨四方来，漂泊几欲堕。
谁能挽狂澜，救此沉沦祸？
船上有舵工，却不去掌舵。
或自凿船底，或将桅杆剁。
见此愤填膺，欲对彼昏唾。
犹冀其醒悟，翻然能改过。
空与虎谋皮，哪有好结果！
幸赖共产党，神州得解放。
顽凶尽铲除，政权人民掌。
荣故复鼎新，国势蒸蒸上。
伟哉总路线，光芒长万丈。
照亮群众心，人人知趋向。
齐心务建设，百业俱兴壮。
去年大跃进，举世共钦仰。
超英与赶美，气势何雄壮！
建国才十年，一切变了样。
得道自多助，友朋遍八方。
中苏团结紧，和平力量强。
东风压西风，西风莫猖狂！
中岁逢盛世，胸怀自舒畅。
回忆旧时事，衷心感激党。

如非党领导，国岂能富强？
如非党领导，我亦亡其羊。
植根粪土中，熏蒸日既长。
不自如其臭，反觉其馨香。
近来稍觉悟，是党勤培养。
徘徊在歧途，党为指方向。
恩比慈母深，没齿不能忘。
葵藿向太阳，我愿归依党。
永远跟党走，汤火不能挡。

《新武大》，1959 年 10 月 1 日

浣溪沙·国庆颂歌

地覆天翻廿六年，万方翘首仰韶山。神州处处舞蹁跹。
批孔批林收硕果，重评《水浒》写新篇。反修防变凯歌欢。

《武大战报》1975 年 10 月 1 日

读《邓小平文选》

暴风疾雨历十年，凭公奋起挽狂澜。
雄文一卷从头读，无限光明照眼前。

《武汉大学校刊》，1983 年 7 月 8 日

周大璞，武汉大学中文系教授、系主任。已逝世。

周之德

赞　母　校

山清水秀胜苏杭，百载峥嵘誉四方。
代代精英出武大，中华富强献栋梁。

重上珞珈山

情操自重老"三员"①，风风雨雨六十年。
欲问平生何乐事，达标百米鼓喧天②。

① "三员"指少先队员、共青团员、共产党员。
②20世纪50年代后期，学校实行体育达标制，一些同学100米速度不达标，全班同学利用晚间自习时间在大操场上敲锣打鼓，以鼓士气，直到达标为止。

读邓生才书法作品有感

流云满目纸中奔，翰墨因之壮国魂。
字字风流诗与画，右军笑着看传人。

忆 刘 虔

京都纸贵你多才，誉满文坛盼友回。
夜有琴声潜入梦，高山流水总相随。

题 照

数年前，周自安同学和她的同事出差长沙，我陪他们游橘子洲等处，今忆自安同学当年风采补诗如下：

笑起湘江浪，橘洲眼下藏。
才学如经笥，楚女走八方。

《校友通讯》（1998年）

周巨堂

毕业三十周年聚会感怀

时光飞逝一瞬间，梦觉珞珈三十年。
历经风雨和严寒，武大学子志更坚。
为有拼搏再奉献，定叫神州换新颜。
今日吾辈重聚首，情满东湖笑满园。

《校友通讯》（1997 年）

周光应

最高楼·武汉大学校庆 120 周年

樱花道，斋舍古香幽，新建逸夫楼。半山庐隐苍松翠，梅园欢喜雪飘浮。桂花香，枫叶俏，论文优。　　贺校庆，满园桃李客，彻夜笑，忆峥嵘岁月。凌云志，壮神州。轻歌曼舞新时代，跨越前进创一流。赞联合，攀大奖，庆丰收。

学　府　春
——记校庆 120 周年

喜庆欢歌处处闻，十八大后校园新。
红枫叶隐文科院，地下车通两处亲。
整饰装新还旧貌，连篇讲座请嘉宾。
盛开连理花枝俏，桃李笑迎学府春。

浣溪沙·校庆有感

校庆今年百廿年，回家学子满校园。欢声笑语喜空前。

桂子飘香人带彩，师生获奖业惊天。科研学术站前沿。

浣溪沙·学生邹瑞明从美国回校来访

毕业才高去首都，考研回校托福求。漂洋过海到加州。锦绣前程今造就，校园相聚话风流，凌云壮志写春秋。

周光应，1969年武汉大学化学系毕业留校任教。历任武汉大学副教授、武汉大学正处、四级职员。武汉市诗词学会会员，湖北省诗词学会第四届理事。

周志家

我 们 的 诗

没有像毛泽东样写出激浊扬清的文字/没能在"一二·九"为祖国的命运高声疾呼/没能在长江上用自己的枪声轰开一个崭新的世纪/没能像张志新样毅然走向刑场和真理/我很惭愧/晚来的诞辰误过了一篇篇传世不朽的诗章/我很自慰/我们正逢上如火如荼朝气勃勃的改革之曲/不能像女排样一球扣响中国人的志气/不能赴南极亲手培下长城站的基石/不能在老山峰顶用鲜血展现八十年代青年的形象/不能用笨拙的双手去亲自修整"世界的屋脊"/时代需要火红如杜鹃壮怀激烈的豪情/时代需要成熟如秋叶稳重进取的沉思/我们在教室和灯光下贪婪地吸取着时代的光和热/在书本和未来之间铺下一行行绿油油的诗

《武汉大学报》，1985年12月12日

我 们 是 男 子 汉

我们是男子汉/我们自豪我们是男子汉/我们是堂堂正正方

方实实的男子汉/堂堂正正目不旁视难怪女孩说我们高傲/方方实实雷厉风行难怪女孩说我们粗犷/拍一下胸脯如雷鸣毫无杂音血气方刚/摸一下胡须似诸葛运筹帷幄羽扇纶巾

男子汉就是男子汉/男子汉是挺立的树干巍峨的泰山/男子汉并非没有柔情只不过有泪不轻弹/男子汉并非没有芬芳只不过为了酿蜜才不愿左顾右盼

男子汉就是男子汉/男子汉就是世界世界就是男子汉/好了好了不要争不要吵/时空在旋转我们在旋转分不清哪个强悍

女孩就是女孩男子汉就是男子汉/让我们握手言欢互相融合取长补短/手牵着手牵着两个辉煌的世界/脚步踵着脚步奔向大海奔向汹涌的浪潮/风流是我们女孩是我们男子汉/风流是我们——不肯认输的又一代

《武汉大学报》，1986年1月10日

珞珈山：我们给你拜年

胖了红了青春溢出了笑脸/亮了清了目光催来了春天/让我们卸下了行装卸下旅途的劳累/举起杜康酒擎起深深的祝福/齐声向珞珈山：/我们给你拜年

香肠浸透了母校的慈爱/鲜鱼存留着家乡的温馨/行李包锁住了春节的氛围/我们　这些天之娇女/家之宠儿/毅然剪下了二分之一个新春/奉献给朝夕相处的珞珈山/珞珈山/我们给你拜年

元宵节依旧粗菜淡饭/团圆节不能与亲人共餐/为了祖国七彩的春天/我们豁出了全部的时光和心血

而立之年犹无所迷恋/春心启动却无情意缠绵/我们是八十年代的大学生/我们知道我们生命的全部内涵

假期只是音符的休止/新年并非旧岁的复演/我们知道怎样去攻克一道道难关/给珞珈山一份更加完美的答卷/珞珈山/我们给你拜年

《武汉大学报》，1986年1月22日

周志豪

时间的脚步

当十二声钟鸣将静谧的夜空划破/当辉煌的焰火在黄鹤的故乡升落/当香醇的葡萄酒把祝福的焦点拉长/——时间　它的后脚还在旧岁的子夜/前脚却已迈过/迎接新年第一缕晨曦的抚摸

这脚步是踏着长江的惊涛骇浪而来/奔腾的江水传颂着龙之传人的呼吸/这脚步是踏着老山前线的地雷而来/一声巨响迸发出华夏后裔的情思/这脚步从实验室的灯光中走来/一项项发明印下祖国前进的足迹/这脚步从竞争激烈的赛场走来/一枚枚金牌传颂着振兴腾飞的潮汛

时间的脚步走来了/十二声钟鸣是别离的启动/十二声钟鸣是远航的汽笛/它毅然迈过岁末的最后一瞬/昂然跨入新年的轻便秒针/在又一个黎明的扉页上/耕下一行行绿油油的诗句

《武汉大学报》，1986年12月31日

周克邦

回母校有感

珞珈山连东湖水，中西璧合独秀丽。
四校归一合天时，馆楼流风最高处。
回首五年青春梦，往事连篇跨世纪。
蓝天晴空残云消，六十回家望七十。

先贤名师树丰碑，百年学子数方计。
为国为民赤子心，厚重历史校训铸。
与时俱进入一流，科教兴国逢机遇。
道路坎坷笑自然，再创辉煌当尽力。

《校友通讯》（2004 年）

《珞珈情》，献给师长

伏枥得佳话，原自珞珈情。
学子不言老，师长惜草心。
幸喜有今日，何愁觅知音。
举目山水秀，又思珞珈人。

周秀淦

新年寄语台北友人

嘉城一别世茫茫，北国南天各一方。
往日同窗多胜事，今朝到处好风光。
巴山蜀水依旧貌，大地神州换新装。

寄语异乡师友者，归来把酒话沧桑。

周秀淦，东北财经大学教授，大连市武大校友会秘书长。

周良泽

学　友

他穷，还是富？／除了一床铺盖，就是两箱书。／湖面上晨曦轻雾，山峦里烟花露珠，／一个身影隐约模糊，清脆书声落山谷。／溪沟边流萤、蟋蟀，溪水里月隐月出，／倒影在移动，静静的思绪流向东湖……／他爱书呵，沿着道道圈圈，条条杠杠，／蜿蜒盘旋在人烟杳无的老林深处。／是啊！那儿有伟大精灵的遗产，／那儿有等待我们去开发的金盆宝库！／难怪他深夜里常用冷水淋头，／智慧之泉又悄悄地流过心灵的窗户。／一个定理、一个公式、一个单词，／临睡前，他还在床上反复地默记……／时间对他比金子还要宝贵，／他常说，生活一天就要前进一步！

《武汉大学报》，1981 年 2 月 16 日

周君如

武大赏樱（古词风）

阳春三月樱花道，人满苍台，欣赏花开。粉黛轻施素面腮，香溢珞山垓。　品格高雅何相似，桃蕊梅胎，火样情怀。花舞蝶飞恋故人，漫步几徘徊。①

①1964 年前后本人曾在樱花大道上盈字斋住读，非常思念那时的校园生活和同窗。

武大 120 周年校庆喜赋

喜迎学府百十春，李盛桃丰满目欣。
承继先贤报国志，更涵后俊为民心。
自强弘毅殷桃李，求是拓新除雾云。
圆梦中国担大任，黉门学子展经纶。

声声慢·武大 120 年校庆有感

山青水烨，碧殿银宫，世界最美黉门。十里飘香，桃樱吐艳争芬。林间古道斋舍，早读声，弥漫清晨。多少人，为追寻理想，踏梦韬真。　　有赖宗师教诲，倡学风慎谨，治校求新。造就名家无数，俊士如林。百年廿岁校庆，携故友，酹酒同斟。声声慢，寄深情，聊表寸心。

珞　珈　情

离校一别五秋冬，暮年寻梦破封尘。
林间小道循新路，树下花蹊觅旧踪。
犹记银斋闺蜜事，更思书舍导师情。
流连忘返黄昏至，似醉如痴坠梦中。

周君如，江苏宜兴人，1945 年 8 月生。中石化高级政工师。1963 年就读武汉大学图书馆学系，1965 年在武汉市外事机关参加工作，2000 年退休。退休前任武汉石化党校副校长，现为武汉石化凤凰诗社副社长兼秘书长，湖北省诗词学会、心潮诗词学会、武汉诗联学会理事。

周易立

忆江南·后浪更追前

武大美，傍水又依山。绿瓦粉樱人入画，名人校友写诗篇。后浪更追前。

母校梳妆美景修

几代学习居武大，常闻问道找牌楼。
走游工地轻声叹，母校梳妆美景修。

观两校①龙舟竞赛有感

同城两校赛龙舟，胜负难分友谊稠。
今日劈波磨意志，来年入海竞风流。

①两校指武汉大学和华中科技大学。

周易立，1955年1月生。父亲、弟弟、爱人都是武汉大学毕业。本人在武汉大学生活近60年，工作在武汉石化厂。曾多次在报刊上发表作品，多次获奖。现在是湖北诗词学会会员。

周治中

武汉大学见闻一二

学府精英世有闻，沧桑百载烙伤痕。
国亡学子逃天府，日占珞山驻寇军。
"九二"东迁课未复①，"六一"搜捕血腥淋②。

如今科教突飞进，满院东风硕果缤。

①九二：1945 年 9 月 2 日，日寇签字投降，随后，武汉大学迁回武昌珞珈山校园。
②六一：1947 年 6 月 1 日发生国民党反动派枪杀学生的惨案。

天　路

青藏自古路行难，缺氧巉岭又雪川。
科技劈开山万座，冻泥攻坚克千关。
唐昆莽莽梦通道，高铁哧哧上天山。
昔筑长城御外侮，今修天路富民欢。

周治中，湖北省司法局高级律师，已退休。省老年大学诗词班学员。

周溯源

欢迎你，新学友

欢迎你，/新来的学友，/我们的青春，/将在珞珈山闪耀着光华。/在追求真理的路上/求索、拓荒，/拼命拔除必然王国的篱笆。/环顾电子时代，/知识正在爆炸。/我们的专家太少了！/有数量，还得要质量，/才能支起现代化的大厦！/中国啊，中国，/你要飞腾，/就应迈出空前的步伐！/思想的长河啊，/应该后浪推前浪。

《武汉大学报》，1981 年 9 月 17 日

雷　电　颂

你忍受不了乌云对蓝天的封锁，/愤怒使你产生神奇的力量，/一道长鞭，火烧乌云，/划破阴霾一声霹雳，/发出你积

郁的呐喊！/也要做一个有力的"！"（惊叹）/——振聋发聩，
醒目耀眼。

周熙文等

2005 年 10 月 20 日代表武大经济系四五级同窗去母校给
三位老师拜寿。

一、祝贺李崇淮师九秩大寿

毁家兴学话当年，师爷美名泽东传①，
政韬经略陈出新，爱国爱民青胜蓝。
两通起飞倡崛起，多党合作承黄炎。
东西南北遍桃李，期颐再庆大开颜。

①李师的李更生师爷毁家兴学的高风亮节，当年口碑载道。毛泽东
在武昌农讲所曾着意推崇。

二、祝贺马同勋师九秩大寿

坎坷磨难志弥坚，笑对群魔舞蹁跹。
炉中纳凉孙大圣，劫里偷闲马散仙。
观今鉴古攻青史，反帝抗倭讨乱顽。
真金何愁埋尘土，大器早成晚更妍。

三、祝贺谭崇台师八十五寿诞

蜀江水碧多才俊，杏坛传道育斯文。
资深教授真君子，光彩照人好先生。
海归多赞高科技，山居独鉴发展经。
学成毅然效祖国，伟哉富贵不能淫。

《珞珈》第 164 期，2006 年 7 月 1 日

周鲠生

抗战胜利后，迁回珞珈山，时任武大校长的周鲠生为法学院一位老师逝世，以个人名义和老同事、老朋友身份写了一副挽联：

寇氛虽靖，国事方艰，澄清资教育，蒿目忍看前辈逝；
西蜀播迁，东湖凭吊，风雨齐同舟，怆怀弥痛故人稀！

育　青

练　长　跑

天未晓，起床早；为革命，练长跑。
大道上，人不少；迎寒风，热气高。
加油赶，劲冲霄；不怕苦，不怕劳。
我追你，你赶我；咬牙关，队不掉。
五千米，成绩好；万里程，脚下跑。
帝修反，在磨刀；同学们，警惕高。
阶级仇，要记牢；炼身体，把国保。
德智体，全面好；为革命，立功劳。

《武大战报》，1975 年 12 月 20 日

於可训

起伏的波涛

十万冶建大军的工棚，／像大海起伏的波涛，／入夜，波光

闪烁，/清晨，是一幅金色的浮雕。/这里，有最壮丽的涛声，/——四海乡音，八方音调；/这里，有最珍贵的水滴/——白发老兵，十八年少。/这儿曾卷过十二级台风，/是揭批"四人帮"的风暴；/这儿曾掀起惊天的海啸，/那是机声隆隆，人欢马叫。/这大海起伏波涛之上呀，/一个现代化的钢铁基地，/如万丈潮头，/正凌空飞跃！

《武大战报》，1978年9月30日

中国——面对今日的世界

请吧，朋友，举起我们的木碗、椰瓢、粗瓷杯，/斟上吧，斟上山泉、美酒、甜马奶，/祝福吧，祝福我们年轻的共和国，/告别少年，开始了生命的黄金时代！

她，没有华美的披肩，辉耀东方的朝晖，西天的云霞，/她，没有名贵的项链，闪烁珍珠的光焰，星星的异彩，/但她，却像山一样葱秀挺立，像海一样敞开胸怀，/因为她，笑微微，正面对今日的世界！

十年了！她渴望阳光，到处都是沉沉的暮霭，/十年了！她寻找鲜花，到处都涂抹着单调的色彩。/她用粗劣的布衣掩盖了自己美丽的容颜，/她把喧闹的世界紧紧地锁在门窗外！

多么漫长啊，梦一样纠缠着日日夜夜，连年不开，/多么混沌啊，潮水一样扰乱了天上地下，古往今来。/单调，没有轻歌，没有曼舞，没有友谊和情爱，/沉闷，泯灭了思想、智慧，泯灭了青春和天才。

难道，难道沙漠一样的空旷就是生命最伟大的本色？/难道，难道真空一样的纯净就是人生最富有的资财？／难道，难道记住昨天是为了重复过去的苦难？／难道，难道憧憬未来就不该面对今日的世界？

五光十色中隐伏着沉沉的刀光血影，／美酒佳肴里掩盖着世纪的空虚和悲哀。／虔诚的教徒和伟大的学者在进行理智的角逐，／专制的魔王和无畏的勇士摆起了决战的擂台。

中国，笑微微，正面对今日的世界，／没有卑怯，没有羞惭，没有惶恐和惊骇。／像荷花把躯干大胆地冲出污泥，／像鲲鹏用翅膀勇敢地招来风暴和尘埃。

她，疏通了所有的河道，让急流扑向大海，／她打开了所有的门窗，让新鲜的空气吹拂进来。／她，开始在粗劣的布衣上点缀美丽的花草，／她重新为壮健的躯体打造一副坚硬的甲铠。

她用九亿颗坚强的心铸就一座伟大的金字塔，／她用九亿条鲜红的血管汇成黄河波涛澎湃。／她在思索：要驾驭飓风，决不被飓风抛弃！／她在行动：要征服雷霆，决不被雷霆击败！

谁不惊叹，东亚睡狮又一次伟大的苏醒！／谁能忘记，她的祖先曾有过光辉灿烂的时代！／中国，正面对今日世界，／世界，正注视着中国的将来！

《武大战报》，1979 年 10 月 22 日

於可训，武汉大学文学院教授。

郑天飞　黄细才

庆祝武汉大学校庆 120 周年献诗四首

一

珞珈山下林阴道，环绕东湖有拱桥；
桥下游船桥上车，青山绿水护学校。

二

教室图书馆，昼夜人员满；
勤学苦钻研，从早学到晚。

三

学成毕业离母校，九月秋凉新生到；
新老交替年年有，教学质量岁岁高。

四

武大一百二十年，各种人才出校园；
全校服务为教学，只为学校作贡献。

庆祝武汉大学建校一百二十周年

东湖如镜照校影，珞珈山上观全景。
一百二十大欢庆，牵动中外校友情。
中外学子渡重洋，肤色不分黑白黄。
学优可以走全球，文化交流大开放。
学子回来看母校，一百二十不显老。
山丘平地起高楼，管理建设新面貌。

春夏秋冬树常青，四季花开满园春。
樱花年年游客满，武大风景动人心。
建校一百二十年，心血汗水浇果园。
育得桃李满天下，人才任由国家选。
社会发展教育变，并校学科更全面。
领导班子挑重担，多为人类作贡献。

郑天飞，武汉大学校办退休人员。
黄细才，武汉大学历史学院退休人员。

郑世平

樱 花 行

珞珈三月坐春风，樱眼盛开启迷蒙。
风霜未褪花事满，倾城冠盖探新红。
我来故园作倦客，重踏翠陌欲攀折。
忽如一夜倒春寒，千树万枝寻不得。
空见垄头尽落花，漾然一任委泥沙。
香尘满地犹啼血，残蕊孤芳对日斜。
凄惶独立已薄暮，曲径徘徊不忍去。
犹记年少俊游时，豪情满怀樱满枝。
樱下相携许白首，拈花曾赋红豆词。
花信未尽人已散，天涯相思不相见。
孤影问樱樱不语，昊天徒望冷月灿。
罗净梦老更几秋，流落江关似楚囚。
我意重来忆旧迹，孰料天亦妒风流。
问关千里来相会，寒风一曲樱花诔。

《珞珈》第 128 期，1996 年 7 月 1 日

郑邦民

人 类 活 动

人类活动要自由，与水争地何时休？
高楼大厦身康泰，洪旱频发心烦忧。
自然和谐根本事，资源常在索取求。
人生百年多勤苦，永保健康度春秋。

西 安 记 行

岁月风雨七十年，故地已非旧时颜。
岭树葱茏乾佑水，隧桥频接终南山。
高楼林立眼前起，经济繁荣手头宽。
师生欢宴长安地，友谊温馨夕阳天。

无 　 题

一年易过又冬临，窗外寒意不经身，
室内暖气融融在，不计冬夏永是春。

冬 日 来 临

冬日喜讯梅开灿，送走小寒迎大寒，
丰衣足食心间暖，引来瑞雪兆丰年。

郑邦民，工学部教授，已退休。

郑昌发

会 友

欢迎同班学友回母校共庆毕业三十周年有感

同窗五载如兄妹，三十年后重聚会，
立业成家添壮志，珞珈情谊又增辉。

《校友通讯》（1995 年）

郑昌淦

江城子·舒怀思

一江春水去茫茫，别汉阳，暗神伤。背负书囊，随伴上西墙。回首珞珈空寂寞，人已去，月凄惶。　　东楼灯火近昏黄，对词章，费思量。寒夜未央，报效日方长。箪食壶浆歌不辍，思有得，意飞扬。

《珞珈》第 113 期，1992 年 10 月 1 日

郑家秀

金 缕 曲

阔别武汉大学校园 35 年矣，有幸重临与数学系同窗欢聚一堂并联袂作胜游，因赋呈诸师友。

卅五年风雨。珞珈山，别来无恙，弦歌缕缕。负笈当年探学海，数域驰骋射虎。恨劫火，琴焚鹤煮。南浦耕残溪上月，更牛栏，忍尽人间苦。者番后，韶光误。　　同窗师友皆翘

楚。论功名，凌烟图像，誉驰寰宇。我沐秋光宁寂寞，比凝黄花点圃。喜联袂，胜游容与。黄鹤楼头鹦鹉渚。倚高舷，三峡长江溯。浮大白，倾肝腑。

《校友通讯》（1996 年）

郑琴缭

概说武大
——贺武大 120 周年校庆

珞珈山上武大居，古今中外学术集。
佳园名师荟萃地，土肥墙足盛桃李。
木树葱茏隐圣迹[1]，亦高亦综亦进式[2]。
一心改发力创举，兴弘校训遵规律。

[1] 圣迹指毛泽东、周恩来、李达、闻一多、郭沫若等名人视察、居住、工作过的地方。
[2] 意为进入世界一流高水平综合大学行列。

颂实事求是
——学用"实事求是"的点滴心得

实事求是乃规律，客观实际为前提。
普遍联系抓本质，因果关系须清晰。
实事求是乃真理，真懂善用得胜利。
自以为是悖离它，苦果累累等你吃。
实事求是乃指南，知行合一务必坚。
身土不二爱中华，包容和谐登高瞻。
实事求是乃法宝，"四个基本"要举高[1]。
改革发展齐努力，民富国强江山牢。

①四个基本：基本理论、基本纲领、基本路线、基本经验。

忆经管系①

经管建系八一年，"四项改革"给力源。
"三观"结合重实践，"两出"硕果人称赞。

①武大经管系建于 1981 年，现改称工商管理系。"四项改革"指学分制、插班生制、双学位制、转专业制。"三观"指宏观、中观、微观学科。"两出"指出人才、出成果。

郑琴缭，武汉大学经管系教授，系主任，已离休。

郑道德

毕业四十周年同班聚会有感

毕业挥手出校门，意气风发奔前程。
风霜雨露炼筋骨，勤奋敬业献丹心。
学友音容常浮现，期颐有日能逢君。
斗转星移四十年，迤逦归来皆老人。
皓首慈面夕阳貌，握紧老手道姓名。
频致健康长寿意，颐养天年享太平。
十年之后再相聚，年逾古稀叙晚情。
百年更有百年后，要续前缘待来生。

《校友通讯》（2003 年）

郑韵扬

琴 台 路

百花潭畔古琴台，子美曾经醉饮回。

往古燕如于飞去，当年月似照影去。
犹疑观赋司马在，却叹闻琴玉颜摧。
迢递新楼连云立，谁记临垆旧酒杯。

望江楼薛涛墓

锦江侧畔寒烟树，女史曾居绿竹幽。
临水低回无限恨，登楼怅望许多愁。

郑韵扬，武汉大学文学院 2010 级汉语言文学专业学生。

学　知

陈公八十寿贺

茫茫汉水郧山苍[①]，一曲弦歌滋味长。
昨日尚为勤学子，今朝已是耄耋郎。
人间晴雨真如梦，功业晚来犹自香。
故友亲朋春聚首，且将陈酒拌诗尝。

① "郧山苍苍汉水茫茫"是郧阳八高校歌。

《校友通讯》（2000 年）

屈家炎

京城聚会二首

一

珞珈一别三十六，今朝相见聚京都。
人生道路多坎坷，年逾花甲无所求。

无须闭门思功过，一投江水付东流。
唯有健康才是福，安全着陆更自由。

二

千禧聚会北京城，笑语欢声叙友情。
多少往事涌心头，风吹浪打信步行。
默默奉献苦耕耘，累累硕果留后人。
自古人生谁不老，夏去秋来景更明。

《校友通讯》（2000 年）

孟凡舟

珞珈山的风流

啊——珞珈山的风流！/娇阳，覆盖你的浓荫，/东湖，融进你的油绿，/金风，荡走你的细语，/洁雪，展现你的锦绣。/你用巨人的手，/挽起林木琼楼；/你用阔大的胸膛，/容载精英无数。

啊——珞珈山的风流！/你启蒙伍修权，/送走陈潭秋。/镌刻"六一"惨案的血痕/——你作为史诗一首；/推进历史的飞舟，/——你作为大河源流。

如今，/你又荟萃万千新秀。/他们的目标/——设计地球/——控制宇宙/他们的任务/——以千钧力/推动火车头！/血肉之躯/填补祖国的缺口，/补天之志，/助成华夏的风流。

《武汉大学报》，1985 年 1 月 12 日

孟新安

校庆寄语

校庆来临表心态，天翻地覆慨而慷。
亦破亦立方永恒，沧桑校园换新装。

环境育人无穷尽，众志成城铸栋梁。
长江后浪推前浪，明朝武大更辉煌。

心　仪

在雨后的天空，／挂着半轮彩虹，／叫憧憬。在寂静的夜晚，／划过一颗流星，／叫心愿。／在时间的驿站，／许下一个心愿，／叫永远。／在爱的港湾，／寄思一份真情，／叫守望。／在漫漫人生路上，／相结相知相伴。／厮守到永恒……

好　好　好

好雪好雨好年景，好业好为好前程；
好朋好友好交往，好心好意好善良；
好愿好梦好追求，好集好纳好兴隆；
好运好财好世道，好人好家好民生。

赏　花

姹紫嫣红满园馨，花艳飘点醉怡人。
花绽花盈花凋谢，一年一度一又春。

孟新安，1956 年 10 月生。武汉大学行政管理专业研究生，硕士。

行政五级职员，曾任武汉大学东湖分校副校长。

赵 源

敬贺张培刚老师九十华诞

满堂学子颂青松，半纪难忘师坛风。
六十年前名世作，至今尤惠九州农[①]。

　①指获哈佛大学"威尔士奖金"并列为《哈佛大学经济丛书》第85卷的《农业与工业》一书。

《校友通讯》（2003 年）

赵玉珩

迎接新世纪

一

百年有七风雨路，教学科研根基深。
珞珈校园春色好，为国建功育精英。

二

雏燕翱翔初展翅，书声朗朗学子勤。
廿一世纪开元日，自强弘毅起点新。

珞 珈 颂

请准路费离开封，报到入学来华中。
江水滔滔翻巨浪，全市军民正抗洪。
校车迎新征返路，垂柳两行道路通。

车进校门齐欢腾，目不暇接进校中。
山清水秀百花艳，楼台错落万树间。
图书馆下老斋舍，行政楼对理学院。
中西合璧美轮奂，世外桃源珞珈山。
百年老校百廿年，培育英才万万千。
改革开放校园变，教学科研走前面。
新老建筑相辉映，"文物"楼馆列在先。
校庆一百二十年，检阅成果展新颜。
老泪纵横珞珈颂，祝福母校永向前。

《校友通讯》（2012 年）

赵学禹

登珞珈山吟

楚王在此曾落驾，谐音名为罗家山。
民主战士闻一多，谐音改名珞珈山。
东连九峰观日出，湖光山色磨山前。
西望洪山宝通寺，日影西映宝塔山。
山前幽居十八栋，南眺胜景卓刀泉。
穿松观望狮子山，透林看见图书馆。
布达拉式老斋舍，青砖绿瓦孔雀蓝。
碧水池塘竹林绕，四季花香妍满园。
俯瞰学宫成千幢，学子读书五更寒。

珞 珈 春 早

喜逢珞珈迎春风，香花秀草尽多情。
如歌似画东湖畔，时有小鸟欢乐鸣。

精　　神

牛性牛气牛精神，奋蹄奋力奋耕耘。

拓荒拓育拓新野，一步一喘一丹心。

赵学禹，武汉大学离休干部。

赵致真

感香港回归

一

痛割香港日，风雨满神州。

往事凄而壮，百年患复忧。

沉沉睡狮醒，念念主权收。

还我明珠时，扬眉洗国羞。

二

香港归期近，九七盛事稠。

家中时倒计，梦里泪双流。

一国存两制，伟人展奇谋。

紫荆花正好，圆月照金瓯。

赵致真，武汉大学中文系毕业。

《校友通讯》（1997 年）

荆贵生

江 城 子

听易中天熊召政在武汉大学作报告

仲春武大百花鲜，请时贤，易中天，连珠妙语、听众乐无边。痛骂达官王八蛋，针积弊，掌声连。　　作家召政换工繁，始诗坛，再商间，财丰致富、然后返文联。巨著成名天下晓，明事理，是根源。

《校友通讯》（2008 年）

嫦娥一号探月卫星发射成功

嫦娥一号赴星空，开启中华探月宫。
梦想千年今实现，神州共庆乐融融。

太行大峡谷

斧劈刀齐一线天，太行峡谷夹山旋。
奇峰秀景星罗布，众客飘飘似变仙。

《校友通讯》（2007 年）

贺武汉大学110 周年校庆

一百周年又十秋，珞珈校庆冠神州。
依山傍水蓬莱景，耸翠叠峦方丈楼。
负笈钻研成柱栋，执鞭解惑育良优。
正逢盛世求知旺，争创寰球第一流。

武汉大学110 周年庆典

风和日丽气球悬，庆典会场人万千。

院系彩旗皆快转，友朋满座尽高贤。

主人讲话劲头足，宾客发言情意绵。

一百周年添十岁，强强联合喜空前。

《校友通讯》（2003 年）

胡 珊

珞 珈 山

珞珈山上/蕴藏着童年的梦/珞珈山下/点点人家

珞珈山上/春/青草的芬芳/夏/舞着金龟子/秋/那月桂飘香的季节/冬/有那山洞里的冰柱等你采/还有那朵朵腊梅似苦寒来

珞珈山下/孩子们在奔跑/追逐着小鸟/品尝着甘露/草地里有蚱蜢的身影/山脚下芦苇飘飘/在嬉戏/在欢唱

珞珈山/我的母亲/我把你来歌唱/小时候/我在山上/长大了/我在山下/珞珈山/回家的地方

萤 火 虫

你小小的身躯/轻盈跳跃

你点一盏小灯/照亮/你/我/她/的心扉

你飞啊飞啊/不知疲劳/从东头/到西头/从云间/到树丛

黑夜里/黑夜里/星星点点/是你的靓影/在闪烁/在闪烁

宁静的夜晚/有你的陪伴/不再黑暗/你的亮光/不再孤单/照亮我的梦/随我入梦乡

栀 子 花

童年的那朵/栀子花/栀子花/香过你/赛过她/妈妈手中采/妞妞头上戴

朵儿白花花/采一只苞苞/送给她/跳皮筋/吃蛋花/头戴香

喷喷的栀子花

头戴栀子花／香飘到您家／无烦恼／无忧愁／童年那朵／栀子花

胡珊，武汉大学城市设计学院 2008 级博士生。

胡文楠

校庆 120 周年

清丽珞珈山，东湖秀水边。
早期建筑雅，昂立林翠间。
文理工医信，高精新特尖。
名师齐荟萃，学子贤万千。
百廿周年庆，高瞻世界先。

迎　春

冰河解冻冬不再，大地复苏笑颜开。
梅苑地缤纷五彩，樱花道雪漫云台。
珞珈武大常青态，学者专家育栋材。
离退乔居琛宝地，知足常乐奕悠哉。

时逢盛世好光景

轻软和风暖我心，百花绽放竞争春。
青山绿水绣华夏，人面桃花映彩云。
奉献青春光与热，燃烧夕照魄和魂。
和谐岁月人长寿，勤奋笔耕八秩人。

美丽武大

美丽武大，锦绣珞珈。常年掩绿，四季鲜花。

美丽武大，锦绣珞珈。名流院士，学子彩霞。

美丽武大，锦绣珞珈。业绩显赫，名蜚天下。

美丽武大，锦绣珞珈。百廿庆典，耀我中华。

胡文楠，1931 年生，1949 年 8 月参加湖北松滋县妇联土改工作。1959 年调武汉大学化学学院资料室工作（馆员），已离休。

胡岂凡

画展感赋

海外飘泊教十余年，首次偕妻施素云归来举行书画展感言。

去国瞬近六十年，忠爱难伸备磨煎。
民族尊荣高碧宇，敬献身心誓保全。
困顿威迫何踌躇，地覆天翻勇向前。
以之奋力读经史，诗文书画并精研，
两百万言论学术，更写诗词逾三千。
中国台湾和日、泰，三夺王冠慎临渊。
尽管年华日向晚，为国输诚迈沛颠。
殷望统合如世愿，壮丽国土庆团圆。

《校友通讯》（2001 年）

致母校校友

翰墨琳琅书卷气，唐诗晋字宋词章。
琼楼画阁藏经史，风雅上凌日月光。

胡岂凡，书画家，珞珈诗社顾问。现居台湾。

胡代光

怀念母校武大

嘉州负笈四零年①，往事萦怀经历艰。

抗战方兴激敌忾，弦歌迅转继薪传。

大成殿侧聆师教②，巨佛江边会友谈③。

若问如今学致用，难忘饮水要思源。

①四川乐山县古称嘉州。

②当时武汉大学校本部和文法学院均在乐山县城文庙内，而供奉孔夫子的大成殿外两侧厢房则分隔作为教室。

③乐山县城对岸凌云山边有唐朝开元年间凿石刻成的巨大佛像。

《校友通讯》（2008 年）

胡代光，1944 年毕业于武汉大学经济系，现为北京大学经济学院教授。武汉大学第五届杰出校友。

胡守仁

王故校长雪公百年诞辰

台北市武汉大学校友会为王故校长雪艇先生百岁诞辰举行纪念赋寄一律

珞珈流教泽，我得坐春风。

回首前尘渺，顼颜梦寐中。

当年苦伤逝，遗则韶无穷。

百岁逢祈度，同声颂此公。

忆珞珈山

珞珈何的有？黉宫立巍然。
本来一荒山，开辟成洞天。
青衿远近至，琅琅书声圆。
予尝就读此，俯仰四阅年。
牙签压邺架，琳琅新旧编。
中坐足永日，提要更钩玄。
讲授多名师，典坟皆贯穿。
善诱举一隅，反三凭钻研。
成就众弟子，引领企渊骞。
地偏远尘嚣，近处绕林泉。
洪山峙其西，东并东湖边。
爽气东北来，疲恭为之蠲。
佳节亦时用，潇洒脱拘挛。
或驾一叶舟，清波任回旋。
或资济胜具，涧坡恣攀缘。
幽怀舒以畅，不觉岁时迁。
别来近五纪，侵寻已华颠。
中间尝一至，讲学随诸贤。
安排少陵诗，塍口愧才铨。
兼旬忽已尽，别后益情牵。
自顾再到难，寸心抱悁悁。
赖有梦不隔，何碍莽山川。

《珞珈》第 104 期，1989 年 7 月 1 日

胡国材

斥石原慎太郎

日本国会议员石原慎太郎接受《花花公子》记者访问，诬指"南京大屠杀"为中国人编造之流言（见 1990 年 10 月号《花花公子》，谨缀俚辞，以抒积愤，并就教方家大雅。

屠杀南京三十万，斑斑史迹世人知。
扬州嘉定何能比，似海深仇万代悲。
强虏侵凌天亦怒，凶残恶毒百般欺。
雨花台下无名冢，玄武湖边没字碑。
半壁河山蹂躏尽，八年灾难不堪追。
骨如山积泪成雨，血染江深肉作糜。
劫我资财千万亿，家园抛弃众流离。
兄弟阋墙渔得利，良机错失更何时。
吉田岸信今何在？武士精神已不再。
轻薄之徒列庙堂，磨牙切齿露狂态。
滔天罪恶总难逃，狼虎贪婪真大憝。
陷我国家分裂久，补瓯还赖回天手。
江山万里尚凄凉，岂仅东条是祸首！

《珞珈》第 107 期，1991 年 4 月 1 日

胡国瑞

满 江 红

吾生幸及九十初度，朋好多宠锡华章，感激之余，赋此答谢，藉抒鄙怀。

九十年光，似白驹，瞬然过隙。慨平生，悠悠斯世，一何寥寂！秋月春花随逝水，心期万种都虚掷。愧亲朋，曲爱锡琼瑶，汗颜赤。　　看禹甸，光奕奕，遍河岳，锦绣溢。又衣冠万国，共瞻北极，香港方欣珠璧还，台湾旋闻足响及。幸吾生，犹及沐祥辉，荷天力。

玉　楼　春

岫外霞残萦碧雾，阵阵笙歌桥上路。一声烟水尽苍茫，如线轻舟摇桨去。　　底事景阑无？意绪，漫踏山阴听织语。明朝唤取画桡来，载取白云深处住。

胡国瑞，武汉大学中文系教授，成立中华诗词学会发起人之一，后任顾问。

胡春芳

为庆祝武大建校百廿年而作

珞珈东湖山水连，武大校园最美观。
一年四季花盛开，绿化环境排名前。

母校育我三代人，七位毕业拿文凭。
留美教科有五位，资深学识母校情。

常思恩师李崇淮，同办学院上台阶。
《文明单位》省授给[1]，师生心情乐开怀。

毕业照上李校长[2]，难忘伟人尊容像。

哲学理论大创新，马列主义新一章。

①中共湖北省委、湖北省政府1986年3月首次开展文明单位评比，授予武汉大学管理学院为文明单位。

②指1964年本人毕业于武汉大学经济系，李达校长与我班同学合影。

怀念郭超人社长①

武穴有位郭超人，新闻界中一巨星。
生前主掌新华社，为国增光心血倾。
《回望高峰》纪念集，表彰超人业绩宏。
卓越逝者精神在，缅怀贤君倡文明。

①郭超人系湖北武穴市人，曾任新华社社长之职。他在世时，为武穴市第二高中捐资建教学大楼一栋，称超人大楼。

八十感怀

瞬间迎来八旬秋，培育学子喜获收。
十六入伍图强国，清风两袖乐悠悠。

世界胡氏通谱发行志喜

炎黄裔胄遍海宇，华林堂号脉广连。
城公祖风传宗谱，孙子万代溯根源。
尊祖敬宗兴百业，丕振家声继前贤。
耀邦锦涛光华夏，弘扬德才著新篇。

胡春芳，武汉大学离休干部。

胡鸿勤

有缘半世重相聚
——贺医学院 1955 级同学 50 周年聚会

一

五十年前聚江城，立志悬壶济苍生，
风华正茂苦研读，忘我奋发赤子心。

二

张之洞府改杏林，紫阳湖畔互交心。
黄鹤楼前数风流，东湖岁月情谊深。

三

当年新校共植树，水果湖上忙筑堤。
挥汗共建汉丹路，除害灭病赴荆州。

四

图书馆内勤积累，运动场上齐健身。
激情岁月磨励志，苦辣酸甜记历程。

五

昔辞江汉赴青藏，马快歌欢牧草香。
夜雾轻纱星光闪，江河源头悬壶忙。

六

三万里程科研路，世界屋脊莽昆仑。

风雪天路四十载，开拓艰辛献赤诚。

七

报国寿民天涯路，救死扶伤天使情。
全心服务我辈志，献过青春献子孙。

八

今秋举杯重相会，情长谊深三生幸。
历经沧桑多保重，日月同辉友情浓。

《校友通讯》（2006 年）

胡德坤

念奴娇·武汉大学百廿华诞志贺

珞珈秋暮，望东湖如镜，长江堆雪。小径层楼环碧树，黄绿赤橙交叠。霜菊含羞，苍松凝翠，芳草烟云接。谪仙知否，人间天上宫阙。　　学子四海荣归，百年一庆，共颂千秋业。弘毅自强垂正史，勤育人中英杰。毋忘师恩，青兰相续，唯此心高洁。应争朝夕，拓新求是传捷。

水调歌头·珞珈春

荡荡东湖水，郁郁珞珈峰。峰峦云叠雾绕，碧瓦有无中。楼阁亭台石上，松竹梅樱丛里，晨读彩霞红。南岸春来早，百鸟乐融融。　　播细雨，洒甘露，润葱茏。喜看桃李争艳，古校展新容。铭记自强弘毅，求是拓新进取，高处逞豪雄。共谱青蓝曲，浩气壮东风。

新武汉大学成立志贺

百年一遇好机缘，四校同门成美谈。
勤育英才图报国，广栽桃李续青蓝。
经天纬地周郎愧，揽月攀星诸葛惭。
兴我珞珈同携手，辉煌再铸更无前。

水调歌头·珞珈新年贺

未见雪霜至，已现腊梅黄。满山松柏滴翠，小径觅兰香。俯瞰东湖似镜，远望长江似带，云淡楚天苍。凤鸟栖梧树，碧瓦映霞光。　　创业史，自强路，忆沧桑。十年合校同庆，珞岭彩旗扬。文法理工医信，众志攀星揽月，携手写华章。辞旧迎新岁，来日更辉煌。

胡德坤，历史学家。武汉大学原副校长、资深教授。

胡德林

春游武大校园

漫步蟾宫放彩霞，琼楼翠岭赏樱花。
和风戏我添游兴，酌句轻吟学府夸！

登襄阳古城

登楼遥望势巍峨，堞垛龙腾傍护河。
雨润亭台云涌翠，枝柔叶茂柳杨波。

武当山览胜

大岳擎天九岭宽，云烟变幻势超然。
涧流壑谷层层翠，殿阁金光万客瞻。

踏莎行·晨练拳剑

雅曲轻扬，晨曦初现，韵调"晨友"挥拳剑。龙翔太极蕴刚柔，虎腾八卦飞如燕。　　身手翩然，清风拂面，舒筋运气空灵幻。枝头喜鹊笑霜丝，"大鹏展翅"腾飞现[①]。

[①]武当太极剑的一个动作。

临江仙·江夏青龙山摘桔度重阳

岭岭青山香阵阵，金黄万点云星。嘴哑赞赏眼眉惊。脚跟高踮起，抚橘小心拧。　　俯伏屈身枝挠挠，仰窥采摘嘭嘭。鬓银骨健笑如铃。秋光如画美，各自果丰盈。

胡德林，湖北省老年大学鹰台诗社常务副社长。

柯　丹

汉宫春·贺母校武汉大学校庆

喜漫珞山，庆峥嵘岁月，百廿春秋。黄花红叶，声欢语笑歌稠。阳光雨露，育桃李，誉满五洲。正豪迈，龙骧虎步，雏莺老凤争道。　　放眼而今学府，坐岭跨湖秀，碧画银钩。更强强结优优，高帜云头。科研教学齐抖擞，竞显风流。逢盛世，东风好乘，腾飞再上层楼。

久别同学重逢（古词凤）

美煞东湖柳，情丝舔浪头。三十年同窗重聚首，把盏畅怀，趁菊艳蟹肥，桂馥兰幽。　　忆当年，学军学工学农，樱花不见枉凝眸。哭总理，悼领袖，忧前途，青春不掩愁。喜吾侪，藐白眼，冰操守；自磨砺，打拼不休。争赢得，旗红酒绿，堂堂正正尽风流。高举杯，块垒前嫌尽在不言，豪情机遇常持在手。倾金樽，并祝至爱亲朋，月共圆，人长久！

武大樱花节

曾经三载樱园住，不见樱花几树稠。
到底春和心抖擞，粉红十万竞风流。
冰心玉骨伴琼楼，吮墨凝香壮画猷。
夹道迎宾三月节，风光正在岭高头。
昨日秃枝今爆豆，三天不见朵成球。
飘飘樱片传明信，染蕊春风亦染头。

武大樱花思访贤

三载倒春寒，同园情谊深。
琼枝坚我志，玉蕊暖吾心。
质比梅高洁，性齐兰率真。
时和报春早，每每倍思君。
拾级过高林，花光照眼明。
琼楼缠玉带，画岭架云屏。
扑面花吹雪，凝眸香醉人。
绵绵夹道里，处处漾春情。
玉蕊冲寒出，娇娇粉黛匀。
堆枝冰夹雪，携手雾烘云。

暗送香留客，欢随雨坠银。

最钦风采后，新叶继花魂。

柯丹，1977 年毕业于武汉大学英语专业，英语高级讲师。武汉市、湖北省书法家协会会员、湖北省楹联学会会员、常务理事。

柯 南

春，开在绿色的信笺上

春日对我缄默无语/且化融雪迹残冰/流过笔端/泻在绿色的信笺上/将我所有的叹息涂上墨水/绽开/绽开/绽开/呵，我怀抱了一整个冬日的温暖/便扑簌簌地从胸口抖落/像放飞了悲壮的哨音/有鸽子/将你的梦衔了来/愈合/我疲惫的缺憾/我不哭泣/不哭泣/虽然夕阳燃起了感情的晚炊/而归鸦的翅膀/也不再唤醒你的柔性/那种古井般枯燥的等待/蛙声已不能抚平我的孤寂/那么/就让你不加雕饰的微笑/昭示一个无法演绎的箴言吧/朦胧如雾的空荡荡的意境/早已托不起那个沉甸甸的话题/尽管昔日的幻想躲不开/秋叶的凋落/生命的原色却依旧/在夜漏声中淘去胆怯/是的/我并不拒绝荆棘/对失望的冷寞意味着堕落/带血的呼声即使牵不住/芳馨的梦景/春，依然开在/布满青苔的信笺上

钟声旦

"国立武汉大学"牌坊

石质牌坊立路央，万千贤士过名坊。

几年在校辛勤学，犹胜仙都意味长。

行 政 大 楼

行政大楼威武极，两旁城堡更雄风。
远谋首长挥挥手，学子先生洗耳听。

图 书 馆

图书馆里静悄悄，学子扬帆意兴高。
有幸当年常破浪，诗根扎入岸边涛。

《校友通讯》（2010 年）

钟声旦：1967 年毕业于武汉大学中文系。中国楹联学会会员。

钟岸先

点绛唇·珞珈山的飘叶

一叶吟秋，飘零片片思千缕。绵绵风语，化作枝头雨。
岁月如歌，相伴如朋侣。今归去，梦牵何许？但愿来春叙。

一剪梅·珞珈山抒怀

日出珞珈朝霭柔，幽径花香，曲径亭幽。山巅长有彩云封，烟水禅音，芷水横流。　　风雨黉门万木秋，一叶思君，几叶香浮。试看红日接云头，心在高天，笑在瀛洲。

钟岸先，1958 年 10 月生，广东紫金县人，大学文化。系中国楹联学会会员，岭南诗社社员。已出版传统诗词《磨》、《砺》。

钟莉莉

武汉大学百廿庆

珞珈翠叠湖波漾，绿树琼楼山水旁。
培木育才做梁栋，筑巢引凤续辉煌。
诸学子九州争秀，众硕彦八方竞翔。
节日师生齐振奋，欢祝百廿梦飞扬。

珞珈春回

绵绵细雨绿江岸，暖暖和风迎春华。
林碧鸟欢学子静，桃红樱粉游人哗。
鹏前靓妹扮俏笑，湖畔顽童追胖蛙。
又是一年春景好，情牵梦绕珞园佳。

菩萨蛮·回故里感怀

晚年更思乡，假日特回老营旧居探望。

清明雨霁春风畅，驱车一路莺啼唱。幽岸细草香，柳垂溪水旁。　　故园情怎忘，红院空愁怅①。亲友远他乡，唯留思绪长。

①红院是少年时居住的部队大院。

钟莉莉，武汉大学老年大学诗词研修班学员。

仲敏彰

毕业四十周年母校初聚

一别珞珈四十秋，湖光山色更风流。

昔日握别皆年少，今朝聚首都白头。
踏遍青山人已老，老骥伏枥志未休。
敢将残年报祖国，不负恩师教导稠。

羊城再聚会

千里负笈早离家，同窗共读在珞珈。
辛勤磨剑报祖国，治理黄河建三峡。
峥嵘岁月成往事，回首不负好年华。
楚天羊城两聚会，期待香港看荆花。

再 聚 有 感

人生几回聚，有缘又相逢。
晚霞无限好，共享夕阳红。

如梦令·再会

握别风华正茂，祖国南北西东，楚天初聚首，羊城再相逢。如梦、如梦，韶华似水匆匆。

《校友通讯》（1999年）

钦代主

武汉大学观樱花

枝摇蕾绽笑春风，樱海林园景色红。
观赏游人情似火，双双伴侣醉花中。

钦代主，笔名革新，经济师。中华诗词学会、湖南省作家协会、诗词协会会员，洪江市诗词协会副会长。著有《楚南情韵》等。

段振中

过穗留赠诸同学

二十七年喜聚首，星湖钢标五春秋①。
山坡犹望白霓月，随县曾驱赤笔牛。
贻笑钢康争左右，荒唐兵工定劣优。
天南地北各勤业，朋辈有成看广州。

①星湖在原武汉测绘科技大学（现武汉大学三区）校园内，湖岸有钢制觇标，钢标下学生宿舍七栋，航空摄影测量系 63 级曾住此。

《校友通讯》（2001 年）

赠黎君（古词风）

珞珈忆，风雨测绘园。离却有缘终费解。梦萦茉莉静思兰。一握三十年。　　欣慰藉，重逢在花城。夫挚子诚婆尚俭，学深志笃业惟精，梅映李桃红。

赴边（步鲁迅《自嘲》诗韵）

农家子弟欲何求？自定赴边算带头。
难舍眼前诸侣散，萦怀身后九派流。
雪原此去无牵挂，林海未来有只牛。
吾不负国心暗誓，愿将夙志付春秋。

《校友通讯》（2001 年）

皇甫国

啸遍·贺武汉大学 120 周年校庆

碧水拥楼，青嶂染衣，树上流莺语。箫鼓鸣，儿女竞相呼。望红旗飘飘天宇。典礼俱，芳园靓妆迎客，争先奋翼鲲鹏翥。思学府初开，文明始肇，张公之洞重顾。历百年风雨起宏图，阅世经龙腾楚天舒。薪火传承，殿阙巍峨，蠹天塔柱。吁！长啸东湖，雁飞人阵过南浦。名校多俊杰，新时期铸新誉。喜荟萃人文，显彰特色，丰盈硕果寰球著。悟逝者如斯，分阴是惜，真能抓住机遇。看嫩苗茁土每日殊，戴月春畦自挥锄。珞珈山，暖阳甘露。和风吹柳如醉，薄雾笼江渚。碧桃含笑樱花烂漫，正好吟哦信步。宝刀千磨试锋初，指长空，雪练旋舞。

昭君怨·武汉大学樱花

争看樱花烂漫，拂了一身还满。士女往来频，好开心。旧事哪堪回首，校苑群倭狂吼。泪眼对樱花，血凝葩。

忆少年·读李进才先生《春晓斋诗词集》

农村沃土，农民子弟，农谣风韵。资江启帆影，觉寰球真近。　揽天海云雷足印。望窗前，珞珈红润。芳园鸟鸣春，伴清晨花阵。

皇甫国，湖南桃源人，1935年6月生，1951年2月参军，现为湖北省军区老干部大学副校长、将军学府诗词研究会秘书长、副主编。中华诗词学会会员，湖北诗词学会、武汉诗词学会常务理事。

俞润泉

南乡子·寄蔡名相学长

蔡名相学长乘亚运之雄风，十月再度来大陆省视继母。母近九十，童时赖以哺育者也。一水阻隔，常思奉养。诗云：

"孝子不匮"，其是之谓欤。十月九日，名相兄去江西原籍，假道汉皋，归心如箭，仅能作一日之羁留。洞庭水阻，余不得一见。乃以"南乡子"一首托皮公亮兄转呈。

万里孝思浮，戴月披星更不休。故里黄花迎远客，悠悠，山倍葱茏水倍柔。　难得汉皋留，暂驻征帆正仲秋。横隔洞庭人不见，愁愁。何日中原望眼收。

《珞珈》第107期，1991年4月1日

闻一多

废旧诗六年矣。复理铅椠，纪以绝句

六载观摩傍九夷，吟成鴃舌总猜疑。
唐贤读破三千纸，勒马回缰作旧诗。

维 摩 寺

维摩古寺天下名，金粟堂前午荫清。
山禽楚雀皆梵响，金灶石坛非世情。
说法天仙思缥缈，随缘万鬼忆狰狞。
游人不识广长舌，小立清溪听赞声。

（原载1919年11月《清华学报》第5卷第1期）

北 郭 即 景

傍郭人家竹树围，骄阳卓午尽关扉。
稻花香破山塘水，翠羽时来拍浪飞。

（原载1919年11月《清华学报》第5卷第1期）

释　疑

艺国前途正杳茫，新陈代谢费扶将。

城中戴髻高一尺，殿上垂裳有二王。

求福岂堪争弃马？补牢端可救亡羊。

神州不乏他山石，李杜光芒万丈长。

一　句　话

有一句话说出就是祸，/有一句话能点得着火。/别看五千年没有说破，/你猜得透火山的缄默？/说不定是突然着了魔，/突然青天里一个霹雳/爆一声：/"咱们的中国"！

这话叫我今天怎么说？/你不信铁树开花也可，/那么有一句话你听着：/等火山忍不住了缄默，/不要发抖，伸舌头，顿脚，/等到青天里一个霹雳/爆一声：/"咱们的中国"！

闻一多，民主斗士，曾任武汉大学文学院院长，有《闻一多全集》行世。

娄廷常

为历史系69届毕业30周年而作

一

回首三十五年前，寒门布衣进校园。

报党报国为人民，学海求索老弥坚。

二

顾思珞珈五年间，书声伴随风云翻。

恩师指引成长路，学友互勉勤登攀。

三

别离东湖三十年，"四化"征途自加鞭。

粤赣浙黔绘宏图，豫鄂湘皖赋新篇。

四

放眼远望新纪元，巨龙腾飞跃蓝天。

待到山花烂漫时，我辈再聚珞珈山。

娄廷常，武汉大学历史系 69 届毕业生。曾任武汉大学党委副书记。

《校友通讯》（1999 年）

施应霆

贺刘涤源兄 84 寿辰暨学术业绩

文星八四气轩昂，华桂腾芳学海扬。

绛帐师徒传盛业，弦歌桃李列门墙。

沧桑风雨无躬尽，道义文章继世长。

唯楚有材交莫逆，举怀邀月颂辉煌。

《校友通讯》（1995 年）

读《青原山》第 29 期有感

一

巍巍十三中，英名战火生。

辉煌六十载，众志喜成城。

二

纪念特刊号，悠悠校友情。
扉页百五十，字字传心声。

三

青原与珞珈，峥嵘双秀峰。
群英竞挥毫，手足见情深。

四

名相吾知己，才华两岸闻。
从容编辑事，举重竟若轻。

贺名相弟九九春彩云归来①

万里天涯若比邻，白云黄鹤迎归鸿。
绛帐师徒彰盛业，芬芳桃李满门庭。
自强弘毅争相勉，求是拓新蔚成风。
优良传统宜珍惜，笑倚高栏傲万松。

①蔡名相，台湾《珞珈》编审。

《校友通讯》（1999 年）

珞珈时代（1996 年新年献词）

什么时光最值得珍爱？／是幸福的珞珈时代。／什么时光最
难以忘怀？／是美好的珞珈时代。／勤奋严谨的校风铸造我的灵
魂，／春风化雨的师恩导向心田灌溉。／湖光山色的画境陶冶我
的情操，／切磋琢磨的友情激扬学海竞赛。／啊！珞珈时代，黄

金时代。/穿着中学时期的青布学生装走进校门，/挂着永不褪色的武大校徽迈向未来。/什么时候懂得了人生？/是在发扬、蹈励、驰骋、攀登的珞珈时代。/什么时候认识了世界？/是在思考、追求、探索、发掘的珞珈时代。/知识的花朵在这里盛开，/栋梁的苗儿在这里成材。/啊！珞珈时代，黄金时代。/穿着中学时期的青布学生装走进校门，/挂着永不褪色的武大校徽迈向未来。

《珞珈》第 127 期，1996 年 4 月 1 日

姚宏禄

望海潮·生物系 57 届同学返校聚会纪兴①

樱飘兰谷，桂香梅岭，同窗四易春秋。大江波涌，东湖翰墨，书山直上忘忧。狮子顶重楼。正百花斗艳，燕绕芳洲。学友如云，踏寻春色舞歌稠。　弘毅永记心头。忆渔樵唱晚②。好梦悠悠。赤子丹心，天涯海角，风涛卌载行舟。今顾影清幽，恰秋高气爽，雁阵南投。如箭归心，拜师相聚珞珈游！

①阔别 43 年，归心似箭。今秋（2000 年 10 月 12～15 日）同学返校，拜望师长，相聚联欢，情景极为动人，调寄望海潮以纪兴。
②渔樵唱晚：指在东湖、梁子湖搞渔业与水生生态学实习，在珞珈山、沙洋农场搞植物学与鸟类学实习。

《校友通讯》（2000 年）

饶材滨

珞珈吟

珞珈南北竞雌雄，学府堂堂山水中。

百廿春秋风雨济，六十岁月李桃红。
龟蛇俯仰慕珈色，黄鹤去来恋楚风。
代代学人追梦路，登峰步韵寄苍穹。

学 府 之 春

暖气姗姗大地回，枝头一夜绿芽肥。
冬眠古道老儒步，春醒层林喜鹊归。
十里东湖滋雅韵，百年学府尽朝晖。
珞珈醉雨催春梦，展翅雄鹰竞奋飞。

缅怀李达老校长

学冠东西国巨梁，声名显赫五洲扬。
点批顶论吹魔怒，勇斗邪风小丑狂。
诚吐真言奸害命，蒙遭凌辱夏飞霜。
中华不忘元勋业，浩气凛然千古芳。

跨金鸾·忆同窗

五十年，历经岁月沧桑。忆当年、风流倜傥，我辈骄子神扬。树雄心、红专锻造，苦历练、盼早成梁。美境交缘，名牌科系，喜分析课誉师煌[1]。线代数、幽幽诗话，回味韵悠长。攻专业、学研并进，名导巡航。　　借真功、身怀秀质，勇赴远近八方。最称豪、顶天立地，重任接、皆显雄强。敬业年年，终身奉献，兴国家傲骨铿锵。庆相会、东湖波滟，轻舞唱洪荒[2]。珈山碧，祥云万里，丹桂飘香。

[1]分析，指数学分析课。由名师路见可先生主讲。讲授精彩，大家至今念念不忘。
[2]洪荒，原指学生宿舍洪字斋、荒字斋，这里代指我们当年的学习

生活场所。

　　饶材滨，计算机学院退休教授，中华诗词学会会员，珞珈诗社社员。

费培根

赞武汉大学

绿瓦繁星伴劲松，樱花桃瓣迓春风。
山峰湖水双辉映，百载书斋独坐中。
合校增才添活力，中原崛起打先锋。
专家学者联天下，世界排名往上冲。

保　定　聚　会

冀豫①秋高八次缘，精神矍铄带中年。
梅荷气质应珍惜，不朽文明代代传。

①老同学第八次聚会在保定和郑州。

游桂林龙脊瑶寨梯田

绿稻盘龙绕脊游，沟溪泉涌入湾流。
林间土寨炊烟起，景赛桃源似画留。

观张家界风景

万丈悬岩长绿松，奇山峻柱摆迷宫。
更欣一个天桥洞，无限风光在险峰。

　　费培根，1935 年生，1960 年毕业于武汉水利电力学院农田水利专业，留校任教，后进修经济学三年。曾任经济学教授，硕士生导师，已退休。湖北工业经济学会理事，武汉大学老年大学诗词研修班学员。

贺治安

风光秀丽大学城

武大学城百廿载，珞珈如画秀美添。
中西合璧高楼耸，镶嵌东湖南岸边。
重点学科特色夥，科研成果世领先。
黉宫培育高精彦，立足九州创新天。

贺治安，湖北省档案局退休处长，省老年大学诗词班学员。

贺美成

思珞珈，寄天涯

倚杖兰山望珞珈，且将魂梦寄天涯；
山清水秀神仙境，几净窗明众士家。
飞阁流丹培俊杰，好男淑女竞风华；
叮咛往昔同窗友，何日东湖赏晚霞。

林 阴 道

法国梧桐中国松，梧桐叶落松葱茏；
刀光剑影樱花植，碧血毋忘国耻同。

体 育 馆

饱经忧患几沧桑，讲武论文演艺场；

碧瓦钢梁依旧在，离情别绪绕回廊。

《珞珈》第129期，1996年10月1日

敖文蔚

寻樱遇梅

壬辰春寒，六十年际遇，樱长眠不醒。珞珈游人转而赏梅，故有此作。

东湖涛卷雪，珞岭木含悲。
百树樱苞紧，千人赏欲衰。
忽闻传语闹，猛迈倦足飞。
路转幽深处，观梅喜上眉。

官湖大桥

壬辰年十月，武昌八一路延长线跨三湖建桥竣工。珞珈山南光谷大桥最为壮观。

路断湖干白厉厉，天虹四载降人间。
华灯放彩遮星汉，倩影横龙弄柳烟。
众走空中莺就伴，车拂浪顶鲤撒欢。
辚辚纵队惊山过，自此春残欠泣鹃！

苏幕遮·桂园朝读

起金风，黄粟妩。桂子奇芬，玉兔天香驻。虹彩年华休自负，捧诵如痴，但被殊香虏。　馥通经，推顿悟。更有钻研，不敢言天赋。知海茫茫能耐苦，此刻忘吾，香在无心处。

敖文蔚，历史学院教授，已退休。

秦立先

庆宜昌校友会成立

五月东风桃岭春，云集几代珞珈人。
韶华烈烈强国志，鹤发拳拳报党心。
斩断两江立五坝[①]，劈开群山建双村[②]。
八千校友融一体，水电都城再铸勋。

① 长江上建葛洲坝、三峡大坝；清江上建高坝洲坝、隔河岩坝和水
布垭坝。
② 指精神文明和物质文明双文明村。

《校友通讯》（2002 年）

退　　休

躬耕蹄奋赤诚心，岁月指弹花甲辰。
别离教鞭习笔砚，书林漫步可淘金。

从　　教

半路出家桃李园，红烛化作人梯篇。
潜心伏案星月伴，俯首耕耘学子贤。
传道育人德为本，授业解惑践当先。
爱生重教丹心付，自有门前笑语甜。

《校友通讯》（2004 年）

《武大校友通讯》赞

校刊弘扬珞珈魂，契友金兰一师门；

硕学通儒诗文赋，五洲音讯情义深。

《校友通讯》（2006 年）

秦国桢

重返母校有感

五二至五六，学在武大楼。
常环珞珈走，还到东湖游。
今年是九九，屈指四八秋。
重返母校赏，难辨旧时丘。
珞珈起巨变，改革开放优。

《校友通讯》（1999 年）

秦锡文

欢迎蔡名相[①]校友访渝并致意在台校友

阔别经年逝水长，珞珈学子九回肠。
重逢不负金秋冷，远隔难堪旧谊荒。
茶馆风行露济寺，黉宫秀出月儿塘。
乐山名句留千古，遥祝晚晴共一觞。

①名相校友庚午仲秋访渝。记得自 1946 年随学校复员回珞珈山迄今，蔡学长离川已越 44 年。

《珞珈》第 106 期，1991 年 1 月 1 日

戏说两位铁嘴校友

易中天

孔明赤壁不沾边，欲顾周郎误拂弦。

可爱奸雄曹孟德，嫁人要嫁易中天。

窦文涛

拍案惊奇不了情，人间天上释疑云。
百年风雨珞珈路，文武江洋窦尔敦。

秦锡文，1947 年武汉大学机械系毕业。

《校友通讯》（2006 年）

莫伟罴

同 窗 聚 会

同窗聚会遇知音，书画文才耳目新。
他日重逢相执手，墨华浓淡诉衷心。

中 秋 节

中秋朗月御轻风，赏月人潮处处同。
生逢盛世许心愿，飞灯结阵映长空。

孔 明 灯

乐观向上主题明，聚会欢歌叙友情。
岁月蹉跎当刻骨，是非留与后人评。

莫伟罴，广西壮族自治区木材公司高工，广西木材流通协会秘书长。

莫素珍

迎 120 年校庆

青山绿水珞珈天，我校百年仁此间。
着意创新迎典庆，精培学子上高尖。

入研修班学诗词

学诗进入老年校，决意从头来扫盲。
执教良师善引导，同修益友共研商。
怡情悦性创新作，绘景抒情求美章。
铁杵磨针苦便甜，再学十岁不嫌长。

颂　党

披荆斩棘九十载，百炼成钢意志强。
抗战八年驱日寇，倒山三座国运昌。
改革开放决策好，图治励精建设忙。
继往开来接力制，科学发展走康庄。

珞　珈　山

花香鸟语珞珈山，苍翠云林阴盖天。
名校百年誉海外，培梁育栋青超蓝。

莫素珍，武汉大学外国语言文学院离休干部。

袁泰鲁

人间世事多沧桑
——忆人间社

　　"人间社"系中华人民共和国成立前武汉大学进步学习组织之一，成立于 1947 年 9 月，20 余人。今春接王治民学长来函，谈及该社情况，因有所感，赋七绝 10 首，寄部分学友补充修正后，今录于下，以资纪念。

一

　　天翻地覆正沧桑，学友诸贤有主张。
　　伟著"人间"名学社①，志同道合步康庄。

二

　　马列书刊实足珍，暗藏传阅长精神。
　　方针政策邮江汉，告慰人民喜迎春。

三

　　美蒋凶残无忌惮，沸腾民愤大游行。
　　质疑当局封江渡，叱咤风云满"省厅"②。

四

　　密连香港赖宗明③，无私无畏履险程。
　　喜讯传来江浪涌，雷鸣大地五洲惊。

五

　　世事纷纭耳目聪，集思广益巧沟通。

平津淮海齐歌凯，小米步枪建厥功。

六

品学双优五女郎，口诛笔伐舌如簧。
半边天际朱霞绕，掩映樱梅焕曙光。

七

春风和煦喜凭栏，湖畔联欢聚野餐。
品茗倾觞麻辣味，抚今思昔寸心丹。

八

文理兼精多俊彦，襟怀豁达胜朋曹。
社团导引争先进，此日风流更自豪。

九

韶华二八入黉宫，为国分忧赤胆忠。
清政廉明三镇赞，鞠躬尽瘁日方中④。

十

奔赴红区待枕戈⑤，师生护校善张罗。
频传捷报民心奋，推倒"三山"建共和。

①"人间社"名称，源于高尔基自传体小说三部曲之一的《在人间》。当时召集人（叫干事）有文宗和、蒋运春、彭沈元、毛剑光等学友，以后多是地下党团员，在革命和建设中，都起过一定的作用。

②指1947年5月22日武汉大学同学举行的"反饥饿、反内战、反迫害"大游行，因国民党当局封锁江渡，学生无法过江，于是回头冲入省政府，却空无一人。大家在墙上写了很多标语口号后，即返回学校复课。

③当时秘密和香港进步组织及著名人士书信联系或亲自来去的是张

宗明学友。

④彭沈元是50届经济系最年轻的同学，入校时才16岁。后任武汉市委副书记。

⑤1948年去解放区的有文辙（宗和）、蒋黎（运春）、邓国光三位学友。

《校友通讯》（2002年）

纪念武汉大学经济学院院庆十周年

系庆稀龄院十秋，芬芳桃李遍神州。

恭逢盛典传中外，齐奏高歌震斗牛。

三月珞珈樱柳艳，满湖春水露鸥悠。

欣攀"二一一"前列，竞发千帆展壮猷。

《校友通讯》（1995年）

拜读《学海扁舟》恭赋一律呈张培刚老师

弦歌声不断，人老更鹰扬。

湖畔春风暖，天涯桃李香。

南张荣誉著，北马盛名彰。

卓识论经济，鸿编播远方。

《校友通讯》（2000年）

袁望雷

喜闻校庆百周年

半个世纪烟云过，鄂川两地曾求学。

珞珈山上聆师训，乐山文庙共切磋。

忠厚校长王星拱，爱生如子德功硕。

百年校庆齐欢庆，身在四川亦同乐。

1939 年乐山被炸

武大迁移至乐山，办学条件极困难。
文法理工分两处，学生住地星点点。
我住宿舍龙神祠，地势高耸目标显。
一日中午日机袭，急忙躲避城郊边。
轰隆轰隆几声响，滚滚黑气往上窜。
两水交处三角带，死亡人数逾千千。
黄昏焦尸郊外抬，伤心悲哉又何言？

《校友通讯》（1993 年）

柴野石

重 游 乐 山

　　负笈嘉州风华正茂，不意两鬓添霜重临旧地，渡江拾级作半日游，爰得数韵，于归途中续成之。

嘉州云游四十年，寒窗灯火忆犹鲜。
自谓老马能识途，广衢高履竟茫然。
三育校舍寻旧迹，白塔街头空流连。
书馆沉寂庙柱冷，玥珥塘外屹宏轩。
古道斜阳崖边树，依稀小桥斑竹湾。
遥望大佛安然坐，闲对江流听尘嚣。
渡江闹市今非昔，凌云山径人如潮。
割鼻弥勒犹坦腹，断头观音也妖娆。
苏楼雕梁浑不识，禅院钟声烟云缭。
惊下悬崖攀佛足，晦明曲径起狂涛。
青衣别岛云环秀，苍松翠柏岁乌尤。

蜿蜒石级透丝绿，铁索飞架两山丘。
短亭小憩忆游侣，当年刻竹恨无留。
垂手如来仍低眉，瞠目金钢怒未休。
挺拔碣石尚可读，信步小园亦清幽。
绝壁危楼凭栏望，孤帆远影碧天秋。
嘉州胜迹乐重游，更喜长桥俯江流。
他年再临松涛处，不虑苍茫待渡头。

注：傍凌云寺悬崖新设扶梯，曲折而下可达佛足，其左侧山壁萧长洞，故作高、低、宽、窄之状以助游兴。出祠则是滚滚江涛，而乌尤竹林在望，方知此洞乃另辟蹊径也。

《珞珈》第106期，1991年1月1日

晓　舟

金秋节之歌
——献给武汉大学金秋艺术节

一

你洒过耕耘的汗水，/带来了黄澄澄的收获，/我挽起飘香的花篮，/采的是沉甸甸的果果。/啊……啊……/美丽潇洒的金秋节。/比枫园还要红火，/斟满一池东湖酒，/你说够不够我们喝？

二

丰收的舞步跳出了，/一串串甜甜的笑窝。/欢乐的歌声撒下了，/又一个辛勤的秋播。/啊……啊……/在这美好的金秋节。/展望的梦想更多，/巍巍伫立的珞珈山，/把我们高高地举托！

《武汉大学报》，1991年11月25日

晓 豫

珞珈春笛

东湖水卷起了欢乐的浪花，/珞珈山铺开了新春的油画，/梧桐张开了双双嫩臂。/杨柳笑出了颗颗粉牙。

春来啦！春来啦！/阳雀喳喳传送春的信息，/春来啦！春来啦！/蝴蝶翩翩绘制春的图画。

亲爱的祖国啊，/度过百花凋零的十年长夜，/今天啊，更显得——/生机勃勃，容光焕发。

请收一收奔走如电的目光，/请关一关飞泻的感情水闸，/仔细看一看我们身边，/仔细看一看我们脚下。

八十年代第一个春天，/拥万团锦绣，披一身彩霞，/健步降临在东湖畔，/乘兴来到珞珈山下。

桃李争艳，春意喧闹，/杨柳摇金，舞姿婀娜，/紫燕呢喃把春光剪裁，/流水叮咚把块块冰棱溶化。

春天的足迹，/印满了校园的红墙碧瓦，/春天的巧手，/打开了人们的心灵窗纱。

春天的笑靥，/代替了心田的皱纹伤痕，/春天的音响，/催动了前进的良驹骏马。

面对这流金年华，/请回答、请回答，/我们劲该如何鼓，/我们决心该咋下？

春宵一刻值千金啊，/切不要白了少年须发。/八十年代第一春啊，/一分一秒不能任意抛洒。

快耕耘广阔的知识园地，/用双手编织满天彩霞，/快播种幸福的希望种子，/用汗珠催它发芽开花。

为了营建四化的摩天大厦，/我们浇灌一畦畦劲卉奇葩，/为了子孙万代的幸福生活，/我们要开创奇迹神话！

党正热情地召唤我们，/勇为四化攻关夺卡。/向着光明，向着未来，/引亢高歌，阔步飞跨！

《武汉大学报》，1980年3月7日

晁金泉

珞 珈 赏 樱

绿野莺啼景致佳，山苔微翠小石斜。
春风不辨来时路，闲与东君扫落花。

【双调　落梅风】梅园

访　梅

疏林外，野店边，甚风儿冷香扑面？茫茫四周闲步观，蓦然见暖云一片。

赏　梅

白如雪，粉似霞，一树树彩绸高挂。冰清玉洁神韵佳，问丹青可能描画？

问　梅

为甚的迎风雪，露蕊芽？觑冰霜凛然不怕？东君若将一处发，比桃花怎分高下？

梅　答

非是俺心孤傲，志趣高，避红尘野猿不到。岁寒只因春色少，唤东君霁光同照。

晁金泉，字初晨，号五龙蛰人，又号晦知庵主人。现于武汉大学生命科学学院攻读遗传学博士学位。

赁常彬

东湖乐山情

东湖锦水乐山青，不尽心潮秋复春。
梦绕乌尤题大佛，情牵江汉立程门。
杏蓉灿灿曜初旭，桃李纷纷满古城。
哺育菁英襄大计，星移物换历艰辛。

《珞珈》第97期，1988年10月1日

徐世长

喜见澳门回归

一国两制万事新，骨肉重聚喜临门。

四百余年别愁恨，亲人谁不泪沾襟？
国富民强草木春，众志成城赤子情。
而今又能从头起，横刀跃马奔前程！
南海波涛几曾停，珠江呜咽恨难平。
而今高呼建国计，边贸喜添一新城。
不明不白四百年，非割非让怨满天。
行政文化任掠取，炎黄子孙冤上冤。
谁说腐败不亡国，有令不行无法天！
国魂国格两伤痛，错认"墨考"四百年。
中华世纪不言愁，边贸兴仁最风流，
明天定比今天好，东亚团结走在头！
九十行行重行行，闻鸡挥戈都不成。
哀莫大于心不死，留得丹心照汗青。

和友人诗

愧将友情比汪伦，敢效白乐酬知音。
桃花镇日逐流水。野渡无人舟自横。
此生曾共几沉沦，碧海青天夜夜心。
红日虽暖只堪慕，秋水洪波念故人！

《校友通讯》（1999年）

徐业安

脚　印

东方欲晓，晨空传鸟鸣。／珞珈山麓林阴道，脚印盖脚印。／走过去，锁眉定神串疑问；／双眼寻奥秘，双脚轻又轻。／走过来，脚步伴书声；／足音健有力，戳下攻关印。／鸟鸣、足音、读书声，珞珈晨曲多迷人！／林阴道好似录音带啊，录下多少攻关的心。

《武汉大学报》，1981 年 2 月 16 日

徐训扬

重　逢

1996 年金秋，时值武汉大学生物系 66 届学生毕业 30 周年。四方学子云集武汉，在母校留连 3 日后依依惜别，余不胜感慨，赋诗一首以记之。

四海仙人骑鹤归，重九天高同一会。
寻梦珞珈桂子香，留连东湖碧波翠。
笑谈当年青春美，珍重今日晚霞醉。
可怜红渚眺远帆，杳杳黄鹤情何最！

徐昌运

为武大校友基金会成立而作

天南海北众校友，珞珈山上相聚首。
共庆成立基金会，为创世界第一流。
时光瞬逝难分手，母校恩情心中留。
他日有幸重逢时，武大定会占鳌头。

《校友通讯》（1995 年）

徐海烈

毕业 30 周年回校聚会有感

湖畔求索有四载，春风得意正年轻。

金口结构风雨里^①，占河水工霜雪中^②。

收拾河海继禹业，指点江山任西东。

改革不矢红心志，发展还看白头翁。

①指在江夏金口进行大型电力排灌站的建设。
②指修建英山县占河水库。

《校友通讯》（2004年）

殷立孝

鹧鸪天·贺母校百廿周年

岁月沧桑起自强，明珠熠熠珞珈镶。湖山碧翠天然锦，楼舍琉璃古朴妆。　　弘毅举，拓新疆，励精求是创辉煌。春风吹拂成才路，继往开来育栋梁。

樱花道上望老斋舍

重游故地赏樱来，春暖珞珈花早开。

心瓣相随花瓣放，凝神仰望昔时斋。

校庆寄怀同窗校友
——为抗美援朝参干送别照片赋诗

更名武大喜同庚^①，仰慕珈山望有成。

若不侵朝燃战火，何来投笔赴征程。

青春焕发蓝天梦，热血甘浇细柳营。

一别校园花甲转，兴邦道上实同行。

①母校1928年更名为国立武汉大学，那一年，恰好是我出生年。

409

校庆回眸创办校刊《教学与研究》

拓开新域几多难，审校编排勤把关。
教苑花香搜玉蕊，研林果硕觅时鲜。
滋培修剪身心瘁，造化成形笑语欢。
四载耕耘苗茁壮，而今大树已参天。

殷立孝，1928 年 11 月生，1949 年考入武汉大学化学系，1951 年 10 月参干入伍，退休前任空军电讯工程学院研究员。与老伴高景云一起出版有诗集《琴瑟吟稿》。

钱华堂

1997 相聚在珞珈抒怀

一

就读珞珈四十秋，如烟别梦费寻求。
三秋聚会传喜讯，夜试新装理白头。

二

青衿学子气轩昂，为探真知辞故乡。
数载寒窗曾起舞①，长安道上徒惊惶②。

三

独爱清幽自徘徊，山光鸟悦去又来。
抬头忽见行吟处③，盛世太平慰奇才。

①用刘琨祖逖故事。
②有贾岛韩愈故事。

③武昌东湖有行吟阁，人民为纪念伟大爱国诗人屈原而修建。

《校友通讯》（1997年）

钱华堂，武汉大学中文系毕业，后在湘南学院任教，已退休。

高一涵

成　县

卓午发栗亭，薄暮望同谷。
鸡山何崔巍，撑空先入目。
黄叶杂红叶，青松间绿竹。
谁家丹青手，写此千丈轴。
下有良田畴，膴膴宜蔬菽。
人工寸寸锄，俨然鳞次屋。
青风拂麦苗，生机得煦育。

陇　南　行

云雾乱点须眉白，直与孤鹤同蹁跹。
山中樵子偶相值，时或误为云中仙。
岭上云雾岭下水，活泼最爱是山泉。
溪行曲折频频渡，浅揭深厉仍一川。
千尺崖头垂白练，珠玑迸落白云边。

　　高一涵（1885—1958），原名高永浩，别名涵庐、梦弼等，安徽六安人。曾担任过武昌中山大学（武汉大学前身）教授。解放后，任民盟中央委员、全国政协委员等职。

高建中

武 大 英 姿

阳光一路珞珈山，堆雪樱花香满园。

学子师德弘汉楚，馆堂辉映百年前。

高建中，高级会计师，太原龙旗公司董事长，中国诗词家协会名誉会长，中华文学艺术家协会理事。

高盈川

颂周恩来在武汉大学

周公仰止今犹在，抗日英雄照汗青。

讲话精神千载颂，世间永远口碑铭。

谒金门·纪念周恩来坐镇武昌珞珈山指挥抗日某军队

真英杰，周恩来擎旗猎，武汉会战挥马穴①，日军肝胆裂。　　大别山峦层叠，地利人和兵杰。横扫倭夷如卷席，贼兵如瓮鳖。

①即马当、武穴。

祭"六一"惨案

"六一"抬棺武汉游，呼天哭地震环球。

吊丧群众拥三镇，泪似江涛涌不休。

高盈川，1926 年生，湖北咸宁人。省级高中教师，擅长诗词。

高骏岭

忆李达校长

先生号鹤鸣，鹤为禽中仙。
长空凌倩影，大陆噪其声。
毕生信马列，哲学独领先。
可怜遭荼毒，奸佞起风烟。

《珞珈》第 135 期，1998 年 4 月 1 日

高章恩

那次接见……
——以此纪念毛主席视察武大四十周年

那次接见，/毛主席站在台上，/没有讲话，/只用手掌挡灯光，/并将伟岸的身驱弯下！

低点/好看清楚——/几万张笑脸、宛如操场开满葵花！/近些，/好听真切——/几千阵欢呼，/宛如潮声响彻珞珈！

亲切的关怀，/通过动作充分表达。/短暂的瞬间，/留下了刻骨铭心的巨画！

哦，/记忆也像菊花石一样坚实，/经过了时间流水的长期洗擦，/当时的情景，/反而显得更加清晰、更加光滑……

《校友通讯》（1998 年）

高鲁鲁

重 逢 吟

柳媚花娇四月天，春风送我到江南。
风华正茂成追忆，白发苍颜弹指间。
荣辱悲欢身外事，忘犹长乐惜余年。
重逢喜见身心健，夕照珞珈分外妍。

《校友通讯》（2002 年）

郭 畅

喜迎武大 120 年校庆

东湖旭日映彩霞，师生精神齐焕发。
武汉大学展风华，创新教学传佳话。
绘制蓝图人拼搏，你追我赶跨骏马。
两个文明一起抓，科研成果遍武大。
经济腾飞似火箭，科技引领铸高塔。
中华盛开教育花，科研人才遍天下。

颂歌已响彻环宇

武汉大学是精英的摇篮
历尽了沧桑和枪林弹雨
克服千难万险所向披靡
无数师生无比眷恋着您
赤胆忠心共命运的儿女
毕业后奔赴"五湖四海"

志在建设腾飞的共和国
120 个春秋，成果辉煌
哪里有科研精英的奇想
那里就会自豪地高唱着
实现中国美梦的交响曲
创新颂歌早已响彻环宇

自 强 不 息

桃李遍天下的校友是武汉大学的宝贵财产
母校是天涯海角的校友们温馨的家园——
多少个硕果累累的金秋季节
老同学们在这里聚会畅谈，交流科研成果
您开拓创新、自强弘毅、顶天立地如巨人
不愧是具有中国特色、世界的一流大学
您的儿女子孙热烈地庆祝您诞辰 120 周年
您培育的师生不愧是自强不息的武大人

郭畅，武汉大学资源与环境科学学院硕士毕业，今在湖北省司法厅工作。

郭可誉

七　律

1999 年秋应徐世长学兄之邀赴沪有感仿毛主席致柳亚子诗

珞珈窗谊未能忘，邂逅渝州叶正黄[①]。
五十一年联旧契[②]，中秋佳节浴华章。
雄心有证诗现在[③]，壮志如虹海水量。
莫道鲲鹏今已去，余辉朗照春申江。

①1943 年秋在重庆公共汽车站邂逅徐世长兄。他自昆明来，久别重逢，执手言欢。

②1948 年在福州飞机场匆匆一面，迄今 51 年矣。

③世长兄借诗言志。

读世长兄《红花颂》有感

当年共饮东湖水，此日同看歇浦潮。

已钦年老心未老，更羡身残志不残。

报国情激怀边贸，立身血沸比红花。

佳节中天月色好，可知高处不胜寒。

跋：感怀身世，比兴红花，正所谓"老当益壮，宁移白首之心，穷且益坚，不坠青云之志"！年登九十，热心边贸。原句有"树老根愈壮，秋深更著花"等句。

《校友通讯》（1999 年）

迎香港回归

赞林公则徐

一身许国死生轻①，叹息当年志未伸。

粤海销烟凭赤胆，虎门歼寇见雄心。

丧权割地嗤群丑，排众擎天仰独醒。

青史是非今日定②，红旗杯酒慰深深。

①林公遗句有"苟利国家生死以，岂因福祸趋避之"一联。

②鸦片战争中林公与邓廷桢联手于粤闽两省拒敌，使英军无功北上，遂陷津门，而林公与邓廷桢竟同遭贬谪，二人唱和中有"白头今到同休戚，青史凭谁定是非"一联。

赞邓公小平

两制伟谋推独创，百年奇耻雪今朝。
帷幄运筹开国兴，政坛笑谈斥顽酋。
神州有口皆称颂，华夏无人不仰猷。
七一回归迎赵璧，英雄功绩耀千秋。

《校友通讯》（1997年）

郭沫若

为武大校庆五十周年题诗

桃李春风五十年，珞珈山下大江边。
一桥飞架通南北，三镇高歌协管弦。
反帝反修期共勉，劳心劳力贵相联。
攀登决不畏艰险，高举红旗插九天。

郭沫若，中国作家、诗人、历史学家、社会活动家。曾任政务院（今国务院）副总理、人大常委会副委员长。抗日时，曾在武汉大学居住。

郭齐庆

小路——写在教师节

从教研室走向课堂/从课堂走向教研室/一年要走多少趟/我怎么也算不清这个账

小路全程不过五十米/却有千里万里长/小路往返只要几分钟/我走了三十个春夏秋冬

记得第一次走向课堂/就是在这条幽静的小路上/教导主任陪着我/我却战战兢兢把粉笔摔断在地上/今天也是在这条小路上/我陪着新来的教师走向课堂/欢迎我们的有鲜花、垂柳和朝阳/还有那一群群天真孩子的阵阵喧响

啊　小路/你是一条缤纷的长虹是一座巍峨的桥梁/多少教师走过这里/从青年、壮年到满头白霜

啊　小路/你通向文明的未来/你是连接希望的彩带/一批又一批新星从这里升起

《武汉大学报》，1986 年 9 月 20 日

郭先林

寄武大诸同窗

一

大限纷飞四十年，皓首又聚湘江边。
少时意气只剩梦，老去相亲唯求缘。

二

回首坎坷步步艰，浮华沉寂俱淡然。
难忘只有同窗情，涓涓温暖伴余年。

三

唯有同学最坦诚，烟云随风不由心。
忽地提及先逝者，满座何人不伤情？

四

前攀后随笑语欢，浮生又得今日闲。
凭栏乍惊腿膝软，方信六十无少年！

五

深知一年老一年，一别半生相聚难。
热望同窗齐努力，来年相呼珞珈山。

注：作者除郭先林外，还有陈建凯、吴建国。

郭建钢

武汉大学抒怀

学府名高特色鲜，农工医理类齐全。
汗浇桃李春风度，囿育园丁霜鬓添。
物理融通生智慧，文章研读释真诠。
百年树木成梁栋，报国英才一马先。

梅园读书郎

岁岁新芽又发枝，青青作伴读书痴。
梅花几度花如昨，人过壮年鬓已丝。
岭上斜阳红烂漫，窗前芳草绿参差。
放歌直击中流水，破浪乘风会有时。

贺武汉大学新牌坊落成

珞珈胜景复辉煌，四柱擎天谱乐章。
百廿学府肩重任，相传薪火美名扬。

武汉大学赏樱

一夜春风携梦追，枝头千树雪花飞。

游人接踵如梭织，美景留连却忘归。

郭建钢，现任湖北省国家税收研究会副会长、湖北省诗词学会副秘书长、湖北省诗词学会财税分会副会长兼秘书长。

唐 鹏

武汉大学120周年学校庆抒杯

珞珈灵秀，孕育人文。精英辈出，代代相承。

自强建设，楼宇层层。依山依水，四季花馨。

弘毅发展，学科全新。名师巨擘，沉稳掌门。

求是实干，教科齐进。育梁培栋，强国富民。

拓新向远，智勇搏拼。国际交流，完善自身。

实践校训，师生一心。一流创建，梦想必真。

唐 鹏，武汉大学附中退休老师。

唐世恭

相聚抒怀（二首）

一

满园桃李遍天下，珞珈盛开教科花。

小草栋梁全为材，携手奋进建中华。

二

校友相聚情谊稠，谈笑风生乐悠悠。
随兴游览名胜景，众志报国写春秋。

《校友通讯》（1999 年）

唐长孺

倒海移山战一场

欢喜群英聚一堂，长歌欲发少年狂。
豪情好展回天手，春色遥传大地香。
六亿人民穷白改，千秋事业水流长。
且看百万红旗手，倒海移山战一场。

《新武大》，1960 年 5 月 1 日

唐长孺，武汉大学历史系著名教授。

唐执忠

重游武汉大学

过长江大桥

思忆多年忆已残，如今旧貌换新颜。
过江就是武昌镇，到站便奔湖岸边。
久病多年书信断，故人数载貌难全。
故园已近心更切，急教轻车越蛇山。

又见东湖

山色湖光梦里求，而今如愿得重游。

421

清波依旧霞光醉，山岭变颜苍鹭留。
遥看磨山成墨色，近观湖岸水村幽。
离别数载归来客，还记当年弄扁舟。

和家维在母校怀旧

曾是同窗上下铺，春来冬去共温书。
闻鸡起舞湖山路，刻苦钻研金相图。
理学院中同故事，武昌站外分前途。
世间典故知多少，义结金兰总不如。

别　友　人

风雨兼程渡江津，七尺男儿泪满襟。
悲悲切切离别意，急急忙忙寻梦魂。
人隔关山相距远，心连万里应为邻。
以茶代酒对无语，走遍天涯思故人。

《校友通讯》（2005 年）

唐执忠，1974 级金属物理专业校友。

唐明邦

庆武汉大学百廿华诞

东湖碧波映黉宇，葱茏珞珈绽芳菲。
赫赫名师宜大道，莘莘学子沐金晖。
南极科考探秘奥，激光雷达显神威①。
群科拔萃新武大，壮我中华献宝瑰。

①武汉大学电子信息学院 2011 年研制当今世界上探测精度最高的

激光雷达。

新武大十周年礼赞

岁月峥嵘整十载，百年学府建殊猷。
科研硕果光华夏，为国争雄添胜筹。
六万李桃风华茂，友邦学子遍五洲。
创新奇迹惊寰宇，珞珈辉煌耀海陬。

武汉大学国学院成立志庆

明经通史昌大道，重振国家向未来。
鉴古拓新益睿智，陶铸经世栋梁才。

新中国六十华诞志庆

清除"四妖"终浩劫，社国迈步史无前。
科教催醒强国梦，人欢马啸齐争先。
核艇潜弋碧海里，神舟飞驰彩云间。
风袭五洲百花残，青山凝翠我独研。

唐明邦，武汉大学哲学学院教授，已退休。主讲中国哲学史、易学等课程，著有《周易通雅》等。

唐岳驹

喜颂武汉大学120周年校庆

武大百廿庆辉煌，校训心中永流长。
自强弘毅千秋业，求是拓新树人忙。

千万桃李风华茂，国际学子传书芳。

创新奇迹惊寰宇，万人景仰留馨香。

黄鹤楼新赋

　　我 1951 年调干考入武汉大学，1955 年毕业派往前苏联留学后回母校经济系任教，多次陪友人上黄鹤楼，总有新的感怀。

黄鹤白云东逝水，风摇古阁桂香秋。

高山流水琴名曲，芳草繁花鹦鹉洲。

兴市引资商贸盛，创新革旧图人讴。

楚才不尽九州灿，今日江城惊世眸。

沁园春·新中国华诞礼赞

　　世纪风云，冷暖阴晴，变化异常。忆古国残破，妖魔狂舞；内忧外患，黎庶遭殃。喜见今朝，人民做主，海宴河清万事昌。人欢乐，正红旗漫卷，沐浴阳光。　　军民共创辉煌，竭全力和谐奔小康。更群贤俊秀，繁星璀璨；科学发展，鸟语花香，港澳回归，恢弘奥运，绕月遨游国力强。争朝夕，看中华崛起，气宇轩昂。

访胡适故居

文坛称巨擘，白话破天荒。

五四精神在，长留翰墨香。

　　唐岳驹，武汉大学经济与管理学院退休教授。

唐宗联

人间大爱真情在

地裂山崩房倒塌，汶川强震史空前。
为民抢险唯恐后，解放大军勇争先。
空运救灾开纪录，外援善款创新篇。
人间大爱真情在，华夏儿女定胜天。

《校友通讯》（2008 年）

唐荣昆

别段长子

段永强兄，身长米八余，我武汉大学同窗，当年于北京东四灯市口史家胡同握别，转眼已半纪有余。2013 年春，段兄南下游母校，相见叙旧，感慨万千。

握别东四隔云台，狱炼余生醉酒怀。
水色山光长不改，老而不死约重来。

酬　友

绿水青山知有君，东升劳营偏相随。
广德寺暗听狼吼。老龙洞外见崔巍。
尺雾障天无亏大，片污何损清光明。
环宇喧嚣迷茫日，振衣千仞拨乱云。

附：友人赠诗

临歧自古易彷徨，莫问杨朱泪几行。
心境光随天上月，如环如玦总清光。

四十年前襄阳分校旧作，荣昆同志正之。

2011. 春 . Tdl.

自　遣

平畴无意竞峥嵘，汗滴禾土道不穷。
心境如同天上月，雪山冰川渡从容。
元凶恶盗横眉对，冰魔光怪尽折摧。
但待海晏河清日，横朔临风共举杯。

唐荣昆，1955 年武汉大学中文系毕业，文学院退休教授。

唐道钧

春到珞珈

和风送爽寒冬去，湖碧山青预报春。
草林争荣闻鸟唱，樱花尽放沁人馨。
珞珈科技蓬勃上，硕果殷实始在勤。
学府沧桑经百廿，一流名校正登临。

珞　珈　颂

先贤选址名珞珈，百廿武大展芳华。
诚育学子三十万，英才足迹遍天涯。

东湖水碧泽林茂，玉宇琼楼四季花。
美景天然神笔画，人杰地灵栋梁嘉。
名师荟萃群星灿，学子云集分外佳。
卧虎藏龙学府秀，秋实硕果献国家。

共铸武大精神

百廿周年逢华诞，风雨历程武大人。
汇聚共识途艰辛，凝炼精神铸校魂。
自强弘毅鹏飞志，求是拓新与时春。
爱国情高担使命，办学大局标准深。
尊重学者学术兴，科学探索敢求真。
师者学高行为范，滋润沃土勤耕耘。
学科门类明特色，教风学风正且淳。
宽宏包容英才纳，学海书山学子勤。
凝心聚力共提升，精神辉光耀苍旻。

喜获丰收

珞珈果硕奇才秀，校园内外传佳音。
全球创业迎挑战，网图智处获冠军。
世界脑力锦标赛，王锋居首喜摘金。
一次新晋五院士，武大腾飞又逢春。

唐道钧，武汉大学校党委原纪委书记。

唐锡林

浣溪沙·赠学友

岁月悄悄逐水流，青丝不觉雪盈头，劝友面对莫发愁。

量力而行勤运动，自寻其乐任优游，精神焕发晚霞留。

采桑子·相逢

人生易老情难老，岁岁望逢，今又相逢，心潮澎湃喜相迎。
珞珈山上续友情，后悔无及，谁迈无及，再次相逢在近期。

《校友通讯》（2002 年）

席鲁思

喜迎国庆十周年大典感事述怀五百字

岁十月初吉，建国庆十周。
我生一甲子，又复增四秋。
眼看煌煌业，寖与苏联侔。
岂唯鲁卫政，两大共一辀。
坚宁不可拔，胶漆结绸缪。
共产阵营壮，民主聚东欧。
压倒西氛尘，直上东风遒。
火箭破天荒，绕地千匝休；
科学大发明，两向望舒投。
将美来比苏，无异钧与钩；
渺乎何小哉，美帝惊且愁。
冷战究何益，敢与我为仇。
交聘意非恶，痼疾所冀瘳；
倘或侮予者，六亿人同仇。
诅楚文不作，剧秦语可搜；
丑类姑置之，视彼同沐猴。
回观我首都，庆典齐歌讴。
赦令予维新，革面蒙庇庥。

众志可成城，共济如同舟。
吾民大团结，力敌万貔貅。
一切党领导，树立宏达猷。
群众所爱戴，主席毛与刘。
况复朱周老，旰食为国谋；
中央诸同志，辅弼皆琳璆。
国际来友人，观光耀万眸。
人民主人翁，鼓腹不嬉游。
干劲上冲天，总路线无俦，
去年大跃进，再接再厉筹；
成绩众目睹，公社制最优。
产量四指标，增长无复忧。
工农齐头进，厂矿遍隅陬。
水库蓄复泄，陂塘溉田畴；
虽罹水旱灾，胜天赖人修。
运输线成网，救济鼓应桴。
物资易流转，偶乏旋给赒。
生产必超额，开源须节流；
路走两条腿，棋布一枰楸。
建设日崔巍，此亦有其由。
仅逾十年耳，史见前例否？
民族只少数，自治得合纠。
西藏真解放，邻邦语呪呕；
可笑不自量，撼树等蜉蝣！
台湾蕞尔地，游魂久不收；
慕义自遄向，哪用烦戈矛。
万年有道基，赤县馨香流。
家有两女儿，信道得所求。
声言比干劲，老父宁不羞。

亦步亦趋党，肯吐刚茹柔？
黾勉从所事，庶无百无讹。

《新武大》，1959 年 10 月 1 日

席鲁思，武汉大学中文系著名教授。

凌文亭

鹧鸪天·中秋忆在台武昌一女中好友

劳燕分飞四十秋，几回魂梦共绸缪。紫阳湖畔花前语，黄鹤楼头月下游。　从别后，望归舟，盈盈一水隔鸿沟。离愁没个安排处，付与长江昼夜流。

鹧鸪天·教师节有寄

育栋培梁执教鞭，循循善诱未尝闲。诏华消逝星霜夜，岁月长随翰墨缘。　从少壮，到衰年，心劳形役改朱颜。喜看鲲化鹏飞远，桃李芬芳春满园。

《珞珈》第 108 期，1991 年 7 月 1 日

读《珞珈》有感

无胫芳名中外扬，卅年辛苦不寻常。
千行锦绣披肝胆，一管秋毫出雪鹪。
沧海原头多活水，芝兰气质是真香。
何时同步东湖畔，旧雨新朋乐满堂。

《珞珈》第 109 期，1991 年 10 月 1 日

梦游乐山凌云时

岩峣结构接虚空，旧地重游忆梦中。

云捧楼台凌碧落，风飘钟磬出红枫。

遥看蜀地千峰秀，俯视岷江一线通。

昔日同窗欢聚首，而今劳燕各西东。

《珞珈》第 111 期，1992 年 4 月 1 日

涂丙炎

沁园春·珞珈弄影

2009 年 6 月，我偕同夫人重游母校武汉大学，受到校图书馆、历史学院、校友总会和窗友延常全家的热情接待，感赋记之。

大道弯弯，不是当年，换尽旧人。驻半山庐处，青衿飘动，亭台楼阁，绿拥其尊。七十书生，重游故地，迎送交谈格外亲。真情在，并非名流辈，温暖如春。　　梧桐树下清新，猛回首、芳龄招我魂。一度霞光里，东湖照镜，珞珈弄影，众欲凌云。今遇良辰，山呼海渡，更有辚辚车马频。群星灿，大雅黄钟奏，万物归仁。

梦　师

校庆征诗不算迟，珞珈牵魂忆当时。

三年风后天施雨①，八字春回蚕吐丝②。

学者奇思新耳目，先生暮色解难疑。

樱花烂熳江城醉，白发留香梦我师。

①2011 年 1 月 11 日出版的新党史所指出的"三风"。

②20 世纪 60 年代初，中央及时提出了"调整、巩固、充实、提高"八字方针。

拜见石泉、李涵先生

扑扑风尘见纸条，八旬著述夜深熬。

先生枕伴轻休憩，弟子手抬敲不敲？

忽地门开欢二老，蔼然汤热劝三瓢。

当年授业身还健，荆楚文明慢慢聊。

忆吴于廑教授雪天讲历史课

珞珈三日寒风扫，群鸟喳喳入室来。

雪舞江城银世界，冰凝湖面素妆台。

先生娓娓家珍数，弟子嘻嘻马甲开①

万里千年多少事，神回母校久徘徊。

①当先生讲到兴奋时，脱了大衣又解马甲。同学如沐春风，欢乐异常。

涂丙炎，1966年武汉大学历史系毕业，高级讲师，特级教师，现为湖南诗词学会、国际中华诗词学会等会员、中华当代文学学会理事。

涂运桥

"九·一八"有感

常忆柳条湖上波，风雷激荡起干戈。

丰碑百丈身为国，碧血千秋志逐倭。

侵略炮声虽渐远，东瀛鬼影尚狂歌。

且凭一点精魂气，教取儿孙把剑磨。

瞻仰台儿庄大捷纪念馆

弹痕犹锁旧时楼，霜剑风刀酷剪愁。
慷慨捐躯河岳泣，男儿视死碧涛流。
遗书志印当年月，黄叶碑铭故国秋。
血肉长城谁可敌？手提落日戍神州。

康保南天门

漫卷秋云思宋元，将军勒马立残垣。
层层叠叠无成局，浅浅深深是故园。
莫只诗中书逐鹿，不如塞上事戎轩。
蓝天极目多边患，谁唤大风歌莽原？

过延安鲁迅艺术文学院旧址

桥儿沟里建奇功，鲁艺精神遍域中。
投笔从戎惊壮志，请缨为将挂长风。
渡河塞上阵云黑，策马江南血雨红。
解甲东篱犹未老，试看渭水一渔翁。

登宝塔山

风卷残鸦弹入林，导游细说战云森。
巍巍宝塔巨人影，滚滚延河古木阴。
灯火园中舒望眼，红旗山顶鼓军心。
铜琶铁管声声切，犹似当年夜击砧。

涂运桥，武汉大学校友，青年诗人，著有《楚成诗词集》。

涂绪勋

澳门回归吟

四百多年史蒙垢，中华儿女国耻忧！
改革开放国兴旺，"一国两制"主权收。

经济科技双成就，"神舟"飞船太空游！
金融危机撼世界，唯我华夏一枝秀。

《校友通讯》（2000 年）

涂葆林

武大毕业五十年抒怀

武大毕业五十年，师生聚会在校园。
都道夕阳无限好，明丽青山入眼帘。

毕业已有五十年，岁月无情雪满颠。
人生有限折腾久，学海无涯掌握难。
徒有其名称教授，愧无建树对群贤。
幸有邓公理论好，前无古人谱新篇。

《校友通讯》（1999 年）

涂普生

李四光为武大选区址珞珈山

　　20 世纪 30 年代初，李四光骑着毛驴遍勘武汉三镇，为武汉大学选址，定址于武昌罗家山。后由时任文学院院长的闻一多，将罗家山依谐音法改名为珞珈山。作为武汉大学学子，每念至此，感慨系之，遂作小诗以记时感。

野径骑驴历苦辛，珞珈始得建黉城。
湖光山色苏杭秀，大德无疆惠后生。

观油菜花

一

何人这等气盈天？泼洒黄金阡陌间。
万里祥光辉熠熠，诗情画意醉轩辕。

二

我本农家一后生，惯挑箢担垅间行。
开心最是衣花吻，蜂蝶追嬉到院门。

如梦令·冬客新加坡

此域蛙声惊梦，家国素装冰境。优劣作何评，一任梅疏兰静。心静、心静，处世随缘方幸。

涂普生，1946年11月生。毕业于武汉大学中文系，研究员职称，曾任黄冈职业技术学院党委书记，现任湖北省诗词学会常务理事，中国苏轼研究学会副会长，湖北黄冈市东坡研究会会长，湖北省黄冈市诗词学会常务副会长，湖北省作家协会会员。

陶嘉瑜

离汉数日，聚会时同学们的音容笑貌仍萦绕耳际脑海，久久不能忘怀，聚会期间曾赋诗两首，离校前夕又构思两首，以表达我的一份相思之情、同学之情。

重返武大

秋风春雨三十年，珞珈非复旧时颜。
满山翠木迎故友，一湖碧水奏新弦。
喜看朋辈成正果，遥寄相思续华年。
心中常吟正气歌，青春作伴莫笑晚。

珞珈行

少年离别不识愁，而今重逢正金秋。
好山好水看不尽，魂系珞珈梦悠悠。

告别

相见时难别亦难，拳拳心语互赠勉。
前程改革宏图在，壮心不减胜当年。

欢聚

欢声笑语喜盈盈，犹闻当年读书声。
侧船山径寻旧路，六一亭前缅先魂。
夜谈不觉月光冷，举杯顿感热泪频。
还是当年山头月，又照今日白头人。

《校友通讯》（1998年）

陶德麟

武汉大学校庆志喜

楚天一角启玄黄，熠熠成均立武昌。

育骥探骊双翼举，拓新求是一帆扬。

学林有道尊弘毅，国士无双赖自强。

继往开来张健翮，云程无际再翱翔。

蝶恋花·珞珈樱花

乍放红樱初满树，飞艳流光，引得人无数。向晚看花人渐去，繁花依旧枝头驻。　　昨夜风狂兼雨注，点点落红，寂寞谁堪顾？莫问飘零曾几度，年年自有花如故。

中秋望月思母

小时偏爱月，纳凉不肯眠。

泥娘上天去，取回作果盘。

娘怜儿痴憨，漫应待明年。

明年知多少，儿鬓亦已斑。

娘忽辞儿去，仿佛践前言。

一去三十载，只今不见还。

莫非云路远，迢递步维艰。

清宵独望月，唯有泪阑干！

八十生日答谢学术界祝贺

余八十岁生日，学术界同仁有祝寿之举，不胜感愧，诗以致谢。

浮生能得几回春？八秩难抛赤子心。

樗栎自惭非壮士，衰年只盼有才人。

莫愁险隘常横路，且喜繁枝渐满林。

我愿天公重抖擞，云开万里月华新。

陶德麟，马克思主义哲学家，资深教授，武汉大学原校长。

黄　钊

2004 年 12 月 1 日至 15 日，余有幸与刘德厚、石云霞、戴德铮、袁银传教授一行五人，受院领导和博士专业委托，组成参访团，赴欧洲参观考察。这次参访开阔了眼界，活跃了思想，增长了见识，对教育应当"面向世界"的认识更深刻了，归来作诗三首，以记此行之盛。

欧洲半月游

五人结伴赴欧洲，异国他乡尽兴游。
细看茵城金屋顶①，纵览罗马古城楼。
仰视巴黎大铁塔，遥看雪山白盖头②。
更有威市水都美③，乐在大海泛小舟。

考察波尔多大学政治研究所

波大政所情谊真，接待本团胜亲人。
介绍科研新成果，交流教书育人经。
图书馆内资料富，校舍前后林木深。
学子务业堪勤奋，周末处处读书声。

探望布鲁塞尔"工会"遗址

万里驱车到布鲁，寻访当年"工会"楼。
伟大《宣言》出该屋，革命火种播全球。
无产者们始联合，人类解放起宏猷。
马翁精神今犹在，高举红旗有神州。

① "茵城"，指奥地利茵斯布鲁克市。
② "雪山"，指瑞士境内大雪山。
③ "威市"，指意大利威尼斯市。

四强联手铸辉煌

一

武大今日不寻常，四强联手铸辉煌。
喜看珞珈成一统，乐观东湖架桥梁。
专业互补阵容新，资源共享根基强。
百年老校增活力，再展宏图向远方。

二

四强联手铸辉煌，校园一派新气象。
师生员工齐鼓劲，文理工医共扬长。
科技探索今胜昔，教学改革慨而慷。
更喜学子成大器，论辩夺魁美名扬。

《校友通讯》（2000年）

黄 侃

渡 江

兵革知难戢，遨游且及时。

莺花春惨淡，楼阁暮迷离。

久别俱衰苶，言深杂叹噫。

昭文琴漫鼓，吾欲化成亏。

诗书付墙壁，琴剑委泥沙。

故国今如此，吾身岂足嗟。

俗衰追朴厚，世乱贱荣华。

二子知微者，芳菲亦信媸。

黄侃（1886—1935），中国音韵训诂学家、文学家。字季刚，自号量守居士，湖北蕲春人。师事章炳麟，擅长音韵训诂，兼通文学。历任北京大学、东南大学、武汉大学、金陵大学教授。

黄 焯

大跃进颂

中共计国，为民立极，其道隆兮。

去故就新，如夜向晨，厥功丰兮。

我工我农，以拚以午，竞跃进兮。

莘莘士子，暨我商贾，咸奋迅兮。

冶铁高炉，丰稼广野，食用阜兮。

炱煤积邱，吉贝盈田，美饶厚兮。

为邦十年，治冠瀛环，观者骇兮。

大道为公，去欲背私，政有在兮。

民以蕃滋，寰县宴然，遍胪欢兮。

地辟天开，人登春台，庆久安兮。

跃期再跃，进则续进，申无极兮。

赫赫颂功，与天比崇，垂永式兮。

《新武大》，1959年10月1日

黄焯，武汉大学中文系著名教授。

黄 镃

登平顶山吊白骨馆

辽宁抚顺平顶山，有"抚顺死难同胞遗骨馆"。馆中白骨累累，均系当年被日本法西期强盗集体屠杀者。1981 年"七一"前夕，老友曾渊兄专程陪同参观该馆。国仇锥心，书此以记。

平顶山上吊亡灵，心潮澎湃恨难平。
寄语忧国忧民者，应因白骨惨死人！

同学团聚有感

1982 年 10 月 18 日，散居长沙、衡阳、株洲三地武汉大学经济系 44 级的部分同学袁征益、杨宜福、蒋宗祺、张又骞、罗易凡、黄镃、马荫鸿应蒋宗祺热心邀请，于长沙烈士公园作一日游。自乐山毕业分手后，有的已 28 年没见面了。

卅年别离忆旧游，星沙重逢意气稠。
愿将余年献四化，振兴中华为国谋。

重游珞珈山

1988 年 10 月，因探视贾植园学长的病情，由衡阳来到珞珈山留宿一晚，与小女惠灵、惠群在母校校园走一圈，并在元字斋（在校时我所住的宿舍）、"六一亭"、老图书馆、闻一多塑像前留影。

漫步珞珈觅旧踪，问讯朋辈各西东。
校园依旧美如画，往事长萦梦魂中。

病中留示儿女

1996年3月19日至4月初，因病住院。原约定回母校参加百年校庆，只好作罢。病中多退思。于病榻上凑成小诗四句，反映我的晚年思想。

老汉幸得天年终，但愿世事趋大同。
台湾回归祖国日，扫墓勿忘告乃翁。

黄天锡

校庆献辞

满庭芳

黄鹤高歌，白云起舞，共娱校庆佳辰。争辉五岳，赫赫七十春。癸丑金秋创业，斩荆棘，历尽艰辛。三山倒，重光日月，学府获南针。   师生同努力，书声朗朗，教诲谆谆。喜人才辈出，龙驹齐奔。今日埋头伏案，壮在志，报国投身。兴华夏，飘扬赤帜，绚丽我昆仑。

《武汉大学校刊》，1983年11月30日

怀念桂老师
谨以此诗献给敬爱的桂质廷教授九十华诞

九十华辰万象明，珞珈山上会群星。
恩师望重学生励，教授德高弟子精。
首测神州地磁气，深研禹域电离层。

先躯在上应欣慰，桃李满园煦煦风。

《武汉大学报》，1985 年 1 月 9 日

高科技吟

写在空电系成立之际

巅峰奈故不能攀，技海无涯未所难。
壮志劈开千里路，雄心振倒万重山。
明朝银汉抛飞艇，指教甘霖润百川。
禹域铮铮凌日照，寰球穆穆仰天瞻。

《武汉大学报》，1992 年 1 月 5 日

武汉大学颂

珞珈挺秀，俯视江奔。鲜花碧树，四季长春。
书声朗朗，教导谆谆。莘莘学子，才智日臻。
胸怀祖国，辉耀乾坤。真诚团结，科学献身。
金言玉语，建校南针。自强、弘毅、求是、拓新。

黄天锡，武汉大学电信学院博士生导师。

黄太南　邓悦生

重聚珞珈有感

十月金桂飘清香，四海学友聚一堂。
卅年离情叙不尽，相见无声泪成行。
当年同窗共苦读，蹉跎岁月耕耘忙。
淡泊人生喜体健，珞珈友情永流长。

《校友通讯》（2001 年）

黄白水

返校感怀

昔樱花争妍伴读，今武大重聚话旧。
磨砺岁月不重来，赤胆忠心苦奋斗。
珞珈旧貌换新颜，同学黑发变白头，
喜迎科教兴国策。繁花似锦遍神州。

《校友通讯》（2002年）

黄代参

庆祝武汉大学建校百廿周年

黉门向往竞登攀，血雨腥风史页翻。
科技人文今频涌，李桃千万百年瞻。

女了父愿

声名高远早心盼，多次登临赏珞香。
夙愿一生女实现[①]，风华正茂盛耀春。

①我女儿考入武汉大学。

重游珞珈山

阔别十载再登山，满眼葱笼更壮观。
教厦如阁湖畔耸，科楼似殿岭边连。
贤师银幕睿峰指，英俊铁臂智岳攀。
百廿黉宫新貌展，定教后辈续前缘[①]。

①续前缘：我女儿毕业于武汉大学，将教孙辈继续考武汉大学。

黄代参，湖北松滋人，1933 年生，1949 年 8 月参加工作。长期做农村工作。1993 年 6 月副厅离休后，在省老年人大学学习书法、诗词、山水画。湖北诗词学会会员，鹰台诗社理事。

黄亚黎

升起吧，风筝

青青的草坪上，/孩子们在放风筝。/风儿托起五彩飘带，/也带起一片甜甜的笑声……

高了，/远了，/悠悠地飘摇着，/飞向我童年的梦里……/我多么想有一只大大的，风筝让它带我去蔚蓝的天空，/或者/轻轻降落在一片绿绿的草丛……/可是我不能，/因为那里没一丝风。

童年距今并不遥远，/却是永不回返！
大自然是这么绚丽缤纷，/充满了清风和花香，/风吹过来了，/多么清凉，/升起吧，风筝！

《武汉大学报》，1982 年 9 月 22 日

黄孝德

玉 蝴 蝶
——祝胡岂凡先生、施素云女士爱国爱家乡
爱母校书画展成功举办①

壮志吟怀万里②，珞珈翰院，幸识同乡。健履高龄，堪比

廉颇坚强。热风吹，蟠桃不老，寒露降，梅实飘香。畅情怀，飞舟跨海，书画满堂。　　难忘，诗词歌赋，"成功"二字③辉映端详。海阔山遥，系情家国走荆湘。喜双燕，高翔展翅④。指蓝天，自识归航。万民望，骄娇身影，无限夕阳。

①2001年7月5~15日，胡岂凡先生、施素云女士书画展在武汉大学举办。

②胡先生有诗词集《吟怀万里》。

③书画展上，有胡先生书法作品"成功"二字的巨幅墨宝，十分动人。

④自台湾开放探亲以来，胡先生几乎每年都偕同家室回祖国大陆探亲访友。

《校友通讯》（2001年）

醉　花　阴
——为中系1967届校友聚会作①

五月珞珈美如画，绿树琉璃瓦。佳节又相逢，记忆同窗，不尽温馨话。　　山庄把酒千杯罢，多少情丝挂。谁说不消魂，巨变人生，齐把精英迓。

①2000年4月30日，中文系1967届校友千禧年座谈会在珞珈山庄举行。我曾教过该年级，被热情相邀赴会。

《校友通讯》（2000年）

八声甘州·赞中国太空飞天第一人

望茫茫宇宙亿万年，飞梦里甜。问天天不应。嫦娥奔月，玉兔频添。是处吴刚摆酒，赴宴是神仙。此事谁亲历，传说谁编？　　不怕登高临远，有神州利伟，一步登天。叹来回驰骋，姿态妙难言！想英雄、太空凝望，蓝地球、天际有归船。

要知我，航天三步，探月广寒。

《校友通讯》（2003 年）

念奴娇·桑榆情

珞珈山上，望东湖，浩淼又添新景。四十年前来此地，碧瓦高楼圆顶。水上歌舞、操场驰骋，浪漫兼聪颖。樱花窗下，读史研经倩影。　征战辛苦多年，重迎故旧，共话桑榆境。绕膝儿孙情难尽，更有高朋品酩。如梦人生，繁华易逝，难得晚年静。功名身外，自甘无为甜井。

《校友通讯》（1998 年）

黄孝德，武汉大学中文系退休教授。

黄纪华

聚会珞珈

莫道如烟五十年，分明负笈珞珈山。
朱颜每绕中宵梦，白发时增晓镜颜。
黄鹤入云终杳渺，青山见我却依然。
高秋胜会旧游地，怀酒平生兴未阑。

《珞珈》第 165 期，2007 年 1 月 1 日

黄谷甘

图系 65 级入学 30 年回母校团聚

吾侪学子好年华，三十年前到珞珈。
宏论经书图国盛，难言骤雨袭樱花。
众芳俊茂留荆楚，一鹤孤飞客天涯。

最是欢心重聚会，玉壶倾尽是清茶。

《校友通讯》（1995 年）

黄泽佩

读刘延东讲话畅赋

风光绮丽新武大①，延东来校三番话②。
如同加鞍配骏马，办校新标闪光华。
扬鞭骏马更奋蹄，教学硕果频频佳。
科研凯歌震天唱，三项目标定能拿。

①新武大，即十年前百年老校武汉大学以及武汉水利电力大学、武汉测绘科技大学、湖北医科大学联合组建的新武汉大学。

②2009 年 11 月 19 日，中共中央政治局委员、国务委员刘延东代表党中央国务院来武汉大学视察，并发表三次重要讲话，希望早日把武汉大学建成中国特色的世界一流、国际知名的高水平大学！给武大师生及校友极大的鼓舞！

《校友通讯》（2010 年）

贺神舟七号凯旋

神舟七号上太空，满载三员①遨苍穹。
一员出舱漫步走；释放卫星伴行踪。
绕地飞行万千里②，所需数据全收拢。
完成任务回祖国，群星灿烂③庆成功！

①"三员"即三名航天员。
②环绕地球飞行 45 圈。
③神舟七号返回地面着陆时正值傍晚，晴空万里，群星灿烂。

《校园通讯》（2008 年）

母校礼赞（二首）

一

山清水秀百卉芬，物外桃源景绝伦。[①]
名师荟萃学者众，谆谆教诲出杰人。
或文或理连珠涌，理学先举王梓坤。[②]
工学首推疏松桂，文学当数韦其麟。[③]
长江后浪推前浪，骄人业绩总超群。

二

风光绮丽新武大，拥抱东湖坐珞珈。
黉宫建筑誉中外，石屎森林闻迩遐。[④]
教学硕果名四海，科研凯歌震天涯。
与时俱进跨大步，名校一流誉中华。

①1938 年 4 月至 8 月，郭沫若寓居珞珈山南麓一区 20 号。他在《洪波曲》中回忆说："我生平寄迹的地方不少，总要以这儿为最理想了。"他赞美武汉大学校园是武汉三镇的一个"物外桃源"。

②王梓坤，1952 年毕业于武汉大学教学系。著名数学家，曾任北京师范大学校长，中国科学院院长。

③疏松桂，1935 年进入武汉大学读书，是电机系第一届毕业生；我国"两弹一星"功臣，中国工程院院士。韦其麟，著名诗人，1957 年毕业于武汉大学中文系。他在武汉大学就读期间于 1955 年创作和发表的长篇叙事诗《百鸟衣》，好评如潮。

④香港同胞把用水泥作为主要建筑材料的楼群称为"石屎森林"。此处借喻武汉大学环东湖分布的校舍楼群。

《校友通讯》（2003 年）

黄柏英

重登珞珈山

我 1964 年毕业于武大分配到北京，1968 年下放沙洋五七干校，1974 年初携妻及女儿到东湖游览，遇风大浪高，从东湖乘船到武大甚为惊险，故作此诗以为记。

六四离校赴京城，六八下放楚荆州。
几度来鄂梦旧地，携妻带女东湖游。
艄工不怕风浪急，劈破斩浪不回头。
险渡东湖惊且喜，重登珞珈乐悠悠。

《校友通讯》（1998 年）

武 大 情

飞车来鄂入武大，正是炉红火旺时①。
东湖击浪珞珈游，三镇美景收眼底。

珞珈梅花迎冬雪，樱花吐艳报春知。
桃花盛开喜新客，桂花满园香扑鼻。

家贫享有助学金，又送棉衣暖人心。
泰斗恩师勤浇灌，学子耕耘果硕新。

校长话说望志路②，领袖视察更激励③。
阳光普照珞珈山，满目青松挺且直。

五载同窗如手足，为图报国各东西。

待到重阳登高日，还来珞珈叙友谊。

①武汉有"火炉"之称，入学时天气正炎热。

②李达校长曾在"五四"青年节向学生讲述 1921 年 7 月 23 日中国共产党第一次代表大会在上海望志路 108 号（有革命史书写成 106 号，我清楚记得当时李达校长讲是 108 号）秘密召开，因被敌人侦探发现中止，转移到浙江嘉兴南湖一艘游船上继续召开的情况，对学生进行思想教育。对此，我记忆尤深。

③毛主席于 1958 年来武汉大学视察，对广大师生员工是很大的关怀和鼓舞。

《校友通讯》（1999 年）

黄昭松

忆 珞 珈

樱花香阵阵，/湖水清清，/半山庐中一小径，/往事多少难冥。/昨夜又闻，/山上晨钟催人醒，/乐声盈盈。/食堂餐中粉蒸肉，/逗开学子笑声。

《校友通讯》（2001 年）

黄致财

咏 萤 火
——值此武汉大学百廿年华诞，写给教育者

在这个万物的世界里，/它显得太小了，/仅仅只有一个黄豆大的身子，/却争着发出几倍的光来照给大地。/它不需要索取什么，/也不去争那栖身的一粒之地，/只是太累的时候在杂草和荒枝上吮吸一口大自然的露水，/又拼命地发出光来。/

哦：萤火虫——无名的英雄们！／在我们中华大地上，／不正是
你们点点星光给共和国镀上灿烂的光辉么?!

黄致财，武汉大学客座研究员，湖北省诗词学会会员。

黄铎文

忆武大母校
——毕业五十周年作

一别珞珈五十年，校园风貌依稀前。
斋前樱树春开丽，荫道梧桐夏翠鲜。
四载春秋赏宫读，百年长漫树人艰。
恩师授业谆犹昨，春霖滋润桃李艳。

《校友通讯》（2010年）

黄继农

忆珞珈（古词风）

珞珈忆，尤忆樱花竞发。林荫道，天朗气清，朵朵芳菲迓
行客。通衢汇九域，多少英才怎择？同窗席，十六斋舍，应是
机缘再难得。黉宫覆翠覽，蕴中外风格。名师星赫，满园桃李
连阡陌。　　伤朝夕倏闪，少年头白，师恩未报益愧责。故人
各南北，凄寂，难将息！纵百转愁肠，山浦频隔，纷纷雨雪年
又迫，想挥翰题赠，论锋惊激。相思魂梦，臂互拥，热小滴。

乙亥岁末怀刘涤源教授

南得山前始谒师，轩昂卓荦焕英姿。

花香渗室传恩马[1]，朔气侵夜战鄂滋[2]。

足刖孙卿欤减日，身残太史笔诛时。

"评"书一卷惊寰宇[3]，论反通膨傲雪枝[4]。

　　[1]1949年秋，我们作为中华人民共和国成立后招收的第一届经济系学生，刘涤源先生为我们班讲授政治经济学。

　　[2]1951年秋，先生以武汉大学土改工作队第三分团团长的名义，带领经济系100余人赴湖北松滋县参加土改。

　　[3]指先生所著《凯恩斯经济理论评议》，此书获国家教委人文社会科学专著二等奖。

　　[4]指由先生主编的《反通货膨胀》，此书获1993年第七届中国图书奖及湖北省人文社会科学专著优秀奖。

黄德华

沁园春·珞珈山

　　万里江山，千古风流，落驾楚庄。引仲谋避雨，观音袈落，四光选址，雪艇坤扬。国有成均，阁明宁静，天下读书好地方。闻道是，珞石成珈玉，文武齐昌。　　　造人出品脊梁。更有大学三要焕章[1]。习坎孚示教，脱胎换骨，明诚求是，创新图强。桂雨枫红，梅香樱雪，满校青春向太阳。永难忘，到东湖戏水，众志激昂。

　　[1]大学三要，出自武汉大学第二任校长王星拱教授的《大学任务》。"三要"即道德表率、理论高深、技能富民。

　　黄德华，浙江大学客座教授，祖籍江西高安，武汉大学化学系88级校友。

黄遵曦

献给武大建校百廿周年

纪念前武大文学院院长闻一多先生牺牲 55 周年

如回闻一以知多[1]，少入清华志教科，
《死水》激情"三美"创[2]，艺专古典两门磋。
面枪拍案英雄气，斗士骚人慷慨歌。
莫恸昆明池染赤，浇花灼灼珞珈坡。

颂武大创始人张之洞

一甲三名乃文襄[3]，尊经立院筹"自强"。
东开铁校谋深远，西学"方言"采众长。
用算习商兴企业，开煤炼矿制钢枪。
南皮造就颠清祚[4]，革命不云功绩彰。

武大校址赋

建校珞珈实所宜，山林鸟乐凤来仪。
襟湖秀水西施咏，枕麓樱花北国疑。
园内泉甘滋硕果，亭前木落化春泥。
仁人志士撑天下，后起翘翘举世奇。

[1]如回闻一以知多：指闻一多小时候聪颖，像颜回那样闻一以知十。十，多。
[2]三美：闻一多先生的诗歌在艺术形式上追求音乐美，绘画美，建筑美。
[3]文襄：张之洞先生谥号文襄。
[4]南皮：张之洞乃河北南皮人。

黄遵曦，湖北省老年大学诗词班学员。

曹可南

母校礼赞

一

百年武大似蛟龙，强强联手展雄风。
今日再播十万籽，全球绿点珞珈红。

二

阔叶梧桐尖叶松，桂花樱花喜相从。
中西合璧东湖畔，水天一色换新容。

三

径行极地攀珠峰，起步原在楚材丛。
弘毅铸就铁脚板，千秋史赞我英雄。

《校友通讯》（2002 年）

曹建勋

会台北朱士烈学长有感

2001 年 4 月 14 日，武汉大学台北校友会理事长朱士烈学长在武汉大学上海校友会的欢迎午宴上，即席赋诗。我感其情真意切，特步原韵以和之。

日丽天青乐还乡，春风早化旧时霜。

两岸若能归一统，中华前路更康庄。

《校友通讯》（2001 年）

七十韵言　自序并注

　　五载同窗，四十年阔别，聚散已历半个世纪。未来岁月还有几何，谁能预计？金秋聚会，实属良机。何况今年十月，又恰逢笔者 70 周岁①，能不忆昔思今，百感交集。因成韵言，以博一嘻。

流年真似水，光阴驹过隙。
转眼七旬到，古稀今不奇。
回眸往昔事，人生一场戏。
大难屡身受②，嘉奖亦多起③。
荣辱身外物，篇籍常见意。
归队确实晚④，不才难成器。
四九搞专业⑤，六一即下籍⑥。
随后居上海，旧著勤整理。
立说十二卷，十卷有专辑⑦。
寄望三五年，能够出文集。
余日弄孙外，有兴常玩笔。
网上天天走，朋友遍各地。
遇困不烦恼，心广体受益。
人生难满百，活好即足矣。
唯一牵心事，国土未统一。
同是炎黄后，本应共举旗。
人老能何为，日日看消息⑧。
倘见归一统，此生一大喜。

　　①笔者出生于 1936 年 10 月 25 日。

②"大难"句：举其要一是母亲逃避反动军队追捕之日，在一厕所生下了我；二是我在读初中一年级时害过肺病；三是"文革"初期，我被列为新疆维吾尔自治区"三家村"的"第三号人物"；四是监督劳动中害了淋巴癌，手术放疗、化疗等长达4年。

③"嘉奖"句：主要有：在克拉玛依、江汉等油田工作时，我连年获得先进工作者或劳动模范等光荣称号；以200多万字的石油文学创作综合成果于1999年11月在北京人民大会堂与刘白羽、魏巍、韶华、刘肖无等同榜获首届中华铁人文学奖；因30万字的散文集《感受香港》一书，于2003年11月获香港有史以来最大文学奖项——香港中华文化杯优秀文学奖。

④"归队"句：从江汉油田到湖北作协搞创作，视为归队。

⑤"四九"句：以业余创作、出版过两部长篇小说的实力进入湖北作协搞专业创作，时值49岁。

⑥"六一"句："下籍"就是指退休。笔者是在创作最旺盛，且正在革命老区挂职深入生活时退休的。这年我61岁。

⑦"立说"二句：十二卷，指笔者将已出版或发表过的作品进行归类、筛选、整合、分卷、已有长篇小说4卷，中短篇小说1卷，散文3卷，报告文学2卷，诗歌与文学评论各1卷，共12卷；专辑，指已出书的10个单行本，即长篇小说《巫山燕》等。

⑧读消息：指笔者每天必读《参考消息》，尤其关注有我国台湾问题的报导。

《校友通讯》（2006年）

曹俊宏

忆 江 南

癸酉年三月赴路珞珈山观赏樱花，特至"六一"纪念亭悼念惨案死难同学，往事历历，感慨万千，谨撰词告慰英灵。

一

多少血，染就五星旗，阶上血痕今尚在，樱花垂首泪花飞，天地共伤悲！

二

多少恨，风雨忆珞珈，美酒且邀英烈饮。寒流霜雪折英华，碧血化虹霞。

三

多少泪，四六度春秋，今日英魂何处是？化成仙子九霄游，喜泪洒神州。

蝶恋花·游珞珈有感

寻觅当年风雨路，激烈情怀，"六一"亭前诉。同学少年骁似虎，高歌誓雪中华辱。　　今日湖山游子慕，俊杰如云，谱写英雄赋。历史沧桑风雨苦，珞珈从此春长驻。

浣溪沙·"六一"惨案五十周年抒怀

五十春秋风雨稠，亭前往事涌心头，台阶血迹赫然留，倾倒东湖涮旧痕，殷期后学继鸿筹，千秋武大尽风流。

《校友通讯》（1997 年）

摸鱼儿·愿英年

读辛弃疾《摸鱼儿》，顿有新感，遂步原韵为赋。

愿英年、历经风雨，韵华似水流去。桑榆莫道时光晚，成事在人谋取。君莫虑。常言道、天涯到处阳关路。苍松长绿。慕俊杰风流、飞舟击水，腾跃振飞羽。　　西流水，记否东坡话语？冯唐易老何去？暮年烈士驰千里，夕照青山堪祝。擎火炬，献余热，神州处处吟新曲。莺歌燕舞。看壮丽河山，银花火树，如画九州郁。

渔歌子（两首）

有意春风拂白头，毋忧冰雪折吴钩。斟美酒，泛轻舟，拈须笑却古今愁。

堂燕呢喃情万端，青松着意染千山。歌盛世，谱诗篇，耄耋慕我似少年。

梦 静 品 受

珞 珈 梅

一剪梅花万样娇，欲送与她，却怕她恼。当年初识珞珈美，漫天妖娆，尽在梅梢。从此相伴攀山道，灯火砚地，四载磋敲。今夜踟蹰寒月笑！奈何，再待明朝……

梦静、品受，均系武汉大学退休教师。其中品受 1962—1968 年为该校物理系学生。

梅若玫

诗 草 一 束

移民美国 20 多年了，因忙于工作，以致信息闭塞，忽见报章刊登美国加州武汉大学校友会于 2005 年 2 月 27 日举行鸡年新春联欢活动之消息，欣喜若狂，欣然赴会，急就成章。

长 相 思

鸿雁中断数十载，金鸡报喜亲人来。

关山万里相思苦，衷曲弹罢笑颜开。

相 见 欢

去国怀乡思绵绵，魂牵母校情未泯。
相抱喜泣难成声，对樽狂饮醉无眠。

《校友通讯》（2005 年）

盛永华

和胡德文同学

欣喜伟业欲吟诗，才疏学浅苦无辞。
红透专深首要事，不为名利勤读书。

《校友通讯》（1995 年）

盛震江

金 秋

云淡天清气象新，巍然圣地红旗升。
远观名胜珞珈山，千百门生进黉宫。
萍水相逢山外客，同窗与读自家人。
亲聆教益沐霖雨，身受师恩乘惠风。

咏 重 逢

骊歌唱罢各西东，远隔关山鱼雁通。
数十春秋如一日，三千手足上高峰。
流觞曲水情难尽，论事评功志庆中。
促膝谈心温旧地，参商觅得一相逢。

《校友通讯》（1999 年）

述　怀

任职羊城易十霜，当心似箭赴武昌。
天寒夜渡流溪水，醉问同船是同窗？

悼念李达校长

朔风凛冽后生愁，一代儒林不汝留。
东川西川流眼泪，南猿北雁也默哀。
今朝落叶满山谷，明日鲜花分外红。
山道若逢学子问，遗言均已传名流。

《校友通讯》（1998 年）

采桑子·东湖

琼花烂漫东湖好，常见倩红，春意融融，堤柳扶杆竞日风。

骊歌散尽群徒去，始各西东，辞谢师宗，金燕迁巢寄语中。

《校友通讯》（2003 年）

龚嘉英

纪念杜甫诞生1280周年学术研讨会志庆

诗圣杜公生前，尝以有神、沉郁、警策三者，自许其诗。予认为有神即是生动，沉郁即是感动，警策即是惊动，乃创诗三动之说，于 1988 年撰文述其要旨，公诸于世。1992 年春，四川成都杜甫草堂，与河南巩县少陵故里，联合举行纪念会于巩义市，事前承筹备单位来函邀约，惜因事不克前往，遂检寄研究杜诗论文一篇，并赋此答赠。

> 三动为诗法，前贤所未言。
> 有神生顾盼，沉郁感深吞。
> 警策惊心魄，艰难探本源。
> 草堂巴蜀仰，风雅巩梅存。
> 折简蒙邀约，铺文送讨论。
> 群公皆博古，末艺独无根。
> 愿补千家注，缘悭万里樽。
> 河声通岳海，重振少陵魂。

《珞珈》第 112 期，1992 年 2 月 1 日

龚德祥

沁园春·贺武大百廿周年

寿诞期颐，又廿年春，校庆举行。揽祥麟凤阁，珞珈文苑，惠风和畅，芳草丛生。火树银花，莺歌燕舞，仰我黉宫更旺兴。征途路，迈金光大道，万里鹏程。　　名流泰斗催耕，正植李育桃方向明。喜专家教授，经论满腹，高昂斗志，培育精英。学术前沿，攻关硕果，强国兴邦事竟成。攀登越，看层楼竞上，再创殊荣。

笑 对 人 生

> 弹指挥间八四秋，飘蓬已是落帆舟。
> 清心寡欲从容度，悟道安贫乐自由。
> 放浪形骸潇洒悦，逍遥自在等闲鸥。
> 移情遣兴琴台迈，净化心灵翰海游。

鹧鸪天·咱俩也曾年轻过

借得尘寰一叶舟，同舟共济百年修，惊涛骇浪相濡沫，几度沉浮互解忧。　　沧海变，夕阳柔，惠风和畅楚江头。浑忘绿鬓飞霜雪，唯有青春倩影留。

龚德祥，武汉大学人民医院离休干部，武汉大学珞珈诗社副社长。

章昌池

望海潮·庆祝武汉大学建校一百二十周年

山横青黛，云浮碧玉，松涛漫卷珞珈。欢庆诞辰，秋枝傲冻，园中似锦繁花。霜重色殊佳。苑前盼归燕，春意喧哗。彩泻珠泉，画楼灯霓胜烟霞。　　鲲鹏展翅天涯，挟南极冰雪，大漠风沙。华夏栋梁，天之骄子，相逢笑语迎迓。依稀已回家。忆往昔岁月，何事咨嗟！携手初邀，翱翔万里趁年华。

章昌池，武汉大学财务部原副部长（正职），研究员，聘任教授，已退休。

康锦屏

竹枝词（四首）
为武汉大学 120 周年校庆作

武大校园吟

珞珈山上读书声，春到东湖触眼惊。

楚地后生皆可畏，尽将蛮野化文明。

武大建筑吟

仿古雕梁画栋新，温文儒雅更骄人。
琼楼玉阁育鹰鸟，展翅蓝天片片云。

最美大学吟

尤美杏坛尤美人，桃篇李页日翻新。
天开霁色熙春好，楚楚英才俏出群。

武大留影吟

形影无须问疏亲，镜中人尽意中人。
何方化得身千亿，南北东西各伴君。

康锦屏，75岁，四川人，四川大学教授。中华诗词学会会员，中国数字图书馆荣誉馆员。

梁文艳

贺校庆赋诗

一

胜景四时看未完，挽来皎月倚栏干。
春溪宛转红流远，秋桂细发玉抱团。
夏翠留风飒飒吟，梅香入曲泠泠弹。
珞加百世未曾瘦，总揽东风枝叶繁。

二

任凭鼓乐飞，遥看珈山巍。

绿岛浮东湖，飞檐掩翠微。
佳时赤子归，盛世哀歌稀。
十里杜鹃在，春声入帐帏。

三

楚天江下绕芳州，试问珈山几度秋。
难却壶杯应浩咏，醉成诗赋莫凭愁。
苍穹云净情宜远，叶积空林意转幽。
烛下墨香斜入兴，未休平仄上高楼。

四

江水东南泻，珈山雨雪罢。
湖平日月浮，林郁寒凉拓。
酣醉诗心发，覆杯剑气霸。
经霜百廿载，学子正风华。

梁文艳，武汉大学春英诗社社员。

梁在潮

武 大 长 青

青山秀水舒心赏，梅韵书声悦耳听。
美誉悠悠逾百载，根深叶茂绘长青。

念奴娇·毕业五十七年学会聚会有感

晨曦初照，故国兴万事，人欢马啸。来自四方诸学子，欢聚武大名校苦读求知，风华正茂，大志胸怀抱。四年面壁，为迎来日辉耀。　　白驹过隙时光，五十年后，翁媪当年少。华发满堂欢笑语，欢忆春春佳貌。话说人生，酸甜苦涩，体悟倾相告。晚霞光彩，更希未来佳好。

采桑子·校园秋夜

万家灯火深秋夜，凉意清风，皓月升空，秀丽珞珈入画中。　　凭窗闲眺校园景，窗映儒踪。夜读香浓，多彩明灯兆兴荣。

梁在潮，工学部教授，已退休。

梁润生

鹧鸪天·聚会感怀

犹记武大学习忙，名师荟萃教有方。图书馆内抢座位，宿舍灯前阅华章。　　情历历　事长长，老来旧事爱思量。风和日丽艳阳里，又幸今朝聚一堂。

重　聚

人老情尤重，春深花更香。
珞珈重聚会，白首话沧桑。

忆　江　南

同学好，情谊甚难忘。昔日年轻无在意，今朝人老总思量，但愿健康长。

《校友通讯》（2004 年）

梁瑞刚

感　悟

日夜辛劳勤拼搏，精明实干攀高峰。
卅年寒窗凭智勇，人地天合功乃成。
风物终久东流逝，唯铸丹青慰平生。
年近古稀回头品，无限情怀润肺心。

《校友通讯》（2002 年）

彭　忠

校园，让每一个生命绽放

武大附小是武汉大学的组成部分，它深受大学的影响，浸润珞珈山的阳光雨露。从建校之初，就把"服务大学和实践先进的教育理想"立为己任，风雨九十八载，伴着大学一路走来。

每一颗小草，/都会向往雨水阳光；/校园里的生命，/都渴望着成长绽放。/这是大自然的规律/这是教育的守望。

清晨，家长们送来孩子，/他们送到校园的，/是念想，是希望。

教室里，操场上，/疯疯打打，蹦蹦跳跳，/满世界的乱跑，/满校园的喧哗。

这就是他们哟，/一个个顽皮的人，/一件件烦心的事。

教室里，操场上，/书声朗朗，神采飞扬。/满校园的歌声，/每一处的"老师，您好！"

这也是他们哟，/一张张童稚的笑脸，/一届届不同的

467

味道。

在与他们相伴中，/我们渐渐变老，/耐心、爱心、童心，/责任、荣誉、尊严。

我们每一天的付出，/都呵护这些生命的花朵，/每一个秋的季节，我们能享受教师职业的荣光。

社会在变，/学生在变，/永远不变的，/是我们工作的繁忙。

忙，不怕；累，也不怕，/怕付出得不到理解和回报，/怕自己这朵生命之花得不到绽放。

压力下的我们，/有脾气，也有烦恼，/希望被人关爱，/希望不要过早衰老。

但只要走进校园，/只要踏上讲台，/一切都归于平静，/我们又是一脸的阳光。

这是教师的胸怀，/这是职业的力量，/这更是校园的气场！

为了一个个生命的成长，/我们愿意年年守望，/每一颗小草都会有雨水阳光，/校园，依然会让每一个生命绽放。

彭忠，1969 年生，1989 年在武汉大学附小参加工作，历任教师、总支副书记，现任武汉大学二附小校长。

海 红 陆 源

感樱花时节

东瀛移树四百三，粉头几多不开颜？
北燕春感探伊妹①，南柯晓梦逢珞园；
今日景致花犹玉，去年清明料峭寒。
纵使千年换光瞬，如瑜一闲也心安！

珞珈山园林

远眺枫园含岱宗，幽思国色论雍容。
金秋桂花馥郁郁，仲春樱面粉重重。
大夫寒冬吟橘颂，小草酷夏叹峥嵘。
荆楚鲲鹏迎黄鹤②，梅林香涛满江红③。

探寻风光村

白鹅塘前落梅轩，碧水池中寻渊源。
三峡暮霭入黛楚，一旦黎明出粉胭④。
惊蛰短歌漫山絮，蛟龙长看亏月潭。
珞珈水塔寻归路，东湖犹闻劝学篇⑤。

① 北燕系武汉大学化环学院校友，河北（燕赵）人，现在北京工作；伊妹，即 E-Mail，俗称伊妹儿或伊媚儿。
②鲲鹏：武汉大学樱园与桂园交会处有鲲鹏广场。
③香涛：指自强学堂、方言学堂（武汉大学前身）创始人张之洞，字孝达，号香涛。
④粉胭：指樱花。
⑤指张之洞于 1898 年发表的《劝学篇》。

《校友通讯》（2000 年）

彭　琳

珞珈山情结

一

六秩风雨计征程，梦绕珞珈斋外樱。
常念国家慈母爱，难忘同学弟兄情。

丹心不随朱颜改，独卧怕闻孤雁鸣[1]。
壮士暮年多壮志，江山妖娆晚霞明。

二

初曙江城进珞珈，献身建设走天涯。
大鹏展翅凌霄汉，老骥长嘶赞晚霞。
学子归来湖水暖，校园信步菊英华。
欣逢盛世人康健，相约他年醉桂花。

[1]我班同学于1953年毕业参加工作，这一年正是我国开始实施第一个五年计划之年，我们是共和国培养的第一批本科大学生。

《校友通讯》（2008 年）

彭琳，1953 年毕业于武汉大学农艺系（当年，尚未院系调整）。

彭未成

百廿校庆

桃李春风百廿年，珞珈山下东湖边。
自强弘毅齐共勉，培杰校园谱新篇。

彭未成，中文系 1955 届毕业，曾任该系副系主任，数十年来专攻书法绘画，多次获奖，今为教科文卫组织专家组成员。

彭雨新

祝国家杰出领导人当选

五星天上耀红光，十亿神州喜色扬。

盛世唐虞崇四岳，维新周命振中邦。
丰勋已绘麒麟阁，明令今颁政事堂。
民主精神隆法治，千秋大业铸篇章。

《武汉大学校刊》，1983 年 7 月 8 日

东 湖 吟 兴

清明前五日与李植枬、李则鸣同志共陪金景芳先生游览东湖，归有余兴，赋此。

楼台深运驻行车，此处明波若玉壶，
北上涓流通九派①，南来风雅拜三闾②。
丰碑仰望天无际③，高阁行吟兴有余④。
好约名山重讲学，百花齐放在东湖。

①意指唐长孺同志去吉林大学讲学。
②意指金景芳先生来此讲学，同造访屈原馆。
③寻访九女墩碑。
④登行吟阁。

《新武大》，1963 年 5 月 4 日

献给辛亥革命七十周年学术讨论会

千载黄龙固自封，武昌一炮震顽聋。
三民主义期新治，五色旌旗未共从。
旷代英雄承壮志，工家革命竟前功。
宏图再结联盟好，天下为公大道通。
佳节思亲盈热泪，伊人隔水怅秋风。
中华儿女齐携手，伫待欢呼四海同。

《武汉大学报》，1981 年 10 月 30 日

彭毅文

珞珈盛会

盛世吉星照，黉门喜气扬。

母校迎华诞，天公兆泰祥。

天调风雨雪，地阜果棉粮。

珞珈开盛典，宾客浴朝阳。

校友还心愿，学生拜圣家。

车穿湖底过，浪抚水边崖。

出车观校景，举目望天涯。

湖大峰峦隐，雾薄景象佳。

塔影水天现，游船廊桥划。

凌波门浩淼，老斋舍雄华。

众殿飘云朵，群宫掩树花。

古坊字雄劲，黉瓦光艳霞。

学府天独厚，杏坛地旺达。

年级报到去，校友招呼忙。

领取新资料，安排住宿房。

关心无不至，接待亦周详。

满园花团簇，全校锦彩装。

廊挂周年标，标横主会场。

天生青山幕，地变人海洋。

处处光溢彩，人人貌轩昂。

国歌震大地，壮志激胸膛。

藏龙习布雨，卧虎学安邦。

有为栋梁骏，有为科技狂。

各方贺词暖，校友恩谊长。

共扬国魂威，同愿母校昌。

过去多业绩，明天更辉煌。

庄严典礼毕，自主论坛开。

文哲工医理，诗画剧曲牌。

展出逾百处，讲演近千台。

境外宗师请，域中泰斗来，

开山传古道，创派育英才。

院士多筹谋，博导广将帅，

科研众奖收，论著多刊载。

校园聚英杰，学术出异彩。

赤县智慧山，神州奇才海。

思想光激童，文明火接代。

当代汉唐超，中华雄威再。

注：此为彭毅文先生为武汉大学校庆写的贺诗，并率校友彭方成（侄儿）、陈俊（女婿）、彭芳苑（女儿）、彭博（儿子）等，敬祝母校120周年华诞，祝福母校今日多成就，明天更辉煌。

敬贺美丽学府双甲子华诞

武大精英智慧光，光激弟子睿能强。

琢成万种稀奇玉，创就全能佳彦王。

种海耘天耕广宇，强军富众建家邦。

国立学府天独厚，双甲轮后更盛昌。

环宇旅行社公告

珞珈教授有奇功，训练学生闯太空。

荧惑湖边修跑道，蟾宫院内建行宫。

天机起降樱园顶，箭艇停泊桂苑东。

月壤鸡石氘玛瑙，咨询展售礼堂中。

彭毅文，1961 年入武汉大学化学系，毕业后在武钢工作至退休。

蒋先义

赞 母 校

仲春三月，素有公园大学之称的武汉大学校园樱花盛开。其时我从贵州来到中南财经大学，参加全国财政系统中专校长培训班。星期天，我携友游览了雄居珞珈山又依傍东湖水的母校，见到有樱、梅、桂、枫四园的武汉大学更美了，更发展了，更优越了。观光有感，谨作诗以志之。

春回武大赏樱花，湖光山色四园佳。
更有百年丰硕果，学子自豪逢人夸。

《校园通讯》（1998 年）

蒋传漪

鹧鸪天·缅怀余明学长

1938 年春，武汉大学西迁四川乐山（古称嘉州），我因参加学校中共地下党领导的"抗战问题研究会"，得有机会结识余明同志。余明同志时任四川嘉定中心县委书记兼任武汉大学特支书记，是我的入党监誓人。1939 年夏，我和余明同志分手后，阔别长达半个世纪之久。1989 年 5 月，我携内子赴杭州疗养，与余明同志重聚于西子湖畔，并承赐翰墨一幅。这也是我和余明同志的最后一次见面。1997 年 9 月，接余明同志女儿余卫卫寄来余明遗著《蹈海集》一册。奉读之后，不禁凄然泪下。往事如昨，思潮起伏，久难平静，乃作"鹧鸪天"一首，以示缅怀。

同窗切蹉叙嘉州，抗日救亡风火稠。携手迈向革命路，余明学长好领头。　求解放，绘宏图，各领风骚五十秋。八九杭州喜重逢，从此一别痛失俦。

《校友通讯》（1998 年）

蒋传漪，1916 年生，江苏吴县人，武汉大学 1940 年级机械系毕业。铁道部教授级高级工程师。曾任中国铁道出版社副总编辑等职。

蒋曙辉

深圳探源

南海边沿一渔村，沟深滩浅路不平。
改革开放特区设，毗连香港九龙城。
侨胞投资办工厂，高科产品出国内。
发展经济多渠道，中国特色显威灵。

旅港遐想

港岛百年陷英军，回归祖国天地春。
富甲一方民安乐，捷足先登"四小龙"。
寸土寸金弹丸地，楼高百尺跃九重。
拜佛求神成时尚，蓬莱仙境何处寻。

归来反思

行色匆匆返古城，花花世界走一程。
贫富有若天渊别，社会主义万年青。

《校友通讯》（2004 年）

葛德彪

看武大斋舍前樱花道照片有感

春风年夏度，樱花不久留。
青春鸟已去，琉璃舍依旧。
踌躇少年志，倏忽五十秋。
回首四海行，贵有珞珈读。

相约重聚珞珈（古词风）

2011 年毕业 50 周年回珞珈山重聚。近读李叔同弘一法师《送别》，有感，仿填其格。

斋舍外，樱廊边，湖光潋滟天。晚风晨曦五暑寒，分飞山外山。　迹天涯，霜鬓角，半纪别黄鹤。珞珈窗谊网媒传，明年重聚欢。

珞珈（古词风）

珞珈美，碧波东湖水。绿树芳草小径幽，晨曦薄暮落日晖。彩云何日归？

樱花（古词风）

樱花廊，依山斋舍窗。五度暑寒伴年华，每逢春风花绽放。半纪留芬芳。

葛德彪，1961 年毕业于武汉大学物理系，后为西安电子科技大学物理系教授，已退休。

喻卫华

赠　　别

珞珈曾共砚，武大与邀游。
一别五十载，重逢已白头。
昨夜还乡梦，江头觅小舟。
相偕回故里，齐上黄鹤楼。

怀台湾友人

翘首南天忆宝三，归根落叶未有期。
清风阵阵临初夏，聊寄故人一首诗。
五十一年忆客踪，陆台隔海梦中逢。
华年风采今犹在，玉照新颜觅旧容。
频记少年多趣事，悲歌入耳忆华年。

登武昌东湖屈原行吟阁（古词风）

远岫连云，画楼隐树，东湖风物难描。高阁凌空，四周烟水迢迢，当年屈子行吟处。正芳菲，兰芷香飘。漫重游，旧事兴亡，说与渔樵。　　登临觅凭栏久，看楚天日丽。鄂渚烟消，千古江山，劫余更比前娇，桂棹兰挠。且高歌，逸兴豪情，都在今朝。

《校友通讯》（2004 年）

喻永林

毕业 40 周年宜昌聚会有感

弹指忽过四十春，相聚夷陵百感生。

岁月如歌随梦去，今朝纷忆叙离情。
当年求学上珞珈，同窗共读喜无涯。
书山学海遨游乐，偷闲相约赏樱花。
此番重逢万绪浮，深情厚谊永存留。
但愿老年家和睦，体健心宽度春秋。

《校友通讯》（2008 年）

舒华章

历史系 65 届毕业生 30 年后回母校感怀

一

离别珞珈三十载，九五国庆喜讯传。
牵衣细认忆往事，把臂惊呼辨旧颜。
今夜联吟欢若海，明朝分袂散如烟。
巴陵道上风尘客，异日重逢便是缘。

二

酒散今宵梦已圆，明朝万里共婵娟。
星霜屡误犹拼搏，风月无多莫擅权。
虽说有情能共聚，要知断线便无延。
卅年过后如相会，再约来生未了缘。

三

谆谆教诲结师盟，卅载思恩白发生。
浥露黄花留晚节，披风桃李奉真诚。
躬亲侍送壮行色，辞校投荒满别情。
长恨东湖人去杳，何年辽鹤盼归迎？

《校友通讯》（1995 年）

董 升

水调歌头·致聚会同学

五月花开盛，母校乐融融。只因学子归来，欣喜夜难宁。追忆当年少壮，一片纯真烂漫，奇志贯长虹。无惧初生虎，偏爱上高峰。　　学程毕，挺身去，赛苍鹰，现实社会风大，艰苦造英雄。苦辣酸甜齐备，成败沉浮各异，此事永无恒。往事如烟过，可贵淡泊情。

千禧龙年国庆聚

毕业匆匆数十春，龙年国庆聚黉门。

口音依旧容犹变，人事沉浮志未沦。

欣看频频结硕果，喜闻累累报佳音。

酸甜荣辱寻常事，世上同学情谊真。

《校友通讯》（2000 年）

赞母校联合

喜闻母校大联合，澎湃心潮感慨多。

一夜综合成锐势，顿时联袂上规模。

全国优秀行前列，世界一流坐快车。

世纪新篇谁上位？聆听武大唱新歌。

《校友通讯》（2001 年）

董升，武汉大学中文系 1972 级毕业生。

董必武

纪念武汉大学五十周年

根深叶茂，实大声洪。菁菁者莪，曰专与红。

适应革命，学业日隆。真积力久，神悟心通。

热爱劳动，服务工农。竞攻尖端，试缚苍龙。

以建新国，以前民用。力争上游，高梧鸣凤。

斥彼修正，资级陪从。谬说纷陈，纠绳是重。

珞珈之山，东湖之水。山高水长，流风甚美。

录自《董必武诗选》

闻长江大桥成喜赋

江汉三城隔，相持鼎足然。

地为形所限，人与货难迁。

利涉资舟楫，风涛阻往还。

梦思仙杖化，喜见铁桥悬。

武汉连一气，龟蛇在两边。

滔滔流不尽，荡荡路无偏。

转运增潜力，工程壮大千。

山青深浅杂，云白卷舒妍。

黄鹤楼非旧，晴川阁尚全。

游观当日暮，何物惹愁牵？

董必武，中共一大代表，曾任中华人民共和国代主席。

董从夷

沁　园　春

1993 年初冬参加北京台湾图书展览会并游历南京、上海、杭州。

木落风高，指点河山，结伴西游。送东土新书，公开展览；满腔挚爱，先意绸缪。海阔云深，何尝阻隔，民族心声互唱酬。而今后，愿知音共赏，同气相求。　千年古国谁留，唯我中华亿万秋。看一石一砖，长城屹屹；无穷无舍，江水奔流，闹市人潮，名都杰构，后浪超前永不休。滔滔者，汇全民活力，慎矣行舟。

《珞珈》第 120 期，1994 年 7 月 1 日

董京辉

南乡子·校庆抒怀

望楚水东流，百廿年华岁月稠。培木育人结硕果，悠悠。遍地桃李国是谋。　秋见桂枝头，沁满珈山醉满楼。圆梦中华新浪涌，何愁。青胜于蓝誉满球。

白　玉　赞

亿年浴火始风流，剔透晶莹冠九州。
内似羊脂白润取，表如赤叶仲秋谋。
瓦全下俯匹夫志，宁碎高昂士子头。
美玉无瑕冰雪态，终生佩戴圣洁俦。

忆 江 南

难入眠，薄酒怎驱寒。忆想东湖韶光暖，红梅谢去粉樱缠，心伴春雨还。

菩萨蛮·望江茶肆

荆江急转波涛涌，望江茶肆笑语共。泉水煮碧茗，寻茶深谷中。　　飘然筝奏起，曲醉茶香溢。乐尽久无声，心潮逐浪腾。

董京辉，1951 年 3 月生。中国电子科技集团十三研究所高级工程师，现任石家庄北方微电科技有限公司董事长。1977 年毕业于武汉大学物理系。

董定平

武 大 赏 樱

半是松林半是樱，下排青嫩上晶莹。
一从锦绣之中过，更赞英台演视屏。
银饰清江钗头凤，雪花冰树水龙吟。
枝连玉宇成新照，再逛清馨回望云。

水调歌头·十八大

欢庆十八大，喜讯九州传。神龙海探天吻，航母燕云端。创业峥嵘岁月，开放改革成就，北斗耀雄关。崛起百年梦，华夏赞歌欢。　　复兴路，非平坦，六盘山。倭夺二战成果，鬼子死灰燃。真理史实在我，法宝纷纷亮剑，稳坐钓鱼船。继往开来会，火炬更斑斓。

沁园春·荆楚

扬子龙腾，鹤立其身，剑指九天。看琴台赤壁，渔舟唱晚；橘歌梅戏，金顶归元。水陆空交，通衢华夏，楚韵荆风枢纽弹。凌云梦，欲比肩沪穗，崛起中原。　改革捷报频传，十几道长虹跨大川。庆千湖蟹鳗，三峡璀璨；神农宝马，敢作人先。京广如弦，弧形海岸，中部三角串箭杆。追卓越，似张弓搭箭，气势非凡。

滇图似鸟

开屏孔雀彩云南，昂首昭通向泰安。
迪庆文山飞两翼，陆桥玉带系腰间。
三江银练挂钗头，五朵金花戴面前。
足蹈石林阿诗玛，傣摇凤尾马来船。

董定平，国家审计署武汉特派办干部，正处退休，鹰台诗社社员，在各级报刊上发表诗词多首。

韩中英

人　生

人生是一首歌/人生是一条河/歌曲的音符有高有低/河水的波也有起有落/我们曾唱过抒情的"小夜曲"/我们也唱过高昂的"歌唱祖国"

岁月流逝/歌声飘落/生命的河在脚下缓缓流过/歌声中有时高时低/一年中有花开花落/春天繁花似锦/夏天烈日如火/秋天黄叶凋落/冬天雪花飘过/一年里春、夏、秋、冬/人生中

有悲、欢、离、合

　　过去我们不曾相识／今天我们并肩共歌／人生长河缓缓流过／其中有你也有我／我们似曾相识／可能匆匆擦肩而过／你给我的"旧歌新唱"／有很多过去我都唱过／也许我们的歌曲同调／也许我们的河流共波

　　青春年华白白度过／晚年的夕阳似火／让我们共同"旧歌新唱"／让我们在夕阳红中漫步生命的河

《校友通讯》（1999年）

韩先朴

咏　螃　蟹

曾因糊口寻经纬，无奈侧身奔四方。
俗事纷繁几许累，芳姿忾舞一生忙。
双双嫩玉螯中满，块块红脂骨内藏。
时待堆盘观本色，纵然落釜也留香。

缝　补　工

出塞熬姜几度秋，为人作嫁守街头。
魂牵裤褂裙衫袜，面对绫绡丝缎绸。
凹凸合平纤手易，阴阳分隔一针勾。
天庭织女凡间住，乞巧何须望月球。

人生四季钓——夏

也经风雨也曾狂，浪击萍踪披大荒。
紧握长竿无着处，唯吹短笛有端阳。

人常箝口寻荫处，时未穿鳃煮好汤。
鱼戏一场犹自慰，几多垂钓误农桑。

露

又似玑珠又似醇，夜来滴滴宿红尘。
嫩枝含泪滋肌骨，老叶疑云生汗津。
千点留存何眷恋，一丝滑落岂沉沦？
晨曦笑问风情事，未有蒸腾未有春。

韩先朴，1941 年生，湖北省红安县人，1966 年武汉大学生物系微生物专业毕业，分配到农业部农业生物研究所，1974 年调中国科学院水生生物研究所，2002 年退休。有诗集《怡园心迹》出版。

韩荣庆

夜读《珞珈》

鸣瑶、善同先后寄来台北校友会刊，连夜读完。往事浮泛脑海，嘉山沫水又现眼前。回顾当年，不胜今昔。今随手记下冥思二则，以寄对往事之怀念。

夜读《珞珈忆逝川》，弦歌嘉州下华年。
月珥塘边晨号催，龙神祠里昏灯眠。
倾听讲授进文庙，博览群书坐茶馆。
不堪回首白头翁，重温壮志神黯然。

忆昔嘉州弦歌日，峨山沫水好风光。
新绿绕溪映苏稽，米花脆甜鱼酒香。
品笱凌雪消溽暑，泛舟乌尤拜禅堂。

秋山登高老霄顶，二峨崔巍面两江。
幸有破雾冬暖日，岷江茶肆晒太阳。
已过半世犹今夕，借问学兄可曾忘？

韩贵邦

鹧鸪天·赞武大

数年前五月，余曾参加在珞珈山宾馆召开的全国性专业性学术会议。其间，偕友参观游览了武汉大学校园，百花吐芳，珍树成荫，楼阁错落，湖光粼粼，环境优雅，景色宜人。今悉贵校值120周年校庆，特赋词一首，以表敬贺。

武大观光景色幽，珞珈山麓柳枝柔。东湖澄水环名校，碧瓦琉璃砌玉楼。　学子众，导师稠，科研硕果屡丰收。欣逢盛世与时进，业绩辉煌万古流。

韩朝圣

毛主席视察武大①

珞珈山吹九月风，紫气东来不易逢。
四校师生齐欢聚，万岁呼声震长空。
漫山彩旗手中舞，圆桌座谈气氛浓。
峥嵘岁月今难忘，脑际仍响东方红。

政 治 生 活

社会主义满山间，举国共吟月儿圆。
血色光照"六一亭"，深林掩映十八仙②。

元旦痛饮李达酒，国庆共品黄焯烟。

衣衫虽旧不耻笑，生活纵苦也觉甜。

①1958年9月12日，毛主席视察武汉大学。

②1947年，国民党军警闯入武汉大学，制造了"六一"惨案。"十八仙"是指18栋住了18位教授。

文化生活①

五老授课在家间，登门拜访学圣贤。

《文心雕龙》问老刘，《中共党史》知李渊。

求知久坐图书馆，赏花常走樱花园。

体育馆内演好戏，下里巴人也新鲜。

①刘永济老教授教《文心雕龙》；李达校长讲《中共党史》，他知识渊博，对《实践论》和《矛盾论》很有研究。那个时候也经常演戏，既有阳春白雪，也有下里巴人。

《校友通讯》（2012年）

悼韩德培教授

沙洋劳动不计酬，心底无私更风流。

重视法学建新国，淡泊名利为民谋。

久久长寿精神在，拳拳服膺居上头。

先生驾鹤西天去，珞珈巨石永长留①。

①韩德培教授生于1911年，我听过他的法学讲座。2003年，我访问过他。他平易近人，堪称道德楷模，是一位优秀的共产主义战士。

《校友通讯》（2009年）

纪念哲学家李达校长诞辰111周年

六年相处识圣言，老而犹著锦绣篇。

党庆报告同车往，天门视察共榻眠。

抵制思想顶峰论，痛斥亩产万担棉。

殚精竭虑传马列，哲学光辉留人间。

《校友通讯》（2002 年）

珞珈精神赞

珞珈学子遍全球，振兴华夏奋中流。

惊涛骇浪无所惧，艰苦卓绝争上游。

伦理文化承传德，革命史册铸新猷。

五湖四海播励勉，面对寰球写春秋。

《校友通讯》（2001 年）

韩德培

在喜庆九十华诞大会上激情致辞赋诗

岁逢庚辰年，九秩入高龄。

虽云桑榆晚，犹存赤子心。

满园百花放，盛世万象新。

鞠躬尽余热，接力有来人。

张孝烈的和诗

值兹韩师九旬大寿之际，当年在韩师门下受业的几位老学生相约为韩师赋诗祝贺，现步韩师在祝寿大会上激情赋诗之韵，试和诗二首：

一

欣逢千禧年，百岁晋一龄[1]。

遥赞康福寿，虔陈肺腑心。

诞辰庆贺晚，情谊刻铭新。
珞珈桃李颂，笑看接班人。

二

回首五余年，师哲正壮龄。
传道育英俊，诲人献爱心。
时光如是逝，泽惠永恒心。
春风化雨露，典范启后人。

①民间写寿联常将某旬寿庆写成某旬晋一寿庆，意即某旬寿庆之时即为下一旬寿庆开始之一日，旨在预祝长寿之意！

《珞珈》第149期，2001年10月1日

韩德培，武汉大学法学院著名教授。

程　森

我　们

你们有你们那个年代的歌/我们有我们的/我们就是我们/你们《唱支山歌给党听》《我的祖国》/唱《莫斯科郊外的晚上》也唱《红莓花儿开》/我们唱《党啊亲爱的妈妈》也唱《请跟我来》《酒干倘卖无》/唱《十五的月亮》也唱《迟到》/伴着一个月工资买来的老吉他/其实也只会刷刷和弦嘭嘭嚓嘭嘭嚓/偶尔也哼哼好花不常开/其实我们还年轻并不怕好景不常在/真的/什么也不为/只是哼哼罢了/多少人多少年唱一支歌重复一支歌/多少人多少年没有歌也活着活着

几乎每一台录单旁边都配有歌曲盒带/大多都是爱情歌曲/有的还是二三流或者不入流的/不习惯的乐曲是铜管爵士迪斯

科/旁边醒目地摆放着著名的《英雄》《命运》《悲怆》/足球
垒球棒球所有的规则我一清二楚/为一个球摔碎了饮料瓶/多赔
几毛钱/民族魂民族精神/你他妈的不鼓掌算个中国人吗/杨宁
看准你小子的可是国门/算算老山法卡门牺牲的战士平均年龄
多少/我们好好地干不立着要垮掉奇怪奇怪哉/总说我们先天不
足五音不全后天失调对不准你定好的调儿/我们不过就是再重
新思考一次自己独立定个儿（其实真理只有一个）

真理的旗帜下一个时代有一个时代的歌/牛仔裤不好《迟
到》不好迪斯科不好毛病不少缺点不少/《英雄》好只是数量
太少/贝多芬只有一个/巍峨的巨龙在东方挺立着/中国的脊梁
还是我们/中国的未来也还是我们我们我们

你们有你们那个年代的歌/我们有我们的/我们就是我们

《武汉大学报》，1985 年 10 月 12 日

程千帆

黄河浏览区杂咏

昔若汪洋水，今夸锦绣乡。
泪泅成乐土，荆棘化康庄。

水自高于地，堤仍固比金。
不须神禹力，众志本成城。

堤远意相随，羡君好颜色。
秋成银白棉，夏收金黄麦。

鹧鸪天（二首）

子苾逝世忽近期年，为刊遗词，怆然成咏。

衾凤钗鸾尚宛然，眼波鬓浪久成烟。文章知己千秋愿，患难夫妻四十年。　　哀窈窕，忆缠绵，几番幽梦续欢缘。相思已是无肠断，夜夜青山响杜鹃。

燕子辞巢又一年，东湖依旧柳烘烟。春风重到衡门下，人自单栖月自圆。　　红绶带，绿题笺，深思薄怨总相怜。难偿憔悴梅边泪，永抱遗篇泣断弦。

程千帆（1913—2000），名会昌，别号闲堂，1936年毕业于金陵大学中文系。曾任武汉大学中文系主任。1978年聘为南京大学一级教授、博士生导师，兼任国务院古籍整理出版规划小组顾问、学位评审委员会委员，有十卷本《程千帆全集》行世。

程秀荣

满庭芳·最美学府——武汉大学

古木参天，珞珈独秀，四时花郁湖湲。殿堂宏绮，学子奉牍虔。多少豪杰壮士，稽此地、指点江山。欣回首，琼楼高耸，赏校扩黉蟠。　　攀巅，无止境，太空通信，硕果累鲜。看桃李争丽，学术争先。输电三峡圆梦，樱花冠、项目攻关。精英汇，一流名校，屹世界前端。

一代师表——怀念李达

跨洋冲破清枷锁，播火神州风雨颠。
建党创刊循道正，办学仪范律当先。

河山永记丰功业，斯士只求民众欢。

武大樱花捧雕像，宗师一代誉文坛。

瞻张之洞像感怀

晚清香帅兴洋务，湖广川宁享盛名。

钢铁纺织汉阳造，民族工业率先行。

千年教育型新转，现代大学江翼红。

遴选人才费心力，保台誓愿永彪青。

念奴娇·柔情女侠——王会梧

南湖船静，旭曦辉耀、召唤东方狮醒。侠女聪颖，船首立、形若鱼鹰哨警①。十四先知②，才脱除险地，续绘千秋梦。湖山如画，历经多少衰盛。追忆会悟当年，女师英语念，学优方诤。信仰追新，贤助手、"两大""工学"双证③。湘鄂教书，京申传马列，伴夫驰骋。功高名谈，一生尊誉"真正"④。

①王会梧（1898—1993），李达夫人。协助筹备中共"一大"、"二大"，担任会务。当"一大"上海会址遇险时，筹划到南湖开会，并担负警卫。

②共产国际代表马林、尼科尔斯基、李达、李汉俊、毛泽东、何叔衡、董必武等14位代表。

③1921年、1922年李达筹备中共"一大"、"二大"时，王担任会务；李达创办我党第一所女子学校——贫民女校、任校长时，王帮助筹办。

④毛泽东称赞李达、王会梧夫妇为"真正的人"。

程秀荣，女，开封市人，高级工程师，原任咸阳纺织机械厂党委副书记。现为中华诗词学会会员，春笋诗社社长，作品在全国多份报刊上发表。

程盛福

卅年重聚感怀

一

重聚已历三十秋，忆昔寒窗师友侪。
青丝育我霜痕染，丹心鉴余墨迹遒。
珞珈飘雪印《史记》，东湖细雨诵《春秋》。
千古英魂铸忠骨，数载囊萤更风流。

二

执手依稀是故旧，莫笑苍颜鬓已迁。
从来青史无生死，只留功过任评轩。
坎坷十年明心迹，豪情千丈暗云天，
重逢慨谈少年事，砥柱中流尚吾边。

《校友通讯》（1993 年）

程棣之

挽黄季刚教授

裘人盗义宫非圣，酒阵诗坛每自豪。
黜墨崇杨甘祸浅，薄夷厚惠误清高。
钩稽我识太玄字，疏旷偏宜缘野樵。
惆怅人琴俱寂寞，秋风飒飒雨潇潇。

从东湖看武大

倾听书声起珞珈，堂皇学府蔚朝霞。

林木青葱争挺秀，倒影湖光景更佳。

《校友通讯》（2012 年）

傅云翎

满江红·和王著谦学长《祝武大校庆》

似水流年，一百载辉煌岁月。今犹是，长空中日，地灵人杰。珞珈山上书音袅，华中区内名声赫。为振兴华夏育英才，心弥切。　　校园美，空气洁；校风好，师负责；忆上下关系，真诚团结。携手攀登千山顶，齐心促进四化业。到普天共庆小康时，全民悦。

满江红·古稀抒怀

古稀寒儒，忆往昔青春岁月。年十八，向师问学，满腔热血。不怕夫子颜色厉。唯愁自己学问缺；常打破砂锅问到底，求知切。　　立大志，成大业；练体魄，心切切，比刘琨祖逖，毫无逊色。老骥伏枥志千里，残阳薄岭喷余热。待将来此身火化时，心方歇。

《校友通讯》（1995 年）

傅治同

西江月（二首）
中文系 1954 年、1955 级入校 50 周年聚会感赋

一

五十年前聚首，别来两度重圆。万千感慨话当年，听取欢声一片。　　不管风吹浪打，闲庭信步悠然，各人自有各人

天，只有童心未变。

二

莫道人能再少，请君珍重当前。恰如夫子立长川，逝者令人叹美。 今朝喜得团聚，重逢又待何年？升沉荣辱已超然，守住真情一片。

《校友通讯》（2006年）

焦广田

抚今思昔（三首）

1998年10月1~3日，1968届外文系俄专同学毕业30年重聚母校武汉大学。盛会空前。

一

重逢学友话沧桑，情与珞珈论久长。
霞染斋楼樱竞艳，月明桐路桂争芳。
江边甫别雪霜恶，海岸更遭风雨狂。
幸荞奇葩称友谊，灵台卅载沐馨香。

二

卅载归来开笑颜，珞珈秋色胜春天。
桂花沁肺芳香郁，桐叶怡神色彩斑。
幽径绿茵寻旧迹，琼楼翠馆说前缘。
师生最是真情笃，相聚时难别更难！

三

同窗相约珞珈山，情动楚天泪雨绵。

悲欢离合人间梦，都为开怀作笑谈。

相见欢·学友聚会母校

同窗圆梦重逢，恋芳踪。樱桂梧桐，依旧沐书馨。
谈锋健，秋宵短，怕归程。各有几番、滋味悟人生。

《校友通讯》（2009 年）

焦庚辛

相 见 欢

1941 年秋，班上众议郊游，乃于某日过大渡河至一祠前
野餐，归来纪之。

荒江古渡渔矶，水鸥飞。疏树平沙烟霭，市声微。
对芳翠，共野味，沐秋晖。祠外快游欢舞放歌归。

晚 茶

洙泗塘上莲坊凉，菡萏池中风送香。
三碗毛茶半天坐，古今上下论兴亡。

竹 林 乡 景

偶尔去竹林，菜花黄似金。
远山连近水，桃李竞芳芬。
饭后夕阳下，闲行溪水滨。
遥看水车舞，默对野鸡群。
歌唱迎斜日，清谈逐暮云。
归来苍霭里，适意自欢欣。

朝　大　佛

大渡意绵绵，岷江情潺潺。
来朝凌云寺，同会乌尤前。
东去入沧海，西来经峻山。
良缘亦如是，敬领我佛言。

嘉定似江南

嘉定似江南，冬无冰雪寒。
四时峦岗碧，腊月豆花鲜。

《校友通讯》（2008 年）

曾凡济

武　汉　大　学

巍巍珞珈育栋梁，融融学府耀国光。
自强润物千林翠，弘毅厚德万代昌。
求是探知燃火种，拓新趋前壮炎黄。
樟香桂醁樱梅灿，老树青枝向艳阳。

曾凡济，武汉大学生命科学院退休教授，中华诗词学会会员。

曾凡浩

赞武大校园

珞珈青山景色添，东湖丽水浪波翻。
门前牌坊呈方正，校园天空显蔚蓝。

教学大楼真寂静，办公环境好悠然。
林荫道中悠闲走，运动场上赛正酣。

武大研究生招生

建设辉煌丽水边，楼房耸立珞珈山。
迎接凳椅能都坐，报考章程可共看。
盼望学习求造诣，来询要事饮甘泉。
出来喜向家乡返，艰辛旅途脑中安。

曾世竹

母校 120 周年校庆赞

吾庠擢世百余年，灿若长庚辉九天。
辛亥硝烟曾浴火，八年烽火几更迁。
南湖五哲昭青史[1]，巨擘宏图承圣贤[2]。
泰斗群星耀学府[3]，莘莘学子登昆巅！

[1]五哲，指创建我党的五位伟人。出席党的"一大"的 13 位代表中有5 位是武汉大学校友，他们是：董必武、陈潭秋、李达、李汉俊、周佛海。

[2]2011 年 12 月，武汉大学新增选了五位院士，他们是：张俐娜、龚健雅、舒红兵、李晓红、李建成。至此，我校院士总数增至 16 位。

[3]我校历史上的学术泰斗有：黄侃、李达、闻一多、苏雪林、袁昌英、陈西滢、刘永济、程千帆、刘博平、黄焯、马克昌、韩德培、高尚荫、李国平等。群星是指我校先后选评出六届杰出校友 60 余名。

岁暮寄赠居美国的同窗好友陈正凯

世事舟漂海，沿洄安得常。
赤子恋桑梓，恰如参与商。

曾启贤

浣溪沙·贺文教群英会

文教群英志气高，喜看鹅毛上九霄，华堂今日聚英豪。
党的领导第一条，群众路线第一线，年年处处涌高潮。

《新武大》，1960年5月1日

曾俊伟

千禧欢聚北京城

我们甲辰龙年毕业于珞珈山，庚辰龙年欢聚在京华，并携手同游，白发又焕发了青春，遂喜赋三首。

一

飒爽英姿上珞珈，满头霜雪聚京华。
蹉跎岁月催人老。盛世梅开二度花。

二

鹏翼垂空万里翔，五湖四海创辉煌。
苍松翠柏最坚挺，霜叶黄花分外香。

三

卧龙伏凤珞珈头，凤起龙腾汗漫游。
凤转龙回京都聚，龙吟凤舞颂神州，

与珞珈学友重阳同登居庸关长城喜赋①

峰峦虎踞拥雄关，城垛龙蟠近九天。

雾锁云封烽火起，"北门锁钥"护京燕。
峭崖列翠拱雄关，雾散云开晴日天。
登上长城即好汉，五洲胜友勇争攀。
京华欢聚正重阳，携手同登鹤发扬。
跃上葱茏最高处，山河壮丽见鹰翔。

①武汉大学中文系 59 级学子于 2000 年 10 月上旬欢聚北京。

《校友通讯》（2001 年）

曾俊伟，武汉大学校友，中南民族大学诗词学会会长。

曾培之

鹧鸪天·贺武大一百二十周年校庆

百廿回眸风雨稠，滋兰育蕙搏激流。春风惠暖应时进，硕果丰盈竞上游。　积厚淀，铸新猷。挥开铁臂务实求。复兴路上呈贤俊，美丽中华天地讴。

欢呼我国陆基中段反导拦截试验成功

烽火燃天外，寰中战鼓频。
大魔常恃武，小霸不言文。
反导惊妖贼，拦截强我军。
有谁来侵扰，灰烬九天云。

定风波·红旗辉映地球村
——庆祝建党八十周年

帜举镰锤鬼怪侵，牺牲拼换地天新。摸索过河呈特色，良策。阳光雨露育花馨。　　滚滚寒流风雪煞，谁怕？暖春终必解冰凌。更聚民心三代表，瞻眺，红旗辉映地球村。

曾培之，1925 年出生，湖南长沙人，湖北诗词学会会员，鹰台诗社会员。

曾鹤松

武汉大学颂

珞珈山，耸云霄，顶住苍天，从此杞人不再忧。东湖水，深百丈，灌溉大地，历代农夫不发愁。我喜珞珈好风光，这里桃李满山冈；我爱东湖水明亮这里群星放光芒。

环境优，校园美，中外教授，汇聚学府献智慧。湖山秀，龙凤栖，武大学子，驾驶科舰奋力飞。我喜学校名人多，人才强国勇拼搏；我爱院校学科全，科教兴国创新天。

夜 校 听 课①

马列夜校已满座，李达校长来讲课。

哲学讲稿今犹在，证明学生也有我。

①1955—1956 年，我和部分同学脱产工作一年，参加学校马列主义夜大学听课。

忆 李 达

文化革命大串连，"一大"会址留纪念。

今日重捧照片看，记得李达曾有言。

"一大"开会在我家，夫人放哨把信传。
敌人宪警有行动，会转嘉兴才开完。

贺武大"畅谈社"成立十周年

武汉大学崇畅谈，离退老人怀大志。
按期召开畅谈会，议论国事天下事。
为国出谋又献策，优秀集体列名次。
与时俱进春常在，开拓创新妙遐思。
勤学自强保晚节，言行身教为良师。
为党选拔接班人，德才兼备树旗帜。
构建和谐新社会，德治法治更坚实。
推动崛起大中华，光芒万丈迎盛世。

曾鹤松，武汉大学退休教师，中国管理科学院特约研究员。

湖山盟

哦，又回到珞珈

夏日，/我又回了珞珈的怀抱。/梧桐叶撑起华盖。/栀子花沁人心脾。/教学楼里灯影闪烁，/我漫步在林荫路上。

年轻的时候，/不知多少回从老斋舍走过。/樱园两旁树影依依，/温润了我的记忆。/有几许飘扬成我生命中的旗帜，/我思忖着导师们的慈爱。

珞珈山庄，相视品茗。/窗口飞进一只彩蝶，迎风起舞。/空气中弥漫着些微花香，/不是墙角的紫罗兰泛起流光，/而是满树枫园里蕴着哲思：/求是、拓新、弘毅、自强。

静夜/大操场上还有悠扬的踏歌声，/昔日的学子已步入悠悠岁月。/无边的思绪里，偶然抬头，/哦，还是那巍巍的珞珈。

湖山盟，原名谢文弟。武汉大学珞珈诗社会员，湖北诗词学会会员，湖北省作家协会会员。现为香港《世界新闻周刊》杂志社主编。

温 洁

珞珈之晨

顽强的野草努力攀岩着昨夜的雨丝/终于探出它们稚嫩的身躯/第一声鸟鸣催响了晨钟/所有的水珠睁开晶莹的眼睛/黎明推开迷茫的雾/第一道光亮惊散了珞珈的惺忪/紧围着的地平线急速地四下奔逃/绚丽的霞光以她的灿烂描绘崭新的一天/世界多么年轻而又清新/生活多么舒畅而又美丽/校园内众多的生命旋转成同一旋律/用火样的心声迎来了又一个黎明/树林里，小道上传来朗朗书声/知识是塑造未来的铁骨钢筋/以一个深沉的凝望迎着询问/以一个坚强的脚印勇敢攀登/青春如朝霞般辉煌/如朝霞般织成满天彩云/仰着头用双手捧着初升的太阳/啊，壮丽的珞珈之晨

《武汉大学校刊》，1983 年 6 月 28 日

温晓林

满园樱花·醉春光

你来自扶桑/带着异国芬芳/红得像少女的脸庞/白的赛过纯情的姑娘/一朵朵 一串串 一棵棵/一片片 一路漫长/满园樱

花哟 醉春光／春风为你歌唱／阳光伴你绽放／美艳 端庄诗一行行／游客驻脚将你品赏／你与游客同欢畅／你尽情地摇曳春光／你深情地在游客心中徜徉／开放的武大敞开心扉／焕发青春力量／啊 武大花园般的知识天堂／像春天百花争艳祥和／一片蒸蒸日上

温晓林，职业经理人、法律顾问、国学研究员、网络当红诗人。大学文化。曾任央企、地方国企、民营企业；外资企业老总、高管，从事企业高层管理达二十年。

谢发平

山　颂

百廿黉宫矗珞珈，学人代代献菁华。
梅樱枫桂靓天宇，永铸山魂楚汉家。

谢发平，武汉大学文学硕士、经济学博士，研究生院办公室主任。

谢良相

珞珈山（古词风）

东湖依偎，磨峰胞眠，珠合璧联。方圆六千亩，夏榴秋桂，冬梅春樱。丹青泼墨，骚人谱篇。伊甸乐园、海市蜃楼何处寻？唯此间。喜琉璃屋宇，蓬莱仙境！　珞珈饮誉美名。引数万英才竞倾心。瞧俊男淑女，争妍斗艳；金发碧眼，同夸异音。鸿儒云集，新星璀璨，文理工医捷报频。历沧桑，风雨一世纪，未艾方兴！

鹊桥仙·中国首次载人航天

酒泉停涌，歇歌弱水，呼啸神龙天阁。千年梦圆慰万户，环宇华裔泪成河。

嫦娥寂寞？行者雀跃，司马公续史册。鹊桥双星遥招手，何年银河宴乡客？

续　前　缘
——记武汉大学 8805 班全体同学

两秦联袂赴江汉，双燕翩跹下江南。
商洛牡丹并蒂笑，潇湘弟子摇舟还。
擎天五岳三楚女，一庐峙江二黄山。
云碧半空星半壁，百鸟朝凤续前缘。

谢良相，武汉大学信息管理学院档案专业，1992 年毕业。

谢筱蕴

访　武　大①

五十春秋情深长，归来今日叙衷肠。
堂堂武大声名著，继往开来学术昌。

①1957 年高教部分配我到武汉大学工作，至今已整整 50 年了。我曾在化学系教化工基础八年，之后调入湖北省科委工作。辗转几十年来我一直与武汉大学保持联系，今日有机会返校，万分高兴，感慨之际，赋此。

《校友通讯》（2008 年）

谢楚发

五十年后老同学相聚珞珈山放歌

2005 年 10 月，武汉大学中文系 54 级、55 级同学于母校召集相聚 21 世纪联谊会。筹备组嘱写一段文字以助兴，遂应命写就此章，不拘平仄，唯记真事真情，以博学友一笑。

五十年后访珞珈，新貌难掩旧时颜。
楼馆教室依然在，一花一木情思牵。

当年曾住法学院，老斋舍前樱花燃。
后来栖身新二栋，松风竹影伴我眠。

食堂就在后山脚，今日改建叫梅园。
当年饭桶高四尺，矮个刮饭踮脚尖。

尴尬还有近视眼，汽蒙眼镜难挨边。
若是镜片涂肥皂，抢饭舀汤敢争先。

"五老"曾为亲授课，春风化雨恩泽绵。
基础课程"八中"教，灵光才气照心田。

教室不定满山转，拐手椅中日月旋。
晨读漫步林荫道，吹打弹唱竹林间。

曾站山头学长啸，东湖击水浪遏船。
体育馆内初学舞，四场电影一角钱。

亦有情侣成双对，密林藏身细出言。
马路教室形影附，大似今日不避嫌。

书生意气正十足，人人争当副博士。
岂料乌云悄然来，"五七"风暴罹大祸。

大鸣大放大提倡，引出右派一大窝。
五四级里占三成，五五级里二十个。

本是同室至密友，一夜之间成敌我。
大路泥径各走各，天意难违无奈何。

反右运动刚收场，大办钢铁珞珈忙。
大操场建小高炉，小教室办大工厂。

路边屋前烧砖瓦，光着脚杆踩泥浆。
挑土运煤男学生，推车送水大姑娘。

看门发料老教授，工友指挥小旗扬。
终未看到流铁水，只见人疲学业荒。

复课不知是几月，新课未开旧课缺。
各种课本泛泛谈，参考书籍更难得。

古代文学未学完，敢编中国文学史。
书稿不知何处去，转眼已到毕业时。

不写论文不答辩，分向何处不得知。

一旦接到指派令，卷起铺盖匆匆辞。

心存留恋无人送，欲快离开起步迟。
回望湖山欲下泪，恩怨交织不自持。

凄惨自是右派生，垂头丧气出校门。
背负罪名谁敢用，打入社会最底层。

强迫劳动不可怕，人格侮辱最伤心。
欲见阎王心犹豫，且留生命慰双亲。

拨乱反正长精神，我辈不是低能人。
重操旧业重发热，时代步伐紧相跟。

多读新书开眼界，勇于实践焕青春。
自强不息补损失，破镜重圆事有成。

半个世纪离别久，今日重聚江城秋。
欢笑总由叙旧发，喜泪应在相见流。

当年苦涩说不尽，别后忧乐话未休。
心头纵有未解结，相逢一笑化为无。

畅谈人生多经验，指点当前添新愁。
激情复燃烈似火，五十年前愧不如。

人往七十开外走，寿在三十以内求。
善自珍重保康健，共享明月照白头。

喜得夕阳无限好，黄昏逼近何所忧？
再次聚首少机会，不忘此次母校游。

《校友通讯》（2007 年）

谢管绁

诗　四　首

化学系 57 届同窗旧侣重聚珞珈

一

浮光碧瓦读书斋，百炼丹心壮情怀。
万里因循尘漠漠，梦华空嗟不自哀！

二

天青垂水一镜开，清波依旧映亭台。
桃李春风归何处？觅影寻踪结伴来。

三

珞珈细雨洗苍苔，金风瑟瑟抒离怀。
可堪回首流云去，情动深处泪盈腮。

四

甲子初周齿未衰，互道珍慑展余才。
抖擞精神斜照里，奋蹄老骥莫徘徊。

《校友通讯》（1998 年）

鄢烈文

春天的田野

暖风揭开了雪被/新绿铺在田间/绿茵茵的冬苗/如一排排整齐的琴键/乡亲们用满腔的热情/把希望的乐谱填了又填/秋天播下一粒种/春天收获黄金一片/春天播下一粒种/秋天白银晒满棉田/乡亲们唱出希望的歌/生活越过越香甜

詹发萃

美国凤凰城校友聚会

一

樱桂梅香枫如霞，西方盛开东方花①。
桃李竞秀凤展翅，无限深情忆珞珈。

二

乡友窗友复校友②，奇遇凤城喜聚首。
"东方园"中留美味，"新中国"里美味留。
共道金鼠年好运，同话母校情依旧。
小孙添趣忽吵闹，夕照车轮久挥手！

①校友在凤凰城开的"东方花园"和"新中国酒楼"。
②2008年元旦，在美国亚利桑那州府凤凰城，幸遇武汉大学新老校友和乡友：李广武（生科院）、赵长秀（医学院）、杨朝晖（生科院）、李刚（计算机学院）、詹旻（德州大学明湖分校乡友）、蒋国文（化学

学院）、张玲（武汉音乐学院乡友）和詹发萃（生科院）8 人，在"东方花园"和"新中国酒楼"两次相聚，共度佳节话友情。

《校友通讯》（2008 年）

漫 步 珞 珈

一

珞珈小桃源①，名扬四海远；
园林比画美，物外别有天。

二

依山傍碧水，黉舍赛宫殿；
中西巧合璧，现代又古典。

三

樱桂枫梅园，景色四季鲜；
水映一湖月，花开倾城艳。

四

文理医工信，学风承百年；
铭心刻校训，强毅拓新篇。

五

漫步珞珈游，陶然醉其间；
山中无虚座②，书声满桃源。

①郭沫若赞美武汉大学校园是武汉三镇的"物外桃源"。
②珞珈山林中设有很多石桌与石凳，供学生课余时学习用，也可供游人休息。

《校友通讯》（2006 年）

蓝毓敏

告别母校 57 周年抒怀

援朝抗美卫邦家，投笔从戎别珞珈。
母校栽培增学识，军营锻炼长才华。
讲台奋战常求进，事业微成屡受嘉。
弹指超龄欣解甲，诗书作伴夕阳霞。

贺母校 110 周年校庆

寿满期颐又十龄，资源学府远扬名。
而今武大欣重组，再创辉煌永葆春。

　　蓝毓敏，1949 年秋考入武汉大学工学院电机系。1951 年初响应抗美援朝号召，离校入伍。参军后一直在军事院校任教，直到 1985 年由解放军通信指挥学院副师职教员离任退休。

《校友通讯》（2007 年）

蔡庆华

珞 珈 秋 思

林下幽深林上黄，珞珈漫步自轩昂。
三朝斋舍传灯火，四载青春承远航。
树展千姿有起落，心容百态无温凉。
我闻如是仰头望，满目霞光满目香。

秋 韵

日踪月影随风凉，薄雾轻云相较长。

林下青苔述别意，湖中白羽整行囊。
童音逐浪戏垂柳，曲径留香诱法王。
独步憩园听落叶，残阳一抹洗心房。

蔡庆华，中国科学院水生生物研究所研究员。

蔡建章

重回母校武汉大学

一

一别珞珈五十年，多回好梦东湖边。
当年防汛声犹在，百万市民夜不眠。

二

珞珈今日换新天，皓首登临忆旧年。
昔日春风仍育我，叫人能不敬前贤。

八十初度

一

弹指光阴八十春，白头犹有少年心。
编书七卷凝心血，再迈高峰永不停。

二

一生半世育桃李，赤帜锤镰指路程。
余热发挥勤督教，正斜阳处乐无穷。

蔡建章，武汉大学中文系 1955 届毕业。后任广西医学院党委副书记。

管先兰

谨祝武汉大学 120 周年华诞

辉煌盛世庆颐龄，群英荟萃喜开怀。
东湖浪涌迎宾曲，苍松迎客珞珈来。
自强弘毅育桃李，万千新彦上新台。
继往开来前程远，珞珈之花万代开。

管先兰，武汉大学附小教师，已年过九十。

廖　贤

菩萨蛮·欢聚

珞珈山上春光好，珞珈少年他乡老。同学各西东，相逢只梦中。　　长忆旧时月，轻拢樱如雪。登顶倚阑干，笑与相对看。

忆秦娥·珞珈山

人呜咽，依稀梦里东湖月。东湖月，年年共赏，落樱如雪。　　光阴四载悄然竭，如今抱恨空悲切。空悲切，痴心已老，壮心犹热。

浪淘沙·初至珞珈

依稀还懵懂，便至芳丛。东湖珞珈老梧桐，此身已付青山中，更待花红。　　来去苦匆匆，爱觅行踪，周遭尽是新面孔。谈笑风生昔时人，却与谁同？

珞珈夜色

寂寞了无事，信步至樱顶。
花容月下淡，柳态风中轻。
一点环身萤；举头满天星。
唯有惆怅客，不入此丹青。

廖贤，武汉大学 2011 届毕业生，现在天津工作。

廖延唐

纪念毛主席诞辰八十五周年

依毛主席《水调歌头·重上井冈山》原韵

一

长舒鸿鹄志，誓翻三座山。心念劳苦大众，竟日不开颜。井冈红旗高举，唤起工农百万，足迹遍云端。烽火连天急，关山更好看。　　战蒋贼，驱日寇，清人寰。人民政权建立，赤县换人间。坚信马列原理，不凭片言只语，历史岂回环。光辉并日月，长照勇者攀。

二

九亿舜尧志，敢攀万仞山。跃马长征万里，神州尽欢颜。工农科教飞奔，荒原河海献宝，壮志冲云端。定叫廿年后，神州更好看。　　忆领袖，颂伟绩，遍人寰。思想光辉普照，遗爱满人间。喜看清源正本，欢呼拨乱反正，阵阵凯歌还。雄文长立极，无险不可攀。

《武汉大学校刊》，1978 年 12 月 2 日

廖柏昂

江南好·珞珈美

一

珞珈美，最美是樱花。二月早春蕊丽，绯红一望似无涯，双燕舞流霞。

二

珞珈美，最美"十六斋"①。依山取势夺天工，日月星辰巧安排，大学大胸怀。

①老武大宿舍分为十六斋，取千字文前四句"天地玄黄，宇宙洪荒，日月盈仄，辰宿列张"以名之。四斋一列，整齐排列，气魄甚伟。

三

珞珈美，最美行政楼。粉墙碧瓦巍然立，远近高低眼底收。学府最风流。

忆江南·忆蔡守湘同学

珞珈忆，常忆我同窗。窗下同吟屈宋赋，灯前共读韩柳章，意气倍飞扬。

忆江南·忆胡国瑞先生

珞珈忆，永忆我先师。魏晋风流凝史册，六朝文采入新诗，难忘"惜春"词①。

①胡先生有《魏晋南北朝文学史》传世。1991年10月，中文系56级校友集会，先生特赋《惜春华》词一首相勉。

忆江南·忆李达校长

珞珈忆，最忆是别离。哲人谆谆相教诲："每天读书两小时。"晚照映祥慈。

廖柏昂，武汉大学中文系1961年毕业。

赛新村

珞珈松

珞珈山上挺青松，百廿风霜总郁葱。
华冠凌云荫教厦，繁根固土护科宫。
苗传四境圃园广，材献八方屋宇宏。
放眼当今嘉木众，此松华夏年年雄。

赛新村，武汉大学老年大学诗词研究班学员。

漆晶域

菩萨蛮·庆祝武汉大学校庆一百二十周年

校园草木添新绿，阳光雨露芳菲促。香色桂樱馨，浓阴松柏婷。　　百年加廿载，业绩殊精彩。民意奠洪基，东天观艳霓。

漆晶域，武汉大学工学部图书馆研究员，已退休。

谭玉敏

听张国祚教授《发展智慧新境界》讲座有感

发展情牵亿兆家，旁征博引尽奇葩。
忠诚唱响主题曲，妙语催开智慧花。

贺"三八"国际劳动妇女节

百载芳菲满径香，巾帼蕙芷铸辉煌。
英姿飒爽浓春意，红袖绿裙谱乐章。

江城子·贺人文社会科学院成立

数年襄事谊深长，聚一堂，最难忘。繁荣有志，合力共奔忙。汗水浇花分外艳，赢赞赏，美名扬。　创新机制谱华章，拓域疆，质加强。扬帆万里，携手再登航。奉献青春鸿志展，齐向上，更辉煌。

祝马建离教授80华诞（藏头诗）

马翁慧眼识真经，建策统一赤子情。
离离学林耘马列，高馨德艺育群英。

蝶恋花·欢度新年

似水流年荏苒过，岁月如歌，共话丰收乐。春意盎然花万朵，今宵欢聚新年贺。　旭日东升云雾破，战胜艰难，上下勤求索。弘毅自强结硕果，乘风破浪前程阔。

谭玉敏，1971年出生于湖北枝江，武汉大学文学院毕业，博士，现任武汉大学马克思主义学院党委书记。

谭有应

贺武汉大学 120 周年校庆

一

百二山河齐庆寿，七千弟子共登台。

龟蛇献瑞吟风叶，日月同辉承露怀。

鹦鹉洲前君泛棹，汉阳树上鹤飞回。

拿云更赖经天手，科技兴邦有楚材。

二

谁言黄鹤不飞回，鹦鹉洲前摆擂台。

楚地有才摧地狱，"离骚"醒世动天雷。

二山对峙来云外，一水奔腾入客怀。

喜看珞珈峰涌处，红霞万朵染新苔。

谭有应，湖南涟源市人，曾从政、从工、从农，从教。退休后，学习诗词创作。现系中华诗词学会会员，涟源市诗书画家协会副主编。

谭任杰

诗 词 八 首

乙酉年人日，重读武汉大学恩师著作，因录诗词几首，以兹寄怀。

鹧鸪天
读弘度师《刘永济词集》

风雨鸡鸣记旧尘，成书劫后更怀珍。同笺屈赋思风发，校释文心妙笔真。　　词律细，句清新。珞珈山上仰诗魂。卅年横笛高歌意，却是人间要路津。

好事近
寄黄焯教授

甫卸远行装，乘兴挥毫豪放。着纸真看如意，掷地金声响。　　洪都胜概旧知名，看秋水天壤。高岁兴游非浅，归来心宽广。

鹧鸪天
读沈祖棻师《涉江词》

五卷清词寄雅情。轻柔细腻出心灵。更伤离乱悲鼙鼓，泪洒成渝久厌兵。　　歌宛转，句珑玲。晚含孤愤态分明。青山碧血年如夜，似听狂呼诉不平。

读程千帆师《闲堂诗选》

历乱经危态自安，人间忧乐系忠肝。
敢歌敢怒千秋笔，舒卷春云看万端。

读胡国瑞师《湘珍室诗词稿》

南窗书幌晚来晴，神旺晴明步履轻。
人世沧桑都历尽，冲寒迎暖盼升平。

敬贺胡教授九十华诞

浩首索良谋，豪词耀九州。

滋荣桃李满，芳馥自千秋。

读李健章师《居蜀集》

血热心犹热，心中有乐忧。
东西居蜀集，感念顺时谋。

詹伯慧教授从教五十年

育化南天五十年，方言博采墨常研。
宗风一代扬邦外，焕发王门丽日篇。

《校友通讯》（2005）

谭成章

喜 相 逢
为欢迎经济系 1954 届学友而作

今天，这金色的秋天，/我们又幸运地相聚在珞珈山前。/乍一相见——/这一张张面孔：男的、女的/看上去似乎十分熟悉、十分亲切，/却又显得有些陌生！

仿佛又回到了昨天，/珞珈山上，图书馆前，/樱花丛里，东湖岸边。/那一群群朝气蓬勃、带些雅气的少男少女，/那些新近来到珞珈山上的青年，/不就是昨天的那个，/丁班头、大春哥、大瘦子、温珠子、汪凤姐、小辫子吗？/不就是团支书远福、闹派文尚，和好 men 吗？/怎么转眼间——/一个个披上了白发、银鬓、老气岸然/啊！原来他们和她们现在都已成了老师、学者、教授、博导，/还有什么首长、老总、老先生。

可真是啊！/光阴似箭，岁月如流，/五十年岁月，弹指一挥间。/可我总觉得，那相聚的岁月似乎就在昨天。/我们还是那么熟悉，那么、那么亲切，/兄弟姐妹，/相处自然。/可是呵！/这五十年岁月，/道路并不坦然，/有时真让人感到漫长、难熬、艰苦、茫然。

幸好！/这一切都已成为过去，/我们终于迎来五十年后的灿烂今天，/一个翻天覆地的今天，/一个欣欣向荣的伟大祖国的春天。/珞珈山更青了，/东湖水更美了，/武大——哺育我们的母亲/更大、更新、更高、更靓了，/因此，我们又回到了年轻，/我们又迎来了珞珈山更美好的春天。

武 大 颂
祝贺母校 110 周年校庆

巍巍母校	祖国之光	历经百载	成就辉煌
传承文化	培育栋梁	桃李天下	誉满四方
追思母校	始创晚清	自强学堂	高校前身
一九二八	武大正名	珞珈山上	毓秀钟灵
学府圣地	青年倾心	日寇入侵	举校西行
天府乐山	救国育人	风雨如晦	弦歌声声
抗战胜利	珞珈重兴	名师荟萃	学子欣荣
学术璀璨	革命传薪	黎明前夕	黑云压城
吾侪在校	团结斗争	迎来解放	万众欢欣
从此武大	阔步新程	教学科研	成果丰盈
人才辈出	中外蜚声	四校合并	面貌一新
强强携手	优优共生	广大校友	思切相亲
值此大庆	满怀激情	感谢母校	情同海深
传道授业	泽被终身	恭祝母校	发展创新
与时俱进	百卉争春	国内一流	国际知名
伟哉母校	武大光荣	东湖常秀	珞珈常青

注：作者为武汉大学 1948—1949 年度学生自治会成员

《校友通讯》（2004）

谭声乙

浣溪沙·和家莫贤侄女

又似烟尘动八荒，老来何物遣愁肠，凤出飞渡太平洋。
字字珠玑情胜景，丝丝乡思绣成行，衰翁何以报瑶章。

附：一、浣溪沙

遁迹江湖三十春，此身犹是未归人，苍楼远眺看行云。
客地不堪秋露冷，故园长忆梦痕新，人间何处觅诗魂。

二、浣溪沙·奉和谭五表舅

客路迢迢鬓影霜，雄心空转九回肠，青衫岁岁感沧桑。
选韵征词潸涕泪，亲情万里入诗囊，故园松柏最难忘。

《珞珈》第 149 期，2001 年 10 月 1 日

谭学庭

鹤发童心春常在

香绿桂樟满珞珈，妪翁学子回娘家。
恩师笑谈风姿在，胜友歌舞五湖来①。
"凤凰"柔姿舞翩跹，"秋萍"尾随添光彩②。
倩手右挥错左举，满堂喝彩掌声来。
"邓哥"蓄情几十载，"宋嫂"美巾当头盖③。

莫道夕阳寻佳妹，头盖揭开是霜白。

凌、孔、周、张歌声美④，唤得"黑马"嫁出来⑤。

江西老表赞有乡，湖广湘桂尽展才。

相逢珞珈叙旧谊，卌年情结永记怀。

莫道白发催人老，鹤发童心春常在。

①生科院 1961 届同学于 2001 年 10 月 17～20 日回母校同庆毕业 40 周年，举行晚会，相聚甚欢。

②"凤凰"、"秋萍"，指陈继凰、唐秋平夫妇，在联欢会上双双起舞。赢得众人喝彩。

③"邓哥"、"宋嫂"，指学友邓悦生、宋运淳。相声表演更有新创意，节目《美丽的瓦西里莎》令人捧腹。

④凌天翼、孔令根、周菊英、张锡元等学友歌喉不减当年，青春常驻。

⑤"小黑马"源于当年 6162 班的保留节目，这诨号这曾云添学友赢得，成了大家对她的爱称。此次她与周德芳、邓大莉、林碧露等合作演出《嫁新娘》节目，获得了阵阵掌声。

《校友通讯》（2001 年）

熊 达

一、黄山

一丘一壑一波涛，三十六峰天浪高。

绝径凌霄鱼背险，岚光映水彩池娇。

云成沧海山成岛，松举旌旗石举刀。

此岳兼收五岳好，雄奇神秀更妖娆。

二、龙门石窟

伊水奔流山势分，东西两峰石嶙峋。

巧匠开凿四百载，佛像雕成十万尊。
深邃目光观苦海，慈悲心愿渡生民。
焚香膜拜皆无益，天道酬勤佑善人。

三、少林寺

四海五洲说少林，少林今日似兵营。
练功学校飘旗海，演武操场喊杀声。
面壁达摩心欲放，参禅长老愿难成。
可怜清净佛门地，到处喧嚣染俗尘。

四、西安唐宫偶感

姚宋张韩济世才，李杨安史乱胡来。
开元盛世贤能进，天宝颓年佞幸乖。
创业君王骄且纵，太平国运败而衰。
若无少帝开新宇，难免三郎伴马嵬。

五、三峡工程颂

百年梦想已开张，十里钢墙锁大江。
五级闸门船过坝，千条湖汊水汪洋。
兆民乐业除洪害，亿度电能送远方。
万众一心忙建设，小康理进大辉煌。

2005 年 10 月 31 日于洛杉矶

《校友通讯》（2006 年）

熊达，旅美校友。

熊礼汇

读斯拉娃《论曹植前后期诗风之异同》有感①

> 拉娃论子建，络绎七千言。
> 诗作两期说，文当一体看。
> 章章若锦绣，段段有波澜。
> 愿尔勤思索，再成轮奂篇。

①俄罗斯学生斯拉娃两度听我讲魏晋南北朝隋唐五代文学，又由我辅导作学士学位论文。今读其文，喜而有作。

《武汉大学报》，1995 年 5 月 17 日

熊礼汇，武汉大学文学院副院长。

熊奇永

满庭芳·纪念母校武汉大学建校 120 周年

绿染层林，浪敲曲岸，碧水盈抱珈山。参差楼阁，深邃蕴文澜。樱绽千枝皎彻，飞如雪、袅袅清欢。梧栖梦，窗摇桂影，入泮叩琅嬛。　　青衿谁载酒？名师坐帐，奇字遗篇。幸春风化雨，桃李芳园。新圃宏开历历，承四合、学府投鞭①。崇黉寿，掬心遥祝，薪火昊天传。

①投鞭：典出《晋书·符坚载记下》。原意指兵马强壮，实力雄厚。此借指四校合一，规模扩大，实力增强。

江城子·珞珈山远眺

珞珈山下水连空。望低篷，趁晴风。轻舟逸逸，潋滟乱春

红。远近云收天耿耿，三镇阔，两江拥。　书声鸟语绕幽
篁。绿葱葱，阁重重。桃芳李秀，多寄绛帷中。学府教恩长惠
我，寻旧梦，品新荣。

霜天晓角·珞珈秋韵

老桐深邃。银杏金枝旿。万缕桂香浮月，菊芳袅、书声
醉。　别来霜鬓里，珞珈成永忆。遥瞰学台崇阁，思不断、
情长寄。

珞珈春早

珞珈新叠翠，绿染满山葱。
蝶饮花头露，燕追枝上风。
荷池衔嫩柳，讲阁抱青松。
逐食鱼浮水，临窗碧入栊。
竹分三径秀，樱擢万姿荣。
林有莺啼脆，园多蕊绽红。
书声惊鸟语，清气绕黉宫。
学府春来早，悠悠桃李丰。

熊奇永，1969 年武汉大学中文系毕业。2004 年中国科学院系统退休。

樊　凡

鹧鸪天（二首）

1985 年五月，美国西东大学传播系主任威廉·罗肯特先
生，应邀偕夫人来我校新闻系讲授《大众传播学》。讲学结
束，于 6 月 28 日晚，罗肯特夫妇设席谢别，晤谈甚欢，临别
依依，共期再会。时烟笼湖面，月挂中天。因赋词以赠。

一

岸柳迷烟景宛然，东湖两度月华鲜。文章知己逢何幸，下里阳春不共笺。　黄鹤酒，永光烟，离歌莫放入丝弦，相逢不醉空归去，画兴诗思何处妍①？

二

两地殷勤共此心，"世界村"里作龙吟②。笑看远客频加饭，喜听钟期数解琴。　言切切，意淳淳，同舟共济过南溟。高谊但似春长在，唤蕊催枝满树莹。

①罗肯特是一位诗人，其夫人则爱画。席间戏言，喝酒可添画兴诗思。

②"世界村"是美国新闻界一位学者提出的新观点。罗肯特在讲学中反复阐述了这　观点。

《武汉大学报》，1985 年 11 月 4 日

樊凡，武汉大学新闻学院教授。

黎沛虹

江城子·嘉裕关

长城西尽是阳关。出阳关，远家山。先辈男儿，到此泪先弹。一去风沙随大漠，天低暗，月星残。　阳关今日赋消闲。喜登攀，傍栏栅。千里新区，全失旧时颜。不尽轿车驰塞外，高速路，片时还。

从首尔直飞温哥华

样云腾首尔，直下温哥华。

沧海无残夜，长天满彩霞。
心随他洲远，身寄五云莎。
纵目机仓外，重峦脚下跨。

温哥华维多利亚海湾

震天一笛弄，豪迈出长洲。
芳岛参差见，瑶林上下浮。
近边临海角，远岱望蜃楼。
仙境何处是？从容问白鸥。

黎沛虹，武汉大学工学部教授，已退休。

黎盛荣

重游珞珈山有感

远上珞珈三月风，樱花映日艳香浓。
东湖水波无穷碧，桃李珞珈遍园中。

《校友通讯》（1997年）

珞珈人颂

登上黄鹤楼，／楚天一眼收。北瞻长城八达岭，／南瞩湘江桔子洲。／山清水秀，／亘古千秋。／昔杜甫李白，／只知醉酒咏诗筹。／看今日，／珞珈山水换新颜。／数风流人物，／还在武大求。

《校友通讯》（1998年)）

悼诗（二首）

悼念恩师皮高品先生

北国冰城传讣电，惊闻噩耗泪满巾。
傲骨耿耿性刚直，恩师教悔犹记心。

笔刀不老多著述，学识渊博贯古今。
治学严谨育桃李，终身教授两代人。

1999 年 1 月 18 日

悼陈公士宗学长

陈公士宗走匆匆，武大校友少一翁[1]。
七十八龄君安矣！惊闻噩耗泪满胸。

我敬学长学识广，仙露蛋醋成果丰[2]。
新华记者曾报道，于民健身建劳功。

清风两袖多著述，傲骨一生晚更浓。
陈老音容今宛在，悼言三首化悲痛。

[1]陈公士宗系武汉大学图书情报学院前身武昌文华图专校友。
[2]陈老研究的仙露茶和蛋醋液两项科研成果曾由新华社作了专题报道。陈老生前曾任湖南农学院图书馆馆长、副研究馆员和湖南省图书馆学会第2~3届理事。

黎盛荣，校友，在湖南省科技信息研究所工作。

颜亨宸

怀念肖翊华老师

1965年去湖北天门县搞四清，肖翊华老师任天门县武汉大学四清工作团副团长，兼任我们年级师生领队，我被安排负责全年级后勤工作。

刚自县城回，急去送粮钱。
穿梭田埂道，举步维艰难。
来到中心站，月高天已寒。
恩师一见我，拉着坐炉边。
晚餐刚用毕，师开训斥言：
"人地两生疏，岂可忘安全。
从今要注意，归宿日落前。
明天开大会，跟我去县团。
今夜时深静，就在此处眠。
热水泡泡脚，睡觉挺香甜。"

《校友通讯》（2009年）

潘天池

纪念建党75周年

中华有幸兴吾党，星火燎原扫敌酋。
唯物史观看世界，农民运动起秋收。
武装开创新天地，建设开篱逞上游。
经济繁荣凭改革，红旗耀眼眩全球。

潘天池，武汉大学退休教授。

潘基硕

珞珈忆旧

强雄三楚，江流九派，漫漫道贯中州。逶迤凤栖[①]，萦回鹤渚，珞珈高压城楼。芳草掩崇丘。痛强邻掠境，激浪扁舟。医国需才，地灵兴教树新猷。精心擘画深谋，有文工六院，次第经筹。北麓苑堂，南坡馆舍，中西建筑融收。风貌信无俦。自初移绛帐，万众来求。更喜恢弘现日，威誉贯全球。

①凤栖山在武昌城东。

《珞珈》第 112 期，1992 年 7 月 1 日

参加武汉大学四校合并后首次校友会有感

百年弘毅创嘉猷，求是迎潮宿愿酬[①]。
禹业拓新江海阔，舆图遥感地天收。
不为良相穷医道[②]，同作前驱济世俦。
四大融合生万象[③]，自强环宇竞风流。

①宿愿即当年文、法、理、工、农、医也。
②古语云："不为良相即为良医。"皆济世救人之道也。
③四大：佛家语以地、水、火、风为四大，融合而生一切事物与道理，这与四所大学关合。

《校友通讯》（2001 年）

穆锦文

水龙吟·武汉大学

东湖环绕轻烟，珞珈苍翠满园美。桂醇馥郁，枫丹冶艳，樱霞淡蕊。李达凄凉，四光高瞩，一多披靡。有学府恢弘，中西合璧，牌坊立，悠然绮。　　画阁崇楼直视。妙难言，天然犹倚。馆图惊世，舍斋古朴，六亭镌史。济济人才，莘莘学子，名扬桃李。更自成一体，源长渊远，百年风里。

行香子·武大看樱花

斋舍车忙，学府旗扬。喜眉梢，媚倚东墙。嫣然绰约，映日春光。看仙丛秀，珍丛掩，锦丛廊。　　星湖璀璨，甬道新妆。醉如梦，老少争狂。黄莺喉哳，紫燕歌长。更粉樱靓，白樱灿，绿樱藏。

武大老图书馆

飞檐犄角凤龙云，合璧中西建一群。
形似皇冠环宝鼎，歇如连脊护栏裙。
祖师深邃凝神像，书卷青灯学子勤。
俯瞰珞珈山下景，苍松郁郁诉晨曛。

观武大鸢尾花

鸢鸟娇容紫艳花，樟林寂寞暂幽霞。
才高迷老犹孤立，无语含情傲气华。

穆锦文，本科毕业，武汉理工大学退休干部。湖北省老年人大学鹰台诗社社员、东坡赤壁诗社社员。

戴祖谋

寄语"入校 50 周年聚会"

余年迈体衰，常染微恙，恐舟车劳累，旅途艰辛，不能返校聚会，良机痛失，感慨万千。呈上拙诗一首，以博一笑。遥祝同学们聚会愉快，健康长寿。

珞珈相识五十秋，今又重逢东湖游。
感谢恩师勤教诲，同窗学海苦作舟。
学业有成图报国，甘作嫁衣无奢求。
黄昏虽近夕阳美，愿君再登黄鹤楼。

《校友通讯》（2006 年）

戴镏龄

寄嗣芳、家录代简

飞鸿天外到羊城，一纸迢迢蜀水青。
雏凤清声初宛转，元龙豪气自奔腾。
齐眉争说风流事，挽手同为跃进人。
遥识峨眉今胜昔，它年有约度攀登。

嗣芳、家禄和戴镏龄教授

落落晨星三五个，怀人独自望天涯。
忽传佳作欢疑梦，强和小诗愧见瑕。
千里迢迢同好景，一春烂漫有新花。

鸳驺伏枥仍忘老，还拟相从泛若耶。

《珞珈》第112期，1992年7月1日

戴镏龄教授对嗣芳、家禄和诗又答四首

万里天边化鹤还，属文课绩债班班。
纵然梦绕青城观，港粤直航路不弯。

西蜀名山天下少，蓉城国士人间悭。
八七家世诗声在，远绍风流笔扎娴。

似愚实智非迂阔，世味课谙独闭关。
料得神完中有恃，不须大药驻朱颜。

益州婴女星躔照，春暖桃花酒靥殷。
喜唱关关诗翁句，高风何异鹿门山。

戴镏龄，曾任武汉大学外文系英语教授。

濮彗凤

聚 会 有 感

是非青史已作评，还我同窗真友情。
半百光阴付逝水，风云岁月瞎折腾。
尘封往事难相忘，今秋相聚喜盈盈。
遥望参天松柏挺，余热化作万里云。

《校友通讯》（2009年）

瞿寿德

赋别珞珈山

菱歌半湖水，牧笛小松冈。
四度开桃李，百年期栋梁。
乘风上空阔，振翼任翱翔。
回首弦歌地，长堤柳色黄。

同学聚会席间喜赋

珞珈松色喜相迎，五十春秋阔别情。
执手同怜换华发，倾心互诉快平生。
少年豪气兹安在？半世辛勤各有成。
难得今朝校园聚，欢歌一曲动江城。

《校友通讯》（2003 年）

瞿寿德，毕业于武汉大学电机系。

魏怀枢

庆香港回归

虎门销烟挽国危，反将功臣作罪臣。
南京签约香江弃，却把屈辱当和平。
两制决策清归路，东方明珠喜归宗。
百年国耻今朝雪，十亿神州尽欢腾。

《校友通讯》（1997 年）

魏启赞

贺《中国矫形外科》杂志创刊五周年

《中国矫形外科》杂志的前身是《小儿麻痹研究》，该杂志在主编宁志杰主任的辛勤工作和苦心经营下，一步步发展，终于有了今天的辉煌。

（一）

"儿麻研究"功在前，"矫形"又迎五周年。
华章篇篇因盛世，硕果累累赖审编。
百家争鸣有影响，千帆竞发无愧颜。
不是宗师首开创，哪有花丛能争妍！

（二）

志在除疾救生灵，杰作治残为人民。
主旨明确战士意，任务艰辛天使心。
流萤有光亦奉献，芳草无声总关情。
百倍努力化成果，世所瞩目颂"矫形"。

和肖庭延教授《书怀》诗

二十九年一梦驰，往事历历绵绵思。
心无城府即大雅，胸有真情胜史诗。
道路崎岖赖傲骨，步履艰难唯自知。
莫管他人论长短，举杯邀友话旧时。

《校友通讯》（2001 年）

魏启赞，武汉大学医学部教授。已退休。

魏良琰

登 泰 山

中门方过不寻仙①，拾级攀登累四千。
前揽群山环足底，背倚独石镇峰巅②。
树飞游客平安带，碑刻君王耀武篇。
五岳不争东岱首③，昆仑西望天外天。

①泰山中天门，升仙坊，位于南天门下。
②峰顶巨石，镌有"五岳独尊"字样
③泰山玉皇顶高度标志为 1545 米，均低于 1997 米的西岳华山、
2017 米的北岳恒山。

台 湾 行

近依猫鼻望零丁①，台海巴峡问太平②。
鲁阁曾知穿石苦③，明潭方渡比山清④。
花妆台北琼楼起⑤，夕照高雄港埠横。
悲喜百年成旧事，腾飞期盼弟兄情！

①珠江口外零丁洋和零丁岛，鸦片战争前被英强占，中国近代屈辱
史自此始。
②台湾最南端猫鼻头为台湾海峡与巴士海峡分界点，东望太平洋.
③太鲁阁穿山险道，全凭军工人力建成。
④指日月潭。
⑤指台北花博会及 101 塔楼。

沁园春·冷冬

南北西东。玉砌银装，又见冷冬。看湘黔冻雨，冰凌壶

口；美欧暴雪，兄弟门封[1]。瀛海狼烟，岛礁贼雾，天地人间乱象同。温室共，恐后天将近，浩劫将从[2]。　卅年气势如虹。惊巨变 寰球齐动容。纵万邦萧索，美人嫁祸；一枝隽秀，玉树迎风。无厌贪官，不平百姓，好事多磨魔障重。谱新页，唤经天智勇，当代英雄。

[1] "兄弟"指已倒闭的美国第四大投资银行雷曼兄弟公司。两句兼指美欧严峻天气和金融危机

[2] 美国科幻电影《后天》，描述因碳排放过度致气候失稳，纽约城市毁于极度冰冻。

谒孔子故里

蟠龙高拱帝王师，金碧犹辉桧柏衰。
遥见杏坛述周礼，近闻举世诵唐诗。
欢欣大道齐天日，寂寞穷途末路时。
誉毁生前身后事，和谐济世唤良知。

魏良琰，武汉大学工学部教授，已退休。

魏明友

樱 花 赞

东瀛女儿家，异乡把根扎。
玉洁又冰清，芳品倾天下。

也 曾 年 轻

也曾呼伴引朋，/也曾笑语盈盈。/也曾不谙世事，/也曾一片纯情……

也曾步履轻盈，/也曾泪眼迷蒙。/也曾豪情万丈，/也曾心灰意冷……

也曾心如撞鹿，/也曾激情奔涌。/也曾夜不能寐，/也曾梦中笑醒……

也曾……也曾……/你呀！我啊！/也曾年轻……

花 田 赋

人在旅途，/依窗车外看，/原野金灿灿。/油菜花田盛，/山川秀烂漫！

想念下雪的日子

想念下雪的日子，/想念那场猛烈寒潮裹挟而至的淅沥冬雨和漫天飞雪……想念那座白雪皑皑、不甚威名的大山，/想念那山中积雪没过脚踝的石阶小道。/想念那轻盈脚步咯吱、咯吱惊破的宁静山林，/想念那碧空下熠熠生辉、晶莹璀璨的漫山琼枝玉树。/想念那步伐坚毅、快捷超越的山民挑夫，/想念那半山亭畔渴望用画笔将美好永恒的画中人。/想念那小小天街上的小吃店和店中慈爱的大妈，/想念那为我拨旺的红红炭火和腾腾热气的汤面……/想念那山！/想念那路！/想念那林！/想念那木！/想念那大山的主人！/想念那匆匆的过客！/想念那下雪的日子！/想念那洁美无暇、清纯通灵的天地时空……！

魏明友，武汉铁路局江岸车辆段职工，自幼酷爱唐诗、宋词，因家庭原因，高中辍学。因好学心切，慕名拜在武汉大学桂起权教授名下求学。

魏建新

踏 莎 行
为武汉大学 120 周年校庆而作

佳珞强风，荡激新宇。风过无处能不绿。莘莘学子沐阳光，菁菁校苑华光煦。　　崛起腾飞，适逢机遇。骄人伟业待盛举。辉煌领域创宏宽，寰球才彦新光煜！

尊师重教（古词风）
——为武汉大学 120 华诞校庆盛典而歌

赞誉满神州，名列全优。艰难办学岁月稠，诸君戮力献良谋，美不胜收。　　癸巳岁运筹，更上层楼。同步世界高标准，辉煌凝聚优中优，独占鳌头！

后　记

　　为颂扬党对我校的正确领导与我校百廿年来特别是近十年来通过教学、科研在培养人才方面所取得的巨大成就，特继百十周年校庆所编《珞珈诗词集》（一）之后，于今百廿校庆之际，编成这本《珞珈诗词集》（二）。她在前者的基础上，增收了校史上名人张之洞、李达、周鲠生、闻一多等人的作品；除收集全校师生员工和校友新作外，还选有社会人士颂武大、赞珞珈之作，作者由二百多人增至六百余人。

　　校长李晓红院士与其他院士及资深教授的题词，为本书大增光彩。

　　在此书编辑出版过程中，谢红星副校长、党委宣传部胡勇华部长、张发林副部长、校友总会许永健主任、离退休工作处彭若男处长、武汉大学出版社王雅红主任等，都曾亲切关怀，具体帮助。本校老年大学诗词研修班许多老同志，在搜集、剪贴资料方面，也付出了心血。在此，一并致谢！

　　的确，由于直接参加编辑的工作人员很少，且多在 70 岁以上，工作繁重而精力不济；且剪集了有关报刊在特定年代的某些作品，故此书可能存在一些遗憾。恳请读者谅解并向珞珈诗社提出，万谢！

编　者
2013 年 11 月 8 日

珞珈诗社工作人员

顾问（以年岁为序）：

王泽江　张焕朝　胡岂凡　杨毅亭　吴国栋　张诗荣

王传中　彭若男

名誉社长：

陶德麟

社　　　长：

张天望

常务副社长：

陈志鸿　沈祥源　张元欣　祁汉云

副　社　长：

罗积勇　肖显仁　田有民　龚德祥

秘　书　长：

周光应

副秘书长：

张少平　张元欣（兼）　易恒清　吴品益